Alles verändert sich für Elizabeth, als sie Dominic begegnet. Sie ist nach London geflüchtet, denn gerade ist ihr das Herz gebrochen worden. Nun liegt es in Splittern da, Bruchstücke, die gut genug zusammenpassen, um sie wie einen normalen, glücklichen Menschen wirken zu lassen. Aber er weiß, dass das nicht stimmt. Und er begehrt sie.

Dominic eröffnet ihr eine Welt der hemmungslosen Leidenschaft, von der sie keine Vorstellung hatte. Er führt sie auf einen Pfad der puren Lust, aber auch der Gefahr. In seiner Liebe erlebt sie Licht und Dunkel zugleich. Und ihr Herz sagt ihr, dass sie dem Weg, den er ihr weist, folgen muss ...

Romantisch und intensiv, provokant, sinnlich und gefühlvoll: Der erste Band der Trilogie ›Fire after Dark‹ entführt Sie in eine Welt, in der Sie Liebe und Leidenschaft neu entdecken werden.

Weitere Bücher der Autorin:
›Fire after Dark – Tiefes Begehren‹ (Band 2)
›Fire after Dark – Gefährliche Erfüllung‹ (Band 3)

Sadie Matthews ist mit der Welt berühmter, exponierter Persönlichkeiten vertraut, denn sie hat deren Erfahrungen, riskante Erinnerungen und Abgründe für Buchprojekte aufgezeichnet. Und sie weiß auch Geheimnisse zu bewahren. In ihrer Bestsellerserie ›Fire after Dark‹ erforscht sie nun selbst intime, intensive Gefühle und Beziehungen. Sie ist verheiratet und lebt in London.

Weitere Informationen, auch zu E-Book-Ausgaben, finden Sie bei
www.fischerverlage.de

Sadie Matthews

Fire after Dark –

Dunkle Sehnsucht

Aus dem Englischen
von Tatjana Kruse

FISCHER Taschenbuch

8. Auflage: Oktober 2013

Erschienen bei FISCHER Taschenbuch,
Frankfurt am Main, April 2013

Die Originalausgabe erschien unter dem Titel
›Fire after Dark‹ im Verlag Hodder & Stoughton, London
© Sadie Matthews 2012
Für die deutschsprachige Ausgabe:
© S. Fischer Verlag GmbH, Frankfurt am Main 2012
Coverabbildung: Getty Images / Photographer's Choice / Fry Design Ltd
Satz: Druckerei C. H. Beck, Nördlingen
Druck und Bindung: CPI books GmbH, Leck
Printed in Germany
ISBN 978-3-596-19682-1

Für X. T.

Die erste Woche

1. Kapitel

Die Stadt raubt mir den Atem. Sie entfaltet sich vor dem Taxifenster, rollt an mir vorbei wie ein gigantisches Bühnenbild, das von einer unsichtbaren Theatermaschinerie bewegt wird. Ich bin im Wageninnern – kühl, ruhig und unberührbar. Nur eine Beobachterin. Aber da draußen, in der stickigen Hitze eines Julinachmittags, bewegt sich London schnell, kraftvoll und unaufhaltsam: Der Verkehr wogt über den Asphalt, und die Menschen drängen sich durch die Straßenfluchten, ganze Horden von ihnen überqueren die Zebrastreifen, wann immer die Ampeln auf Grün schalten. Überall sind Körper, in jeder Form, in jedem Alter, von jeder Größe und Herkunft. Millionen Leben entfalten sich an diesem einen Tag an diesem einen Ort. Das Ausmaß des Ganzen ist überwältigend.

Was habe ich nur getan?

Während wir eine gewaltige Grünfläche umrunden, die von Hunderten Sonnenhungrigen belagert wird, frage ich mich, ob das wohl der Hyde Park ist. Mein Vater hat mir erzählt, der Hyde Park sei größer als Monaco. Das muss man sich mal vorstellen. Monaco mag klein sein, aber trotzdem. Der Gedanke verursacht mir Gänsehaut, und ich merke, wie einen Moment lang Angst in mir aufflackert. Was seltsam ist, denn ich halte mich eigentlich nicht für einen Feigling.

Jeder wäre nervös, sage ich mir nachdrücklich. Aber nach allem, was in letzter Zeit passiert ist, ist es ja kein Wunder, dass mein Selbstbewusstsein in Trümmern liegt. Das vertraute Unwohlsein erhebt sein Haupt, aber ich unterdrücke es entschlossen.

Nicht heute. Ich muss an zu vieles denken. Außerdem habe

ich bereits genug gegrübelt und geweint. Das ist ja der Grund, warum ich hier bin.

»Wir sind fast da«, sagt plötzlich eine Stimme, und mir wird klar, dass sie dem Taxifahrer gehört, nur verzerrt durch die Gegensprechanlage. Ich sehe, wie er mich im Rückspiegel beobachtet. »Von hier aus kenne ich eine prima Abkürzung«, meint er, »kein Grund, sich um den Verkehr zu sorgen.«

»Danke«, sage ich, auch wenn ich von einem Londoner Cabbie nichts anderes erwarte. Schließlich sind sie dafür berühmt, jedes Schlupfloch im Straßengewirr der Stadt zu kennen. Darum habe ich mich ja auch entschieden, mir den Luxus einer Taxifahrt zu gönnen, anstatt mich durch die U-Bahn zu kämpfen. Viel Gepäck habe ich zwar nicht dabei, aber mich schreckte die Vorstellung ab, es bei dieser Hitze in die Bahnen zu wuchten, es durch endlose Gänge zu schleppen und damit Rolltreppen hochzufahren.

Ich frage mich, ob der Fahrer mich abschätzt, ob er zu erraten versucht, warum um alles in der Welt ich mich zu so einer edlen Adresse fahren lasse, wo ich doch so unscheinbar und gewöhnlich aussehe, nur eine junge Frau in einem Blümchenkleid, mit roter Strickjacke und Flip-Flops, eine Sonnenbrille auf den Haaren, die zu einem unordentlichen Pferdeschwanz zurückgebunden sind, aus dem in alle Richtungen Haarsträhnen hervorstehen.

»Zum ersten Mal in London?«, fragt er und lächelt mich im Rückspiegel an.

»Ja, genau«, sage ich, auch wenn das nicht ganz der Wahrheit entspricht. Ich war als Kind mit meinen Eltern zu Weihnachten hier und erinnere mich verschwommen an die lärmende Umtriebigkeit riesiger Ladengeschäfte, an hell erleuchtete Schaufenster und einen Weihnachtsmann, dessen Nylonhose elektrostatisch aufgeladen knisterte, als ich mich auf sein Knie setzte. Sein weißer Polyesterbart kitzelte mich an der Wange. Aber ich will jetzt nicht lange mit dem Fahrer herumdiskutieren, und die Stadt ist für mich ja auch so gut wie fremd. Ich bin schließlich zum ersten Mal ohne Begleitung hier.

»Sie sind hier ganz allein?«, will er wissen, und ich fühle mich damit nicht wohl, obwohl er nur versucht, freundlich zu sein.

»Nein, ich wohne bei meiner Tante«, lüge ich. Schon wieder.

Er nickt zufrieden. Wir biegen ab und entfernen uns vom Park, fahren mit geübter Geschicklichkeit Slalom zwischen Omnibussen und Autos, vorbei an Radfahrern, kurven zügig um Ecken und preschen bei Tieforange über die Ampeln. Dann lassen wir die geschäftigen Hauptstraßen hinter uns und fahren durch schmale Straßen, gesäumt von mehrstöckigen Backsteinvillen mit hohen Fenstern, glänzenden Eingangstüren, funkelnden schwarzen Eisengittern und üppig blühenden Blumenkästen. Geld und Reichtum sind überall zu spüren, nicht nur angesichts der teuren Limousinen, die am Straßenrand parken, sondern auch an den gepflegten Gebäuden, den sauberen Gehwegen, den Hausmädchen, auf die man einen Blick erhaschen kann, wenn sie wegen der Sonne die Vorhänge zuziehen.

»Ihrer Tante muss es ja gutgehen«, scherzt der Fahrer, als wir in eine schmale Straße biegen und dann in eine noch schmalere. »Hier zu wohnen kostet schon den einen oder anderen Penny.«

Ich lache, erwidere aber nichts, denn ich weiß nicht, was ich sagen soll. Auf der einen Seite der Straße befindet sich einer Reihe winziger, aber zweifellos irrsinnig teurer Einfamilienhäuser, auf der anderen ein langgestreckter Wohnblock, der sich fast über die ganze Länge zieht und mindestens sechs

Stockwerke hoch ist. An der Art-déco-Fassade erkenne ich, dass er in den 1930er Jahren erbaut wurde. Er ist weißlich grau und wird von einer riesigen Eingangstür aus Glas und Walnussholz beherrscht. Der Fahrer hält direkt davor. »Da sind wir. Randolph Gardens.«

Ich sehe nur Stein und Asphalt. »Wo sind denn die Gärten?«, frage ich verwundert. Das einzige Grün weit und breit sind die Körbe mit roten und lila Geranien zu beiden Seiten der Tür.

»Vor ein paar Jahren gab es die vermutlich noch«, meint der Fahrer. »Sehen Sie das Seitenhaus? Das waren bestimmt mal Stallungen. Ich wette, früher standen hier große Villen. Wurden wahrscheinlich im Krieg zerbombt.« Er schaut auf den Taxameter. »Macht 12 Pfund 70.«

Ich fummele nach meiner Handtasche und reiche ihm 15 Pfund. »Stimmt so«, sage ich, in der Hoffnung, ihm genug Trinkgeld gegeben zu haben. Da er nicht vor Überraschung in Ohnmacht fällt, nehme ich an, dass ich richtigliege. Er wartet, während ich mich und mein Gepäck aus dem Taxi und auf den Bürgersteig hieve und die Wagentür hinter mir schließe. Dann wendet er gekonnt in der extrem schmalen Straße und röhrt davon.

Ich schaue hoch. Hier bin ich also. Mein neues Zuhause. Zumindest für eine Weile.

Der weißhaarige Portier mustert mich neugierig, als ich mich mit meiner großen Reisetasche mühsam durch die Tür und zu seiner Empfangstheke quäle.

»Ich möchte zu Celia Reillys Wohnung«, erkläre ich und widerstehe dem Drang, mir den Schweiß von der Stirn zu wischen. »Sie meinte, ihr Schlüssel würde hier für mich bereitliegen.«

»Name?«, fragt er barsch.

»Beth. Also Elizabeth. Elizabeth Villiers.«

»Lassen Sie mich nachsehen.« Er zieht seinen Schnauzbart bis zur Nase hoch, während er einen Ordner auf seiner Theke durchgeht. »Ah, ja, hier haben wir es schon. Miss E. Villiers. Wird während der Abwesenheit von Miss Reilly Apartment 514 bewohnen.« Er starrt mich fest, aber nicht unfreundlich an. »Sie hüten die Wohnung?«

»Ja. Das heißt, ich hüte eigentlich die Katze.« Ich lächele ihn an, aber er erwidert mein Lächeln nicht.

»Stimmt, sie hat ja eine Katze. Keine Ahnung, warum eine freie Kreatur ihr Leben in einer Wohnung verbringen muss, aber so ist es nun einmal. Hier sind die Schlüssel.« Er schiebt mir einen Umschlag über die Theke zu. »Wenn Sie bitte hier dafür unterschreiben würden.«

Ich beuge mich brav über das Papier, und er erklärt mir die Hausordnung, während er mich zum Aufzug begleitet. Er bietet mir an, mein Gepäck später nach oben zu bringen, aber ich lehne dankend ab. Auf diese Weise habe ich gleich alles, was ich brauche. Einen Augenblick später stehe ich schon in der winzigen Aufzugskabine und betrachte mein erhitztes, rotwangiges Spiegelbild, während der Aufzug gemächlich in den fünften Stock aufsteigt. Ich sehe auch nicht annähernd so stylish aus wie meine Umgebung. Mein herzförmiges Gesicht und die großen, blauen Augen werden niemals den hohen Wangenknochen und den eleganten Gesichtszügen ähneln, die ich so bewundere. Und mein gerades, dunkelblondes Haar wird mir niemals in den dichten, üppigen Locken auf die Schultern fallen, nach denen ich mich immer gesehnt habe. Mein Haar erfordert viel Arbeit, und normalerweise mache ich mir nicht die Mühe, sondern binde es einfach zu einem unordentlichen Pferdeschwanz.

»Nicht gerade eine Lady aus Mayfair«, sage ich laut. Während ich mich anstarre, tritt mir deutlich vor Augen, was die Ereignisse der letzten Zeit mit mir gemacht haben. Mein

Gesicht ist schmaler geworden, und in meinen Augen scheint eine Trauer zu liegen, die einfach nicht verschwinden will. Ich wirke irgendwie schmächtiger, als ob ich unter der Last meines Elends geschrumpft wäre. »Sei stark«, flüstere ich mir zu und versuche, irgendwo das alte Funkeln in meinem matten Blick zu entdecken. Deshalb bin ich schließlich hier. Nicht, weil ich zu fliehen versuche – obwohl das sicher auch eine Rolle spielt –, sondern weil ich mein altes Ich wiederfinden will, das Ich, das der Welt energisch und mutig und neugierig gegenübertrat.

Falls diese Beth nicht völlig zerstört worden sein sollte.

Solche Gedanken will ich eigentlich überhaupt nicht zulassen, aber es fällt schwer, sie zurückzudrängen.

Apartment 514 liegt in der Mitte eines stillen, mit Teppichen ausgelegten Flures. Die Schlüssel passen mühelos ins Schloss, und gleich darauf trete ich in die Wohnung. Mein erster Eindruck ist Überraschung, denn ich werde von einem leisen Fiepen begrüßt, gefolgt von einem hohen, piepsigen Miau. Ein warmes, weiches Fell streicht an meinen Beinen entlang, und ein Körper schlängelt sich zwischen meine Waden, bringt mich beinahe zum Stolpern.

»Hallo, hallo!«, rufe ich und sehe nach unten in das schmale, schwarze Gesicht mit den Barthaaren und dem dunklen Fell, das so angedrückt ist wie bei einem Kissen, auf dem eben noch jemand saß. »Du musst De Havilland sein.«

Der Kater miaut erneut, bleckt seine spitzen, weißen Zähne und zeigt mir seine kleine, rosa Zunge.

Ich versuche, mich umzusehen, während der Kater hektisch schnurrt und sich fest an meinen Beinen reibt. Offenbar freut er sich, mich zu sehen. Ich stehe in der Diele und merke bereits hier, dass Celia der Dreißiger-Jahre-Ästhetik des Hauses treu geblieben ist. Der Boden ist schwarzweiß gefliest, mit einem weißen Kaschmirteppich in der Mitte. Ein nachtschwarzer Beistelltisch steht unter einem großen Art-déco-Spiegel, umrahmt von zwei geometrischen Chromleuchten. Auf einem Wandgestell befindet sich eine riesige, weiße Porzellanschale mit Silberrand, mit Vasen zu beiden Seiten. Alles ist elegant und von stiller Schönheit.

Ich habe nichts anderes erwartet. Mein Vater gab sich immer aufreizend vage, was die Wohnung seiner Patentante anbelangte. Er kannte sie von seinen seltenen Besuchen in London, aber stets vermittelte er mir den Eindruck, dass sie so glanzvoll war wie Celia selbst. Celia hatte mit zwanzig als Model angefangen, war sehr erfolgreich gewesen und hatte haufenweise Geld verdient, aber später gab sie das Modelbusiness auf und wurde Modejournalistin. Sie heiratete und ließ sich wieder scheiden und heiratete erneut und wurde Witwe. Sie bekam nie Kinder, was vermutlich der Grund für ihre jugendliche Art und ihre Lebendigkeit war. Meinem Vater war sie eine halbherzige Patentante, fegte nach Lust und Laune in sein Leben hinein und wieder hinaus. Manchmal hörte er jahrelang nichts von ihr, dann tauchte sie aus heiterem Himmel auf, beladen mit Geschenken, immer elegant und nach der neuesten Mode gekleidet. Sie umarmte ihn enthusiastisch und versuchte, ihre lange Abwesenheit wiedergutzumachen. Aber sie hielt immer den Kontakt, auch als er längst erwachsen war. Ich erinnere mich, dass ich sie hin und wieder traf, ein schüchternes, x-beiniges, kleines Mädchen in kurzen Hosen und T-Shirt, die Haare wirr nach allen Seiten abstehend. Niemals hätte ich mir vorstellen können, so elegant und weltgewandt zu sein wie diese Frau vor mir, mit ihren perfekt geschnittenen, silbergrauen Haaren, ihren umwerfenden Kleidern und ihrem prachtvollen Schmuck.

Was sage ich denn da? Selbst jetzt kann ich mir nicht vorstellen, jemals so wie sie zu sein. Nicht eine Sekunde lang.

Und doch stehe ich jetzt hier, in ihrem Apartment, das fünf Wochen lang ganz allein mir gehört.

Der Anruf kam völlig unerwartet. Ich schenkte ihm weiter keine Beachtung, bis mein Vater den Hörer auflegte. Er wirkte nachdenklich und sagte zu mir: »Hättest du Lust auf ein paar Tage in London, Beth? Celia will verreisen, und sie braucht jemanden, der sich um ihre Katze kümmert. Sie findet, du würdest es vielleicht ganz angenehm finden, ihre Wohnung zu nutzen.«

»Ihre Wohnung?«, wiederholte ich und sah von meinem Buch auf. »Ich?«

»Ja. Sie liegt in einem ziemlich vornehmen Viertel, glaube ich. Mayfair oder Belgravia oder so. Ich war jahrelang nicht mehr dort.« Er hob die Augenbrauen, warf meiner Mutter einen Blick zu. »Celia begibt sich fünf Wochen lang in einen Retreat in den Wäldern von Montana. Offenbar benötigt sie spirituelle Erneuerung. Wie du ja auch, Beth.«

»Tja, es hält sie jung«, meinte Mutter und wischte über die Platte des Küchentisches. »Nicht jede Siebzigjährige ist für so eine Reise noch fit genug.« Sie stand auf und starrte das polierte Holz sehnsüchtig an. »Ich finde, es klingt ganz nett. Mir würde das jedenfalls sehr gefallen.«

Sie sah aus, als würde sie über all die anderen Wege nachdenken, die sie hätte nehmen können, über die anderen Leben, die sie hätte führen können. Mein Vater wollte darauf sichtlich etwas Spöttisches erwidern, aber er hielt sich zurück, als er ihren Gesichtsausdruck bemerkte. Das freute mich: Mutter hatte ihren Beruf nach der Heirat aufgegeben, hatte sich ganz mir und meinen Brüdern gewidmet. Sie hatte ein Recht auf ihre Träume.

Mein Vater drehte sich zu mir um: »Was denkst du, Beth? Hast du Lust?«

Mum schaute mich an, und ich las es sofort in ihren Augen.

Sie wollte, dass ich aufbrach. Sie wusste, es war unter den gegebenen Umständen das Beste. »Du solltest es tun«, meinte sie leise. »Nach allem, was passiert ist, kannst du dadurch eine neue Seite in deinem Leben aufschlagen.«

Ich fröstelte beinahe. Ich ertrug es nicht, wenn man davon sprach. Die Kränkung machte sich in meinem Gesicht breit.

»Nicht«, flüsterte ich, während sich meine Augen mit Tränen füllten. Die Wunde war immer noch offen und schmerzte.

Meine Eltern tauschten Blicke aus, dann meinte mein Vater unbeholfen: »Vielleicht hat deine Mutter recht. Es würde dir guttun, wenn du wieder unter Leute kommst.«

Ich hatte seit über einem Monat das Haus kaum verlassen. Ich konnte die Vorstellung nicht ertragen, sie zusammen zu sehen. Adam und Hannah. Bei dem Gedanken daran drehte sich mir der Magen, und mir schwirrte der Kopf, als würde ich gleich in Ohnmacht fallen. Es war einfach unerträglich.

»Mag sein«, sagte ich lustlos. »Ich überlege es mir.«

An diesem Abend fällten wir keine Entscheidung. Es fiel mir ja schon schwer genug, morgens auch nur aufzustehen, ganz zu schweigen von so einem weitreichenden Entschluss. Mein Selbstvertrauen war dermaßen erschüttert, dass ich mir nicht einmal sicher war, ob ich entscheiden konnte, was ich zu Mittag essen wollte, geschweige denn, ob ich Celias Angebot annehmen sollte. Schließlich hatte ich mich seinerzeit für Adam entschieden, ich hatte ihm vertraut, und wie das ausgegangen war, wusste ich ja nun.

Am nächsten Tag telefonierte meine Mutter mit Celia, und sie sprachen über die praktischen Aspekte, und am Abend rief ich sie selbst an. Allein schon ihre kräftige Stimme zu hören, so voller Begeisterung und Selbstvertrauen, hob meine Stimmung.

»Du würdest mir einen Gefallen erweisen, Beth«, erklärte

sie nachdrücklich, »aber ich denke, du hättest dabei auch deinen Spaß. Es ist höchste Zeit, dass du aus diesem Kaff herauskommst und etwas von der Welt siehst.«

Celia war eine unabhängige Frau, die ihr Leben nach ihren eigenen Regeln lebte, und wenn sie glaubte, dass ich dazu fähig war, dann war das eine echte Ermutigung. Also sagte ich zu. Als jedoch die Zeit zur Abreise näherrückte, knickte ich wieder ein und fragte mich, ob ich mich irgendwie davor drücken konnte. Aber ich wusste, ich musste das durchziehen. Wenn ich meine Reisetasche packen und allein, ohne jemanden zu kennen, in eine der größten Städte dieser Welt aufbrechen konnte, dann gab es vielleicht noch Hoffnung für mich. Ich liebte die kleine Provinzstadt in Norfolk, in der ich aufgewachsen war, aber wenn ich mich nur noch zu Hause einigeln und vor der Welt verstecken konnte, nur wegen dem, was Adam mir angetan hatte, dann wäre ich echt am Ende. Dann könnte ich gleich ganz aufgeben.

Was hielt mich dort schon groß? Meine Teilzeitstelle in dem kleinen Café, in dem ich seit meinem fünfzehnten Lebensjahr gejobbt hatte? Ein Job, den ich nur unterbrochen hatte, um an einer nahen Provinzuni zu studieren, und den ich nach meiner Rückkehr wieder aufnahm, weil ich immer noch unsicher war, was ich denn mit meinem Leben anfangen sollte. Meine Eltern? Wohl kaum. Sie wollten nicht, dass ich in meinem alten Mädchenzimmer Trübsal blies. Sie wünschten sich mehr für mich als das.

Um ganz ehrlich zu sein, ich war nur wegen Adam zurückgekommen. Meine Freunde von der Universität bereisten die Welt, bevor sie aufregende neue Jobs antraten oder ins Ausland zogen. Ich hatte mir all die Abenteuer angehört, die auf sie warteten, in dem Wissen, dass meine Zukunft zu Hause auf mich wartete. Adam war der Mittelpunkt meines Lebens, der einzige Mann, den ich je geliebt hatte, und mir hatte sich nie die Frage gestellt, ob ich etwas anderes tun sollte als mit ihm zusammen zu sein. Adam arbeitete schon seit der Schule für die Baufirma seines Vaters, die ihm eines Tages gehören würde, und er fühlte sich total zufrieden damit, den Rest seines Lebens an demselben Ort zu verbringen, an dem er aufgewachsen war. Ich wusste nicht, ob das auch für mich galt, aber ich wusste, dass ich Adam liebte, und ich wollte meinen Wunsch, zu reisen und Neues zu erleben, eine Zeitlang auf Eis legen, damit wir zusammen sein konnten.

Nur gab es diese Perspektive für mich nicht mehr.

De Havilland jault neben meinen Knöcheln und stupst mich, um mich daran zu erinnern, dass er auch noch da ist.

»Tut mir leid, Katerchen«, entschuldige ich mich und stelle meine Reisetasche ab. »Bist du hungrig?«

Der Kater wickelt sich auch dann nicht von meinen Beinen, als ich versuche, mich zu orientieren. Ich öffne die Tür zu einer Garderobe und eine andere zu einer Gästetoilette, bevor ich die kleine Küche finde. Die Näpfe für die Katze stehen ordentlich unter dem Fenster auf der anderen Seite des Raumes. Sie sind porentief sauber geleckt, und De Havilland wartet sichtlich begierig auf seine nächste Mahlzeit. Auf dem kleinen, weißen Esstisch, der gerade Platz genug für zwei bietet, sehe ich eine Schachtel mit Katzentrockenfutter und mehrere Blatt Papier. Ganz zuoberst liegt ein handschriftlich gekritzelter Zettel.

Schätzchen, hallo!
Jetzt bist Du also da. Wunderbar. Hier ist das Futter für De Havilland. Füttere ihn zwei Mal täglich. Fülle einfach die kleine Schale mit seinem Trockenfutter, als ob du Häppchen zur Cocktailstunde verteilst. Das macht De Havilland glücklich. Er braucht frisches Wasser dazu. Alle anderen Anweisungen findest du in dem Stapel unter diesem Zettel,

aber ganz ehrlich, Schätzchen, es gibt keine Regeln. Mach dir einfach eine schöne Zeit!
Wir sehen uns dann in fünf Wochen,
Kuss, Celia

Unter dem Zettel liegen einige maschinengeschriebene Seiten mit allen nötigen Informationen über das Katzenklo, die elektrischen Geräte, wo ich den Warmwasserboiler und den Erste-Hilfe-Kasten finde und an wen ich mich wenden muss, falls es Probleme gibt. Der Portier unten ist offenbar meine erste Anlaufstelle. Also Anlauf nehmen und auf ihn mit Gebrüll. He, wenn ich Kalauer schwingen kann, und seien sie noch so schlecht, dann hat diese Reise möglicherweise schon ihren Zweck erfüllt.

De Havilland miaut in ununterbrochenen Wellen. Seine kleine, rosa Zunge zittert, während er aus seinen dunkelgelben Augen zu mir aufschaut.

»Gleich gibt es Abendessen«, sage ich.

Nachdem ich De Havillands Wassernapf aufgefüllt habe und er glücklich knirschend vor sich hin kaut, sehe ich mich im Rest der Wohnung um. Ich bewundere das schwarzweiße Badezimmer mit den Apparaturen aus Chrom und Bakelit, betrachte das herrliche Schlafzimmer, das silberne Himmelbett mit dem schneeweißen Überwurf, auf dem sich weiße Kissen stapeln, und die verschnörkelte Chinoiserie-Tapete, auf der Papageien in leuchtenden Farben einander durch Kirschblüten hindurch beobachten. Ein gewaltiger Spiegel mit Silberrahmen hängt über dem Kamin, und daneben stehen eine antike Frisierkommode mit Spiegel und ein Sessel, dessen lila Samtpolsterung einen modernen Akzent setzt.

»Es ist wunderschön«, entfährt es mir. Vielleicht kann ich hier etwas von Celias Schick in mich aufnehmen, mir selbst etwas Stil zulegen.

Ich begebe mich durch den Flur ins Wohnzimmer und mir wird klar, dass es hier viel schöner ist, als ich es mir je hätte vorstellen können. Ich hatte eine schicke Wohnung vor Augen gehabt, die das Leben einer wohlhabenden, unabhängigen Frau widerspiegelt, aber das hier ist etwas völlig anderes. Anders als jede Wohnung, die ich zuvor gesehen habe. Das Wohnzimmer ist riesig, in kühlen, gedeckten Tönen gehalten, Blassgrün und Grau, mit Akzenten in Schwarz, Weiß und Silber. Das Mobiliar beschwört auf wundervolle Weise die Ära der dreißiger Jahre herauf. Niedrige Ohrensessel mit breiten, abgerundeten Lehnen, das langgestreckte Sofa, auf dem weiße Kissen liegen, die formschöne, gebogene Chromlampe und der eckige, moderne Couchtisch aus pechschwarzem Lack. Die gegenüberliegende Wand wird von einem gewaltigen, eingebauten Bücherregal beherrscht, in dem nicht nur Bücher, sondern auch Kunstgegenstände stehen, darunter zierliche chinesische Jade-Figuren. Die breite Fensterfront ist in Blassgrün gestrichen, unterbrochen von silbern lackierten Holztäfelungen, in die Weidenbäume eingraviert sind. Ihre Oberfläche glänzt wie ein Spiegel. Zwischen den Lacktafeln hängen Wandleuchten aus Milchglas, und auf dem Parkettboden liegt ein riesiges Zebrafell, das als Teppich dient.

Diese reizvolle Beschwörung einer Ära der Eleganz verzaubert mich. Ich liebe alles, was ich sehe – von den Kristallvasen, in denen dickstängelige Lilien mit elfenbeinfarbenen Blüten stecken, bis hin zu den farblich aufeinander abgestimmten chinesischen Terrakottatöpfen zu beiden Seiten des Kamins mit dem funkelnden Chromsims, über dem ein unglaublich großes, bedeutsam aussehendes Gemälde moderner Kunst hängt, das ich bei näherer Betrachtung als einen Patrick Heron erkenne: wuchtige, farbintensive Pinselstriche in Blutrot, Dunkelorange, Umbra und Zinnoberrot. Es sorgt in dieser

Oase aus kühlen Grün- und Weißtönen für ein wenig hektisches Chaos. Herrlich.

Staunend, mit weit offenem Mund sehe ich mich um. Bis zu diesem Moment war mir nicht bewusst gewesen, dass es tatsächlich Menschen gibt, die die Wohnungen, in denen sie leben, so umwerfend und stilbewusst gestalten, voll mit wunderschönen Objekten und makellos gepflegt. Nicht wie bei uns zu Hause, wo es gemütlich und kuschelig ist, aber immer unordentlich und übervoll mit den Dingen, die wir zu brauchen scheinen.

Mein Blick streift zu dem Fenster, das sich über die gesamte Breite des Raumes zieht. Es gibt klassische Jalousien, die normalerweise altmodisch wirken, aber hier sehen sie genau passend aus. Abgesehen davon sind die Fenster frei, was mich überrascht, da man direkt in die gegenüberliegende Wohnung schauen kann. Ich gehe hinüber und schaue hinaus. Ja, in unmittelbarer Nähe gegenüber befindet sich ein identischer Wohnblock.

Wie merkwürdig. So unglaublich nahe! Warum hat man das so gebaut?

Ich blicke hinaus, versuche mich zu orientieren. Dann begreife ich allmählich. Das Gebäude wurde u-förmig um einen großen Garten angelegt. Ist das der Garten, nach dem Randolph Gardens benannt wurde? Ich sehe hinunter. Zur Linken befindet sich ein großes Rechteck mit bunten Blumenbeeten, umgeben von Büschen und Bäumen in sattem Sommergrün. Es gibt Kieswege, einen Tennisplatz, Bänke und einen Brunnen sowie ein Rasenstück, auf dem einige Menschen sitzen und die letzten Sonnenstrahlen des Tages genießen. Der Gebäudekomplex umrahmt wie ein U drei Seiten des Gartens, so dass die meisten Bewohner einen Blick auf das Grün haben. In diesem U gibt es allerdings einen schmalen Korridor, der die Gartenseite mit der zur Straße liegenden Vorderseite verbindet. Die Wohnungen zu beiden Seiten dieses Korridors liegen einander direkt gegenüber. Es gibt insgesamt sechs davon, und Celias befindet sich im fünften Stock mit direktem Blick auf die andere Seite, die viel näher ist, als es je der Fall gewesen wäre, wenn eine Straße dazwischenläge.

War die Wohnung deshalb günstiger?, überlege ich müßig, während ich zu dem Fenster auf der anderen Seite hinüberschaue. Kein Wunder hat sie sich für die blassen Farben und die spiegelnden Täfelungen entschieden: die Wohnung bekommt eindeutig nicht sehr viel Tageslicht, weil sie dem anderen Gebäudeteil so extrem nahe steht. Aber es geht ja schließlich in erster Linie darum, *wo* man wohnt, nicht wahr? Und das hier ist Mayfair.

Jetzt verschwinden auch die letzten Sonnenstrahlen, und der Raum versinkt in warme Dunkelheit. Ich gehe zu einer der Lampen, um sie einzuschalten, da fällt mein Blick auf ein glühendes, goldenes Rechteck, das durch das Fenster fällt. Es kommt aus der Wohnung direkt gegenüber, wo das Licht bereits eingeschaltet ist und der Raum so hell beleuchtet wird wie die Leinwand in einem kleinen Kino oder die Bühne in einem Theater. Ich kann alles deutlich erkennen. Abrupt bleibe ich stehen und ziehe den Atem ein. In dem Raum direkt gegenüber befindet sich ein Mann. Das mag nicht weiter seltsam sein, aber die Tatsache, dass er bis zu den Hüften nackt ist und nichts weiter als eine dunkle Hose trägt, weckt mein Interesse. Mir wird klar, dass ich regungslos dastehe, während ich beobachte, dass er telefoniert, dabei durch sein Wohnzimmer schlendert und ahnungslos seinen beeindruckenden Oberkörper präsentiert. Obwohl ich seine Gesichtszüge nicht allzu deutlich erkennen kann, weiß ich doch, dass er gut aussieht, ein klassisches, symmetrisches Gesicht mit buschigen, dunklen Brauen und einem Schopf schwarzer Haare. Ich sehe seine breiten Schultern, die muskulösen Arme, den durchtrainierten Brustkorb. Er ist sonnengebräunt, als sei er eben aus einem heißen Klima zurückgekehrt.

Ich starre ihn an und komme mir dabei merkwürdig vor. Weiß er, dass ich in seine Wohnung sehen kann, während er halbnackt darin herumspaziert? Aber da ich im Dunkeln stehe, kann er eigentlich nicht wissen, dass jemand hier ist und ihn beobachtet. Dieser Gedanke nimmt mir die Anspannung, lässt mich den Anblick genießen. Er ist so phantastisch gebaut, dass er schon fast unwirklich erscheint. Es ist, als beobachte man einen Schauspieler im Fernsehen, während er sich in dem hellen Kubus auf der anderen Seite bewegt, ein herrlicher Anblick, an dem ich mich aus der Ferne erfreuen kann. Plötzlich muss ich lachen. Celia hat wirklich alles – so eine Aussicht steigert die Lebensqualität enorm.

Ich beobachte ihn noch eine Weile. Der Mann spricht in sein Telefon und schreitet dabei vor dem Fenster auf und ab. Dann dreht er sich plötzlich um und verlässt das Zimmer.

Vielleicht will er sich etwas anziehen, denke ich und bin leicht enttäuscht. Jetzt, da er weg ist, schalte ich die Lampe ein, und der Raum wird in weiches, apricotfarbenes Licht getaucht. Er sieht anders, aber wieder wunderschön aus – das Licht bringt völlig neue Effekte hervor, lässt die silbernen Holzvertäfelungen leuchten und verleiht den Jade-Figuren einen rosigen Glanz. De Havilland kommt auf leisen Pfoten herein und springt auf das Sofa. Hoffnungsvoll schaut er zu mir auf. Ich setze mich zu ihm, und er klettert auf meinen Schoß, schnurrt laut wie eine kleine Lok, während er sich ein paar Mal im Kreis dreht und dann hinlegt. Ich streichele sein weiches Fell, vergrabe meine Finger darin und finde Trost in seiner Wärme.

Mir wird klar, dass ich immer noch an den Mann von

gegenüber denke. Er ist beunruhigend attraktiv, beinahe surreal, bewegt sich mit intuitiver Anmut und selbstsicherer Ungezwungenheit. Er war allein, schien aber alles andere als einsam. Vielleicht hat er mit seiner Freundin telefoniert. Oder auch mit jemand anderem und seine Freundin wartete die ganze Zeit im Schlafzimmer auf ihn, und jetzt ist er bei ihr, hat die Hose und seinen Slip abgestreift und beugt sich über sie, während er langsam seine Lippen auf ihren Mund senkt. Sie wird ihn auf sich ziehen, wird diesen perfekten Oberkörper an sich pressen, ihre Arme um seinen breiten Rücken schlingen und seine Erregung spüren. Sie selbst wird aufstöhnen, wenn seine kräftigen, gepflegten Hände über ihre Brüste streichen, wenn sein Mund ihre Brustwarzen liebkost und ihren Bauch hinunterwandert, bis sie die Beine spreizt, um sich ihm zu öffnen …

Hör auf. Du machst es nur noch schlimmer.

Ich lasse den Kopf sinken, muss spontan wieder an Adam denken. Ich sehe ihn, wie er früher war. Sein breites Lächeln, wenn er mich sah. Dieses Lächeln verzauberte mich jedes Mal aufs Neue, es war der Grund, warum ich mich überhaupt erst in ihn verliebt hatte. Es war ein schiefes Lächeln und brachte seine Grübchen hervor. Seine blauen Augen leuchteten dabei vor Vergnügen. Wir hatten uns in dem Sommer ineinander verliebt, als ich sechzehn war, während dieser langen, faulen Ferientage ohne Schule, in denen es nichts zu tun gab, als miteinander Spaß zu haben. Ich traf mich mit ihm auf dem Gelände einer Klosterruine, und wir verbrachten viele Stunden zusammen, lungerten herum und redeten, und dann küssten wir uns. Wir konnten gar nicht genug voneinander kriegen. Adam war damals ein knochiger Teenager gewesen, nur ein Knabe, während ich mich allmählich daran gewöhnte, dass mir die Männer auf den Busen schauten, wenn ich auf der Straße an ihnen vorbeiging. Als wir ein Jahr später miteinander schliefen, war es für uns beide das erste Mal – ein unbeholfenes, fummelndes Experiment, das sehr schön war, weil wir einander liebten, auch wenn keiner von uns eine Ahnung hatte, wie man es richtig machte. Wir waren natürlich im Laufe der Zeit besser geworden, und ich konnte mir nicht vorstellen, jemals mit einem anderen zu schlafen. Wie sollte es je wieder so süß und liebevoll sein wie mit Adam? Ich liebte es, wenn er mich küsste und mich in seinen Armen hielt und mir sagte, dass er mich am allermeisten liebte. Schon der Gedanke an ihn, daran, wie wir miteinander im Bett waren, erregte mich damals, weil ich an die Liebe dachte, die wir teilten. Einen anderen Mann könnte ich nicht einmal anschauen.

Tu dir das nicht an, Beth! Schau nicht zurück. Lass nicht zu, dass er dich weiterhin verletzt.

Ich wehre mich gegen das Bild, aber es steht mir dennoch vor Augen. Ich sehe es deutlich vor mir, wie in jener schrecklichen Nacht selbst. Ich sollte nebenan die Kinder hüten, eigentlich bis lange nach Mitternacht, aber die Nachbarn kamen früher zurück, weil die Frau plötzlich an schlimmen Kopfschmerzen litt. Ich war also frei, es war erst zehn Uhr, und sie hatten mich für die ganze Nacht bezahlt.

Fröhlich beschloss ich, Adam zu überraschen. Er wohnte im Haus seines Bruders Jimmy, war für wenig Miete im Gästezimmer untergekommen. Jimmy war unterwegs, darum wollte Adam ein paar Kumpel einladen, Bier trinken und einen Film anschauen. Er hatte enttäuscht gewirkt, als ich ihm sagte, dass ich nicht dabei sein könnte, darum wäre er sicher begeistert, wenn ich unerwartet auftauchte.

Die Erinnerung ist so lebendig, dass es mir vorkommt, als würde ich es erneut durchleben, als trete ich in das abgedunkelte Haus, überrascht, weil keiner da ist, und ratlos, wo die Jungs nur sein können. Das Fernsehgerät ist ausgeschaltet, niemand fläzt sich auf dem Sofa, reißt Bierdosen auf oder kommentiert das Geschehen auf der Mattscheibe. Mein Überraschungsauftritt wird also nicht wie eine Bombe einschlagen. Vielleicht fühlt sich Adam nicht wohl, und er ist zu Bett gegangen. Ich schlendere den langen Flur zu seinem Zimmer entlang. Alles ist mir schon so vertraut, als würde ich selbst hier wohnen.

Ich drehe den Türknauf und rufe ganz leise: »Adam?«, falls er bereits schläft. Ich will nur kurz sein Gesicht anschauen, das Gesicht, das ich so sehr liebe, und mich fragen, wovon er wohl träumt, um ihm vielleicht einen Kuss auf die Wange zu hauchen oder mich an ihn zu kuscheln ...

Ich stoße vorsichtig die Tür auf. Die Nachttischlampe brennt, diejenige, über die er einen roten Schal wirft, wenn wir uns lieben – und jetzt gerade glüht die Lampe dunkelrot, darum schläft er vielleicht doch nicht. Ich blinzele im Dämmerlicht. Die Bettdecke wölbt sich, und darunter bewegt sich etwas. Was macht er denn da?

»Adam?«, sage ich, jetzt lauter. Die Bewegungen hören auf, und die Form unter der Decke verändert sich. Die Decke wird zurückgeschlagen, und ich sehe ...

Angesichts der Erinnerung schnappe ich schmerzlich nach Luft und schließe die Augen, als ob ich dadurch das Bild vor meinem inneren Auge auslöschen könnte. Es ist wie ein alter Film, den ich mir immer wieder ansehen muss, aber dieses Mal drücke ich fest auf den mentalen Aus-Schalter und hebe De Havilland von meinem Schoß auf das Sofa. Die Erinnerung überfordert mich immer noch, stürzt mich in ein Meer ungeweinter Tränen. Warum bin ich hier? Der Plan ist doch, dass ich endlich mein Leben wieder in den Griff bekomme, und damit muss ich jetzt sofort anfangen.

Mein Magen knurrt, und ich merke, wie hungrig ich bin. Ich gehe in die Küche und suche etwas Essbares. Celias Kühlschrank ist so gut wie leer, und ich notiere mir, dass ich morgen als Erstes Lebensmittel kaufen muss. Ich durchsuche die Schränke, finde ein paar Cracker und eine Dose Sardinen, und das reicht mir für den Moment. Ich habe solchen Appetit, dass es mir ausgezeichnet schmeckt. Als ich den Teller spüle, muss ich plötzlich heftig gähnen. Ich schaue auf meine Armbanduhr. Es ist noch nicht spät, erst kurz nach neun Uhr, aber ich bin völlig erschöpft. Es war ein langer Tag. Die Tatsache, dass ich noch heute Morgen in meinem alten Kinderzimmer zu Hause aufgewacht bin, scheint jetzt unglaublich.

Warum soll ich nicht früh schlafen gehen? Außerdem will ich dieses erstaunliche Bett ausprobieren. Wie kann man sich als Frau in einem Himmelbett nicht auf einen Schlag besser fühlen? Das ist unmöglich.

Ich gehe ins Wohnzimmer, um die Lampe auszuschalten. Meine Hand liegt auf dem Lichtschalter, als ich bemerke, dass der Mann von gegenüber wieder in seinem Wohnzimmer ist. Die dunkle Hose wurde durch ein Handtuch ersetzt, das er sich um die Hüften geschlungen hat, und sein Haar ist nass und glatt nach hinten gekämmt. Zuerst lehnt er sich gegen den Esstisch, beugt sich vor, um die dort liegende Zeitung zu lesen. Ich sehe die Muskeln auf seinem Rücken, die sanfte, wohldefinierte Einkerbung seines Rückgrats. Ich folge dieser Linie bis zu den Hüften und bedauere unwillkürlich, dass mein Blick von seinem Handtuch gestoppt wird. Plötzlich dreht er sich um und macht ein paar Schritte nach vorn. Er bleibt mitten im Zimmer stehen, und dann schaut er direkt in meine Wohnung. Genauer gesagt, starrt er mich an. Seine Stirn runzelt sich. Ich starre zurück. Unsere Blicke treffen sich, obwohl wir zu weit voneinander entfernt sind, um die Nuancen im Blick des anderen lesen zu können.

Dann presse ich meinen Daumen in einer fast unwillkürlichen Bewegung auf den Schalter, und die Lampe geht gehorsam aus, taucht den Raum in Dunkelheit. Jetzt kann er mich nicht mehr sehen. Doch sein Wohnzimmer ist für mich immer noch hell erleuchtet, sogar noch heller, weil ich jetzt aus der Dunkelheit hinüberschaue. Der Mann tritt ans Fenster, stützt sich auf dem Sims ab und starrt intensiv herüber, versucht offenbar angestrengt, noch etwas zu erkennen. Ich erstarre, mir stockt der Atem. Ich weiß nicht, warum es so wichtig scheint, dass er mich nicht sehen kann, aber ich kann dem Impuls nicht widerstehen, im Verborgenen zu bleiben. Er schaut noch ein paar Augenblicke länger, immer noch mit gerunzelter Stirn, und ich spähe zu ihm hinüber, unfähig, mich zu bewegen. Trotzdem bewundere ich die Form seines Oberkörpers und wie sein ausgeprägter Bizeps anschwillt, wenn er sich nach vorn beugt.

Dann endlich wendet er sich ab und geht tiefer in den Raum hinein. Ich ergreife die Gelegenheit, schlüpfe aus dem Wohnzimmer in den Flur hinaus und schließe die Tür hinter mir. Hier gibt es keine Fenster, hier kann ich nicht gesehen werden. Ich stoße einen tiefen Seufzer aus.

»Was sollte das denn bedeuten?«, frage ich laut, und der Klang meiner Stimme beruhigt mich. Ich muss lachen. »Also schön, das reicht jetzt. Der Typ denkt sonst noch, ich sei total durchgeknallt, wenn er mich zur Statue erstarren sieht, sobald ich das Gefühl habe, er könne mich im Dunkeln sehen. Ab ins Bett.«

Gerade noch rechtzeitig fällt mir De Havilland wieder ein. Ich öffne die Wohnzimmertür, damit er herauskann, wenn er will. In der Küche steht sein Katzenklo, zu dem er Zugang haben muss, also lasse ich auch die Küchentür offen. Ich will das Licht im Flur löschen, zögere kurz, dann lasse ich es doch an.

Ich weiß, es ist kindisch zu glauben, Licht könne Monster vertreiben und einem Einbrecher und Mörder vom Leib halten, aber ich bin allein an einem fremden Ort und ich finde, dass ich das Licht heute Nacht ruhig anlassen kann.

Selbst als mich die flauschige Weichheit von Celias Bett einhüllt und ich so müde bin, dass mir die Augen zufallen, bringe ich es nicht über mich, die Nachttischlampe zu löschen. Zu guter Letzt beleuchtet sie mich die ganze Nacht mit ihrem sanften Schein, aber ich schlafe zu tief, um es zu bemerken.

2. Kapitel

»Hallo, entschuldigen Sie, können Sie mir sagen, wo ich den Lie Cester Square finde?«

»Wie bitte?« Ich bin verwirrt, muss im grellen Morgenlicht blinzeln. Über mir entfaltet sich ein strahlend blauer Himmel, mit nur einer schwachen Andeutung von Wolken in der Ferne.

»Der Lie Cester Square«, wiederholt sie geduldig. Ihr Akzent ist amerikanisch. Sie trägt einen Sonnenhut und eine große Sonnenbrille und die typische Touristenuniform aus rotem Polohemd, weiten Hosen und Turnschuhen, mit dem obligatorischen, kleinen Rucksack auf dem Rücken. In der Hand hält sie einen Reiseführer. Ihr Ehemann, beinahe identisch gekleidet, steht stumm hinter ihr.

»Lie Cester?« Es ist mir ein Rätsel. Ich bin von den Randolph Gardens zur Oxford Street gelaufen, eine der großen Shoppingmeilen Londons, wo ich nun gemütlich schlendere, die Menschenmassen beobachte, die selbst zu dieser relativ frühen Stunde schon unterwegs sind, und die Schaufensterauslagen bestaune. Kaum zu glauben, dass all diese Geschäftigkeit nur zehn Minuten Fußweg von Celias Wohnung entfernt liegt. »Ich ... ich weiß nicht genau.«

»Schauen Sie, hier soll es sein«, sagt die Frau und zeigt mir die Karte in ihrem Reiseführer. »Ich möchte die Statue von Charlie Chaplin sehen.«

»Oh, der Leicester Square, aber natürlich ...«

»Lester?«, wiederholt sie verwirrt und wendet sich an ihren Mann. »Sie sprechen es Lester aus, Schatz. Ehrlich, wenn man sich hier nicht auskennt, ist man verloren.«

Ich will ihr sagen, dass ich selbst Touristin bin, aber irgendwie schmeichelt es mir, dass sie denkt, ich würde mich hier auskennen. Ich muss wie eine Londonerin aussehen. Also nehme ich die Karte zur Hand und studiere sie aufmerksam. »Ich glaube, Sie kommen von hier aus zu Fuß hin. Gehen Sie zum Oxford Circus hoch, dann die Regent Street bis zum Piccadilly Circus und dann nach links, dann kommen Sie direkt zum Leicester Square.«

Die Frau strahlt mich an. »Oh, ich danke Ihnen sehr, wirklich sehr freundlich. Wir haben uns irgendwie verlaufen. Aber hier ist auch so viel los, nicht wahr? Dennoch, wir finden es großartig!«

Ich erwidere ihr Lächeln. »Gern geschehen. Noch einen schönen Aufenthalt.«

Ich sehe ihnen nach und hoffe, dass sie zum Leicester Square finden und dass die Statue von Chaplin ihren Erwartungen entspricht. Vielleicht sollte ich selbst einmal dorthin gehen, schließlich kenne ich diesen Platz bisher nur aus dem Fernsehen, wenn von den großen Filmpremieren dort berichtet wird.

Ich fische meinen eigenen Reiseführer aus meiner Schultertasche und blättere, während die Menschen in beiden Richtungen an mir vorbeiströmen. Überall um mich herum befinden sich große Warenhäuser und Ketten: Gap, Monsoon, L. K. Bennett, Handygeschäfte, Boutiquen, Apotheken, Optiker mit Designerbrillen, Juweliere. Auf den breiten Gehwegen stehen Kioske, in denen Souvenirs, Taschen, Schnickschnack und Snacks verkauft werden: Obst, Nüsse mit Karamellüberzug, Waffeln, Kaltgetränke.

Nach einigem Überlegen entscheide ich mich, die Wallace Collection aufzusuchen, ein eintrittsfreies Museum in der Nähe, das eine außergewöhnliche Sammlung barocker Kunst und Möbel bietet. Dann will ich irgendwo zu Mittag essen und mich anschließend davon überraschen lassen, was der Nachmittag so bringt. Ich fühle mich herrlich frei: niemand, dem ich Rede und Antwort stehen muss, niemand außer mir selbst, dem ich es recht machen muss, und der Tag liegt voller Gelegenheiten und Möglichkeiten vor mir. London hat mehr zu bieten, als ich jemals wahrnehmen kann, aber ich habe fest vor, alle Sehenswürdigkeiten abzuhaken, vor allem diejenigen, die mir am nächsten liegen: die National Gallery, die National Portrait Gallery und das British Museum. Schließlich habe ich einen Abschluss in Kunstgeschichte, und mir schlägt förmlich das Herz höher, wenn ich nur an all die Dinge denke, die ich hier zu sehen bekommen werde.

Die Sonne strahlt am wolkenlosen Himmel. Ich fühle mich fast schon übermütig. Es sind überwältigend viele Menschen unterwegs, aber auch das hat etwas Befreiendes. Daheim kann ich nirgends hingehen, ohne jemanden zu treffen, den ich kenne, und einer der Gründe, warum ich so selten das Haus verlassen habe, ist der, dass alle über Adam und mich und über das, was geschehen ist, reden wollten. Zweifelsohne weiß auch schon jeder, was wir uns in diesem letzten, tränenreichen Gespräch gesagt haben, als Adam beichtete, schon seit Monaten mit Hannah zu schlafen, schon lange vor meiner Rückkehr von der Uni. Garantiert war das bereits Stadtgespräch gewesen. Ich war völlig ahnungslos zurückgekommen, hatte geglaubt, dass Adam und ich immer noch Seelenverwandte seien, einer für den anderen der Mittelpunkt der Welt. Was müssen sie alle über mich gelacht haben, sich gefragt haben, wann ich es wohl herausfinden und was ich dann tun würde.

Tja, jetzt wissen sie es.

Hier weiß es keiner. Niemand schert sich um meine Demütigung oder mein gebrochenes Herz oder die Tatsache, dass mich der Mann, den ich liebte, betrogen hat. Ich lächele und atme die frische Sommerluft ein. Ein roter Doppeldeckerbus rumpelt an mir vorbei, und mir wird wieder bewusst, dass ich in London bin, der wunderbaren Hauptstadt unseres Landes, die hier vor mir liegt und nur darauf wartet, von mir entdeckt zu werden.

Ich laufe los, beschwingter und fröhlicher als seit Wochen.

Es ist später Nachmittag, als ich in die Randolph Gardens zurückkomme, eine schwere Tüte mit Lebensmitteln in der Hand, deren Griff mir in die Handfläche schneidet. Ich will nichts weiter, als etwas Kaltes trinken und mir die Schuhe auszuziehen. Mir tun die Füße weh, aber ich bin stolz auf alles, was ich heute unternommen habe. Ich habe die Wallace Collection gefunden und in deren außerordentlich schönem Regency-Gebäude einen sehr vergnüglichen Vormittag mit der Kunst und den Möbeln des Rokoko verbracht. Ich habe in der weißrosa Pracht von Boucher geschwelgt, habe Fragonards umwerfende Blumenmärchen betrachtet und vor dem Porträt der Madame de Pompadour in ihrem aufwendigen Gewand geseufzt. Ich habe die herrlichen Statuen bewundert, die Möbel und den Zierrat, und mir für die Sammlung an Miniaturen viel Zeit gelassen.

Dann fand ich ein Café in der Nähe, wo mir der Hunger half, meine Befangenheit vor dem Alleinessen zu nehmen. Im Anschluss daran beschloss ich, einfach zu sehen, wo ich landen würde, und lief los. Schließlich kam ich in den Regent's Park und verbrachte zwei Stunden damit, ihn zu erkunden. Erst lief ich durch gepflegte Rosengärten, dann wieder auf Wegen entlang grüner Rasenflächen und buschiger Bäume, vorbei an Seen, Spiel- und Sportplätzen. Zu meiner Überraschung hörte ich irgendwann das Trompeten von Elefanten und sah in der Ferne den langen, gesprenkelten Hals einer Giraffe mit ihrem kleinen Kopf. Mir wurde klar, dass ich in der Nähe des Zoologischen Gartens sein musste, und ich lachte. Auf dem Heimweg kam ich durch eine sehr elegante Straße, in der es schicke Boutiquen und Haushaltswarenläden, Bankautomaten und einen Supermarkt gab. Dort konnte ich mir Lebensmittel und andere Notwendigkeiten besorgen. Auf dem Rückweg zu Celias Wohnung musste ich nur zwei Mal stehen bleiben, um meinen Stadtplan zu konsultieren, und ich kam mir schon fast wie eine richtige Londonerin vor. Die Frau, die mich an diesem Morgen nach dem Weg gefragt hatte, hatte keine Ahnung, dass ich die Stadt ebenso wenig kannte wie sie, aber jetzt war ich schon ein wenig erfahrener, und ich freute mich auf das, was ich am nächsten Tag alles tun würde. Das Beste war, dass ich kaum an Adam gedacht hatte. Nun ja, nicht so viel wie sonst. Und wenn ich es doch getan hatte, schien er so weit weg, so fern von dem Leben, das mich jetzt umgab, dass sein Schatten weniger schwer auf mir zu lasten schien.

»Guten Abend, De Havilland«, rufe ich gutgelaunt. Der Kater mit seinem vertrauten, schwarzen Fell erwartet mich hinter der Wohnungstür. Er freut sich, mich zu sehen, schnurrt wie verrückt und reibt sich ekstatisch an meinen Beinen. Keinen einzigen Schritt will er mich machen lassen, ohne sich eng an meine Waden zu pressen. »Hattest du einen schönen Tag? Ich schon! Was haben wir denn hier? Schau dir das an, ich war einkaufen – ich kann Abendessen kochen. Ich weiß, ich weiß, das ist ungeheuer aufregend. Ich wette, du hast nicht geglaubt, dass ich kochen kann, aber ich bin gar nicht übel darin, und heute Abend werden wir uns ein köstliches Thunfischsteak mit asiatischer Soße, Reis und gebratenem Gemüse gönnen, auch wenn Celia bestimmt keinen Wok hat. Aber wir behelfen uns einfach mit dem, was da ist.«

Ich plaudere mit dem kleinen Tier, genieße seine Gesellschaft und den Blick seiner wachen, gelben Augen. Natürlich ist er nur ein Kater, aber ich bin froh, dass er da ist. Ohne ihn wäre diese ganze Sache sehr viel beängstigender.

Nach dem Abendessen, das mir auch ohne Wok hervorragend gelingt, flaniere ich durch das Wohnzimmer und frage mich, ob der Mann von gegenüber wieder auftauchen wird, aber seine Wohnung bleibt dunkel.

Ich trete vor das Bücherregal und inspiziere Celias Bibliothek. Neben einer umfassenden Sammlung von Gedichtbänden und historischen Romanen besitzt sie herrliche Bücher über Mode, von der Geschichte berühmter Designermarken über Biographien gefeierter Couturiers bis hin zu reich illustrierten Bildbänden. Ich ziehe einige heraus, setze mich auf den Boden und blättere mich hindurch, bewundere die Modefotografie des 20. Jahrhunderts. Ich blättere gerade die Hochglanzseiten eines Buches durch, als ich plötzlich innehalte. Meine Aufmerksamkeit wird von dem Model in einer der Aufnahmen auf sich gezogen. Es ist ein Bild aus den Sechzigern. Eine umwerfend schöne Frau sieht mich an, ihre riesigen Augen sind mit Eyeliner katzenartig geschminkt. Sie beißt sich auf die Unterlippe, was ihr den Ausdruck enormer Verletzlichkeit verleiht, der nicht zu ihrer makellosen Schönheit, den sorgfältig frisierten Haaren und ihrem faszinierenden Minikleid passt.

Ich fahre mit dem Finger über die Gesichtszüge der jungen Frau, und mir wird klar, dass ich sie kenne. Ich schaue mir das gerahmte Foto auf einem der Beistelltische an. Ja, kein Zweifel möglich. Das ist Celia, eine Aufnahme vom Beginn ihrer Karriere. Ich blättere rasch weiter: es gibt noch drei weitere Fotos von Celia, und auf jedem hat sie diese fragile Ausstrahlung, trotz der topmodischen Outfits. Auf einem Foto sind ihre dunklen Locken kurz geschnitten, ein jungenhafter Look, der sie noch viel jünger aussehen lasst.

Das ist merkwürdig. Ich hatte mir Celia immer als starke

Frau vorgestellt, aber auf diesen Fotos sieht sie so … nicht direkt schwach … zerbrechlich aus. Als ob ihr das Leben einen Schlag versetzt hätte. Als ob das da draußen die große, böse Welt sei, und sie müsse sich ihr ganz allein stellen.

Aber sie hat das überwunden, oder etwa nicht? Andere Fotos auf dem Beistelltisch zeigen Celia in unterschiedlichen Phasen ihres Lebens, und in ihnen scheint diese Verletzlichkeit weniger offensichtlich. Die Celia in ihren Dreißigern strahlt und lacht und ist definitiv stärker und selbstsicherer und bereit, sich der Welt zu stellen. In ihren Vierzigern ist sie weltgewandt und erfahren, in ihren Fünfzigern glamourös und kompetent, in einer Welt vor Botox, in der man einer Frau ihr Alter ansah, ob es ihr gefiel oder nicht. Und das Alter stand ihr.

Vielleicht ist ihr einfach klargeworden, dass immer Schläge kommen werden. Wichtig ist nur, wie man mit ihnen umgeht. Dass man aufsteht und weitermacht.

In diesem Moment wird die Stille von einem Klingeln unterbrochen. Ich schrecke zusammen, dann bemerke ich, dass es nur mein Handy ist. Es sind meine Eltern, die hören wollen, wie es mir geht und was ich so mache.

»Es geht mir gut, Mum, ehrlich. Die Wohnung ist klasse. Ich hatte heute einen wunderschönen Tag, es könnte gar nicht besser sein.«

»Isst du auch ordentlich?«, will meine Mutter besorgt wissen.

»Aber ja.«

»Hast du auch genug Geld?«, erkundigt sich mein Vater. Ich vermute, er steht am Nebenanschluss im Wohnzimmer, während meine Mutter am Küchentisch sitzt.

»Ja, Dad, ehrlich. Du musst dir keine Sorgen machen.«

Nachdem ich ihnen alles detailliert erzählt habe, teile ich ihnen auch noch meine Pläne für den kommenden Tag mit und versichere ihnen, dass ich hier sicher bin und dass ich mich um mich selbst kümmern kann. Wir verabschieden uns, und ich bleibe in dieser merkwürdig surrenden Stille zurück, die einsetzt, wenn Geplauder und Lärm abrupt aufhören.

Ich stehe auf und gehe zum Fenster, versuche, die wachsende Einsamkeit in mir niederzuringen. Ich bin froh, dass meine Eltern angerufen haben, ehrlich, aber ohne, dass sie es beabsichtigt hätten, haben sie mich wieder deprimiert. Ich kämpfe so sehr darum, dieser pechschwarzen Qual zu entkommen, die mich gefangen hält, seit ich Adam erwischt habe. Ich brauche all meine Kraft, um ein paar Schritte zurückzutreten, aber dann wirft mich die leiseste Berührung sofort zurück in diesen Abgrund.

Die Wohnung gegenüber liegt im Dunkeln. Wo ist der Mann, den ich gestern Abend sah? Mir wird klar, dass ich mich unbewusst darauf gefreut habe, hierher zurückzukommen und ihn wiederzusehen. Eigentlich spukte er mir den ganzen Tag durch den Kopf, ohne dass es mir bewusst war. Das Bild von ihm, halbnackt, die Art, wie er sich lässig durch sein Wohnzimmer bewegte, wie er mich so direkt anstarrte – all das hat sich mir in die Netzhaut gebrannt. Er ähnelt keinem der Männer, die ich bisher erlebt habe – also, nicht im wirklichen Leben.

Adam ist kein besonders großer Mann, und obwohl er durch die Arbeit für seinen Vater ziemlich kräftig ist, sieht er eher bullig als durchtrainiert aus. Je länger ich ihn kannte, desto untersetzter und kantiger wurde er, vielleicht weil er seine Energie aus dem fetten Zeug zog, das er so aß, unendlich viele Burger und ständig warmes Frühstück. Und in seiner Freizeit machte er nichts lieber, als mehrere Flaschen Bier zu kippen und spät nachts noch Pommes an der Imbissbude zu holen. Als ich ihn damals in jener Nacht sah, wie er sich auf seine Ellbogen stützte und entsetzt in Hannahs ängstliches Gesicht auf dem Kissen unter ihm schaute, war mein erster Gedanke: er sieht dick aus. Seine bleiche Brust schien schwammig, und sein nackter Bauch schwabbelte über Hannah, die mit ihren riesigen Brüsten, ihrem gewaltigen, milchigweißen Bauch und den breiten Hüften perfekt zu seiner Üppigkeit passte.

»Beth!« Er schnappte nach Luft, sein Blick wechselte zwischen Verwirrung, Schuldgefühlen, Scham und – unbegreiflicherweise – Verärgerung hin und her. »Was zum Teufel hast du hier zu suchen? Du sollst doch babysitten!«

Hannah sagte nichts, aber ich sah, wie aus ihrem anfänglichen Schockzustand eine Art bösartiger Trotz wurde. Ihre Augen funkelten mich an, als ob sie sich auf einen Kampf vorbereitete. Mitten im miesesten Betrug ertappt, würde sie es an mir auslassen. Anstatt die Rolle der gemeinen Verführerin zu spielen, besetzte sie mich mit der Rolle der törichten Närrin, die sich der wahren Liebe zwischen Romeo und Julia in den Weg stellte. Ihre Nacktheit war ihr Ehrenabzeichen, kein Symbol der Schande. ›Ja‹, schien sie zu sagen, ›wir haben Sex, wir sind verrückt nacheinander, wir können die Finger nicht voneinander lassen. Also, was hast du hier zu suchen?‹

Keine Ahnung, wie ich all das in den wenigen Sekunden wissen konnte, die zwischen dem Moment, als ich den Raum betrat, und der Erkenntnis, was ich da sah, verstrichen. Ich wusste es einfach. Die weibliche Intuition mag ein Klischee sein, aber das macht sie noch lange nicht zum Mythos. Ich wusste auch, dass alles, was ich noch vor einer Minute geglaubt hatte, jetzt keine Gültigkeit mehr besaß, und dass dieser entsetzliche Schmerz, den ich spürte, von meinem Herzen kam, gebrochen und in tausend kleine Teile zerschmettert.

Endlich fand ich meine Stimme wieder. Ich sah Adam flehend an. Aber alles, was ich sagen konnte, war: »Warum? *Warum* nur?«

Unwillkürlich muss ich tief seufzen. Selbst der heutige Tag, an dem ich mich in der gewaltigen Kulisse von London verloren habe, scheint mich nicht davon abhalten zu können, diese ganze jämmerliche Szene erneut zu durchleben. Wie kann ich dem nur je entkommen? Wird es jemals enden? Offen gestanden, es ist unglaublich ermüdend, sich so zu quälen. Niemand spricht je darüber, wie erschöpfend es ist, traurig zu sein.

Die Wohnung gegenüber liegt immer noch im Dunkeln. Vermutlich ist der Mann ausgegangen, lebt sein glamouröses Leben, stellt unendlich viele aufregende Dinge an, trifft sich mit Frauen, die wie er sind: schön, elegant und anspruchsvoll. Frauen, die wie er sinnlich und erregend sind und die ihre Phantasien ausleben – und seine …

»Ich brauche Eiscreme«, beschließe ich plötzlich. Ich wende mich vom Fenster ab und sage zu De Havilland, der sich auf dem Sofa eingerollt hat: »Ich gehe noch mal raus. Es kann etwas dauern.« Dann greife ich mir die Schlüssel und ziehe los.

Außerhalb der Wohnung verfliegt etwas von dem Selbstvertrauen, das ich im Laufe des Tages aufgebaut habe; es fühlt sich an wie Luft, die ganz langsam aus dem Riss in einem Reifen weicht.

Die Häuser um mich herum ragen hoch und abweisend auf. Ich habe keine Ahnung, wo ich bin oder wohin ich gehe. Ich wollte den Portier fragen, aber seine Theke war leer, als ich das Haus verließ, darum gehe ich einfach in Richtung der nächsten großen Straße. Es gibt zahlreiche Geschäfte, aber keines hat etwas zu bieten, was mich interessiert, und außerdem sind alle schon geschlossen. Die Gitter vor den Schaufenstern sind heruntergelassen und verriegelt. Hinter den Glasfronten befinden sich Perserteppiche, riesige Porzellanvasen aus China, Kristalllüster und Edelklamotten. Wo bekomme ich hier nur Eiscreme? Ich spaziere ziellos durch den warmen Sommerabend, versuche, mir den Weg einzuprägen. Ich komme an Kneipen und Restaurants vorbei, alle viel eleganter, als ich es jemals gesehen habe, mit bulligen Männern in schwarzen Jacketts und Ohrhörern vor den Eingängen. Hinter gepflegten Buchsbaumhecken sitzen Menschen mit Sonnenbrillen und dieser unverkennbaren Aura des Wohlstandes und rauchen, während Eiskübel mit Champagner und weiße Teller mit köstlich aussehenden Häppchen unbeachtet vor ihnen auf den Tischen stehen.

Mir sinkt allmählich der Mut. Was mache ich hier nur? Wie hatte ich jemals denken können, ich hätte eine Chance in einer solchen Welt? Wie unglaublich dumm von mir. Es ist doch klar: Ich gehöre hier nicht her, und das werde ich auch nie. Ich spüre, wie Tränen in mir aufsteigen und versuche mich zusammenzureißen.

Da sehe ich eine leuchtende Markise und eile erleichtert darauf zu. Kurz darauf trete ich aus dem Eckladen heraus, mit einer Schachtel extrem teurer Eiscreme in einer Einkaufstüte. Gleich fühle ich mich schon viel glücklicher. Jetzt muss ich nur noch nach Hause finden.

Mir fällt auf, dass ich in Celias Wohnung gar kein Fernsehgerät gesehen habe. Auch keinen Computer. Ich habe meinen alten Laptop dabei, aber Gott weiß, ob es eine Internetverbindung gibt. Wahrscheinlich nicht. Ich bin mir nicht sicher, ob ich Eiscreme essen kann, ohne dabei fernzusehen, aber vermutlich wird es mir irgendwie gelingen. Das Eis wird ja trotzdem schmecken, oder nicht?

Ich biege um die Ecke zu Randolph Gardens, und genau weiß ich nicht, wie es passiert ist, aber im nächsten Augenblick pralle ich auf einen Mann vor mir auf dem Gehweg. Er muss vor mir gegangen und stehen geblieben sein, ohne dass ich es bemerkte, darum bin ich einfach weiterspaziert, bis sich meine Nase förmlich in seinen Rücken bohrt.

Unwillkürlich rufe ich: »Oh!« und trete einen Schritt zurück, komme aus dem Gleichgewicht und stolpere vom Gehweg über den Randstein, wobei mir die Tüte mit dem Eis aus der Hand fällt. Sie rollt davon und bleibt auf einem schmutzigen Gully zwischen Müll und Laub liegen.

»Verzeihung«, sagt der Mann und dreht sich um, und mir wird klar, dass ich direkt in die Augen des Nachbarn von gegenüber schaue. »Ist mit Ihnen alles in Ordnung?«

Ich spüre, wie ich scharlachrot anlaufe. »Ja.« Ich klinge atemlos. »Aber es war meine Schuld. Ehrlich. Ich sollte besser darauf achten, wohin ich gehe.«

Von nahem ist er ziemlich atemberaubend. Ich kann kaum seinem Blick standhalten, konzentriere mich stattdessen auf seinen perfekt geschnittenen, dunklen Anzug und den Strauß weißer Pfingstrosen in seiner Hand. Wie merkwürdig, denke ich, er hat meine Lieblingsblumen dabei.

»Ihre Tüte«, sagt er. Seine Stimme ist tief, und seine Sprachmelodie lässt auf eine gute Herkunft und beste Bildung schließen. Er tritt einen Schritt vor, als ob er mein Eis aus der Gosse heben will.

»Nein, nein«, rufe ich rasch, während ich noch stärker erröte. »Das mache ich schon.«

Wir beugen uns beide vor und greifen gleichzeitig nach der Tüte, und plötzlich liegt seine Hand auf meiner, warm und schwer. Ich schnappe nach Luft und ziehe meine Hand zurück, und prompt stolpere ich und drohe, hinzufallen. Augenblicklich packt er entschlossen meinen Arm und verhindert so, dass ich voll auf der Nase lande.

»Alles in Ordnung?«, fragt er, während ich mein Gleichgewicht wiederherzustellen suche. Mein Gesicht brennt vor Scham.

»Ja. ... danke ... Entschuldigung«, stammele ich, weil ich an nichts anderes denken kann als an seinen festen Griff um meinen Arm. »Sie können mich jetzt loslassen.«

Er lässt mich los, und ich beuge mich vor, um die Tüte mit der deutlich sichtbaren Eiscremeschachtel aufzuheben. Ein paar Blätter kleben an der Tüte. Ich wische mir mit der Hand über das Gesicht und spüre Straßenschmutz. Ich muss schrecklich aussehen.

»Genau das richtige Wetter für ein Eis.« Er lächelt. Ich schaue ihn scheu an. Liegt da leichter Spott in seiner Stimme? Vermutlich bin ich einfach nur irgendein namenloses Mädchen, mit Straßenschmutz im Gesicht, die eine Tüte mit Eis an sich presst wie ein Kleinkind seine Nascherei. Er dagegen ist ein anderes Kaliber. Seine Augen sind so dunkel, dass sie beinahe schwarz erscheinen, aber vor allem seine Augenbrauen fallen mir auf: nachtschwarze Striche, deren Bögen eine Spur gefährlich wirken. Er besitzt eine dieser gerade gewachsenen Nasen, deren leichter Knick auf dem Nasenrücken seltsamerweise nur zu ihrer Perfektion beiträgt, und darunter einen vollen, sinnlichen Mund, obwohl sich die Lippen momentan zu einem Lächeln verziehen und perfekte, weiße Zähne zeigen.

Ich kann nur noch eines denken: Wow! Außer einem Nicken bringe ich nichts zustande. Ich bin vollkommen sprachlos.

»Tja, dann gute Nacht. Genießen Sie Ihr Eis.« Er dreht sich um und läuft rasch die Treppe zum Haus hoch, bevor er dann im Innern verschwindet.

Ich stehe wie festgewachsen im Rinnstein, schaue ihm nach, spüre den Straßenkies zwischen den Zehen. Dann atme ich tief ein. Solange er mich ansah, hatte ich nicht atmen können. Ich fühle mich merkwürdig, ein wenig überwältigt, mit einer Art Summen in meinem Kopf.

Langsam gehe ich ebenfalls zur Tür. Oben in Celias Wohnung angekommen, trete ich sofort ins Wohnzimmer. Jetzt brennt in der Wohnung gegenüber Licht, und ich kann den Mann deutlich sehen. Ich hole einen Löffel aus der Küche, gehe wieder ins Wohnzimmer und ziehe einen Stuhl vor das Fenster – nahe genug, dass ich mühelos hinüberschauen kann, aber nicht so nahe, dass ich selbst zu sehen bin. Ich nehme die Eiscreme aus der Tüte und beobachte, wie der Mann sein Wohnzimmer betritt und wieder verlässt. Er hat sein Jackett ausgezogen und die Krawatte abgelegt und läuft in einem blauen Hemd und dunklen Hosen herum, was auf lässige Weise sexy wirkt. Das Hemd betont seine breiten Schultern, und die Hosen unterstreichen seinen langgliedrigen, maskulinen Körperbau. Es ist, als wolle er zu einem Mode-Shooting für ein Herrenmagazin. Mir fällt auf, dass ein Esstisch mit Stühlen in seinem Wohnzimmer steht. Das ist nur logisch. Wenn seine Wohnung genauso geschnitten ist wie die von Celia, dann ist seine Küche nur ein schmaler Gang. Für Celia ist Essen offenbar nicht wichtig genug, um sich mehr als den winzigen Zwei-Personen-Tisch in ihrer Küche anzuschaffen, aber dieser Mann will sichtlich etwas Zivilisierteres.

Ob er kochen kann?, frage ich mich. Wer ist er? Was macht er von Beruf? Ich muss ihm einen Namen geben. ›Der Mann‹ ist nicht plastisch genug. Wie soll ich ihn nennen? Tja, natürlich *Mister* Irgendwas, da wir einander noch nicht vorgestellt wurden und so ein Vorname etwas sehr Intimes ist. Es wäre außerdem komisch, ihn Sebastian oder Theodore zu nennen, nur um dann herauszufinden, dass er Reg oder Norm heißt. Nein, ich brauche etwas, das geheimnisvoll und dehnbar ist, etwas, in dem noch alle Möglichkeiten schlummern ...

Mr R.

Ja, das ist es. Ich werde ihn Mr R. nennen.

Wie in Randolph Gardens. Das passt irgendwie zu ihm.

Mr R. kommt wieder in sein Wohnzimmer, in der Hand einen Eiskübel und zwei Gläser. Aus dem Kübel ragt ein vielversprechender, in Goldfolie gehüllter Korken. Zwei Gläser – also erwartet er Besuch. Außer er will in jeder Hand ein Glas halten. Die Blumen sind nirgends zu sehen. Ich ziehe die Beine hoch, mache es mir wie ein Schulkind im Schneidersitz auf dem Stuhl bequem und nehme den Deckel von der Eiscreme. Ich schabe ein großes Stück Eis mit dem Löffel ab und schlecke es langsam, lasse es auf der Zunge schmelzen, genieße das süße, kalte Kitzeln in meinem Rachen. Es ist Vanilleeis ohne alles, genau so, wie ich es mag.

Mr R. verschwindet wieder, und dieses Mal bleibt er lange fort. Ich habe ein Viertel der Eiscreme aufgegessen, und De Havilland hat sich in der Kuhle zwischen meinen Beinen niedergelassen und ist sofort schnurrend eingeschlafen. Da kommt er zurück. Offenbar hat er geduscht und sich umgezogen. Jetzt trägt er eine weit geschnittene Leinenhose und ein blaues T-Shirt, was – das versteht sich von selbst – umwerfend an ihm aussieht. Und er ist nicht allein.

Ich schnappe nach Luft, als ich sie sehe, dann rolle ich innerlich mit den Augen. ›Hat er etwa kein Recht auf eine Freundin? Er weiß doch nicht einmal, wer du bist! Hast du irgendeine Art von Anspruch auf ihn, nur weil du ihn zwei Nächte lang angestarrt hast?‹

Ich muss angesichts meiner eigenen Abgedrehtheit beinahe laut auflachen und doch – diese merkwürdige Intimität, in seine Wohnung schauen zu können, hat mir das Gefühl vermittelt, als bestünde eine Art von Verbindung zwischen uns. Natürlich nur in meiner Phantasie, aber trotzdem, ich kann dieses Gefühl kaum abschütteln. Ich beuge mich vor, um mir seine Freundin genauer anzuschauen.

Na schön, genau so, wie ich es mir dachte. Es ist natürlich

völlig albern, wenn ich mir einbilde, ich könnte jemals mit einer solchen Frau konkurrieren.

Frau? Das trifft es nicht im mindesten. Sie ist eine Lady. Eine richtige, erwachsene Lady, die Art von Dame, im Vergleich zu der ich mir wie ein ungelenkes, unreifes Mädchen vorkomme. Sie ist groß und schlank und von einer Eleganz, die man sich nicht antrainieren kann. Sie trägt einen Hosenanzug aus hellem Leinenstoff und ein weißes T-Shirt unter der Jacke. Ihre dunklen Haare sind zu einem lockigen Bob geschnitten, und sie trägt knallroten Lippenstift auf eine Weise, die von Stil zeugt, nicht von billiger Anmache. Ich sehe, dass sie einen schönen Knochenbau hat und wirklich hinreißend ist, als sei sie gerade den Seiten der französischen *Vogue* entstiegen. Sie ist eine von den Frauen, die niemals schäbig oder verschwitzt aussehen und deren Pferdeschwanz niemals schlaff auf den Rücken hängt. Sie würde nie stolpern und im Rinnstein landen oder ein dreckverschmiertes Gesicht haben.

Sie ist eine von den Frauen, denen man weiße Pfingstrosen schenkt und mit denen man in einem Apartment in Mayfair eine Flasche Champagner genießt. Ich wette, sie hat noch nie, nur mit einer Katze als Gesellschaft, Eis aus der Schachtel gegessen, weil ihr Freund lieber mit einer anderen vögelte.

Allein der Gedanke an Hannah (mein Gott, ich werde niemals vergessen können, wie sie nackt im Bett lag, mit bloßen Brüsten, gekrönt von dunklen Brustwarzen, ihr Bauch feucht vor Schweiß), und die Eiscreme in meinem Mund schmeckt säuerlich. Ich stelle das Eis zur Seite und verärgere dadurch De Havilland, weil ich mich über ihn beugen muss. Er fährt seine Klauen aus und versenkt sie in mein nacktes Bein, nur gerade so tief, um mich wissen zu lassen, dass er Haltungsänderungen nicht schätzt. Dann zieht er seine Krallen wieder zurück.

»Aua, du böses Kätzchen«, sage ich, meine es aber nicht

ernst. Die kleinen Nadelstiche durch seine scharfen Krallen sind nicht unangenehm, und sie helfen sogar, um mich zurück in die Gegenwart zu bringen. »Ist ja gut, tut mir leid, ich störe dich nicht noch einmal. Und jetzt will ich wieder zusehen.«

Mr R. holt die Flasche aus dem Eiskübel. Die Frau nimmt die beiden Gläser vom Tisch. Sie lacht und sagt etwas, während Mr R. die Folie vom Flaschenhals zieht und den Drahtverschluss um den Korken löst. Auch er lacht. Zweifelsohne ist sie nicht nur schön und elegant, sondern auch geistreich und intelligent. Wie kommt es, das sich bei manchen Menschen die guten Feen ein Stelldichein zu geben scheinen und sie mit Füllhörnern an Segnungen überschütten? Das ist einfach nicht fair.

Es ist merkwürdig, die beiden zwar zu beobachten, aber nichts zu hören. Ich habe ein Bild, aber keinen Ton, und am liebsten würde ich nach der Fernbedienung greifen und nachsehen, ob ich nicht versehentlich auf ›stumm‹ geschaltet habe.

Lautlos springt der Korken aus der Flasche, und weißer Schaum ergießt sich. Die Frau hält ihm die Gläser entgegen, und Mr R. schenkt ein, wartet immer wieder kurz, bis der Schaum sich in goldene Flüssigkeit wandelt. Dann stellt er die Flasche ab, nimmt ihr ein Glas ab und sie stoßen an, bevor sie trinken. Ich schaue so intensiv zu, dass ich beinahe das Prickeln des Champagners auf meiner Zunge spüren kann. Mit welchen Worten haben sie sich zugeprostet? Was feiern sie?

In meiner Vorstellung höre ich ihn sagen: ›Auf dich, meine Geliebte.‹ Ich wette, Schauer durchlaufen ihren Körper, wenn sie ihn so etwas Intimes und Erotisches sagen hört. Ich möchte so sehr Teil ihrer Welt sein, dass ich mich nur mit Mühe davon abhalten kann, aufzuspringen und zu winken und –

sobald sie mich bemerken – das Fenster zu öffnen und zu fragen, ob ich nicht rüberkommen und mitmachen darf. Sie wirken so gelassen, so glücklich, so erwachsen – so unerreichbar. Ich sehe ihnen zu, wie sie trinken und sich unterhalten, zum Sofa gehen und sich setzen und noch mehr reden, und dann verlässt Mr R. den Raum. Die Frau bleibt allein zurück. Sie nimmt einen Anruf auf ihrem Handy entgegen, lehnt sich zurück, während sie spricht und zuhört. Plötzlich verändert sich ihr Gesichtsausdruck, wird hart, grausam und stolz, sie spricht schneller und, das spüre ich, auch lauter. Nach einer kurzen Tirade in das Handy beendet sie das Gespräch mit einem kräftigen Klopfen auf das Display. Sie wirft den Kopf in den Nacken.

Mr R. kommt wieder in den Raum. Er bringt die Teller mit dem Abendessen. Bestimmt hat er sie gehört, so laut, wie sie ganz offensichtlich geredet hat, wenn sie nicht sogar brüllte – aber sie verhalten sich ganz normal, lächeln einander trotzdem an. Sie erhebt sich vom Sofa und geht zum Tisch, um das Essen zu betrachten, während er wieder hinausgeht und Sekunden später mit mehreren Schüsseln zurückkehrt. Ich kann nicht erkennen, was sich darin befindet, aber das scheint es nun gewesen zu sein. Sie setzen sich an den Tisch und ich beobachte sie sehnsüchtig, wünsche mir, ich könnte irgendwie dort drüben sein. Nicht nur bei ihnen am Tisch, sondern auch Teil einer völlig anderen Welt, einer Welt mit mehr Anmut und Stil, als meine eigene, gewöhnliche Existenz sie zu bieten hat.

Das Licht schwindet, und der Raum, in den ich schaue, wird immer heller und lebendiger, während die ihn umgebende Dämmerung zunimmt. Mr R. steht auf, geht zum Fenster und schaut hinaus. Ich halte den Atem an. Er schaut direkt in meine Richtung, bestimmt sieht er mich …

Was wird er tun?

Plötzlich sehe ich nichts mehr. Ein weißer Rollovorhang wird herabgelassen, blendet meine Sicht einfach aus.

Ich atme aus, fühle mich beraubt. Sie sind weg. Ich habe sie nicht ausgeschaltet, sie haben mich ausgeschaltet. Hinter dem Vorhang geht ihr zauberhaftes Leben weiter, während ich draußen allein zurückbleibe.

Ich kann kaum fassen, wie einsam ich mich fühle. Ich lege meine Hand auf De Havilland, spüre seine Wärme, versuche, Trost aus dem andächtig schlafenden Katzenkörper zu ziehen. Stattdessen kommen die Tränen.

3. Kapitel

Am nächsten Tag schlafe ich aus, was ungewöhnlich für mich ist. Als ich die Vorhänge zurückziehe, ist der Himmel wolkenlos blau, und warmes Sonnenlicht flutet herein. Ich verbringe den Vormittag faul mit irgendwelchem Kleinkram, singe laut zu Celias altem Transistorradio, packe meinen Koffer aus und räume in der Küche auf. Ich wollte eigentlich erst zur National Gallery und dann zur Westminster Abbey laufen, aber irgendwie rinnt mir der Morgen durch die Finger. Zu Mittag mache ich mir ein Sandwich und packe es zusammen mit einem Apfel ein. Ich will unten im Garten essen.

Der Portier erklärt mir sehr freundlich, wie ich durch die Hintertür in den Garten komme. Man gelangt ausschließlich durch das Haus in den Garten, der allein den Bewohnern vorbehalten ist. Ich gehe nach draußen, spaziere über den schattigen Kiesweg, und mein Blick wandert zu Celias Wohnung und dann hinüber zur Wohnung von Mr R. Gleich darauf stehe ich in der Sonne. Die Gebäude umgeben eine ausgedehnte Grünfläche, die in einen herrlichen Garten verwandelt wurde, wie ein Park en miniature. Es gibt einen sehr gepflegten Außenbereich mit Blumenbeeten und Bänken und einem Brunnen und dazwischen ein Areal, auf dem das Gras etwas länger und duftiger wachsen durfte, wie ein nachlässig gehegter Rasen, der kurz davor steht, sich in eine Wiese zu verwandeln. Dahinter liegen zwei Tennisplätze, sehr gut in Schuss und augenscheinlich oft in Gebrauch. Zwei ältere Damen schlagen einander gemächlich Bälle zu.

Ich nehme die Decke, die in Celias Flurschrank lag, und breite sie auf dem kühlen Gras in der Nähe der Tennisplätze aus. Das Plock der Bälle, wenn sie die Schlägersaiten berühren, und das gelegentliche »Tut mir leid!« ist irgendwie beruhigend. Ich mache es mir mit meinem Mittagessen und meinem Buch gemütlich, während die Sonne auf mich herunterbrennt. Das Licht bewegt sich langsam über den Rasen, umspielt erst meine Zehen, dann meine Waden. Als es meine Oberschenkel erreicht, habe ich mein Essen verputzt und liege schläfrig auf der Decke, halb döse ich, halb lese ich mein Buch. Nur vage ist mir bewusst, dass die Damen gegangen sind und dass das leise Plock-Plong der Bälle von anderen, kräftigeren Schlägen und männlichem Grollen und Rufen ersetzt wird.

»Gut, die Vorhand voll durchziehen. Und jetzt ans Netz! Volley, Volley, Volley! ... Hervorragend, gut gemacht.«

Ein Tennislehrer ruft seinem Schüler Anweisungen zu. Die Stimme schwebt in mein Bewusstsein. Ich spüre aber vor allem die Helligkeit des Lichts auf meinen geschlossenen Lidern und die Hitze der Sonne und merke es nicht einmal, als die Stimme und die Schläge aufhören. Plötzlich verdunkelte sich das Licht auf meinen Lidern und ich spüre, wie ein kühler Schatten auf mich fällt. Ich öffne die Augen, blinzele und sehe, dass jemand vor mir steht. Ich brauche ein oder zwei Sekunden, bevor ich konzentriert schauen kann: wer immer es ist, er gleißt wie ein Engel, und mir wird klar, dass es daran liegt, dass er Weiß trägt. Ein weißes Tennis-Outfit.

Oh. Mein. Gott. Er ist es. Mr R.

Bevor ich etwas anderes tun kann, als zu ihm aufzuschauen, zu bemerken, dass sein Haar feucht nach hinten gestrichen ist und dass seine Nase vor Schweiß glänzt – so sieht er sogar noch viel atemberaubender aus – und dass er mich anstarrt, spricht er auch schon.

»Hallo schon wieder«, sagt er und lächelt.

»Hi.« Ich bin atemlos, als hätte ich bis eben Tennis gespielt und nicht er.

»Sie sind doch die junge Frau von gestern, nicht wahr?«

Ich richte mich ungelenk in eine sitzende Position auf, weil ich nicht flach auf dem Rücken liegend mit ihm reden will, aber ich habe immer noch das Gefühl, eindeutig im Nachteil zu sein, weil er mich so weit überragt. »Ja«, stoße ich hervor.

Er kommt auf meine Ebene hinunter, kauert sich neben mich. Jetzt kann ich von nahem diese erstaunlichen Augen unter den kräftigen, schwarzen Brauen sehen. Er scheint mich mit ganzer Aufmerksamkeit zu betrachten. Ich fühle mich unter seinem Blick verletzlich. »Sie wohnen in Celias Wohnung«, sagt er. »Jetzt ist mir alles klar. Ich habe Sie vor ein paar Nächten gesehen.« Sein Lächeln schwindet, und ein besorgter Ausdruck zeigt sich auf seinem Gesicht. »Was ist mit Celia? Geht es ihr gut?«

Seine Stimme ist leise und melodisch und wohlerzogen und klug. Ich höre ganz entfernt einen ausländischen Zungenschlag heraus, aber ich kann ihn nicht zuordnen. Vielleicht erklärt das sein dunkles Aussehen. Wenn er sich bewegt, schlagen mir Wellen seiner Körperwärme entgegen. Er duftet nach seiner sportlichen Betätigung, gleichzeitig süß und salzig.

Ich reiße mich zusammen. »Es geht ihr bestens. Sie ist für eine Weile verreist, und ich hüte sozusagen ihre Wohnung.«

»Oh, gut.« Sein Gesichtsausdruck entspannt sich wieder. »Einen Augenblick lang habe ich mir Sorgen gemacht. Ich weiß, für ihr Alter ist sie absolut fit, aber ... nun ja, ich freue mich, dass es ihr gutgeht.«

»Es geht ihr ... gut«, wiederhole ich lahm. Komm schon, rede mit ihm, beeindrucke ihn! Aber das Bild, das vor meinem inneren Auge auftaucht, ist das der eleganten Frau in seiner

Wohnung am gestrigen Abend. Auf meiner Picknickdecke, noch ganz schlaftrunken, bin ich ziemlich weit von diesem Bild entfernt.

»Prima.« Er schenkt mir ein weiteres strahlendes Lächeln. »Tja, ich hoffe, Sie genießen Ihren Aufenthalt hier. Lassen Sie mich wissen, wenn Sie Hilfe brauchen.«

»Ist gut«, sagte ich und frage mich, ob ich wohl je den Mut aufbringen würde, das zu tun.

»Es ist mir ernst. Keine Scheu, kommen Sie einfach auf mich zu.«

»Ja … danke …«

»Dann auf bald.« Er steht auf, betrachtet mich noch einen langen Moment, fast als würde er warten, dass ich etwas sage, dann dreht er sich um.

»Bye.« Mehr bringe ich nicht zustande? Ich möchte laut aufstöhnen.

Von wegen Eindruck schinden, Beth. Du bist als Gesprächspartnerin nur unwesentlich besser als die Parkbank dort drüben. Selbst der Brunnen plätschert munterer dahin.

Aber ganz ehrlich, was habe ich mir nur gedacht? Wie könnte ein Mann wie er an jemand wie mir interessiert sein? Ich schaffe es ja nicht einmal, meinen Freund zu halten. Und außerdem ist er ja schon vergeben, rufe ich mir in Erinnerung.

Auf dem Rückweg zum Haus bleibt er plötzlich stehen, dreht sich um und schaut zu mir. Sein Blick ruht nur wenige Sekunden auf mir, dann geht er weiter, aber es dauert lange genug, dass ich einen angenehmen Schauder verspüre, der sich über meinen ganzen Körper ausbreitet. Ist es nur Einbildung, oder lag in seinem Blick mehr als höfliche Freundlichkeit? Seine Nähe übt eine starke Wirkung auf mich aus. Meine Schläfrigkeit ist wie weggeblasen, und das surrende Sommerleben um mich herum erfüllt mich mit einem Gefühl der Leichtigkeit, das ich seit langem nicht mehr verspürt habe. Ich bewege meine Zehen im kalten, kitzelnden Gras, während ich ihm zusehe, wie er durch die Hintertür ins Haus geht. Dann schaue ich zum Tennisplatz, wo der Trainer gerade die Bälle einsammelt.

Glückliche Tennisbälle, ihr seid von Mr R. geschlagen worden, denke ich und muss lachen. Also schön, dann habe ich mich eben verknallt. Ich kann es ruhig genießen. Das verleiht meinem Sommer eine besondere Note. Und es schadet ja auch niemandem, nicht wahr?

Der kurze Austausch verleiht meinem ganzen Tag einen goldenen Glanz. Am Nachmittag mache ich einen Spaziergang und entdecke die Grandezza des Piccadilly mit seinen beeindruckenden und berühmten Institutionen: das Ritz, Fortnum & Mason, die Royal Academy. Ich wandere die St. James Street entlang und komme an altmodischen Läden vorbei: Hutmacher, Weinhändler, Hoflieferanten für Lederwaren und Zigarren. Ich schreite zwischen riesigen, burgartigen Gebäuden hindurch und finde mich auf der breiten Mall wieder. Am anderen Ende sehe ich den Buckingham Palace, doch vor mir liegt ein idyllisch wirkender Park. Ich habe das Herz des touristischen London entdeckt, den rot-weiß-blauen Traum der Monarchie. Aber diese riesige Stadt hat so viele Aspekte, und das ist nur einer davon. Ich spaziere durch den Park, schaue den Kindern zu, wie sie herumhüpfen, die Enten füttern, schaukeln, und dann stoße ich auf einen weiteren Teil Londons: das House of Parliament, dunkel, gruftig und zerfurcht, direkt neben der uralten, blassen Würde von Westminster Abbey, die ich eigentlich am Morgen hatte besuchen wollen. Touristen bevölkern die Straße und stehen an, um die Kirche zu besichtigen. Ich beschließe, mich nicht zu ihnen zu gesellen, sondern schaue eine Zeitlang nur zu und frage mich, was sie wohl von diesem Ort halten. Dann mache ich mich auf den Heimweg, auf derselben Strecke, die ich gekommen bin.

An diesem Abend ist sie wieder da.

Der Rollovorhang ist jetzt hochgezogen, und ich kann sie deutlich erkennen, also nehme ich mein Abendessen auf dem Stuhl vor dem Fenster zu mir, beobachte, wie Mr R. und seine Freundin zu meiner Unterhaltung ihren Stummfilm abspielen. Sie sitzen am Tisch und essen etwas, das sehr köstlich aussieht, und sie reden und lachen. Ich habe mich darauf eingestellt, dass es so ablaufen wird wie gestern Abend – das plötzliche Herablassen des Vorhangs, gerade wenn es interessant wird –, doch da geschieht auf einmal etwas Unerwartetes. Sie stehen auf, die Frau nimmt eine Jacke und zieht sie an, und gleich darauf verlassen beide das Wohnzimmer, und Mr R. macht im Gehen noch das Licht aus.

Wohin gehen sie? Was passiert da?

Diese plötzliche Änderung im erwarteten Ablauf verwirrt mich. Und dann überkommt mich ein verrückter Impuls. Ich hebe den schläfrigen De Havilland von meinem Schoß, springe auf und renne zum Flurschrank. Ich habe bereits entdeckt, dass Celia darin eine kunterbunte Sammlung an Hüten und Mänteln aufbewahrt. Ich greife mir einen alten Burberry-Trenchcoat und renne aus der Wohnung. Der kleine Aufzug steht auf meinem Stockwerk, und nur einen Augenblick später – improvisiert getarnt, indem ich mein Haar löse und den Mantelkragen aufstelle, trete ich ins Foyer und sehe gerade noch, wie sich die Haustür schließt und Mr R. und seine Freundin die Treppe hinunter auf die Straße gehen.

Was mache ich hier nur? Bin ich jetzt plötzlich Spionin? Ich fühle mich erregt, bin aber gleichzeitig entgeistert über mich selbst. Was, wenn sie mich sehen? Was, wenn er mich erkennt und wissen will, warum zum Teufel ich ihm folge? Wird mir dann ein Bluff gelingen? Wer weiß das schon, aber jetzt ist es zu spät. Es ist der pure Wahnsinn, doch jetzt, wo ich damit angefangen habe, ziehe ich es auch durch. Ich will wissen, wohin sie gehen. Merkwürdigerweise gibt mir das irgendwie das Gefühl, Teil ihres Lebens zu sein, so wie sie Teil meines Lebens sind. Außerdem winken sie sich bestimmt gleich ein Taxi heran und brausen davon, und dann kehre ich zurück in die Wohnung und erlange hoffentlich meine geistige Gesundheit wieder.

Aber das tun sie nicht.

Stattdessen spazieren sie durch die Seitenstraßen, unterhalten sich so leise miteinander, dass ich nichts verstehen kann, schreiten offenbar einen vertrauten Weg ab, auch wenn er für mich völlig fremd ist.

Wenn ich sie aus den Augen verliere, stecke ich in Schwierigkeiten. Mein Stadtplan liegt in meiner Tasche in Celias Wohnung, und ich habe nicht die leiseste Ahnung, wo ich mich befinde.

Die Dunkelheit macht es noch schwerer, eine Richtung auszumachen oder mir Orientierungspunkte zu merken, insbesondere da ich die beiden vor mir nicht aus den Augen verlieren will, ohne ihnen zu nahe zu kommen. Ich schleiche hinter ihnen her, in einer Entfernung, die hoffentlich einigermaßen richtig ist. Mir ist unklar, ob ich mit der Umgebung verschmelze oder auffalle wie ein bunter Hund. Ich kann nur hoffen, dass sie sich nicht urplötzlich umdrehen …

Sie gehen immer weiter. Die hohen Absätze der Frau klicken laut auf dem Pflaster. Sie trägt an diesem Abend ein dunkles Kleid zu einer figurbetonenden Jacke. Mr R. ist noch im Geschäftsanzug, bei den hohen Temperaturen braucht er weder Mantel noch Jacke. Eigentlich bin ich diejenige, die in ihrem Regenmantel besonders auffällig wirkt, wenn man berücksichtigt, dass die meisten Menschen um uns herum nur T-Shirts und leichte Sommerkleidung tragen.

Aber egal. Wenn einer fragt, muss ich einfach so tun, als sei ich einer dieser typischen britischen Exzentriker.

Aber es wird niemand fragen, mahne ich mich. Es kümmert nämlich keinen. Das ist ja das Verführerische an dieser Stadt. Ich kann sein, wer immer ich sein will. Das ist so völlig anders als daheim, wo schon ein Wechsel der Haarfarbe zu einer hitzigen Debatte führen kann, an der sämtliche Einwohner des Ortes teilnehmen.

Wir wandeln durch dunkle Straßen und gelangen schließlich an eine geschäftige Hauptstraße, über die Autos, Busse und Taxis rauschen. Wir überqueren sie und kommen in eine schicke Fußgängerzone mit ungewöhnlichen Boutiquen und Kneipen, vor denen junge Menschen stehen, trinken und rauchen. Ich fürchte schon, ich könnte Mr R. und die Frau verlieren, während wir uns durch die Menschenmenge fädeln, aber sie spazieren in gemächlichem Tempo, offensichtlich ohne zu ahnen, dass sie verfolgt werden. Regenbogenfahnen hängen vor einigen Kneipen – das sind Schwulenbars. Ich erkenne die Fahne. Andere Kneipen haben diskrete verhängte Eingänge. Ich sehe Frauen in Miniröcken und Bustiers vor Türen, an denen glitzernde Flatterbänder hängen.

Ist das das Rotlichtviertel? Ich kann es kaum fassen. Hierher wollen sie?

Wir kommen an einigen zwielichtigen Läden vorbei, und gerade, als ich mich frage, was um alles in der Welt hier vor sich geht, gelangen wir in ein umtriebiges, pulsierendes Viertel mit einem völlig anderen Charakter. Hier herrscht eine seltsame Mischung aus Arbeit und Spiel: Überall sehe ich Bürogebäude, wie sie Leute mögen, die mit Film, Fernsehen, Werbung und Marketing zu tun haben, aber darum herum gibt es unzählige Bars und Restaurants. Überall sind Menschen in allen möglichen Outfits, von lässig und leger bis hin zu schick und edel. Spezialitäten aus aller Herren Länder werden serviert, und man trinkt Wein, Bier oder Cocktails an Tischen auf dem Gehweg. In der Luft liegt ein seltsames Aroma aus Sommerabend gemischt mit der Bitterkeit von Autoabgasen, Zigarettenrauch und den Kochgerüchen Hunderter von Restaurants. Hier summt es vor Aktivität, die bis in die frühen Morgenstunden bestimmt nicht an Schwung verlieren wird, lange nachdem die Theater und Pubs bereits geschlossen sind.

Aber mir wird klar, dass dies nicht einfach nur ein Ort ist, der der Arbeit und dem Konsum gewidmet ist. Hier geht noch etwas anderes ab. Der erste Hinweis erschließt sich mir, als wir an einem Sexshop vorbeikommen, einer der hochklassigeren Läden, die in erster Linie Federboas, unartig geformte Pralinen und gewagte Unterwäsche für Junggesellinnenabschiede verkaufen. Obwohl es auch hier einen Anteil leuchtend bunter, vibrierender Plastik gibt, scheint man hier überhaupt nicht an Sex interessiert, sondern mehr an der Verulkung von Sex. Aber bald schon sehe ich einen Laden, in dem völlig andere Sachen verkauft werden. Die Schaufensterpuppen in den beleuchteten Fenstern stecken in glänzenden Plastikstiefeln, mit Reißverschluss oder zum Schnüren und mit schwindelerregend hohen Absätzen. Dazu Netzstrümpfe, Spitzenhöschen, die im Schritt offen sind, Strumpfhalter mit Nieten und lederne Büstenhalter, einige mit Nieten, andere mit Stacheln, aber alle mit Aussparungen für die Brustwarzen. Die Mannequins tragen Ledermützen beziehungsweise -masken und halten Peitschen in den Händen. Im Laden sehe ich noch mehr solcher Outfits und auch noch andere Unterwäsche, und einen Augenblick lang bin ich versucht, hineinzugehen und einiges davon zu berühren.

Kaum habe ich all das wahrgenommen, komme ich schon

an einem anderen Ladengeschäft vorbei, dieses Mal an einer Buchhandlung. Im Schaufenster sind künstlerisch wirkende Schwarz-Weiß-Bände ausgestellt, doch sie widmen sich ungeniert dem nackten, menschlichen Körper – dem menschlichen Körper in allen möglichen seltsamen Ausrüstungen für Sexspiele, dem menschlichen Körper in enger Umarmung mit einem anderen menschlichen Körper, dem menschlichen Körper in Stellungen, die eine magische Anziehungskraft auszustrahlen scheinen und mich gleichzeitig verwirren und erregen ...

Auf den Gehwegen wimmelt es von Menschen. Mr R. und die Frau gehen immer noch vor mir, und ich versuche, die beiden im Blick zu behalten, während ich gleichzeitig meine Aufmerksamkeit auf den Sexshop richte, an dem ich gerade vorbeikomme, wunderschön gestaltet, mit goldenen Engelsflügeln über der Tür, aber dennoch ein Sexshop, und neben dem Eingang steht die Warnung, dass man zum Betreten des Ladens über 18 sein muss und von pornographischen Darstellungen nicht brüskiert sein darf.

Ich weiß jetzt, wo ich bin. Das muss Soho sein.

So naiv, dass ich noch nie von dem berühmten Rotlichtviertel in London gehört hätte, bin ich nicht, aber seine zwielichtigen Tage liegen sichtlich schon lange hinter ihm. Das Viertel hat nichts Verstohlenes oder Schmuddeliges mehr an sich. Die Straßen riechen nach Geld und Glamour, und man trifft hier auf alle möglichen Leute, die allen nur möglichen Lebensweisen frönen, und keiner dieser Menschen scheint auch nur im Geringsten an der krassen Zurschaustellung sexuellen Zubehörs Anstoß zu nehmen. Es ist einfach nur ein weiterer Aspekt menschlicher Genüsse.

Dennoch komme ich mir angesichts all dessen wie ein Landei vor. Offen gestanden habe ich so etwas noch nie gesehen, und es ist für mich irgendwo komisch, solche Dinge in aller Öffentlichkeit zu betrachten. Adam und ich fanden es schon peinlich, vor anderen auch nur zu knutschen, und selbst wenn wir allein waren, sprachen wir nie über das, was genau wir da miteinander anstellten. Ich kann mir nicht ausmalen, in einen solchen Laden zu treten und ganz lässig das eine oder andere zu kaufen, weil das alle Anwesenden wissen ließe, dass ich Sex habe, dass ich dieses Spielzeug oder jenes Zubehörteil tatsächlich verwende. Also, Körperfarbe aus Schokolade ist eine Sache, ein riesiger, pulsierender Vibrator ist etwas ganz anderes. Ich kann mir nicht vorstellen, an der Kasse zu stehen, der Verkäuferin ein Liebesspielzeug zu reichen und dann dafür zu bezahlen, ohne dabei vor Peinlichkeit im Boden zu versinken. Schließlich gibt es nur eine einzige Verwendungsmöglichkeit dafür, und die Vorstellung, dass jemand anderes das weiß, ist mehr, als ich ertragen kann.

In diesem Moment biegt Mr R. mit seiner Freundin nach links, und wir überqueren einen dunklen Platz, anschließend geht es eine weitere Straße entlang, und dann befinden wir uns plötzlich in einer Gasse, die nur von einer einzigen Laterne erhellt wird, deren Licht orange leuchtet. Es ist, als reise man in der Zeit zurück: hohe, schmale Regency-Häuser, etwas abseits von der Gasse, jedes hinter Eisengittern und mit einer Metalltreppe, die zum Keller führt. Ich weiß nicht, ob es sich um Privathäuser, Hotels oder Bürogebäude handelt. Die eleganten Fenster sind größtenteils mit Holzjalousien verschlossen; bei einigen beweisen schmale, goldene Ritzen, dass dahinter Licht und Leben herrschen.

Das Paar vor mir nähert sich einem der dunkelroten Backsteinhäuser und steigt die Treppe zum Keller hinunter. Ihre Schritte hallen auf den Metallstufen wider. Einen Augenblick später öffnet sich eine Tür, und sie verschwinden im Innern. Als ich sicher bin, dass sie wirklich das Haus betreten haben, gehe ich zum Geländer und luge hinunter. Unten sind zwei große Fenster, ohne Jalousien, da sie zu tief liegen, als dass man sie von der Straße aus sehen kann. Ich stelle fest, dass der Raum dahinter nur schwach beleuchtet ist. Menschen bewegen sich darin. Was ist das für ein Ort? Eine Bar? Ein Privathaus?

Ich habe keine Ahnung und bin viel zu schüchtern, um jetzt noch weiter zu forschen. Plötzlich sagt eine sonore Stimme: »Entschuldigen Sie, bitte«, und ein Mann in einem schicken Anzug geht an mir vorbei, steigt zielsicher die Treppe hinunter und betritt das Haus. Ich trete einen Schritt zurück, komme mir albern vor. Ich kann ihnen nicht länger folgen, aber ich kann auch nicht hier draußen auf sie warten. Ich muss mich ganz allein auf den Rückweg machen, aber ich habe das Gefühl, dass die Oxford Street ganz in der Nähe liegt, und wenn ich die finde, dann schaffe ich es von dort auch nach Hause.

Du benimmst dich wirklich albern, ermahne ich mich streng. Aber ich kann nicht anders. Ich habe das Gefühl, dass ganz in meiner Nähe eine Welt voller Abenteuer existiert, und ich möchte unbedingt dazugehören. Mir ist sie verschlossen, aber Mr R. und seiner Freundin steht sie offen. Sie führen ein Leben, das tausend Mal aufregender ist als meines, als alles, was ich in meinem ruhigen Provinzleben jemals kennengelernt habe. Ich sollte sie ihrer Welt überlassen, aber das kann ich nicht. Es ist, als ob ich einen winzigen, funkelnden Faden entdeckt habe, und jetzt kann ich nicht anders, als daran zu ziehen, gleichgültig, wie sehr sich das Gewebe meines Lebens dadurch auflösen wird.

Ich knöpfe den Regenmantel auf und schlage den Kragen herunter.

Es ist Zeit, nach Hause zu gehen.

Ich gehe den Weg zurück, den ich gekommen bin, schaue

so lange auf die Straßenschilder, bis ich einen Straßennamen von meinem früheren Studium des Stadtplans wiedererkenne. Ich folge dem Weg, der meiner Meinung nach zur Oxford Street führen müsste, und komme neben all den Cafés und Restaurants an einem Laden vorbei, der noch geöffnet hat. Es scheint eine Buchhandlung zu sein, in der aber auch netter Krimskrams verkauft wird, und einem Impuls folgend trete ich ein.

Eine grauhaarige Frau begrüßt mich lächelnd und überlässt mich dann betont mir selbst, damit ich mich umschauen kann. Gleich darauf weiß ich auch, warum: In den Büchern geht es um alle möglichen Themen, aber ausnahmslos immer sind es Erotika – erotische Romane, Bild- und Gedichtbände. Ich schlendere durch die Regalreihen, schaue mir die Titel an und widerstehe dem Impuls, eins der Bücher aufzuschlagen. Ich kann das nicht, nicht wenn jemand da ist, der sieht, was mich interessiert. Ich entferne mich von den Büchern und betrachte die schönen Zeichnungen an der Wand, dann schnappe ich nach Luft und werde rot und schaue mich rasch um, weil ich sehen will, ob das jemand bemerkt hat. Die Zeichnungen zeigen in aller Deutlichkeit sexuelle Darstellungen. Die Körper sind kopflos. Der Künstler konzentriert sich nur auf den Torso seiner Modelle und die Art, wie sie miteinander vereint sind: eine Frau sitzt mit gespreizten Beinen auf einem Mann, ihr Rücken ist durchgebogen, ihre Hände liegen auf seiner Brust. Eine andere Frau kniet auf einem Diwan, ein Mann dringt von hinten in sie ein, ist tief in ihr Geschlecht versunken.

Ich bin mittlerweile knallrot. Wohin ich auch sehe, entdecke ich Neues: Hände, die sich um eine gewaltige Erektion schließen; eine Frau, die sich wie anbetend nach vorn beugt, ihr intimster Körperteil offen und einladend, Finger teilen ihre Schamlippen, um einen besseren Blick zu gewähren; eine

Frau und zwei riesige Schwänze, einer dringt von vorn in sie ein, der andere von hinten …

O mein Gott. Wo bin ich hier nur?

Ich sehe mich um, suche etwas anderes, auf das ich mich konzentrieren kann, und gelange an einen großen Schrank aus Walnussholz mit Glastüren. In seinem Innern liegen wunderschöne Objekte aus Marmor, Jade und Kristall, aus feinem Leder und Samt.

Dann schnappe ich schon wieder nach Luft. Ich bin echt so naiv. Vor mir liegt eine große Auswahl obszön schöner Sexspielzeuge. Neben jedem befindet sich eine handschriftliche Erklärung:

Freudespendender Dildo aus Jade, 545 Pfund
Buttplug aus Kristall, 230 Pfund
Marmor-Eier, 200 Pfund für alle drei
Liebesperlen aus Onyx, 400 Pfund

Auf dem Regal darunter befindet sich eine Auswahl an schmalen, ledernen Reitgerten und ein antiker Gehstock mit einem geschnitzten Griff, der sich bei genauerem Hinsehen als langer Schaft eines Phallus mit eingearbeiteten Hoden erweist.

Auf dem untersten Regal gibt es metallene Gegenstände, die mich ratlos lassen, bis ich die kleine Karte daneben entdecke: Es handelt sich um Nippelklemmen und Schraubzwingen für die zartesten Teile des Körpers. Daneben liegen noch Handschellen aus schwarzem Leder mit weißem Fellbesatz und schmale, geflochtene Seile in verschiedenen Farben.

»Suchen Sie etwas Bestimmtes?«, fragt eine Stimme. Die Frau steht jetzt neben mir. Sie schaut freundlich, aber ich bin sofort völlig durcheinander.

»Oh … nein danke … ich sehe mich nur um.«

»Ist gut.« Sie betrachtet mich, als wisse sie genau um meine

Scham, und sofort fühle ich mich ein kleines bisschen entspannter. Sie zeigt auf die Regale auf der anderen Seite des Ladens.

»Wenn das hier zu teuer für Sie sein sollte, haben wir da drüben noch eine große Auswahl. Die hier sind unsere Kunstobjekte. Da drüben finden sich die bezahlbareren Varianten.«

Sie führt mich hinüber. Hier gibt es eine riesige Auswahl an Gummi- und Latex-Dildos, einige so groß wie Raketen, mit allen möglichen Ausbuchtungen, andere glatt und geschmeidig wie schicke Stifte in leuchtendem Grün, Blau und Rosa. »Von manchen haben Sie sicher schon gehört.« Sie hat bemerkt, worauf ich schaue. »Die Dünnen sind eher für den analen Gebrauch, falls Sie sich das fragen. Die Gängigen für den vaginalen Gebrauch sind die Großen. Der hier beispielsweise ...«, sie greift nach einem der Monster, »...ist ziemlich berühmt und gehört zu unseren Bestsellern.«

Ich starre ihn an und hole geräuschvoll Luft, ohne das zu wollen. Er ist so lang und dick. Passt er wirklich ... da hinein? Ich habe noch nie Sexspielzeug benutzt, auch nicht in der Phantasie, und kann mir beim besten Willen nicht vorstellen, wie dieses Ding in irgendjemanden hineinpassen sollte, geschweige denn in mich. Ich hatte in meinem Leben erst mit einem einzigen Mann Sex, und obwohl er perfekt ausgestattet war, war er auch nicht annähernd von dieser Größe.

Die Frau zeigt auf eine der größeren Ausbuchtungen am Schaft. »Das dient der Stimulation der Klitoris. Sie können es lassen, wie es ist, oder ...« Sie drückt einen Schalter am Fuß, und die daumengroße Schwellung beginnt zu summen und sich zu bewegen. Sie flackert auch, weil ein kleines Lämpchen eingebaut ist, als ob sie zu ihrer eigenen Discomusik tanzt. Die Frau lächelt mich an. »Das pure Vergnügen. Deshalb ist es auch einer unserer Verkaufsschlager. Und sehen Sie sich das an.« Sie drückt auf einen weiteren Schalter, und der ganze

Schaft fängt an zu vibrieren. Zudem pulsiert ein großer, innerer Ring auf und ab, dehnt das Teil aus und zieht es wieder zusammen. Es summt leise und rhythmisch, und das Geräusch erinnert mich an das Schnurren von De Havilland, was es zu einem ziemlich glücklichen Ding werden lässt. Es wirkt seltsam lebendig, vor allem, weil das Licht darin glüht. Ich kann nicht anders, ich muss bei diesem Anblick schwer schlucken. Gleich darauf schaltet die Frau das Monster aus und legt es zur Seite. »Wir haben auch noch viele andere Exemplare. Fragen Sie mich einfach, wenn Sie Hilfe brauchen. Dazu bin ich ja da.«

»Danke.« Ich starre die Kollektion an Dildos und Vibratoren an und spüre, wie sich eine seltsame Erregung in mir aufbaut. Menschen benutzen sie. Normale Menschen. Keine Perversen, keine Nymphomaninnen, sondern normale Frauen mit sexuellen Wünschen. Ehrlich gesagt ist Sex eines der Dinge, um die ich trauere. Mit Adam habe ich nicht nur meinen Freund verloren und den Mann, dem ich mein Herz geschenkt hatte, sondern auch meinen Liebhaber, den Mann, der mich berührte, mich küsste, mich in den Arm nahm. Den Mann, der mich begehrte, der sich danach sehnte, meine Brüste zu streicheln und mit seinen Händen über meine Hüften zu fahren, der meine intimsten Orte erforschen und verwöhnen wollte, mit seiner Zunge, seinen Fingern und seinem Schwanz. Jetzt ist er weg, und mein Körper sehnt sich nach Aufmerksamkeit. Wenn ich mich nachts in mein Kissen weine, weine ich über Adams Verrat und über das Wissen, dass er all diese Dinge jetzt mit einer anderen macht. Aber ich trauere auch um den Verlust der körperlichen Liebe und des Vergnügens, die sie mir schenkte. Könnten diese Dinger hier die Antwort sein – diese kleinen Summer, die man an die empfindlichste Stelle hält, diese knubbeligen, batteriebetriebenen Gummi-Schäfte mit den G-Spot-Stimulatoren?

Du könntest einen kaufen, hier ist sonst niemand. Die Frau ist nett, und außerdem wirst du sie nie wiedersehen. Es ist ihr egal, was du damit machen willst …

Wenn es je einen Ort gab, um zu forschen und zu experimentieren, dann in der Einsamkeit von Celias Wohnung.

Und dann fällt es mir wieder ein. Ich bin ohne Geld los. Ich kann gar nichts kaufen. Die herrlich erregenden Gedanken lösen sich auf, und plötzlich will ich nur noch nach Hause.

»Dankeschön«, rufe ich der Frau im Laden noch zu, dann drehe ich mich rasch um, stecke die Hände tief in die Taschen meines Mantels und eile nach draußen. Die Türglocke schlägt an, als ich die Tür schließe.

Ich konzentriere mich auf den Rückweg zu den Randolph Gardens, aber während ich auf die Hauptstraße zugehe, wird mir bewusst, dass sich etwas verändert hat. Ich bin auf neue, prickelnde Weise lebendig, empfinde die Brise auf meinen Wangen und das Kitzeln des Windes wie eine Zärtlichkeit. Unter meinem Mantel ist mir heiß, und ich spüre mein Begehren.

4. Kapitel

Am nächsten Tag summt es immer noch in mir. Ein ziemlich luxuriöses Gefühl beim Aufwachen, als ob ich mich an den Laken reiben möchte oder mich nackt ans offene Fenster stellen und die Brise auf meiner Haut fühlen will. Einen Augenblick lang liege ich im Bett, meine Hand fährt über meinen Bauch nach unten zu dem weichen Büschel an Haaren. Meine Fingerspitzen streichen zärtlich über die kleine, aber ungeheuer empfindliche Stelle, die dort ganz leicht aus meinen Schamlippen ragt. Die Wirkung ist elektrisierend. Sie erwacht zum Leben, schwillt unter meinem Finger an, als ob sie um Aufmerksamkeit buhlt, und ein wohliges Gefühl breitet sich von meinem Bauch aus.

Die Bilder dieses pochenden, pulsierenden Schafts mit seinem erregenden, rotierenden, kleinen Daumen, der direkt auf die richtige Stelle gerichtet ist, und die Zeichnungen, die ich letzte Nacht sah, treiben vor mein inneres Auge. Ich schlucke schwer und hole tief Luft. Feuchte Hitze breitet sich über meinen Lenden aus. Ich sehe Mr R. – zuerst in seinem Tennis-Outfit, feucht vor Schweiß, dann mit nacktem Oberkörper und nur einem Handtuch um die Hüfte. Meine Fingerspitzen sinken tiefer in die Wärme, und ich winde mich ein wenig. Meine Klitoris ist jetzt angeschwollen, macht sich bemerkbar, jedes einzelne Nervenende verlangt nach Stimulation.

Soll ich?

Natürlich habe ich mich früher oft zum Orgasmus gebracht. Die langen Monate an der Uni ohne Adam haben mich die Vorzüge gerade dieser Einzelbetätigung gelehrt. Aber seit der besagten Nacht habe ich nichts mehr getan. Ich konnte es nicht ertragen, konnte mich seitdem nicht mehr selbst berühren. Ich fühlte mich zurückgewiesen, zu sehr, um mir noch an dem wohligen, imaginären Ort, an dem ich entspannt genug wäre, um zu kommen, Vergnügen zu verschaffen.

Aber jetzt? Kann ich …?

Ich lasse meine Fingerspitzen über meine geschwollene Knospe schnellen, und dieses Mal läuft ein wellenartiger Schauder meine Beine hinunter und über meinen Bauch hinauf. Mein Körper sehnt sich danach, fleht mich an, ihn zum Höhepunkt zu bringen. Ich spüre, wie ich feucht werde, wie sich eine herrliche Spannung in mir aufbaut. Langsam fahre ich die Schamlippen entlang, genieße die Wärme, die sich in meiner ganzen Körpermitte ausbreitet. Mit einem Finger gleite ich nun an den Rand meiner Vagina, kreise mit rhythmischen Bewegungen darum herum und führe den Finger ein, einmal, noch einmal, immer wieder. Dann verlasse ich meinen geheimen Ort, lege den Finger auf meine Klitoris und spüre, wie sie lustvoll zuckt. Ich stöhne unwillkürlich auf, umkreise sie einmal, und dann tauche ich mit zwei Fingern in meine Vagina, dringe tief in mich ein. Oh, wie lange habe ich das nicht mehr getan. Ich spüre, wie sich eine Welle der Lust in mir aufbaut. Erneut berühre ich meine pochende Knospe, reibe weiter und immer weiter, schnappe angesichts der Intensität der Gefühle, die das erweckt, nach Luft.

Und dann geschieht es. Mit einem Schlag habe ich wieder dieses gottverdammte, furchtbare Bild vor Augen. Adam, wie er sich zu mir umdreht. Hannah, die unter ihm liegt. Ich sehe seinen schwabbeligen Bauch mit dem struppigen, braunen Haar am unteren Ende. Ich sehe Hannahs gespreizte Beine, das Dreieck aus feuchtem und plattgedrücktem Schamhaar. Der Schock ist durch die Erinnerung nur wenig gedämpft, als ich vor meinem inneren Auge erneut sehe, wie sie ineinanderstecken, sein dunkelroter Schaft tief in ihren glänzenden, rubinroten Schamlippen.

Ich schluchze auf. Das Verlangen, das noch vor einem Augenblick durch meine Adern pulsierte, hat sich in Luft aufgelöst.

Warum zum Teufel habe ich das immer wieder vor Augen? Warum zum Teufel kann ich es nicht einfach vergessen? Dieses Bild will mich offenbar auf ewig verfolgen. Die Vorstellung ihres keuchenden, animalischen Verlangens tötet jede Erregung in mir ab. Der Anblick von Adams Schwanz – einst mein wertvollster Besitz und unsere gemeinsam geteilte Freude –, tief eingetaucht in Hannahs Körper, lässt mein Verlangen schrumpeln und verschwinden.

Ich berühre meine Klitoris erneut, und sie bewegt sich hoffnungsvoll unter meinem Finger. Aber es hat keinen Zweck. Mein Fleisch mag noch willig sein, aber mein Geist liegt am Boden. Rasch steige ich aus dem Bett und dusche mir das heiße Verlangen vom Leib.

Obwohl ich nicht in der Lage war, die offensichtlichen Sehnsüchte meines Körpers zu befriedigen, kann ich ein Gefühl des Wohlbefindens nicht abschütteln. Ich hatte große Pläne für diesen Tag, wollte mir Kultur in Kunstgalerien und Museen gönnen und dazu vernünftige Kleider und Turnschuhe tragen und ein Mittagessen mitnehmen, damit ich nicht in einem überteuerten Touristencafé einkehren musste. Aber jetzt ist mir doch nicht danach zumute. Stattdessen tauchen immer wieder die großen Warenhäuser in der Oxford Street vor meinem inneren Auge auf. Noch vor wenigen Tagen, noch bei meiner Ankunft, wäre ich viel zu verschüchtert gewesen, um allein in so ein Nobelkaufhaus zu gehen, aber jetzt ist alles irgendwie ein wenig anders.

Ich plaudere mit De Havilland, während ich mir Kaffee

aufbrühe und Frühstücksflocken in eine Schüssel schütte. Er schlendert zu der Kratzplatte, die Celia an einer der Schranktüren befestigt hat, und verbringt glücklich einige Minuten damit, seine Klauen daran zu wetzen, während ich ihn mit meinem Geplauder langweile.

»Denkst du, dass London mich wieder mutiger machen wird?«, frage ich ihn, während er seine Klauen in die Platte versenkt und wieder herauszieht. »Früher war ich mal mutig, ob du es glaubst oder nicht. Ich bin ganz allein an die Uni, kannte absolut niemanden und hatte am Ende haufenweise Freunde.« Wehmütig denke ich an Laura, eine Kommilitonin, die zu meiner engsten Freundin wurde. Sie reist gerade durch Südamerika, verbringt dort ihre letzten freien Monate, bevor sie eine Stelle bei einer Consultingfirma in London antritt. »Sie hat versprochen, mir jedes Mal eine E-Mail zu schicken, wenn sie an einem Internetcafé vorbeikommt, aber ich habe schon eine Weile nicht mehr nach meinen Mails geschaut. Komisch, dass ich auch kaum daran gedacht habe. Früher war ich an meinem Laptop wie festgeklebt, bin dauernd im Netz gesurft, habe verfolgt, was alle so machen, Klatsch und Tratsch genossen. Und jetzt liegt der Laptop in meiner Tasche im Schlafzimmer, und ich habe ihn so gut wie vergessen.«

Heute will ich versuchen, ob ich hier eine Verbindung bekomme, oder wenigstens mit dem Laptop irgendwohin gehen, wo ich mich einloggen kann. Heutzutage hat doch jedes Café WLAN.

Während ich mich anziehe, frage ich mich, was Laura über meine Trennung denken wird. Sie wird natürlich Mitleid haben, aber ich weiß, dass sie tief in ihrem Innern froh sein wird. Sie hat um meinetwillen versucht, Adam zu mögen, aber als sie sich kennengelernt hatten – Adam hatte mich an der Uni besucht und in unserer gemeinsamen Studentenbude übernachtet –, da war sie mit ihm nicht warmgeworden. Ich hatte den Blick in ihren Augen gesehen, während sie sich unterhielten, ein Blick, der mir sagte, dass sie ihre Ablehnung nur mit Mühe unterdrücken konnte. Später versuchte sie, sich lieber die Zunge abzubeißen, als etwas zu sagen, aber schließlich meinte sie: »Findest du ihn nicht ein wenig ... langweilig, Beth? Ich meine, er hat den ganzen Abend immer nur über sich geredet und kein einziges Mal über dich.«

Natürlich verteidigte ich ihn. Ja, gut, Adam konnte ein wenig egoistisch sein, manchmal redete er ein wenig viel – aber er liebte mich, da war ich mir sicher.

»Ich fürchte nur, dass er dich womöglich nicht genug liebt. Er sieht dich als selbstverständlich an«, sagte sie, Besorgnis im Blick. »Ich weiß nicht, ob er dich verdient, Beth, das ist alles. Aber wenn er dich glücklich macht, dann ist es gut.« Mehr hatte Laura nicht gesagt, kein Wort darüber, was sie wirklich von Adam hielt, aber als ein Jurastudent im dritten Semester sich für mich interessierte, drängte sie mich, doch etwas Zeit mit ihm zu verbringen und einfach abzuwarten, wie es sich entwickelte. Was ich natürlich nicht getan hatte. Ich war ja schon vergeben.

Der Gedanke an Laura weckt in mir den Wunsch nach Gesellschaft. Ich bin jetzt schon eine Weile allein, und ich brauche Leute um mich. Sofort reift ein Plan in mir. Allein durch Galerien zu wandern – tja, das kann noch einen Tag warten.

»Oh, das steht Ihnen ganz ausgezeichnet, wirklich ganz ausgezeichnet!«

Ich bin sicher, dass ist nur ein Verkaufsspruch – die Verkäuferin sagt vermutlich zu allen Kundinnen, dass sie in den Kleidern des Hauses ganz ausgezeichnet aussehen, wie selbstverständlich jeder –, aber in ihrem Blick liegt eine Offenheit, die mich ihr glauben lässt.

Und wenn man dem Spiegel trauen darf, dann sehe ich in diesem Kleid wirklich überraschend gut aus. Auf dem Bügel sah es nach nichts aus, und obwohl es nur ein ziemlich normales schwarzes Kleid ist, scheint es meine verborgenen Reize zur Geltung zu bringen. Es schmiegt sich wie angegossen über meine Brüste und folgt der Kurve meiner Taille und meiner Hüften in einer perfekten Linie bis hinunter zu den Knien. Der Stoff ist irgendeine Seidenmischung, was bedeutet, dass es eng anliegt, aber gleichzeitig fließend ist und ganz leicht glänzt.

»Sie müssen es unbedingt kaufen«, flötet die Verkäuferin und schaut über meine Schulter. »Ich will sagen, es steht Ihnen soooo gut.« Sie lächelt mein Spiegelbild an. »Soll es für eine besondere Gelegenheit sein?«

»Für eine Party«, lüge ich kühn. »Heute Abend.«

»Heute Abend?« Ihre Augen werden groß. Sie spürt, dass eine interessante Geschichte dahinterstecken muss, wenn eine Frau ihr Partykleid erst am Tag des Ereignisses kauft. »Dann wollen Sie heute einen Verschönerungstag buchen?«

Ich starre mein Spiegelbild an. Das Kleid ist so hübsch. Ich finde mich darin umwerfend, sexy und kultiviert.

Das Einzige, was nicht dazu passt, sind mein ungeschminktes Gesicht, das unfrisierte Haar und die fehlenden Schuhe. Ein Verschönerungstag? Was würde das wohl kosten?

Ich war immer sehr besonnen, habe mein Geld stets zusammengehalten. Man kann mich wirklich nicht als verschwenderisch bezeichnen, und ich war nie einfach nur so shoppen. Anders als meine Mitstudierenden beendete ich mein Studium ohne Schulden, abgesehen von dem üblichen Studentendarlehen, und meine Ersparnisse befinden sich in einem gesunden Zustand.

Warum nicht zur Abwechslung ein wenig leben?, fragt eine Stimme in meinem Kopf. Warum nicht ausnahmsweise einmal sorglos sein? »Ja, das könnte ich eigentlich tun«, meine ich zögernd.

Die Verkäuferin klatscht begeistert in die Hände. Das kommt ihr offenbar sehr entgegen. »Oh, bitte lassen Sie mich Ihnen helfen. Als Erstes müssen Sie dieses Kleid kaufen, und das sage ich nicht einfach nur so. Sie sehen toll darin aus. Sie können das Kleid hierlassen, und ich passe darauf auf. Wir haben hier im Haus alles, was Sie brauchen – ein Kosmetikstudio, Wellnessangebote ...«

»Wir wollen es nicht übertreiben«, werfe ich hastig ein.

»... einen Friseur, ein Nagelstudio.« Ihre Augen funkeln bei dem Gedanken, wie man meinen unvollkommenen Körper in etwas verwandeln könnte, das dem Kleid angemessen ist. Doch plötzlich schaut sie besorgt. »Möglicherweise sind aber alle schon ausgebucht. Ich mache kurz ein paar Anrufe für Sie. Ich bin sicher, dass ich ein paar Fäden ziehen kann.«

Bevor ich sie aufhalten kann, ist sie schon zur Verkaufstheke geeilt und hat sich ein Telefon geschnappt. Ich signalisiere ihr, dass ich keine Schönheitsanwendungen will, aber sie winkt ab und bucht eine Gesichtsbehandlung. »Sie werden begeistert sein«, versichert sie mir, während sie schon die nächste Nummer wählt. »Ihre Haut ist zwar fabelhaft, aber sie wirkt doch ein wenig trocken. Verwenden Sie eine Nachtcreme? Das sollten Sie.« Bevor ich etwas sagen kann, ist sie schon mit dem Friseursalon verbunden und vereinbart einen Termin zum Schneiden und Föhnen. Ihr Blick wandert über meine Haare, und sie sagt: »Ich glaube, ein paar Highlights würden Wunder wirken, Tessa, falls du dafür Zeit hast.«

Als sie mit Telefonieren fertig ist, hat sie mehrere Termine für mich vereinbart, den ersten schon in wenigen Minuten.

Meine Verkäuferin ist eindeutig in ihrem Element und amüsiert sich großartig. Sie organisiert jemanden, der für sie einspringt, während sie mich ins Erdgeschoss zu den Behandlungsräumen bringt. Sie ist so enthusiastisch, dass ich mich von ihrer Welle der Begeisterung mitreißen lasse, und als ich Rhoda im Schönheitssalon übergeben werde, habe ich längst die Kontrolle über meinen Tag abgegeben. Gleich darauf befinde ich mich auf einer Liege, und Rhoda massiert mein Gesicht und verteilt eine Lehmmischung darauf. Sie legt kalte Wattebäusche auf meine Augen und lässt dann alles eine Weile einwirken. Es ist eine herrlich entspannende Erfahrung, aber auch sehr verführerisch, ein Genuss, der alle Sinne anspricht. Einen Moment flackert Erregung in mir auf, ein geradezu erotisches Wohlgefühl. Ich bin über mich selbst überrascht. Darf ich so empfinden? Jedenfalls erlebe ich jetzt die Art von Genuss, von dem ich früher immer dachte, er sei anderen Menschen vorbehalten, nicht mir. Aber als mir die Finger sanft die Maske vom Gesicht reiben und Salben und Cremes in meine Haut einmassieren, denke ich: Warum nicht ich? Warum sollte mir das nicht zuteil werden?

»Fertig«, sagt Rhoda und reicht mir eine Tüte mit Gratisproben verschiedener Produkte. »Sie sehen großartig aus.«

Ich erhasche einen Blick auf mein Spiegelbild, während ich zahle – es geht nicht gerade aufs Haus, auch wenn für mich einige Fäden gezogen wurden –, und ich scheine förmlich zu strahlen. Oder ist das nur Einbildung? Wen kümmert's. Diese Erfahrung war einfach unglaublich.

»Man erwartet Sie jetzt im obersten Stockwerk«, teilt Rhoda mir mit. »Wegen Ihrer Haare.«

Eine kurze Fahrt im Aufzug und bevor ich mich versehe, sitze ich auf einem Frisierstuhl, mit einem schwarzen Nyloncape um den Schultern und einem Stapel der neuesten Hochglanzmagazine auf meinem Schoß. Ein dünner, junger Mann in einem schwarzen T-Shirt und mit einer unglaublichen blonden Tolle über der Stirn erklärt mir, was man mit meinem Haar alles machen könnte. Ich habe schon früher mit Farben und Schnitten experimentiert, aber in den letzten Monaten war mir alles egal. Auf wen wollte ich denn schon anziehend wirken? Infolgedessen findet man jetzt das gesamte Farbspektrum auf meinem Kopf, von strohigem Blond an den Spitzen bis hin zu dunklem Mausbraun an den Wurzeln, und jeder Versuch, meine Haare nett zu frisieren, scheiterte mit der zunehmenden Zotteligkeit.

Cedric nimmt die Sache in die Hand. Mit geübter Leichtigkeit streicht er den Inhalt diverser Plastikschälchen auf meine Haare, wickelt einzelne Strähnen in Alufolie und überlässt mich dann einem der Magazine, während ich unter drehenden Neonlamellen warte. Nach einer halben Stunde reicht er mich an eine junge Frau mit herrlichen, weichen Händen weiter, die meine Haare ausspült, mir sämtliche Chemikalien vom Kopf massiert und sie durch etwas ersetzt, das meine Haare glättet und sie nach Orangenblüten duften lässt.

Da taucht Cedric wieder auf, eine Schere in der Hand. Er kämmt und schneidet und plaudert, nimmt einzelne, dunkle Haarsträhnen und fährt mit den schmalen Scherblättern hinein. Ich betrachte mich im Spiegel und frage mich, was mich am Ende dieser Sitzung erwarten wird. Als Cedric mit dem Schnitt fertig ist, sprüht er meine Haare mit etwas ein, nimmt den Föhn zur Hand und fragt: »Wie glamourös wollen wir denn werden?«

Ich schaue mich im Spiegel an. »Sehr glamourös.«

Vor meinem inneren Auge treffe ich mich mit Mr R. zum Abendessen. An diesem Abend will er nicht mit der Frau zusammen sein, mit der ich ihn gesehen habe. An diesem Abend wird er mich sehen und nach Luft schnappen. »Sind Sie die junge Frau aus Celias Wohnung?«, wird er verblüfft ausrufen. Er wird seinen Augen nicht trauen. »Dieses Mädchen aus dem fünften Stock, gegenüber von meinem Apartment? Aber Sie sind ... Sie sind ...«

Ich verliere mich in einem glücklichen Tagtraum, während der Föhn dröhnt und die Spitzen meiner Ohren vor Hitze ganz rot werden lässt. Cedric hat sich eine Bürste mit dicken Borsten gegriffen, rollt meine Haare strähnchenweise schmerzhaft fest auf, zieht sie glatt, bläst sie mit heißer Luft trocken und wickelt sie dann mit einer Drehbewegung wieder ab. Das Ergebnis sind große Locken. Nachdem er sich um meinen Kopf herumgearbeitet hat, habe ich einen Heiligenschein aus golden glänzenden Locken. Er sprüht Haarspray in seine Handflächen, reibt die Hände aneinander und fährt dann mit den Händen durch meine Haare, zieht die Locken nach hinten und lässt sie wieder los. Ich habe jetzt einen überlangen Bubikopf mit einem asymmetrischen Pony, der verführerisch über ein Auge fällt. Meine Haarfarbe ist ein reiches, schimmerndes Gold.

»Gefällt es dir?«, fragt Cedric, tritt einen Schritt zurück, legt den Kopf zur Seite und begutachtet kritisch sein Werk.

»Es ist ... herrlich«, hauche ich mit erstickter Stimme. Ich erinnere mich, wie ich noch vor kurzem aussah, als ich nach einem Weinkrampf wegen Adam in meinen Schlafzimmerspiegel starrte und eine Frau mit schlaffen Haaren, verquollenen Augen und matter Haut sah, an der nichts mehr strahlte. Diese Frau scheint jetzt ganz weit weg, und ich bin froh, dass sie fort ist.

Cedric lächelt. »Das freut mich, Kleines. Ich wusste gleich, aus dir lässt sich was machen. Und jetzt ... hast du offenbar einen Termin im Erdgeschoss. Make-up und Maniküre warten auf dich.«

Es ist mir absolut und vollkommen egal, was es kostet, denke ich draufgängerisch, als ich meine Kreditkarte an der Kasse überreiche. Alle sind so nett zu mir. Sie müssten es nicht sein, aber sie sind es. Und es fühlt sich verdammt gut an.

Als der Aufzug im Erdgeschoss hält, komme ich mir vor wie eine Königin. Man erwartet mich schon und führt mich zu dem Platz, der für mich ausgesucht wurde. Dann beginnt eine völlig andere Sitzung. Eine junge Kosmetikerin, die in der Uniform des Kaufhauses und dem obligatorischen, fingerdick aufgetragenen Make-up viel älter aussieht als sie ist, macht sich an die Arbeit. Sie tupft Feuchtigkeitscreme auf meine Haut und sprüht mein Gesicht mit ionisiertem Wasser ein, dann trägt sie eine getönte Tagescreme auf, anschließend Grundierung und Concealer. Die ganze Zeit macht sie mir Komplimente zu meiner Haut, meinen Augen, meinen Wimpern, meinen Lippen. Ich muss mich schon sehr anstrengen, um nicht zu glauben, dass ich auf irgendeine Weise spontan zu einer der schönsten Frauen auf Erden geworden bin, aber obwohl ich mir meine gesunde Skepsis bewahre, ist dieser Gedanke enorm verführerisch.

Meine Augenbrauen, Wimpern, Wangen und Lippen erhalten etwas Farbe. Ich komme in den Genuss von Rouge und Glanzeffekten und etwas, das sich ›Farbhighlights‹ nennt. Nachdem alles, was eingefärbt werden kann, eingefärbt ist, tritt die junge Frau einen Schritt zurück und erklärt, dass ich fertig bin. Dann reicht sie mir einen Handspiegel.

Ich hole tief Luft. Dann sage ich mir, dass es der Job dieser Leute ist, mich so aussehen zu lassen, damit ich ihre Produkte kaufe. Diese Menschen sind wahre Make-up-Künstler.

Aber trotzdem ... ich bin völlig verändert. Meine blauen Augen kommen auf eine Weise zur Geltung, die ich mit meinem üblichen Kohl-Stift noch nie hinbekommen habe. Ich besitze auf einmal lange, nach oben gebogene, dunkle Wimpern, die verlockend glänzen. Meine Wangen strahlen golden, mit einem Hauch Rosa, und meine Lippen sind einladend kirschrot und feucht. Ich habe das Gefühl, den Seiten eines Hochglanzmagazins entstiegen zu sein.

Ich kaufe ziemlich viel von dem, was auf mein Gesicht aufgetragen wurde, was zweifelsohne beabsichtigt war, dann werde ich an einen anderen Kosmetikschalter gebracht, wo eine quirlige, junge Frau aus dem East End meine Nägel leuchtend rot lackiert, während sie mir von den Problemen mit ihrem Freund erzählt. Ich höre kaum zu, um ehrlich zu sein. Ständig muss ich an Mr R. denken, verliere mich in einer Phantasiewelt, in der ich ein Restaurant durchquere, auf ihn zugehe, er springt auf, sein Mund öffnet sich vor Erstaunen und dann, als ich direkt vor ihm stehe, kann er nicht anders, als mich in seine Arme zu reißen. Er fährt mir mit den Fingern durchs Haar, dann gleitet seine Hand meinen Rücken herunter, umfasst mit festem Griff meinen Hintern und presst meine Hüften an sich. Ich merke, dass er hart ist, und spontan öffne ich die Beine, um seine Erektion noch stärker zu fühlen, ich möchte ihn in mir spüren, ihn in mich aufnehmen und …

»Fertig!«, verkündet die Nagelpflegerin zufrieden. »Jetzt müssen Sie es zwanzig Minuten trocknen lassen, nur um auf Nummer sicher zu gehen.«

Ich atme tief durch. Wow! Woher kam diese Phantasie denn? Hoffentlich ahnt niemand, was sich gerade in meinem Kopf abgespielt hat. Offenbar passieren unerwartete Dinge mit mir, wenn ich mich schön und attraktiv und sexy fühle.

Nach dem Stylingprogramm gibt es noch ein Letztes zu tun. Ich muss Schuhe kaufen, und zwar ein Paar, das zu meinem schwarzen Kleid passt. Meine Kreditkarte fühlt sich schon ganz heiß an, wegen der Summen, die mittlerweile abgebucht wurden, aber jetzt bin ich so weit gekommen, dass ich nicht mehr umkehren kann. Ein kurzer Ausflug in die Schuhabteilung beschert mir ein Paar hochhackige, spitz zulaufende, schwarze Schuhe. Anschließend, nachdem ich alles hinter mich gebracht habe, kehre ich wieder zu der ursprünglichen Verkäuferin zurück.

»Oh!«, ruft sie und klatscht in die Hände. »Sie sehen ... umwerfend aus! Ich hätte wirklich nicht geglaubt, dass Sie so gut aussehen könnten. Ehrlich, was für eine Verwandlung!«

Sie hat recht, ich weiß, dass sie recht hat. Mit dem Kleid und den Schuhen, dazu die neue Frisur und das Make-up ... tja, mein Selbstvertrauen wächst ins Unendliche. Vielleicht gibt es doch ein Leben nach Adam. Vielleicht kann mich ein anderer lieben, mich begehren, sich nach mir verzehren ... Mr R. ist natürlich eine reine Phantasterei, klar, aber irgendein anderer ...

»Danke«, sage ich aus tiefstem Herzen. »Sie waren sehr freundlich. Das weiß ich wirklich zu schätzen.«

»Seien Sie nicht albern, Sie haben es verdient.« Sie beugt sich zu mir und lächelt verschwörerisch. »Und jetzt ziehen Sie los, machen Sie Party und lassen Sie es ordentlich krachen heut Abend!«

Als ich das Kaufhaus verlasse, habe ich das Gefühl, dass mich alle anschauen, mein neues Kleid und die neue Frisur bewundern. Vor drei Tagen bin ich verschwitzt und schäbig in London angekommen. Und was bin ich jetzt für ein Anblick! Ich hoffe, ich sehe wie jemand aus, auf den Celia stolz wäre.

Zufällig komme ich an einem kleinen Platz vorbei, der am Ende einer Gasse liegt, die von der Hauptstraße abgeht. Ich beschließe, in einem der Restaurants hier etwas zu essen. Meine Verwandlung hat Stunden in Anspruch genommen und ich bin so hungrig, dass es mir egal ist, allein essen zu müssen. Während ich einen Teller mit köstlicher Pasta verschlinge, fällt mir wieder ein, dass ich bei meiner Ankunft viel zu verschüchtert war, um an so etwas auch nur zu denken.

Tja, jetzt esse ich hier allein, und nichts Schlimmes passiert. Niemand stürmt herbei, um indigniert zu fragen, wie ich es wagen kann, hier zu speisen, kein Kellner rümpft verächtlich die Nase über mich und weigert sich, meine Bestellung aufzunehmen. Ich werde mit dezentem Respekt behandelt, und das fühlt sich ziemlich gut an.

Hinterher bin ich noch nicht in der Stimmung, nach Hause zu gehen, obwohl es mittlerweile später Nachmittag ist. Ich wandere nach Norden, zurück zu den schicken Straßen, die ich an meinem ersten Tag beim Lebensmitteleinkauf entdeckt habe. Natürlich laufe ich Mr R. nicht über den Weg, dieser kleine Traum existiert nur in meiner Vorstellung, aber ich möchte nicht, dass diese Phantasie jetzt schon endet. Und nur, weil ich in dieser Stimmung bin, habe ich den Mut, den Laden zu betreten, in dessen Schaufenster ich die Karte entdecke. Das Schaufenster gehört zu einer großflächigen, lichtdurchfluteten Galerie mit hellem Holzboden. An den weißen Wänden hängen übergroße Bilder moderner Kunst. Die Galerie weckt sofort mein Interesse, da eine meiner Abschlussarbeiten sich mit der Entwicklung von Expressionismus und Kunst zwischen dem ersten und zweiten Weltkrieg befasste. Die Gemälde hier sehen aus, als könnten sie unmittelbar von jener Ära beeinflusst worden sein. Im Schaufenster liegt eine weiße Karte, auf der in wunderbar klarer Handschrift zu lesen steht:

Erfahrene / r Galerie-Assistent / in gesucht.
Befristete Stelle.
Bitte sprechen Sie uns an.

Ich starre einen Moment lang auf die Karte, sehe mein eigenes, schattenhaftes Spiegelbild in der Schaufensterscheibe. Ich bin nach London mit der diffusen Absicht gekommen, mir irgendeinen Sommerjob zu suchen, um mich abzulenken und vielleicht den ersten Schritt in ein neues Leben zu tun. Schließlich kann ich nicht auf ewig zu Hause im Café arbeiten. So viele Freunde von mir sind nach London gezogen, um hier nach der Uni einen Neustart zu wagen, da ist es sinnvoll, dass ich versuche, mir hier ebenfalls eine Zukunft zu schaffen. Ich hatte lange das Gefühl, dass ich den Anschluss verpasst habe, weil ich mir über meinen weiteren Lebensweg noch keine Gedanken gemacht hatte, aber vielleicht ist es noch nicht zu spät. Laura hat mich ohnehin eingeladen, mit ihr in London zusammenzuziehen. Sie schlug vor, dass wir uns eine Wohnung oder ein Haus teilen, aber ich hatte keine Ahnung, wie ich mir ohne eine Arbeitsstelle die Miete leisten sollte, und außerdem wollte ich ja bei Adam bleiben.

Im Innern der Galerie nehme ich eine Bewegung wahr und erhasche einen Blick auf einen großen, dürren Mann mit hohen Wangenknochen und einer Adlernase. Er trägt einen dunklen Anzug und steht neben einem Schreibtisch ungefähr in der Mitte der Galerie. Ob er mich gesehen hat?

Ich will weitergehen und die Sache vergessen, aber irgendetwas hält mich zurück. So schön und elegant wie jetzt werde ich nie wieder aussehen. Wenn ich einen künftigen Arbeitgeber heute nicht beeindrucken kann, dann wird mir das nie gelingen. Bevor ich noch so recht weiß, was ich da überhaupt tue, stoße ich schon die Tür auf und gehe selbstsicher auf den Mann zu. Meine Absätze klacken auf dem Holzboden. Er dreht sich zu mir um, und ich bemerke, dass er kurze, graublonde Haare hat, mit gefleckten, stoppeligen Koteletten und einer kahlen Stelle auf dem Scheitel. Seine grauen Augen blicken leicht verschleiert, und unter der beeindruckend vorstehenden Nase hat er dünne Lippen und ein wohlgeformtes Kinn. Er trägt eine Brille mit Goldfassung, die so unauffällig ist, dass sie beinahe unsichtbar scheint. Seine Hände sind unglaublich feingliedrig, und alles in allem vermittelt er den Eindruck von Eleganz und Bildung.

Er sagt nichts, während ich auf ihn zukomme, hebt nur neugierig die Augenbrauen.

»Ich habe Ihre Karte im Schaufenster gesehen«, sage ich mit meiner souveränsten Stimme. »Suchen Sie noch jemand? Falls ja, könnten Sie mich für die Stelle in Betracht ziehen.«

Seine Augenbrauen heben sich noch etwas höher, während er mich rasch mustert, das Kleid betrachtet, die Schuhe, das Make-up.

»Ja, ich suche noch jemand, aber für heute Abend sind bereits Vorstellungsgespräche anberaumt und ...« Er lächelt mich freundlich, aber distanziert an. »... ich fürchte, ich suche jemand mit Erfahrung.«

Mir ist klar, dass er keine Sekunde lang glaubt, ich könne der Aufgabe gewachsen sein. Möglicherweise ist mein Outfit tatsächlich kontraproduktiv. Er hält mich für ein hübsches Dummchen, zu sehr an Lippenstift interessiert, um sich mit Kunst auszukennen. Das ärgert mich. Ein moderner Mann sollte doch wissen, dass eine Frau nicht allein nach ihrem Aussehen beurteilt werden darf. Überraschungspakete gibt es in allen Formen und Farben.

Ich spüre, wie ein Funke meines alten Selbstvertrauens zurückkehrt. »Wenn Sie jemand suchen, der Erfahrung im Umgang mit Menschen hat, dann sollten Sie wissen, dass ich viele Jahre in der Einzelhandelsbranche mit Kunden zu tun hatte.« Das stimmt so nicht ganz – gehört ein Café überhaupt zur Einzelhandelsbranche? Aber wir verkaufen im Café auch Souvenirschnickschnack, Postkarten und eine wilde Auswahl an Porzellanbechern, also zählt es vielleicht doch. Ich fahre fort, ohne mit der Wimper zu zucken: »Und wenn Sie jemand mit Fachwissen suchen, dann sollten Sie wissen, dass ich einen Abschluss in Kunstgeschichte habe. Mein Hauptfach waren die Schulen des frühen zwanzigsten Jahrhunderts, die Bewegungen des Fauvismus und Kubismus vor dem ersten Weltkrieg und ihre Weiterentwicklung nach dem Krieg zu einer Vielzahl an expressionistischen Bewegungen und zur Moderne. Die Künstler, die Sie vertreten, lassen mich vermuten, dass auch Sie an dieser Zeit interessiert sind. Dieser Künstler hier ist beispielsweise definitiv vom Post-Expressionismus und der Bloomsbury-Gruppe beeinflusst. Ich liebe die einfachen Formen und die blassen Farbtöne, die Naivität. Das Gemälde von dem Stuhl und der Blumenvase könnte sogar ein Original von Duncan Grant sein.«

Der Galeriebesitzer starrt mich an, dann bildet sich ein Lächeln um seine dünnen Lippen, und gleich darauf lacht er laut auf. »Also, Sie sind auf jeden Fall Feuer und Flamme, das muss man Ihnen lassen. Ein Abschluss in Kunstgeschichte? Das ist eine gute Ausgangsbasis. Setzen Sie sich, lassen Sie uns reden. Kann ich Ihnen Tee oder Kaffee anbieten?«

»Sehr gern.« Ich strahle ihn an und setze mich auf den Stuhl, auf den er gezeigt hat. Von diesem Moment an verstehen wir uns ausnehmend gut. Man kann sich mühelos mit ihm unterhalten – er ist charmant, hat hervorragende Manieren –, und ich habe überhaupt kein Vorstellungsgesprächslampenfieber. Es ähnelt eher einer entspannten Unterhaltung mit einem wohlmeinenden Lehrer, nur dass er haufenweise mehr Stil hat als jeder Lehrer an meiner alten Schule. Er versteht es ausgezeichnet, mir Informationen zu entlocken, ohne dass es mir auffällt, und ich erzähle ihm von meinem Abschluss, meinem Studentenleben, meinen Lieblingskünstlern und warum es mich immer zur Kunst gezogen hat, obwohl ich weder zeichnen noch malen kann.

»Die Welt braucht Menschen, die bestimmte Dinge lieben, nicht nur Menschen, die diese Dinge produzieren«, bemerkt er. »Das Theater gibt es beispielsweise nicht nur wegen der

Schauspieler und Regisseure. Es gibt auch noch Agenten, Produzenten, Direktoren und Finanzleute, die das Ganze am Laufen halten. Bücher existieren nicht nur aufgrund der Schriftsteller, sondern auch aufgrund der Verleger und Lektoren und all der Menschen, die aus Liebe zum Buch eine Buchhandlung führen. Mit der Kunst verhält es sich ebenso. Man muss nicht wie Renoir malen können, um Kunst zu schätzen und in dem heiklen, aber wichtigen Metier zu arbeiten, in dem Künstler gefördert und unterstützt werden, indem man ihre Werke kauft und verkauft.«

Ich bin begeistert von der Vorstellung einer Karriere in der Kunstwelt, und vermutlich liest er mir die Begeisterung an der Nasenspitze ab, denn er schaut mich über den Rand seiner goldgefassten Brille an und meint keineswegs unfreundlich: »Aber in all diesen Bereichen ist es schwer, sein Auskommen zu finden, denn der Wettbewerb ist enorm. Es ist von entscheidender Bedeutung, den Fuß in die Tür zu bekommen. Auf meine Karte im Schaufenster haben sich schon Dutzende Interessenten beworben. Die Leute wissen, dass es eine hervorragende Gelegenheit ist, Erfahrung zu sammeln.«

Ich wirke offenbar ernüchtert, denn er lächelt und sagt: »Aber ich mag Sie, Beth. Sie begeistern sich offensichtlich für Ihr Fachgebiet und kennen sich darin aus. Ich kenne einen der Tutoren an Ihrer Universität, er ist ein alter Freund von mir, darum weiß ich, dass Sie über exzellente Grundkenntnisse in moderner Kunst verfügen. Ich sage Ihnen etwas: Ich spreche nachher noch mit einigen Leuten, aber ich werde unsere Unterhaltung nicht vergessen.« Einen Moment lang wirkt er ernst. »Ich muss betonen, dass es nur eine Stellung auf Zeit ist. Mein eigentlicher Assistent musste unerwartet ins Krankenhaus und steht mehrere Wochen nicht zur Verfügung, aber sobald er sich erholt hat, kehrt er natürlich auf seinen Posten zurück.«

Ich nicke. »Das ist mir klar.« Ich sage ihm nicht, dass ich selbst nur vorübergehend in London lebe. Das lässt sich alles noch klären, falls er mir den Job anbietet, was momentan nicht sehr wahrscheinlich ist.

Er reicht mir eine elfenbeinfarbene Visitenkarte mit marineblauer Schrift:

James McAndrew
Riding House Gallery

Darunter seine Kontaktdaten. Ich nenne ihm meine Handynummer und meine E-Mailadresse, die er sich auf einem Notizblock auf dem Schreibtisch notiert. Seine Handschrift ist – ebenso wie er – maßvoll, elegant und ein kleines bisschen altmodisch.

»Ich melde mich bei Ihnen«, verspricht James und schenkt mir wieder dieses weise Lächeln, das so typisch für ihn ist, und einen Augenblick später stehe ich auf der Hauptstraße und fühle mich überglücklich. Ich grinse mein Spiegelbild in den Schaufenstern an, an denen ich vorbeikomme, muss mich immer noch an meine blonden Locken und die kurvenreiche Figur gewöhnen, die mir das schwarze Kleid verleiht. Auch wenn ich die Stelle nicht bekomme, freut es mich, dass ich den Mut hatte, einfach in die Galerie hineinzumarschieren und den Versuch zu wagen. Ich beschließe, dass ich ungeachtet aller Umstände zurückkehren und mit James reden und mir seinen Rat einholen werde, was ich als Nächstes tun sollte, wenn ich in der Kunstwelt Fuß fassen will.

Überrascht sehe ich beim Blick auf meine Uhr, wie spät es schon ist. Ich mache mich auf den Heimweg. Erstaunlich, wie viel Zeit Shoppen und Stylen in Anspruch nehmen können, wenn man es denn zulässt.

Die Wohnung gegenüber liegt im Dunkeln. Ich starre eine Weile hinüber, hoffe, dass plötzlich das Licht angeht und Mr R. sich materialisiert. Ich muss ihn unbedingt sehen. Er spukt mir schon den ganzen Tag im Kopf herum, ist immer da, fast als sei er derjenige, der mich heimlich in meinem Alltagsleben beobachtet. Heute Abend fühle ich mich auf andere Weise für ihn bereit. Noch bevor ich ins Wohnzimmer gehe, um nachzusehen, was gegenüber passiert, frische ich mein Make-up auf, fahre mir mit den Fingern durch die Haare und streiche mir das Kleid über den Hüften glatt. Ich fühle mich schick und sexy, als ob ich meinem Ziel, so elegant zu sein wie seine Freundin, einen winzigen Schritt näher gekommen wäre.

Als ob ihm das auffallen würde!

Als seine Wohnung weiterhin dunkel bleibt, empfinde ich die Enttäuschung wie einen Messerstich. Während meines allein eingenommenen Abendessens bleibt das Fenster gegenüber unbeleuchtet. Eine leere Wohnung hat etwas unglaublich Einsames an sich; ohne einen Bewohner, der sie zum Leben erweckt, scheint sie traumlos zu schlummern. Nichts hat eine Bedeutung, wenn keiner da ist, der sie anschaut, sie benutzt, in ihr lebt. De Havilland schmollt, weil ich ihn nicht auf meinen Schoß lasse, aber ich will keine Katzenhaare auf meinem neuen Kleid. Beleidigt stolziert er hinüber zum Sofa, rollt sich mit dem Rücken zu mir ein und ignoriert mich ostentativ.

Und plötzlich nimmt ein Plan, der mir schon den ganzen Tag diffus durch den Kopf ging, Gestalt an.

5. Kapitel

Beth Villiers – Meisterspionin.
 Nein. Wie wäre es mit ... Beth Villiers, die Mata Hari von Mayfair?
 Ich muss über mich selbst lachen. Ich bin wieder in meinen hochhackigen Schuhen unterwegs. Eigentlich sollten meine Füße höllisch schmerzen, aber das tun sie nicht. Ich trage Celias Trenchcoat und gehe innerlich meinen Text durch.
 Ach, was für ein Zufall, Sie hier zu treffen! Ja, ich bin mit einem Freund verabredet, sein Name ist James. James McAndrew. Ihm gehört eine Galerie in der Nähe, und er schlug vor, dass wir hier einen Drink zu uns nehmen. Keine Ahnung, warum er sich verspätet. Sie möchten mich zu einem Drink einladen? Sehr gern, vielen Dank, wie schön. Dieses Kleid? Es steht mir? Wie nett von Ihnen, das zu sagen ...
 Mr R. und ich verstehen uns in meiner Phantasie hervorragend, auch wenn ich mir streng alle Gedanken verbiete, die über eine Konversation hinausgehen. Ich erreiche die hell erleuchteten und belebten Straßen von Soho. An den Weg kann ich mich noch sehr gut erinnern. Ich kann sogar jeden einzelnen Schritt nachvollziehen. Auch die Schaufenster, in die ich sah, sind mir noch bestens in Erinnerung, ebenso die Gesichter der Menschen, an denen ich vorüberkam. Aus diesem Grund werden von der Polizei wahrscheinlich so schnell wie möglich Verbrechen nachgestellt, bevor die Erinnerungen der Zeugen verschwimmen und undeutlich werden.
 Ich biege nach rechts ab, in die dunkle, unauffällige Seitenstraße mit den Regency-Häusern. Seltsam, ausgerechnet hier eine Bar zu eröffnen. Man musste schon sehr genau wissen,

wohin man wollte, um sie zu finden, und selbst dann schien es keine Lokalität, in die man einfach einkehrte, so versteckt wie die Bar im Souterrain lag.

Am Eisengitter bleibe ich stehen und hole tief Luft. Ich brauche all das Selbstvertrauen, das sich im Laufe des Tages in mir aufgebaut hat.

Ich werde es tun. Ich werde die Gelegenheit beim Schopf packen. Ich habe keine Angst.

Ich steige die Metalltreppe hinunter. Meine Schritte klingen selbstsicherer, als ich mich in Wirklichkeit fühle. Am Fußende der Treppe schaue ich durch das Fenster, aber was immer dahinter liegt, ist nur schwach beleuchtet. Ich sehe Menschen, die an Tischen sitzen, Kerzenleuchter, die auf jedem Tisch flackern. Gestalten bewegen sich durch den Raum. Ich mustere die Eingangstür. Sie ist nachtschwarz, und in weißen Buchstaben steht darauf *Das Asyl*.

Jetzt ist es zu spät, um zu kneifen. Ich kann nur hoffen, dass mir da drin keine Bande Verrückter auflauert.

In mir kribbelt es vor Anspannung. Meine Finger zittern leicht, als ich die Tür aufdrücke. Sie ist nicht zugeschnappt und bewegt sich langsam und schwer unter meinem Druck. Ein kleiner Vorraum erwartet mich. Eine Lampe in Form eines Sterns baumelt an einer Kette von der Decke, verströmt gedämpftes Licht. An der Wand hängt ein gerahmter Spruch: *Lasst, die ihr eintretet, alle Hoffnung fahren.*

Was ist das hier?

Ich trete ein. Es ist niemand da, der mich aufhält, obwohl es einen Stuhl und einen Tisch gibt, auf dem ein in Leder gebundenes Buch offen liegt, daneben ein silberner Federkiel in einer altmodischen Halterung und ein Tintenfass. Dort steht auch eine schwarze Blechdose mit der Aufschrift *Das Asyl* in goldenen Buchstaben.

Die Tür zum Thekenraum ist offen. Ich gehe vorsichtig

weiter, blinzelnd, um mich an das schwache Licht im Innern zu gewöhnen. Ich erkenne Menschen, sehr elegant gekleidet, kultiviert, die an den Tischen sitzen und trinken und sich leise plaudernd unterhalten. Weingläser, Cocktailgläser und Champagnerflöten funkeln im Kerzenlicht. Aber mein Blick wird von etwas anderem angezogen, im hinteren Teil der Bar, wo ich eine Reihe von Käfigen ausmache, die an Ketten von der Decke hängen. In jedem Käfig befindet sich ein Mensch. Ich spähe durch die Schatten.

Sehe ich da wirklich, was ich zu sehen glaube?

Ich schaue auf eine Frau, die nur schwarze Unterwäsche trägt. Ihre Handgelenke stecken in Handschellen mit einer langen Mittelkette. Sie trägt Stöckelschuhe, Streifen aus Leder laufen verkreuzt über ihre Beine. Ihr Gesicht wird halb von einer Maske verdeckt, deren Metallteile funkeln und glänzen, und ihre Haare sind fest nach hinten gebunden. Sie umklammert die Gitterstäbe ihres Käfigs, bewegt sich leicht und sinnlich hin und her, streckt ihre Gliedmaßen, soweit es ihr in der Enge möglich ist. Die Lederstreifen spannen sich über ihrer Haut, ihr Körper wirkt geschmeidig, von katzenhafter Eleganz. Die anderen Frauen in den Käfigen sind ihr sehr ähnlich: kaum bekleidet, ihre Gesichter zur Hälfte verborgen, und alle sind auf irgendeine Weise gefesselt, mit dünnen Ketten, mit schwarzen Lederschnüren, mit einem dunkelroten, seidig glänzenden Seil. Nur einer ist ein Mann, groß, breitschultrig, mit nacktem Oberkörper und in wirklich winzigen Shorts aus Leder. Er trägt ein mit Stacheln besetztes, breites Halsband, mit dem er an die Käfigdecke gefesselt ist, und starrt ununterbrochen auf den Käfigboden.

Während ich sie beobachte und immer noch versuche, zu erfassen, was ich da sehe, tritt ein Mann in einem eleganten Anzug auf einen der Käfige zu. Die Frau darin setzt sich auf und präsentiert sich, damit er sie inspizieren kann. Der Mann beugt sich vor und flüstert ihr etwas zu, und sie senkt den Kopf, dann kniet sie in ehrerbietiger Haltung vor ihm. Er sagt noch etwas durch die Gitterstäbe, und sie deutet ein Nicken an. Einen Augenblick später öffnet er die Käfigtür. Einen Moment verharrt er so, dann spricht er erneut mit ihr, woraufhin sie aufsteht. Er zieht sie an der Kette um ihre Handgelenke aus dem Käfig. Widerstandslos folgt sie ihm, während er sie zwischen den Tischen hindurchführt.

Was geschieht da? Ist das eine Art Bordell? Ist das wirklich die Art von Ort, an dem Mr R. und seine Freundin ihre Abende verbringen?

»Was machen Sie hier? Wer sind Sie?«

Die Stimme ist spitz und aggressiv. Ich zucke zusammen und drehe mich zu dem Sprecher um. Auf den ersten Blick scheint er völlig normal – mittelgroß und schwarz gekleidet –, aber er wirkt furchteinflößend. Sein Kopf ist kahlgeschoren, und die Hälfte des Gesichts und der Kopfhaut ist vollständig in einem primitiven Muster aus Wirbeln und Kreisen tätowiert. Die Wirkung ist sonderbar und beängstigend. Er funkelt mich an, erzürnt und bedrohlich. Seine Augen sind so hell, dass sie fast gänzlich weiß erscheinen.

»Wie sind Sie hier hereingekommen?«, verlangt er zu wissen. Einige der Umsitzenden schauen zu uns herüber, aber augenscheinlich haben sie kein besonders großes Interesse daran, was sich am Eingang abspielt. Vielleicht sind sie an derlei Dinge gewöhnt.

»Ich ... ich ... die Tür stand offen ...«, stammele ich und werde rot. Ich spüre, wie meine Hände zittern. »Ich dachte ...«

»Das ist ein Privatclub. Nur für Mitglieder«, zischelt er. »Sie haben hier keinen Zutritt. Und jetzt verschwinden Sie und hören Sie auf, Ihre Nase in Dinge zu stecken, die Sie nichts angehen.«

Sein Blick ist stechend vor Verachtung. Ich fühle mich wie

ein ungezogenes Kind, das vor allen Leuten abgestraft wird. Unter seiner bedrohlichen Haltung werde ich ganz klein, komme mir wie eine hilflose Närrin vor.

»Sie haben mich gehört«, sagt er mit diesem widerwärtigen Zischeln. »Gehen Sie, oder ich muss Sie persönlich nach draußen begleiten.«

Ich bringe irgendwie die Kraft auf, an ihm vorbei erst in den kleinen Vorraum und dann hinauszustolpern und schnell die Metalltreppe hochzusteigen. Tränen brennen in meinen Augen, ich zittere und bin entsetzt über das, was da gerade geschehen ist.

Was sollte das Ganze überhaupt? Warum habe ich gedacht, ich könnte mir meinen Platz in dieser schrecklichen Stadt erobern? Warum habe ich all das Geld ausgegeben, nur um jemand Besonderes zu sein, wo ich doch in Wirklichkeit nichts weiter als naiv und dumm bin?

Auf einmal überwältigt mich die Verzweiflung. Alles kommt mir so hoffnungslos vor. Adam hatte allen Grund, mich abzuservieren. Ich werde nie zu dem Menschen werden, der ich so gern wäre. Unter der Laterne an der Straße bleibe ich stehen und fange heftig an zu weinen, dankbar, dass nur so wenig Menschen unterwegs sind. Ich fummele in den Taschen des Mantels, weil ich hoffe, eine Packung mit Taschentüchern zu finden. Tränen strömen mir über das Gesicht. Ich schniefe heftig und wische mir die Tränen mit dem Handrücken von den Wangen. Ich bin so eine Memme! Ein paar unfreundliche Worte und schon bin ich am Boden zerstört, einsamer als je zuvor.

»Hallo? Alles in Ordnung mit Ihnen?«

Ich schaue in die Richtung, aus der die Stimme kommt, aber durch den Schleier an Tränen kann ich nichts erkennen. Dennoch klingt die Stimme vertraut. Ich habe sie doch schon einmal gehört …

»Sie weinen ja. Kann ich Ihnen helfen? Haben Sie sich verirrt?«

Ich schaue auf und sehe ihn an, sein Gesicht von der Straßenlampe erhellt, die Besorgnis deutlich in seinen Augen zu lesen. Gerade als mir klar wird, wer da vor mir steht, und mein Magen sich überrascht zusammenzieht und einen Purzelbaum schlägt, verändert sich sein Gesichtsausdruck. Er runzelt die Stirn und lächelt gleichzeitig, wirkt verwirrt. »He, Sie sind doch die junge Frau aus Celias Wohnung. Was um alles in der Welt machen Sie hier?«

»Ich … ich …« Ich blinzele zu ihm auf. Er ist mir unglaublich nahe, und seine Nähe raubt mir die Fähigkeit, rational zu denken. Ich kann nur noch daran denken, wie wunderbar diese Augen sind, so intensiv und fesselnd unter den kräftigen, schwarzen Brauen, und wie vollkommen sein Mund ist. Wie mag es sich anfühlen, diese Lippen zu küssen, dieses schöne Gesicht zu liebkosen? Ich möchte die Hand ausstrecken und mit meinen Fingern über die Konturen seines Kinns streichen und die dunklen Bartstoppeln, die ich dort sehe, unter meinen Fingerspitzen fühlen.

»Haben Sie sich verirrt?« Er wirkt besorgt.

Ich nicke, versuche, nicht erneut zu schniefen. »Ich wollte einen Spaziergang machen«, bringe ich hervor. O Gott, bitte lass mich keinen Schluckauf bekommen, bitte nicht. »Ich muss weiter gelaufen sein, als ich dachte.«

»He.« Seine dunklen Augen scheinen im Licht der Straßenlampe zu funkeln. »Bitte nicht weinen. Alles wird wieder gut. Ich bringe Sie nach Hause.«

»Aber …« Ich will ihn fragen, ob er nicht gerade auf dem Weg in den Club war, aber das würde mich natürlich sofort verraten. »… haben Sie nicht etwas anderes vor? Ich möchte Ihnen nicht den Abend verderben.«

»Seien Sie nicht albern«, meint er fast schroff. »Ich lasse

Sie hier nicht allein zurück. Ich sagte, ich bringe Sie nach Hause.«

Ich fürchte, ich habe ihn verärgert. Er zieht sein Handy aus der Hosentasche, tippt eine Textnachricht ein und schickt sie ab, dann sieht er mich wieder an. Sein Gesichtsausdruck ist seltsam ernst. »Na bitte, schon erledigt. Und jetzt bringen wir Sie dorthin zurück, wohin Sie gehören.«

Zu meiner eigenen Überraschung versiegen meine Tränen. Ich gehe mit Mr R. durch die Straßen von Soho. Er trägt einen seiner makellosen Anzüge, und wie er so neben mir geht, schätze ich ihn auf über einen Meter neunzig – groß genug, um meine 170 Zentimeter locker zu überragen. Er schreitet neben mir aus, achtet darauf, keine allzu großen Schritte zu machen, damit ich nicht in Trab verfallen muss, um mit ihm mitzuhalten. Mir ist, als ob ihn eine Leichtigkeit umgibt, wie ein mit Helium gefüllter Ballon. Wenn ich nicht aufpasse, kann er sich jeden Augenblick in die Lüfte erheben.

Als wir uns durch eine Gruppe junger Touristen fädeln müssen, die vor einem Fastfoodlokal stehen und sich auf dem Gehweg breitmachen, legt er seine Hand in mein Kreuz und leitet mich hindurch. Auf der anderen Seite angekommen kann ich kaum sprechen, so sehr laufen Wellen der Erregung angesichts seiner Berührung durch mich hindurch. Als er seine Hand wegnimmt, fühle ich mich wie beraubt.

»Sie sind aber wirklich weit gegangen.« Er runzelt die Stirn. »Haben Sie denn keinen Stadtplan dabei? Und auch keine Karten-App auf Ihrem Smartphone?«

Ich schüttele den Kopf, komme mir blöd vor. »Wie dumm von mir.«

Einen Moment lang scheint er mich finster anzuschauen. »Das ist wirklich sehr dumm. Hier draußen kann es richtig gefährlich sein.« Dann scheint er einzulenken. »Tja, irgendetwas sagt mir, dass Sie nicht an London gewöhnt sind.«

»Nein, ich bin das erste Mal hier.«

»Ach ja? Woher kennen Sie dann Celia?« Falls er wütend auf mich war, scheint er das jetzt hinter sich gelassen zu haben. Sein Blick wirkt wärmer.

»Sie ist die Patentante meines Vaters. Sie ist schon solange ich denken kann ein Teil meines Lebens, aber ich kenne sie nicht besonders gut. Ich meine, ich habe sie nur ein paar Mal gesehen und sie noch nie zuvor besucht. Als sie mich bat, ihre Wohnung zu hüten, war ich richtig erstaunt.«

»Ich verstehe, warum Sie sich diese Chance nicht entgehen lassen wollten.«

Ob die Leute annehmen, wir seien ein Paar? Vielleicht halten sie ihn für meinen Freund ... wäre doch möglich, oder?

Er ist so unglaublich umwerfend ...

Während wir Seite an Seite in Richtung Mayfair gehen, nehme ich jedes Detail an ihm in mich auf. Seine Hände sind herrlich: stark und breit mit langen Fingern und kantigen Fingerkuppen. Ich frage mich, wie sie sich auf meiner Haut anfühlen würden, auf meinem nackten Rücken. Der Gedanke lässt mich schaudern. Seine Kleidung sieht richtig teuer aus, und er hat ausgezeichnete Umgangsformen, allerdings ohne jede Spur der Arroganz, die man von einem Mann mit seinem Aussehen erwarten würde.

Er spricht jetzt über Celia, wie er sie kennenlernte, weil ihre Wohnungen einander direkt gegenüberliegen.

Ach echt? Im Ernst?

Ich versuche, ahnungslos dreinzublicken. Ihm scheint nicht der Gedanke zu kommen, dass ich ihn beobachtet haben könnte.

»Ihre Wohnung ist unglaublich, nicht wahr?«, sagt er. »Ich habe ein oder zwei Mal Kaffee bei ihr getrunken. Eine erstaunliche Frau. Und so interessant – die Geschichten, die sie über ihre Karriere erzählt!« Er lacht und schüttelt den Kopf, und ich lache auch. Anscheinend weiß er viel mehr über sie als mein Vater. Die Art, wie er von ihr spricht, weckt in mir den Wunsch, Celia irgendwann einmal richtig kennenzulernen.

»Wenn ich so alt bin wie sie, möchte ich so sein wie sie«, fährt er fort. »Mit Würde altern, aber sich trotzdem die Begeisterung für das Leben bewahren. Andererseits mache ich mir auch Sorgen um sie. Ungeachtet, wie energiegeladen sie zu sein scheint, sie wird doch älter. Natürlich würde sie nie und nimmer auch nur die geringste Schwäche zugeben, aber ich behalte sie im Auge, nur für den Fall, dass einmal etwas sein sollte.«

Er hat auch noch ein gutes Herz. O Gott, lass mich jetzt sofort sterben!

»Aber Sie kennen ja Celia, sie ist zweiundsiebzig Jahre jung, nicht wahr?«, scherzt er. »Ich habe das Gefühl, sie hat alles bestens im Griff. Wahrscheinlich überlebt sie uns alle und klettert noch auf den Mount Everest, wenn wir schon zu müde sind, auch nur die Treppe zu steigen.«

Die Stimmung zwischen uns ist lockerer, jetzt, wo meine Tränen getrocknet sind und sich die Wut, die er angesichts meiner Verlorenheit zu empfinden schien, aufgelöst hat. Wir nähern uns Randolph Gardens. Ich werde etwas langsamer, hoffe, die Zeit, die wir miteinander verbringen, in die Länge ziehen zu können. Gleich sind wir zu Hause und gehen wieder getrennte Wege. Das will ich nicht. Ich genieße das aufgeladene Knistern, das ich zwischen uns wahrnehme.

Plötzlich bleibt er stehen und dreht sich zu mir. »Sie sind ganz allein, nicht wahr?«

Ich nicke. Er starrt mich einen Augenblick mit suchendem Blick an, dann meint er sanft: »Warum kommen Sie nicht mit zu mir hoch? Sie sehen aus, als könnten Sie eine Tasse Kaffee gebrauchen, und ich möchte nicht, dass Sie in Celias Wohnung zurückgehen, solange Sie noch so durcheinander sind. Außerdem habe ich die ganze Zeit geredet. Ich weiß noch gar nichts über Sie.«

Ich finde seine Stimme unglaublich attraktiv. Sie ist warm und wohlig, eine tiefe, kompetente Stimme. Ob ich bei ihm einen Kaffee trinken möchte? Mein Herz schlägt schneller. Mich überkommt ein Zittern. »Sehr gern«, sage ich und meine Stimme klingt etwas höher, als ich es beabsichtigt hatte. »Ja, wirklich gern.«

»Gut, dann lassen Sie uns das tun.« Er geht in Richtung Eingangstreppe voraus, bleibt dann abrupt stehen und dreht sich zu mir um. Ich bin sofort wie versteinert vor Furcht, er könnte seine Meinung ändern. Aber er sagt nur: »Ich kenne nicht einmal Ihren Namen.«

»Beth. Ich heiße Elizabeth.«

»Beth. Wie schön.« Er schenkt mir ein Lächeln. Eins von der Sorte, die Herzen schmelzen lassen. »Ich bin Dominic.«

Dann dreht er sich um und geht ins Haus, und ich folge ihm.

Sobald wir im Aufzug sind, ist die Nähe unserer Körper für mich so elektrisierend, dass ich kaum zu atmen vermag. Ich kann nicht zu ihm aufsehen, bin mir aber intensiv bewusst, wie sein Arm an meinem reibt, diese winzige Bewegung, wenn wir im ruckelnden Aufzug gegeneinandergepresst werden.

Was, wenn die Kabine stehen bleibt? Was, wenn wir hier drin gefangen sind? Plötzlich sehe ich ihn vor meinem inneren Auge, sein Mund auf meinen Lippen, sein Körper, der mich fest gegen die Aufzugswand drückt. Ich kann seine Kraft förmlich spüren. O Gott. Alle möglichen bizarren Feuerwerkskörper explodieren in meinem Bauch. Ich werfe heimlich einen Blick auf ihn. Ich bin mir beinahe sicher, dass er diese seltsame Elektrizität ebenfalls wahrnimmt.

Als der Aufzug ratternd zum Stehen kommt und ich endlich wieder durchatmen kann, bin ich fast froh, dass sich die Tür öffnet. Ich folge ihm hinaus in den Flur. Es ist sehr merkwürdig, sich auf einmal auf der anderen Seite des Gebäudes zu befinden. Jetzt, wo wir nicht mehr auf der Straße sind, fühle ich mich von Minute zu Minute schüchterner. Dazu kommt die Tatsache, dass hier alles wie drüben ist, nur spiegelverkehrt. Ein Gefühl wie bei Alice im Wunderland.

Dominic führt mich zu seiner Wohnungstür und schließt auf. Er lächelt: »Kommen Sie herein. Und keine Sorge. Ich wollte das schon vorhin sagen – ich bin kein Axtmörder. Jedenfalls nicht donnerstags.«

Ich lache. Mir ist keine Sekunde lang der Gedanke gekommen, ich könnte bei ihm nicht in guten Händen sein. Er ist schließlich Celias Freund. Ich weiß, wo er wohnt. Alles ist bestens.

Das Erste, was mir in seiner Wohnung auffällt, ist mein Spiegelbild in seinem Garderobenspiegel und der Ausdruck des Entsetzens, als mir klar wird, was aus meinem eleganten Look wurde. Meine vorher so wunderbar gewellten und gelockten Haare hängen jetzt schlaff um mein Gesicht. Mein Make-up ist verblasst und ich habe bleiche Wangen, mit geschwollenen, roten Augen und einigen entzückenden tintenfarbigen Mascara-Schlieren darunter. Na toll. So viel zu Miss Kultiviertheit.

»Oh«, entfährt es mir.

»Was ist?« Mit einem Zucken lässt er das Jackett von den Schultern gleiten und gewährt mir so einen verführerischen Blick auf den Umriss seiner muskulösen Arme unter dem Hemd.

»Ich habe überall Mascara im Gesicht. Ich sehe furchtbar aus.«

»Hier.« Er stellt sich dicht vor mich, fährt zu meiner Überraschung mit dem Handballen unter meinen Augen entlang und reibt vorsichtig.

Ich schnappe nach Luft. Seine Berührung ist warm und weich. Er schaut mir jetzt tief in die Augen, sein Blick ist intensiv. Seine Hand hält inne, seine Finger noch auf meiner Wange. Ich denke, dass er mir jetzt gleich über das Gesicht streichen wird, und mir fällt nichts ein, was mir in diesem Moment lieber wäre. Aber er nimmt seine Hand weg, und auch sein Blick gleitet zur Seite, als er sagt: »Ich mache uns jetzt Kaffee.« Dann geht er in die Küche und lässt mich allein zurück, damit ich mich erholen kann.

War das alles nur Einbildung, oder hatten wir gerade einen gemeinsamen Moment?

»Wie möchten Sie Ihren Kaffee?«, ruft er, während sich der Wasserkessel erhitzt.

»Äh ... nur mit Milch, danke.« Ich schaue in den Spiegel und fahre mir hektisch mit den Fingern durch die Haare, aber da kommt er auch schon wieder, und ich muss aufhören.

»Lassen Sie mich Ihren Mantel nehmen. Ist es nicht ohnehin ein wenig zu warm dafür?« Er schält mich aus dem Trenchcoat. Ich habe das Gefühl, dass er sich absichtlich sachlich gibt, damit sich der seltsame Moment, den wir eben teilten, nicht wiederholt.

»Ich ... äh ... friere leicht«, erwidere ich lahm. »Ich reagiere sehr empfindlich auf Wetteränderungen.«

Er führt mich in sein Wohnzimmer und zeigt auf das lange, eckige, moderne Sofa. »Setzen Sie sich. Ich kümmere mich nur noch schnell um unsere Getränke.«

Langsam gehe ich zum Sofa, sehe mich um. Durch meine Aussicht von gegenüber habe ich schon ein Gespür für den

Raum, aber es ist dennoch etwas anderes, sich darin zu befinden. Zum einen ist er viel luxuriöser und stilvoller, als es aus der Ferne den Anschein hatte. Vermutlich sollte es mich nicht überraschen, dass ein Mann, der sich in diesem Teil der Stadt ein Apartment leisten kann, es sich auch leisten kann, es mit dem Besten vom Besten auszustatten. Alles ist sehr modern und in Braun- und Grautönen gehalten, durchsetzt von schwarzen Akzenten. Das Sofa ist in einem hellen Steingrau, mit großen, grauen und weißen Kissen darauf, und es steht L-förmig um einen langgestreckten Couchtisch, der auf vier Granitblöcken zu ruhen scheint. Gegenüber vom Sofa stehen zwei elegante, schwarze Sessel. Riesige Glaslampen mit schwarzen Lampenschirmen ragen auf polierten Beistelltischen auf. Überall im Wohnzimmer finden sich elegante Keramikarbeiten – Trios aus weißen Vasen in unterschiedlichen Größen, ein kuppelförmiges Objekt mit schwarzen Wirbeln – und dazu diverse Stammeskunst. Eine geschnitzte, schwarze Holzmaske hängt an der Hauptwand, neben einem sehr großen Schwarzweißbild, das ich erst für abstrakte Malerei halte, bis ich merke, dass es ein Foto von einem Vogelschwarm im Flug ist, die Flügel und Körper durch die Geschwindigkeit ihrer Bewegung verzerrt. Die Wände sind mit Stoff überzogen, nicht mit einer Papiertapete – eine Art raues Hanfgewebe. Auf dem Boden liegen dicke Teppiche aus heller Wolle, die man nur besitzen kann, wenn weder Kleinkinder noch Haustiere jemals in deren Nähe kommen. Ein großer Flachbildfernseher hängt über dem Kamin. Auf dem Kaminsims reihen sich unzählige große, momentan noch unangezündete Kerzen aneinander. Neben dem Fenster steht ein gut gefüllter Bar-Tisch.

Ich setze mich und verdaue das alles erst einmal.

Das ist wirklich und wahrhaftig eine echte Junggesellenbude.

Männlich, aber im Rahmen. Alles zeugt von extrem gutem Geschmack. Im Grunde habe ich nichts anderes erwartet.

Da fällt mein Blick auf ein seltsames Möbelstück. Es sieht wie ein Stuhl oder Hocker aus, aber das trifft es nicht ganz. Statt Armlehnen zu beiden Seiten, scheint es auf der einen Seite zwei Lehnen zu haben, die ziemlich weit auseinanderstehen und mit Zacken versehen sind. Auf der anderen Seite befindet sich eine Art breite, lederne Auflage mit eingerollter Lehne.

Ein merkwürdiges Teil. Wozu dient es?

Unaufgefordert taucht ein Bild vor meinem inneren Auge auf, eine Rückblende zu der Szene im Club, die ich vorhin beobachtet habe. Ich erinnere mich an die Frau in dem Käfig, die an den Gitterstäben rüttelt, ihre Augen funkeln hinter der mit Stacheln besetzten Maske. Ich sehe wieder vor mir, wie sie dem Mann folgt, in Handschellen, unterwürfig wie ein gezähmtes Pony. An diesen Ort ist Dominic mit seiner Freundin gegangen. Zum ersten Mal regt sich in mir so etwas wie Zweifel. Sein Aussehen, seine Aura und die Freundlichkeit, die er mir gegenüber an den Tag legt, faszinieren mich unglaublich. Aber vielleicht ist er gar nicht so geradlinig, wie er auf den ersten Blick scheint.

In diesem Augenblick betritt Dominic mit einem Tablett, auf dem eine Kaffeekanne, ein Milchkännchen und zwei Tassen stehen, das Wohnzimmer. Er stellt es auf dem Glastisch ab und setzt sich neben mich auf das Sofa, nahe, aber nicht zu nahe.

»Also«, sagt er und gießt mir Kaffee ein, fügt Milch hinzu und reicht mir die Tasse. »Erzählen Sie mir etwas von sich, Beth. Was führt Sie nach London?«

Es liegt mir auf der Zunge, ihm zu sagen: »Mir wurde das Herz gebrochen, und ich bin hergekommen, um es wieder zu flicken«, aber das scheint mir dann doch etwas zu persönlich, also weiche ich aus: »Ich bin auf der Suche nach Abenteuern. Ich komme aus der Kleinstadt und möchte endlich einmal die Welt da draußen kennenlernen.« Der Kaffee ist heiß und hat ein wunderbares Aroma. Genau das brauche ich jetzt. Ich nehme einen Schluck; er ist köstlich.

»Dann sind Sie hier richtig.« Er nickt wissend. »London ist die großartigste Stadt der Welt. Ich mag New York und Paris, und ich bin ein großer Fan von LA, egal, was die Leute sagen, aber London ... kein anderer Ort kommt dem auch nur nahe. Und Sie sind mitten im Herzen von London!« Er zeigt zum Fenster. Hunderte von Fenstern in den Gebäuden um uns herum leuchten strahlend gelb in der Sommernacht.

»Ich habe echt Glück gehabt«, entfährt es mir aus tiefster Seele, »ohne Celia wäre ich jetzt nicht hier.«

»Ich bin sicher, das Glück beruht auf Gegenseitigkeit.« Er lächelt mich wieder an, und ich spüre diese seltsame Spannung. Flirtet er mit mir?

Mir gefällt es, ihm nahe zu sein. Die Nähe seiner breiten Schultern unter dem weißen Hemd ist verwirrend. Ich spüre, wie die Wärme seiner Haut auf mich ausstrahlt. Die Form seines Mundes lässt meinen Atem flach werden, und so etwas wie Erregung sorgt für ein Flattern in meinem Magen und lässt meine Lenden pochen. Gott, ich hoffe, er merkt nicht, welche Wirkung er auf mich ausübt. Ich nehme noch einen Schluck von dem heißen Kaffee und hoffe, dass mich das ein wenig erdet. Als ich wieder in seine schwarzen Augen schaue, durchbohrt er mich mit seinem Blick, und ich kann kaum mein Aufkeuchen unterdrücken.

»Erzählen Sie mir, wie Ihnen London bislang gefällt.«

Ich sollte wirklich nicht so schüchtern sein, aber sein Magnetismus hat etwas an sich, das mich in die alte, linkische Beth verwandelt, die ich doch eigentlich hinter mir lassen wollte. Ich erzähle ihm, was ich mir schon alles angeschaut habe, stolpere über meine eigenen Worte und suche nach den richtigen Formulierungen. Ich will beeindruckend über Kunstwerke und all die spannenden Plätze plaudern, die ich gesehen habe, aber ich klinge wie ein völlig durchschnittlicher Tourist, der Sehenswürdigkeiten herunterbetet. Trotzdem ist er unglaublich charmant, stellt interessierte Fragen und scheint fasziniert von dem, was ich ihm erzähle. Ihm ist nicht klar, dass er meine Verkrampftheit damit nur noch schlimmer macht.

»Die Miniaturensammlung in der Wallace Collection hat mir besonders gut gefallen. Auch das Porträt der Madame de Pamplemousse.« Ich versuche, sachkundig zu klingen.

Er schaut ratlos. »Madame de Pamplemousse?«

»Ja.« Ich bin froh, dass ich ihn mit meinem Wissen beeindrucken kann. »Die Geliebte von Ludwig dem Fünfzehnten.«

»Ah!« Sein Gesichtsausdruck heitert sich auf. »Sie meinen Madame de Pompadour.«

»Ja, natürlich, Madame de Pompadour. Die meine ich.« Ich fühle mich so unbeholfen. »Was habe ich gesagt?«

»Madame de Pamplemousse.« Er lacht laut auf. »Madame Grapefruit! Das ist herrlich!« Jetzt lacht er ganz offen, wirft den Kopf in den Nacken, zeigt seine perfekten, weißen Zähne. Sein tiefes Lachen hallt im Raum wider.

Ich lache auch, fühle mich aber gleichzeitig gedemütigt, weil ich so etwas Dämliches gesagt habe. Vor Scham laufe ich rot an, und als ich versuche, das einfach wegzulachen, merke ich, dass meine Augen schon wieder brennen. O nein, bloß nicht! Jetzt nicht weinen, das ist doch albern. Aber je nachdrücklicher ich mich ermahne, desto schlimmer wird es. Ich habe mich zum Narren gemacht, und jetzt werde ich gleich wie ein Baby losheulen. Mit aller Kraft versuche ich, die Tränen zurückzuhalten, beiße mir dazu heftig in die Wangen.

Er sieht meinen Gesichtsausdruck und hört sofort auf zu lachen. Sein Lächeln verblasst. »He, kein Grund, erschrocken zu sein. Es ist doch alles in Ordnung. Ich weiß, was Sie meinten. Es ist einfach nur komisch, aber ich lache nicht über Sie.« Er legt seine Hand auf meine.

In dem Moment, als sich unsere Hände berühren, geschieht etwas Merkwürdiges. Das Gefühl seiner Haut auf der meinen ist elektrisierend, fast brennend heiß. Zwischen uns fließt ein Strom, der mich beinahe schaudern lässt, und ich schaue erstaunt in seine Augen. Zum ersten Mal sehe ich ihn wirklich, und er erwidert meinen Blick, sein Gesichtsausdruck ist ebenfalls überrascht, als ob auch er etwas fühlt, was er nicht erwartet hätte. Ich habe das Gefühl, sein wahres Selbst zu sehen, ohne die Maske aus Höflichkeit und Konvention, und dass er ebenso unverhüllt in mich hineinsehen kann.

In unserem Alltagsleben huschen Tag für Tag Hunderte von Gesichtern an uns vorbei, flackern kurz in unserem Bewusstsein auf und verlöschen wieder. Wir erwidern den Blick von Menschen im Zug oder Bus, im Aufzug oder auf der Rolltreppe, in Geschäften, an Theken, auf dem Weg zur Arbeit oder nach Hause, und wir stellen eine winzige Verbindung her, die unmittelbar darauf wieder zerbricht. Für den Bruchteil einer Sekunde nehmen wir die Existenz eines anderen Menschen wahr, begreifen einen Augenblick lang die Tatsache, dass er ein Leben hat, eine Geschichte, eine Vergangenheit, die ihn unweigerlich zu diesem Moment führte, in dem wir eine Verbindung mit ihm eingehen. Und dann, ebenso rasch, löst sich die Verbindung wieder auf, unsere Blicke wenden sich ab, und wir gehen wieder getrennte Wege, unserer jeweiligen Zukunft entgegen.

Doch jetzt, da ich in Dominics Augen schaue, ist es, als ob ich ihn kenne, obwohl er ein Fremder ist. Als ob es völlig egal sei, dass wir unterschiedlich alt sind, von unterschiedlicher

Herkunft. Auf eine seltsame Art und Weise fühlt es sich so an, als ob wir uns kennen.

Die Welt um uns herum fällt auseinander und versinkt. Ich nehme nur noch seine Hand auf meiner wahr, den Strom der Erregung, der durch meinen Körper schießt, das tiefe Gefühl der Verbundenheit. Ich blicke in Augen, die mich bis zum Kern meines Seins zu durchdringen scheinen, ja, mich intim zu kennen scheinen. Mich überkommt in diesem Augenblick die Gewissheit, dass er mich versteht. Und ich bin sicher, dass er ebenso empfindet wie ich.

Es scheint, als seien wir unendlich lange in diesem Moment erstarrt, aber es können nur wenige Sekunden vergangen sein. Mir wird unsere Situation bewusst, ich kehre wie ein Schwimmer nach einem langen Tauchgang an die Oberfläche zurück und frage mich in zitternder Erwartung, was nun geschehen wird.

Dominic wirkt gleichzeitig unbeholfen und erstaunt, als ob etwas, womit er nie gerechnet hätte, gerade eben geschehen sei. Er öffnet den Mund und will etwas sagen, aber da hören wir ein Geräusch im Flur. Dominic schaut zur Tür, und ich drehe mich um, gerade noch rechtzeitig, um zu sehen, wie eine Frau eintritt. Sie trägt einen langen, dunklen Pelzmantel, trotz des warmen Abends. Und sie wirkt verärgert.

»Wo zur Hölle bleibst du denn?«, verlangt sie zu wissen, als sie das Wohnzimmer betritt, dann bleibt sie bei meinem Anblick ruckartig stehen. Sie mustert mich mit scharfem Blick. »Oh.« Dann wendet sie sich an Dominic. »Wer ist das?«

Der Zauber, unsere Verbundenheit, ist gebrochen. Hastig nimmt er seine Hand von meiner. »Vanessa, darf ich dich Beth vorstellen? Beth, das ist meine Freundin Vanessa.«

Ich murmele leise einen Gruß. Es ist die Frau, die ich schon zuvor gesehen habe. So lautet also ihr Name. Vanessa. Das passt zu ihr.

»Beth wohnt direkt gegenüber«, fährt Dominic fort. Er ist sehr selbstbeherrscht, aber ich spüre, dass er unter der ruhigen Oberfläche ein klein wenig nervös ist. »Ich habe sie in guter Nachbarschaft auf eine Tasse Kaffee eingeladen.«

Vanessa nickt mir zu. »Wie galant«, meint sie kühl. »Aber waren wir nicht vor zwei Stunden verabredet?«

»Ja, tut mir leid. Hast du meine SMS nicht erhalten?«

Mir fällt auf, dass er nicht erwähnt, wie er mir in den dunklen Straßen von Soho zu Hilfe geeilt ist.

Sie starrt ihn an, teilt ihm offensichtlich telepathisch mit, dass sie vor mir nicht darüber reden will. Ich springe sofort auf.

»Ich danke Ihnen sehr für den Kaffee, Dominic, das war wirklich nett von Ihnen. Jetzt sollte ich gehen. Ich darf De Havilland nicht zu lange allein lassen.«

»De Havilland?«

»Celias Katze.«

Vanessa schaut amüsiert. »Sie müssen sich um die Katze kümmern? Wie süß. Tja, dann sollten wir Sie wirklich nicht länger aufhalten.«

Dominic steht ebenfalls auf. »Ganz sicher, Beth? Möchten Sie nicht erst Ihren Kaffee austrinken?«

Ich schüttele den Kopf. »Nein, besser nicht. Aber recht herzlichen Dank.«

Er begleitet mich in den Flur, und als er mir meinen Mantel reicht, schaue ich wieder in diese dunklen Augen. Ist dieser Moment zwischen uns wirklich passiert? Dominic scheint mir wieder wie zuvor: ein freundlicher, höflicher Fremder. Und doch ... in diesen dunklen Tiefen schlummert immer noch etwas.

»Passen Sie auf sich auf, Beth«, sagt er leise, als er mich zur Tür bringt. »Wir sehen uns bald wieder, da bin ich sicher.«

Dann beugt er sich vor und streift ganz leicht mit den

Lippen über meine Wange. Als sich unsere Gesichter berühren, kann ich mich nur unter größter Anstrengung davon abhalten, mich ihm nicht direkt zuzudrehen, damit er meine Lippen küssen kann, was ich mir sehnlichst wünsche. Meine Haut brennt dort, wo er sie berührt hat.

»Das würde mir gefallen«, erwidere ich, beinahe mit einem Seufzen. Als sich die Tür hinter mir schließt, gehe ich zum Aufzug und frage mich, ob ich es auf meinen weichen Knien wirklich bis zu Celias Wohnung schaffen werde.

6. *Kapitel*

Mein Posteingang quillt über, aber das meiste ist Mist. Ich scrolle mich nach unten, lösche eine Mail nach der anderen, frage mich, warum ich die Newsletter so vieler Tratsch- und Shoppingseiten abonniert habe. Neben mir steht ein großer Milchkaffee und kühlt langsam ab, während das Schokoladenpulver darauf allmählich in den Milchschaum sinkt. Ich habe eine dieser Kaffeeketten gefunden, wo alle mit einer halbgetrunkenen Tasse und einem Laptop herumsitzen und das kostenlose WLAN ausnutzen. Endlich stoße ich auf eine Mail von Laura und klicke sie an. Sie reist gerade durch Panama und hat mehrere Fotos angehängt, auf denen man sie mit ihrem riesigen Rucksack sieht, wie sie in die Kamera grinst, dschungelartiges Grün hinter ihr, dazu einige phantastische Landschaftsfotos.

Ich vermisse dich ganz doll, schreibt sie, kann's kaum erwarten, dich wiederzusehen, sobald ich zurück bin. Hoffe, du genießt den Sommer und bist total verknallt in Adam. Ich drücke dich, Laura.

Ich starre die Mail an, frage mich, was ich ihr schreiben soll. Sie denkt immer noch, ich sei zu Hause, würde tagsüber als Kellnerin arbeiten und abends mit Adam abhangen. Davon bin ich so unendlich weit entfernt, und etwas sagt mir, dass mein eigenes Abenteuer gerade erst beginnt. Einen Augenblick lang überlege ich, ob ich ihr alles schreiben soll, aber ich bin noch nicht so weit, es mit jemand zu teilen. Mein Geheimnis ist zu köstlich und seltsam, und in der wirklichen Welt existiert es eigentlich gar nicht. Wenn ich darüber rede, dann zerstöre ich es dadurch möglicherweise.

Ein süßer Schauder durchläuft mich, als ich mich an den Moment erinnere, den ich gestern Abend mit Dominic hatte. (Erstaunlich, wie rasch er zu Dominic wurde – der Name Mr R. kommt mir jetzt albern und kindisch vor.) Allein der Gedanke an seinen Blick, an diese seltsame und unmittelbare Intimität ... und alles in mir dreht sich wie verrückt, als ob meine Eingeweide eine Achterbahnfahrt durch meinen Körper machen. Es ist einerseits angenehm, andererseits unerträglich.

Aber ... da ist ja noch Vanessa. Seine Freundin. Die Frau, mit der ich ihn gesehen habe und mit der er sich eigentlich treffen wollte.

Allerdings hat er ihr nicht erzählt, dass wir uns in Soho getroffen haben oder dass er sie meinetwegen versetzt hat.

Das hat nichts zu bedeuten, du Idiot.

Trotzdem ... eine Frau wird doch wohl träumen dürfen, oder?

Ich tippe eine kurze Botschaft an Laura, schreibe ihr, wie sehr ich mich freue, dass sie so viel Spaß hat und dass auch ich es kaum erwarten kann, sie wiederzusehen und ihr das Neueste zu erzählen. Während ich schreibe, sehe ich, dass eine weitere Mail in meinem Posteingang gelandet ist, und nachdem ich bei Laura auf »Senden« geklickt habe, öffne ich die neue Mail. Sie kommt von james@ridinghousegallery.com. Wer? Einen Moment lang bin ich verwirrt, dann fällt mir alles wieder ein. O mein Gott, mein Vorstellungsgespräch in der Galerie.

Ich lese mit angehaltenem Atem.

Liebe Beth,
es war mir ein großes Vergnügen, Sie gestern kennenzulernen. Nach Ihnen habe ich noch mit anderen Bewerbern gesprochen und ich muss zugeben, dass keiner von ihnen

Ihre Begeisterung oder das gewisse Etwas hatte, das mich glauben lässt, dass wir gut zusammenarbeiten könnten. Falls Sie noch Interesse haben, möchte ich mich mit Ihnen gern über die Stelle als meine Galerieassistentin während des Sommers unterhalten. Lassen Sie mich wissen, wann es Ihnen passt, dann rufe ich Sie an.
Ich würde mich freuen, von Ihnen zu hören.
Mit besten Grüßen, James McAndrew

Ich starre die Mail an und muss sie dreimal lesen, bevor sie wirklich in meinem Kopf ankommt. James bietet mir den Job an. Oh, wie phantastisch! Ich bin überglücklich, triumphiere. Dann war der gestrige Tag doch keine völlige Katastrophe – mein neuer Look hat sich wenigstens in einer Hinsicht ausgezahlt. Ich weiß, dass ich auf den Füßen gelandet bin. Ich habe – einfach so – einen Job in einer richtigen Galerie gefunden!

Wer weiß, wozu das noch führen kann?

Schnell schicke ich ihm eine Antwort, dass ich immer noch sehr interessiert bin und gern für ihn arbeiten möchte. Und er könne mich jederzeit auf meinem Handy anrufen.

Kaum habe ich die Mail abgeschickt, fängt mein Handy auf dem Tisch an zu klingeln.

Ich greife rasch danach. »Hallo?«

»Beth, hier spricht James.«

»Hallo!«

»Dann wollen Sie also meine neue Assistentin sein?« Ich höre das Lächeln in seiner Stimme.

»Ja, nur zu gern!« Ich erwidere dieses Lächeln.

»Wann können Sie anfangen?«

»Wie wäre es mit Montag?«

Er lacht. »Sie sind ja wirklich voller Begeisterung. Montag passt mir gut.« Er erzählt mir kurz etwas über die Stelle und das Gehalt – kaum mehr als das, was ich als Kellnerin verdiene, aber so sieht dann wohl die Realität eines Fuß-in-der-Tür-Jobs aus – und erklärt zum Abschluss, wie sehr er sich freut, mich am Montag bei sich begrüßen zu dürfen. Nachdem ich ihm überschwänglich gedankt habe und wir das Gespräch beendet haben, bin ich bester Laune und optimistisch. Öffnet London wirklich gerade seine Türen für mich? Ich schicke schnell eine E-Mail an meine Eltern, teile ihnen die gute Nachricht mit und versichere ihnen, dass alles gut läuft. Draußen vor dem Schaufenster des Coffeeshops fällt das Sonnenlicht golden auf die Stadt.

Meine letzten freien Tage, bevor ich mit der Arbeit beginne – ich sollte ins Freie und das Beste aus ihnen herausholen.

Ich trinke meinen Kaffee aus, packe meinen Laptop ein und kehre zur Wohnung zurück. Nachdem ich meine Sachen abgeladen habe, ziehe ich los, um die National Gallery und einige andere Sehenswürdigkeiten auf meiner Liste abzuhaken, die man unbedingt gesehen haben muss. Alles erscheint mir strahlend und aufregend. Erstaunlich, wie sehr ein Stimmungswandel alles beeinflussen kann. Die National Gallery ist natürlich viel zu groß, um bei nur einem Besuch alles sehen zu können, also fange ich bei den Räumen mit der Kunst des 20. Jahrhunderts in Europa an und nehme dann noch einige herrliche Meisterwerke der Renaissance mit, um mit etwas aufzuhören, das ein Übermaß an theatralischer Größe und reicher Lebendigkeit zu bieten hat.

Dann schlendere ich unternehmungslustig zum Trafalgar Square mit seinen schwarzen Löwen, die über die Brunnen wachen. Es wäre echt ein Verbrechen, den Rest dieses Sommertages im Haus zu verbringen. Also bahne ich mir durch die Touristen- und Besucherströme meinen Weg zurück zur Wohnung, wo ich mir Decke, Sonnenbrille, ein Buch, eine Flasche Wasser und etwas Obst schnappe. Dann gehe ich in den

Garten hinter dem Haus und beziehe meinen Stammplatz in der Nähe der Tennisplätze. Dominic ist nicht da, die Plätze sind leer, und irgendwie bin ich enttäuscht, obwohl ich mir sage, dass er um diese Uhrzeit bei der Arbeit sein muss. Ich frage mich, was er beruflich macht. Diese Woche hat er mitten am Tag Tennis gespielt, darum hat er vermutlich flexible Arbeitszeiten. Wer weiß?

Ich lege mich mit dem Buch hin, fange an zu lesen und genieße das warme Sonnenlicht auf meinen Armen und Beinen. Doch egal, wie sehr ich mich auch auf das Buch konzentriere, meine Gedanken kehren immer wieder zu Dominic und unserem gemeinsamen Moment gestern Abend zurück. Er muss es auch gespürt haben, da bin ich sicher. Ich erinnere mich, wie verwirrt er schien, verblüfft über das Ausmaß der Verbindung zwischen uns, als ob er dachte: Sie? ... Aber ... das sollte nicht sein ...

Ich seufze tief, lege das Buch zur Seite, schließe die Augen und gebe mich der Erinnerung an sein Gesicht hin, seine Augen, seine Berührung auf meiner nackten Haut, die Stromstöße durch meinen ganzen Körper schickte.

Beth.

Ich kann seine Stimme so deutlich hören, als würde er direkt neben mir stehen. Es fällt mir schwer, von ihrem Klang nicht erregt zu sein, so tief und melodisch. Ich seufze und fahre mir mit der Hand über die Brust, wünsche mir, dass er wirklich hier wäre.

»Beth?«

Jetzt klingt sie lauter, fragender. Ich öffne die Augen und schnappe nach Luft. Dominic ist da, steht direkt neben mir, lächelt zu mir hinunter. »Tut mir leid, wenn ich Ihnen einen Schreck eingejagt habe«, sagt er.

Ich setze mich blinzelnd auf. »Ich habe Sie hier nicht erwartet.«

Er trägt weite Jeans und ein weißes T-Shirt und sieht umwerfend aus – der Freizeitlook steht ihm ebenso gut wie der Businesslook. In seinen Augen liegt ein seltsamer Ausdruck, den ich nicht lesen kann. »Um ehrlich zu sein, weiß ich nicht genau, warum ich hier bin«, sagt er. »Ich habe oben gearbeitet, als ich plötzlich das Gefühl hatte, ich sollte in den Garten gehen, weil ich Sie hier finden würde.« Er breitet die Hände aus. »Und tatsächlich, hier sind Sie.«

Wir sehen einander wortlos an, lächeln, etwas unbeholfen, aber die Unbeholfenheit reicht nicht tief. Diese Verbundenheit von gestern Abend vibriert immer noch zwischen uns.

»Was machen Sie hier?«

»Ich nehme ein Sonnenbad. Genieße das herrliche Wetter. Bin im Grunde nur schrecklich faul.«

Er steht immer noch da und schaut auf mich herab. »Ich habe für heute genug gearbeitet. Möchten Sie mit mir ausgehen? Ich kenne einen großartigen Pub mit Garten ganz in der Nähe, und dort mixt man einen Pimms, der sich gewaschen hat. Ich kann mir nicht vorstellen, irgendwo besser ›schrecklich faul‹ sein zu können als dort mit Ihnen.«

»Sehr gern.«

»Gut. Ich werde Ihnen ein paar Ecken von London zeigen, die Sie allein nicht finden würden. Ich gehe nur schnell hoch und hole ein paar Sachen. Sollen wir uns in zwanzig Minuten vor der Tür treffen?«

»In Ordnung.« Ich strahle zu ihm auf, fühle mich leicht und fröhlich.

Die zwanzig Minuten reichen gerade aus, um die Shorts und das T-Shirt gegen mein geblümtes Sommerkleid zu tauschen und statt Turnschuhen flache Sandalen anzuziehen. Nach kurzem Zögern nehme ich ein Umhängetuch aus Spitze von einem Bügel in Celias Schrank und schlinge sie um meine

Schultern. Meine frisch blondierten Haare binde ich zu einem Pferdeschwanz, und zusammen mit meiner Sonnenbrille ergibt das einen Look, der nach den Sixties aussieht. Gar nicht schlecht. Ich habe das Gefühl, dass Celias Umhängetuch mir Glück bringen wird, auch wenn ich nicht weiß, warum. Ob es ihr recht wäre, wenn ich eine Art Beziehung zu ihrem Nachbarn knüpfe? Etwas sagt mir, dass sie entzückt sein würde. Ich kann sie beinahe flüstern hören: »Nur zu, Beth, amüsiere dich! Warum auch nicht?«

Dominic wartet vor dem Eingang auf mich. Er trägt ebenfalls eine Sonnenbrille, eine schwarze, eckige Ray Ban, und liest gerade eine SMS auf seinem Handy, dann schaut er auf und entdeckt mich. Sofort verzieht sich sein Gesicht zu einem breiten Grinsen, und er schiebt das Handy in seine Jeanstasche. »Sie sind hier. Prima. Dann lassen Sie uns gehen.«

Wir unterhalten uns unaufgeregt, während wir durch die heißen Straßen von Mayfair schlendern. Dominic weiß, wohin es geht, und ich gebe mich ganz in seine Hand, während wir durch stille Nebenstraßen, kühle Gassen und über verborgene Plätze kommen. Die Menschen sitzen an Tischen vor Cafés und Bars, Fenster und Türen sind für die sanfte Brise geöffnet. Leuchtende Blumenkörbe lassen die Fassaden in Rot und Violett erstrahlen. Ich liebe es, neben Dominic zu gehen, als ob wir zusammengehören. Etwas von seinem Zauber färbt dabei auf mich ab – zumindest wünsche ich mir das.

»Wir sind da«, sagt Dominic, als wir uns einem Pub nähern. Es ist ein altes Haus, völlig zugewuchert von grünen Kletterpflanzen mit bunten Blüten. Im Innern ist es auf minimalistische Weise klar und modern. Dominic führt mich durch den dunklen Schankraum hinaus in einen Hof, der zu einem herrlichen Garten umgewandelt wurde, mit eingetopften Bäumen, Wannen voller Blumen und Holztischen unter grünen Sonnenschirmen. Eine Kellnerin nimmt Dominics Bestellung auf. Gleich darauf kommen schon zwei Gläser und eine Karaffe mit Pimms, in der Farbe von kaltem Tee, angefüllt mit Eiswürfeln und Fruchtstücken. Erdbeer-, Apfel- und Gurkenscheiben sowie Minzblätter schwimmen auf der schaumigen Oberfläche.

»Ohne Pimms ist es kein Sommer«, erklärt Dominic und schenkt mir ein. Eiswürfel und Obststücke fallen mit einem satten Klang in mein Glas. »Das ist eins der Dinge, die wir Engländer am besten können.«

»Manchmal klingt es, als seien Sie selbst kein Engländer«, sage ich scheu. »Sie sprechen ohne Akzent, aber hin und wieder meine ich, den Anklang eines anderen Zungenschlags zu hören.« Ich will unbedingt mehr über ihn erfahren. Dann nehme ich einen Schluck Pimms. Es schmeckt herrlich süß und aromatisch, frisch und mit einer minzigen Note. Natürlich habe ich schon früher Pimms getrunken, aber so lecker wie hier war er noch nie. Mir ist klar, wie gefährlich es ist. Den Alkohol, der definitiv vorhanden ist, schmeckt man kaum heraus.

»Sie sind sehr aufmerksam.« Dominic sieht mich nachdenklich an. »In der Tat bin ich Engländer, hier in London geboren. Aber mein Vater diente im diplomatischen Corps und hatte ständig Posten im Ausland inne, darum bin ich seit frühester Jugend viel herumgekommen. Einen Großteil meiner Kindheit habe ich in Südostasien verbracht. Einige Jahre lebten wir in Thailand, dann wurde mein Vater nach Hongkong versetzt, was großartig war. Aber gerade, als ich neugierig auf die Welt um mich herum wurde, schickte man mich nach England zurück.« Er verzieht das Gesicht zu so etwas wie einer Grimasse. »Ins Internat.«

»Hat es Ihnen dort nicht gefallen? Ich fand immer, dass es ungeheuer romantisch sein müsse, ein Internat zu besuchen.« Ich erinnere mich, wie ich als Kind unbedingt ins Internat wollte. Mich begeisterte die Vorstellung von Mitternachtsfeten und gemeinsamen Schlafräumen und dem ganzen Rest. Eine gewöhnliche Schülerin in der Schule vor Ort zu sein und jeden Tag nach Hause zu marschieren, mit einem Berg Hausaufgaben in der Tasche, schien unglaublich öde im Vergleich zu dem, was man in Büchern über Internate las.

»Das war es nicht.« Dominic zuckt mit den Schultern. »Schon allein die Entfernung. In ein Flugzeug gesetzt zu werden, um über die Ferien nach Hause zu fliegen, ist ja ganz okay. Aber in ein Flugzeug gesetzt zu werden, um zurück zur Schule zu fliegen, ist so ziemlich das Schlimmste, was man sich vorstellen kann.«

Ich sehe es förmlich vor mir: ein kleiner Junge, der auf gar keinen Fall weinen will, der versucht, tapfer zu sein, während er sich am Flughafen von seiner Mutter verabschiedet. Eine Stewardess führt ihn fort. Er umklammert seine Mütze und seine Handschuhe, winkt zum Abschied. Als er seine Mutter nicht mehr sehen kann, vergießt er doch ein paar Tränen, aber nur ein paar, weil er nicht will, dass die Stewardess merkt, wie traurig er ist. Dann wird er auf seinen Sitz gesetzt und tritt die lange, einsame Reise nach England an. Eine grimmige Hausmutter mit großem Busen, die grauen Haare zu einem festen Knoten zurückgebunden, nimmt ihn am Flughafen in Empfang und bringt ihn zur Schule. Ich sehe ein furchteinflößendes Gebäude in einem öden Moorgebiet, meilenweit nichts als Landschaft, und kleine Jungen, die ihre Mütter vermissen. Plötzlich erscheinen mir Internate gar nicht mehr so romantisch.

»Alles in Ordnung?« Dominic mustert mich.

»Ja, ja danke, alles gut.«

»Sie haben nur gerade unglaublich traurig ausgesehen.«

»Ich dachte daran, wie Sie damals zur Schule mussten, welches Heimweh Sie hatten, so weit weg von zu Hause ...«

»So schlimm war es ja gar nicht, wenn man erst einmal dort war. Eigentlich hatte ich nach der Eingewöhnungsphase eine schöne Zeit. Ich teilte mir ein Zimmer mit zwei anderen Jungen, und wir hatten unsere Überdecken von zu Hause und Plakate an den Wänden, unsere Lieblingsbücher im Regal. Ich liebte Sport, und dafür gab es jede Menge Möglichkeiten. An den meisten Wochenenden spielte ich für die Schule bei irgendeinem Turnier Rugby, Fußball oder Cricket.« Er lächelt angesichts der Erinnerung. »Eins muss man englischen Internaten lassen: sie sind stets hervorragend ausgestattet – Swimmingpool, Tennisplätze, Kunst- und Werkräume und was nicht noch alles, und ich habe das Beste herausgeholt.«

Das trübselige Gruselschloss meiner Phantasie, das einem Roman von Dickens entsprungen sein könnte, wird durch ein fröhliches Ferienlager ersetzt. Plötzlich klingen Internate wieder hervorragend.

Er fährt fort. »Aber so sehr es mir an der Schule gefiel, als es ans Studium ging, beschloss ich, die Latte ein wenig höher zu hängen. Also ging ich ins Ausland.«

»Zurück nach Hongkong?«

Er schüttelt den Kopf. »Nein, ich wollte in die Vereinigten Staaten. Ich ging nach Princeton.«

Ach du lieber Himmel. Eine der besten amerikanischen Universitäten, wie Oxford und Cambridge bei uns. Superschwer und teuer. Die Ivy League, ja genau, so nennt man die dortigen Elite-Unis. »Hat es Ihnen in Princeton gefallen?«

Er lächelt. »Ich hatte eine ausnehmend schöne Zeit.«

Während er spricht, höre ich einen ganz leichten amerikanischen Tonfall heraus, als ob die Erinnerung an Princeton etwas von der Sprache, die er dort aufschnappte, die aber durch die Jahre in London wieder überdeckt wurde, zu neuem Leben erweckte.

»Was haben Sie studiert?« Ich nehme noch einen Schluck

Pimms. Eine Erdbeere stößt an meine Lippen, und ich öffne den Mund und lasse sie kurz auf der Zunge ruhen. Sie hat durch den Drink einen köstlichen Geschmack bekommen. Ich kaue sie langsam, während ich mir einen jüngeren Dominic vorstelle, sexy in seinen amerikanischen Uni-Klamotten, wie er in einem Vorlesungssaal sitzt und sich Notizen macht, während der Professor angeregt über …

»Wirtschaft«, sagt Dominic.

… über Wirtschaft doziert. Der Professor geht ganz in seinem Thema auf, und Dominic trägt jetzt eine Brille mit dunklem Gestell, die ihn wie eine besonders umwerfende Version von Clark Kent aussehen lässt. Er konzentriert sich auf seine Mitschrift, runzelt leicht die Stirn, so dass die Brille auf seiner Nase tiefer rutscht. Während er gewissenhaft Stichworte über das Wesen der Konzerne und die Funktion von Reglementierungen notiert, starrt ihn eine Kommilitonin ungeniert sehnsuchtsvoll an, kann sich nicht konzentrieren, weil seine Nähe ihre Nervenenden in einen zitternden Orbit katapultiert, in dem sie ihm das College-Shirt vom Leib streift, mit der Zunge seinen nackten Hals hinunter über die Brust fährt, die Brustwarzen umkreist und …

Unwillkürlich öffnet sich mein Mund, während ich mir vorstelle, wie sie sich fühlen muss. Ungefähr so, wie ich mich gerade fühle. Ich reibe die Beine aneinander, die warme, nackte Haut kribbelt unter meiner eigenen Berührung.

»Beth, was denken Sie gerade?«

»Äh …« Ich kehre in die Gegenwart zurück.

Er beugt sich vor, seine schwarzen Augen funkeln amüsiert.

»Nichts. Ich … denke nur so vor mich hin.«

»Ich würde zu gern wissen, was Sie gerade gedacht haben.«

Die Hitze steigt mir ins Gesicht. »Wirklich gar nichts.« Ich verfluche meine lebhafte Phantasie. Dauernd macht sie das, zieht mich in ein anderes Universum, das mir so real vorkommt, dass ich es beinahe berühren kann.

Er muss leise lachen.

»Und wohin sind Sie im Anschluss an Princeton gegangen?«, frage ich hastig und hoffe, dass er keine Gedanken lesen kann. Das wäre wirklich peinlich.

»Ich habe ein Aufbaustudium in Oxford absolviert und dort einige Verbindungen geknüpft, die mir den Job einbrachten, den ich derzeit mache. Anfangs habe ich mich ein paar Jahre mit Hedgefonds beschäftigt, mir praktische Erfahrung im Finanzwesen angeeignet.«

»Wie alt sind Sie denn?«, rutscht es mir heraus.

»Ich bin einunddreißig.« Er schaut wachsam. »Und wie alt sind Sie?«

»Zweiundzwanzig. Im September werde ich dreiundzwanzig.«

Er wirkt erleichtert. Vermutlich hatte er plötzlich Angst, ich könnte eines dieser Mädchen sein, die sehr reif für ihr Alter aussehen.

Ich nehme noch einen Schluck Pimms, und Dominic tut es mir gleich. Unser Umgang miteinander ist so mühelos, trotz der Tatsache, dass alles, was wir sagen, nur umso deutlicher zeigt, wie fremd wir uns eigentlich sind.

»Und was genau machen Sie?«, frage ich. Vermutlich muss es etwas mit Geld zu tun haben, irgendetwas, was es einem vergleichsweise jungen Mann ermöglicht, in Mayfair zu wohnen. Außer er hätte geerbt, versteht sich.

»Finanzen. Investment«, meint er vage. »Ich arbeite für einen russischen Geschäftsmann. Er hat jede Menge Geld und ich helfe ihm, es zu verwalten. Das führt mich rund um den Globus, aber meistens arbeite ich hier von London aus und bin sehr flexibel. Wenn ich einmal einen Nachmittag freinehmen möchte – so wie heute ...« Er lächelt mich an. »... dann kann ich das tun.«

»Klingt interessant«, sage ich, obwohl ich immer noch nicht weiß, womit genau er nun seinen Lebensunterhalt verdient. Tatsache ist, einfach alles, was Dominic angeht, ist für mich faszinierend.

»Doch jetzt genug von mir, Beth. Ich möchte viel lieber etwas über Sie erfahren. Beispielsweise, ob es Ihrem Freund gar nichts ausmacht, wenn Sie hier ganz allein in London sind?«

Ich habe das Gefühl, dass er mich necken will, dass ihm mein Unbehagen gefällt, als meine verräterischen Wangen schon wieder rot anlaufen. »Ehrlich gesagt, bin ich Single«, stottere ich.

Er hebt die Augenbrauen. »Tatsächlich? Das überrascht mich.«

Schwer zu sagen, ob er mich auf den Arm nehmen will oder nicht – diese schwarzen Augen können unglaublich undurchdringlich sein. Ich hoffe, ich klinge nicht so, als würde ich meinen Single-Status als Einladung verstanden wissen wollen. Wenn er das denken sollte, wäre mir das zutiefst unangenehm. Außerdem ist er schon in festen Händen. Kaum ist mir dieser Gedanke gekommen, frage ich mich, ob das meine Chance ist, mehr über dieses ganz bestimmte Thema zu erfahren.

»Und wie lange sind Sie und Vanessa schon zusammen?«, frage ich und hoffe, dass sich meine Wangen mittlerweile etwas abgekühlt haben.

Gleich darauf fürchte ich, dass ich zu weit gegangen sein könnte. Sein Gesicht verschließt sich, als ob jedes Gefühl blockiert würde. Die freundliche Offenheit verflüchtigt sich, wird ersetzt durch etwas Kaltes und Ausdrucksloses.

»Tut mir leid«, stammele ich, »das war unhöflich von mir. Ich wollte nicht ...«

Dann scheint der Schalter auf einmal wieder umgelegt. Die Kälte verschwindet, und mir gegenüber sitzt wieder der Dominic, den ich kennengelernt habe, auch wenn sein Lächeln ein wenig gezwungen wirkt. »Aber keineswegs«, sagt er. »Sie waren überhaupt nicht unhöflich.«

Eine Welle der Erleichterung durchläuft mich.

»Ich habe mich nur gerade gefragt, was Sie denken lässt, Vanessa und ich seien ein Paar.«

»Na ja, Sie wissen schon ... sie strahlte so etwas aus, als ob Sie beide sich sehr nah stehen, sehr vertraut miteinander sind, wie zwei Menschen in einer Beziehung ...« O Gott, ich bin so unbeholfen, wenn es darum geht, etwas Wichtiges zu formulieren.

Nach kurzer Pause sagt er: »Vanessa und ich sind nicht zusammen. Wir sind nur gute Freunde.«

Ich erinnere mich plötzlich wieder an den Privatclub, an *das Asyl*. Ich weiß doch, dass sie ihn zusammen aufgesucht haben. Sie müssen schon enorm gute Freunde sein, um gemeinsam an so einen Ort zu gehen. Ich weiß immer noch nicht, wie ich den Club mit Dominics nach außen hin so normalem Verhalten in Einklang bringen soll. Dieses Geheimnis werde ich später lösen.

Er schaut auf den Tisch und fährt mit den Fingern über dessen polierte Holzoberfläche. Langsam, fast grüblerisch sagt Dominic: »Ich will Sie nicht anlügen, Beth. Vanessa und ich waren einmal zusammen. Aber das ist lange her. Heute sind wir nur noch Freunde.«

Ich weiß noch, wie sie gestern Abend hereinkam. Sie hat nicht einmal geklopft und besitzt offenbar einen Schlüssel zur Wohnung. Sind die beiden wirklich nur Freunde? »Schon gut.« Meine Stimme ist leise und schüchtern. »Ich wollte nicht neugierig sein, Dominic.«

»Ich weiß, ist in Ordnung. Hören Sie, wie wäre es, wenn

wir hier noch einen Drink nehmen, und dann lade ich Sie zum Abendessen ein?« Es ist offensichtlich, dass er das Thema wechseln möchte. »Was halten Sie davon?«

»Tja ...« Ich frage mich, wie man sich in einer solchen Situation korrekt verhält. Ich kann mich doch von einem Mann, den ich kaum kenne, nicht zum Essen einladen lassen, oder doch? »Das wäre wirklich nett, aber ich zahle selbstverständlich für mich selbst.«

»Darüber reden wir später«, sagt er leicht amüsiert und in einem Tonfall, der mich vermuten lässt, dass er das nicht zulassen wird. Aber es ist mir egal. Wichtig ist nur, dass ich Dominic den ganzen Abend für mich haben werde, und wenn nicht etwas Außergewöhnliches passiert, muss ich mir absolut keine Gedanken machen, dass Vanessa auf einmal hereinplatzen und das Steuerruder übernehmen könnte.

Ich seufze glücklich und sage: »Dann lassen Sie mich wenigstens die nächste Runde ausgeben.«

»Einverstanden.« Dominic lächelt und ich stehe auf, um die Getränke zu bestellen.

Es ist ein wunderbarer Abend. Ich finde es herrlich, Dominic nahe zu sein, mich an seinem guten Aussehen, seiner Ausstrahlung zu erfreuen. Es erfüllt mich nicht nur, ihn anzuschauen, er scheint auch wirklich an mir interessiert. Das lässt mich denken, dass ich mit Adam vielleicht doch nicht so glücklich war, wie ich mir immer einbildete. Vor unserer Trennung hatte Adam sich keinerlei Mühe mit mir gegeben. Als ich von der Uni zurückkam, war offensichtlich, dass Adam einfach annahm, ich würde mich in sein Leben und in seinen Freundeskreis integrieren, würde mich in seinen Alltag aus Kneipe, Fernsehen, Bier und Essen zum Mitnehmen nahtlos einfügen.

Dominic und ich sitzen im idyllischen Garten des Pubs,

und die Sonne sinkt in einen goldenen Abend. »Und, Beth?«, fragt Dominic. »Was erträumen Sie sich für die Zukunft?«

»Ich möchte gern reisen«, erwidere ich. »Bislang war ich kaum irgendwo. Ich möchte meinen Horizont erweitern.«

»Ehrlich?« Sein Gesichtsausdruck lässt sich nicht entschlüsseln, aber im Funkeln seiner schwarzen Augen liegt der Hauch von etwas Gefährlichem. »Wir wollen sehen, was wir diesbezüglich tun können.«

Mein Magen macht einen Hüpfer. Wie meint er das? Ich schlucke rasch und versuche, etwas Amüsantes zu sagen, aber dann plappere ich doch nur über all die Länder, die ich gern besuchen möchte. Die Erregung, die in mir brennt, verlöscht nicht.

Während der Alkohol durch meinen Blutkreislauf strömt, entspanne ich mich allmählich, und der letzte Rest meiner Schüchternheit schmilzt dahin. Ich scherze, erzähle Dominic von meinem Leben zu Hause und auch einige von den lächerlichen Geschichten aus meiner Zeit als Kellnerin. Er lacht lauthals, als ich ihm die Exzentriker, die Stammgäste im Café waren, und deren Verrücktheiten beschreibe.

Als wir den Pub verlassen und zum Restaurant gehen, bin ich so hingerissen, weil ich ihn offenbar gut unterhalte, dass ich überhaupt nicht auf den Weg achte. Erst als wir uns an einen Tisch im Freien setzen, unter einem Baldachin aus Weinreben, und der Duft von gegrilltem Fleisch mich erkennen lässt, wie hungrig ich bin, wird mir bewusst, dass wir uns in einem persischen Restaurant befinden, mit einer Flasche gekühltem Weißwein, einem Salat aus frischem Gemüse und Kräutern und einem Teller mit Hummus und Fladenbrot, noch heiß aus dem Ofen, vor uns auf dem Tisch. Es ist alles herrlich, und wir essen beide voller Appetit. Ich bin schon satt, als der nächste Gang kommt: aromatisches Lamm, noch mehr unglaublich frischer Salat und Reis, der schlicht aussieht, aber phantastisch schmeckt, gleichzeitig süß und salzig.

Unser Gespräch wird beim Essen etwas persönlicher. Ich erzähle Dominic von meinen Brüdern und meinen Eltern, wie es war, in einer Kleinstadt aufzuwachsen, und warum ich mich zur Kunstgeschichte hingezogen fühle. Er erzählt mir, dass er Einzelkind ist, und beschreibt, wie es war, mit Personal und Kindermädchen in der Fremde aufzuwachsen.

In dieser Atmosphäre entspannter Offenheit fühlt es sich ganz natürlich an, ihm ein wenig von Adam zu erzählen. Nicht viel – die schreckliche Nacht und den entsetzlichen Anblick von Adam und Hannah im Bett erwähne ich nicht –, aber genug, um ihn wissen zu lassen, dass meine erste feste Beziehung vor kurzem ein Ende fand.

»Das ist eine schwierige Zeit«, meint er sanft. »Eine jener traurigen Phasen, die wir alle durchleben müssen. Man hat das Gefühl, es sei das Ende der Welt.« Er lächelt kurz. »Aber es wird auch wieder besser, das verspreche ich Ihnen.«

Ich schaue ihn fest an. Der Wein und der berauschend schöne Abend lassen mich tapfer werden. »War es für Sie auch so, als Sie mit Vanessa Schluss machten?«

Er ist verdutzt, dann lacht er, aber es klingt gezwungen. »Nun ja … es war anders. Vanessa war nicht meine erste Liebe und ich nicht die ihre. Das mit uns war keine Sandkastenliebe oder wie Sie es auch nennen möchten.«

Mutig geworden dränge ich weiter in ihn, beuge mich vor. »Aber Sie haben mit ihr Schluss gemacht.«

Eine Ahnung des Vorhangs, der sich so leicht über Dominics Gesicht senken kann, wie ich noch lernen werde, wird sichtbar, aber er schließt sich nicht ganz. »Wir waren beide einig, es zu beenden. Als Freunde waren wir besser dran.«

»Dann … haben Sie sich also einfach entliebt?«

»Wir stellten fest, dass wir nicht so ... kompatibel ... waren, wie wir dachten, das ist alles.«

Ich runzele die Stirn. Was soll das denn bedeuten?

»Wir hatten unterschiedliche Bedürfnisse.« Dominic schaut über seine Schulter nach dem Kellner und winkt nach der Rechnung. »Es ist wirklich keine große Sache. Wir sind jetzt Freunde, mehr gibt es dazu nicht zu sagen.«

Ich spüre, dass er ein wenig gereizt wird, und das Letzte, was ich will, ist, diesen intimen, fast romantischen Abend zu verderben.

»Ist gut.« Ich überlege mir, wie ich das Thema wechseln könnte. »Oh, ich habe heute einen Job gefunden.«

»Ehrlich?« Er schaut interessiert.

»O ja.« Ich erzähle ihm stolz von der Riding House Gallery, und er freut sich sichtlich für mich.

»Das ist großartig, Beth! An diese Stellen kommt man wirklich nur sehr schwer heran, die Konkurrenz ist riesig. Dann gehören Sie also von jetzt an zur arbeitenden Bevölkerung?«

»Keine Sonnenbäder mehr im Garten«, seufze ich in gespielter Verzweiflung. »Zumindest nicht während der Arbeitszeit.«

»Ich bin sicher, es bleibt noch genug Zeit für Vergnügungen.« Seine Augen funkeln, und er hebt bedeutungsvoll eine dunkle Augenbraue. Bevor ich ihn fragen kann, was er damit meint, taucht der Kellner mit der Rechnung auf, und Dominic zahlt, wischt mein Angebot, mit meiner Kreditkarte zu zahlen, beiseite.

Es ist schon fast dunkel, als wir zu den Randolph Gardens zurückgehen. Die Luft ist schwer von den Gerüchen einer Sommernacht in der Großstadt: sie duftet nach Blumen, abkühlendem Asphalt, dem trockenen Staub des Tages, der in der Abendbrise liegt. Ich bin so glücklich. Mein Blick wandert zu Dominic.

Ich frage mich, ob er sich auch so glücklich fühlt? Vermutlich hat er dazu keine Veranlassung. Für ihn war es einfach ein Abendessen mit einer Frau, die den Sommer über seine Nachbarin ist, eine kleine Ablenkung von seinen Hedgefond-Geschäften oder womit auch immer er sich beschäftigt.

Tief in meinem Herzen wünsche ich mir, es könnte mehr werden, aber ich will meine Hoffnung nicht allzu hoch schrauben.

Je näher wir den Randolph Gardens kommen, desto mehr lädt sich die Atmosphäre zwischen uns auf. Immerhin ist es eine romantische Sache, nach einem gemeinsamen Abendessen mit köstlichem Essen und Wein nach Hause zu gehen. Das könnte doch mit so etwas enden wie ...

Schon die ganze Zeit habe ich daran gedacht.

Einem Kuss!

Schließlich ist er Single, wie er mir selbst gesagt hat. Und er ist ein Hetero, denn er war mit Vanessa zusammen. Und ... ich bin doch sicher nicht die Einzige, die sich der Chemie zwischen uns bewusst ist?

Jetzt sind wir vor den Randolph Gardens angelangt. Dominic bleibt am Fußende der Eingangstreppe stehen, ich neben ihm. Sobald wir durch die Tür gehen, kann nichts mehr geschehen. Der Portier wird da sein und uns beobachten, wird unerwarteten Abschiedsumarmungen einen Riegel vorschieben.

Ich drehe mich zu Dominic um, mein Gesicht ist ihm zugewandt. Ich bin mir bewusst, wie die Brise mit meinen Haaren spielt. Jetzt, jetzt, denkt es in mir. Ich sehne mich verzweifelt nach der Berührung seiner Lippen auf meinen.

Er sieht zu mir hinunter, sein Blick wandert über mein Gesicht, als wolle er es sich einprägen.

»Beth«, murmelt er leise.

»Ja?« Ich hoffe, meiner Stimme ist das Verlangen nicht allzu deutlich anzuhören.

Es tritt eine lange Pause ein. Fast unmerklich tritt er auf mich zu, und ich bin erfüllt von dunkler Erregung. Ist es das? Bitte, Dominic, bitte …

»Ich habe morgen zu tun«, sagt er schließlich, »aber hätten Sie Lust, den Sonntag mit mir zu verbringen?«

»Das würde ich gern«, hauche ich.

»Gut. Ich auch. Ich hole Sie gegen zwölf Uhr ab, und wir unternehmen etwas.«

Er sieht mich gerade lange genug an, dass ich mich frage, ob es doch noch geschehen wird, dann beugt er sich rasch vor und berührt meine Wange mit den Lippen. »Gute Nacht, Beth. Ich bringe Sie noch zum Aufzug.«

»Gute Nacht«, flüstere ich, unsicher, wie ich mit dem Geysir an Verlangen umgehen soll, der gerade in mir ausgebrochen ist. »Und vielen Dank.«

Seine dunklen Augen sind unergründlich. »Gern geschehen. Schlafen Sie gut.«

Sollte ich in dieser Nacht überhaupt Schlaf finden, würde es einem Wunder gleichkommen, denke ich, und wir betreten das Haus.

7. Kapitel

In dieser Nacht falle ich in einen unruhigen Schlaf, zweifellos aufgrund der Mischung aus Erregung und Wein. Ich habe diesen hektischen, aufregenden Traum, bei dem mich Dominic auf eine Party mitnimmt. Wir fahren durch einen dunklen Park auf ein großes Herrenhaus zu, dessen Portal von Fackeln erhellt wird. Auf einmal befinde ich mich in einem Saal mit Marmorsäulen, um mich herum eine bewegte Menge von Menschen. Erstaunt sehe ich, dass die meisten glitzernde Masken tragen. Manche sind in Umhänge gehüllt, aus dünner Seide oder nachtschwarzem Samt. Andere tragen üppig geraffte Röcke und eng geschnürte Korsagen, die die Brüste unbedeckt lassen, wieder andere sind in glänzendes Lackleder gewandet, in Schnitten, die den Blick auf unterschiedliche Gliedmaßen freigeben, auf Pobacken, auf Venushügel. Alle scheinen festlich gestimmt, begrüßen einander und berühren sich dabei ungeniert. Ich sehe, wie ein ganz in Schwarz gekleideter Mann seiner Begleiterin in den Schritt fasst, sie streichelt und liebkost. Eine andere Frau, deren Gewand fast durchsichtig ist, reibt ihre Brüste aufreizend am Rücken eines nur mit einer Nietenlederweste und einem Slip bekleideten Gastes. Verwirrt schaue ich mich um, suche nach Dominic. Aber in der Menge habe ich ihn aus den Augen verloren. Ich laufe durch eine Tür, betrete einen weiteren Raum und entdecke ihn dort. Ich versuche, zu ihm zu gelangen, weil ich weiß, sobald ich bei ihm bin, wird etwas Wunderbares passieren. Aber als ich ihn berühren will, fasse ich auf kaltes Glas. Es ist ein Spiegel. Ich fahre herum, doch Dominic ist verschwunden, der Raum auf einmal dunkel und unheimlich.

Erneut laufe ich los, in Richtung von Fackeln, die aber wie Irrlichter immer wieder woanders aufleuchten. Im Halblicht sehe ich mehrere Paare, die Gesichter immer durch Masken verborgen, ihre Körper ineinander verschlungen, in heftigen, schlangenhaften, stoßenden Bewegungen, ekstatisch entrückt. Ich taumle, laufe wie durch Nebel, angsterfüllt und erregt zugleich, und versuche Dominic zu finden, ihn aufzuspüren. Auf einmal steht er vor mir, lächelnd, ein Funkeln in den dunklen Augen. Begehren durchflutet mich, ich schlinge die Arme um ihn, presse mich mit dem ganzen Körper an ihn, aber gerade, als sich seine Lippen auf meine senken wollen, versinkt alles in einem schwarzen Wirbel.

Ich erschrecke und wache auf, verwirrt und durcheinander.

Was geschieht mit mir? Ich frage mich, ob ich wieder diesen Laden aufsuchen und die Verkäuferin bitten soll, mir einen Vibrator zu verkaufen, um das frustrierte Verlangen, das in mir pocht, zu lösen, aber bevor ich Hand anlegen kann, spaziert De Havilland herein, springt auf das Bett und versenkt seine Krallen in meinen Arm, damit ich ihm sein Fressen herrichte. Nachdem ich das getan habe, ist der Moment vorbei.

Um mich abzulenken, beschließe ich, heute etwas zum Anziehen für meinen neuen Job zu kaufen, und mache mich auf den Weg zu den Haupteinkaufsstraßen. Aber es ist eine völlig andere Erfahrung als der herrlich maßgeschneiderte Tag, den ich vorgestern erlebt habe. An einem heißen, sonnigen Samstag wimmelt es in der Oxford Street nur so von Menschen, und die Verkäuferinnen in den Geschäften sind überhitzt und gestresst, trotz der Klimaanlagen. Es dauert Stunden, bis ich etwas gefunden habe, und als ich mit meinen Einkäufen zurückkomme, fühle ich mich so angestrengt, wie die Verkäuferinnen aussahen. Randolph Gardens ist im Vergleich zu dem Gedränge, durch das ich mich habe kämpfen müssen, eine Oase der Stille. Nicht zum ersten Mal danke ich Celia in Gedanken, dass sie mir einen so herrlichen Ort zum Leben ermöglicht hat. Ich hätte durchaus, der Gnade von Bussen und U-Bahnen ausgeliefert, fern der Stadtmitte in einem überfüllten Haus eine WG teilen oder irgendwo einsam in einem möblierten Zimmer sitzen können. Stattdessen darf ich diesen Zufluchtsort genießen.

Und während ich meine neuen Schätze auspacke, rufe ich mir in Erinnerung, dass es auch noch den morgigen Tag gibt, auf den ich mich freuen kann.

Abgesehen von einem vernünftigen Rock und einer dazu passenden Bluse für meinen neuen Job musste ich mir unbedingt auch noch etwas Aufregenderes kaufen – für das, was immer Dominic und ich morgen tun werden. Es ist ein Kleid aus Seidenstoff, züchtig geschnitten, mit einem abstrakten Muster in Rosa und Marineblau, aber sexy, weil ein Gürtel es an der Taille eng zusammenfasst und die Flügelärmel weit über meine Oberarme fallen. Der U-Boot-Ausschnitt reicht gerade tief genug, um den Ansatz meiner Brüste freizulegen.

Ich schlüpfe hinein und bewundere mein Spiegelbild. Ja, denke ich, das ist genau richtig. Außerdem habe ich einen Retro-Strohhut in Celias Kleiderschrank entdeckt, der wunderbar dazu passen wird. Zufrieden ziehe ich alles wieder aus und nehme ein langes Bad, um den Großstadtstaub loszuwerden. Hinterher ziehe ich Celias Seidenmorgenmantel von der Badezimmertür an und spaziere durch die Wohnung, um diverse Kleinigkeiten zu erledigen. Es ist keine bewusste Entscheidung von mir, das Licht im Wohnzimmer nicht einzuschalten, aber irgendwie lasse ich zu, dass sich die Dämmerung ausbreitet und den Raum langsam verdunkelt. Mein Blick wandert immer wieder zu dem schwarzen Viereck gegenüber, wo ich jeden Augenblick Dominic zu sehen hoffe.

Ich sehne mich danach, dass der Raum hell aufleuchtet, damit ich in seinem vertrauten Anblick schwelgen kann. Ich möchte unbedingt einen Blick auf Dominic werfen. Den ganzen Tag habe ich schon an ihn gedacht, habe manchmal sogar in meiner Phantasie mit ihm geredet. Jetzt verzehre ich mich danach, ihn zu sehen.

Ich esse zu Abend – ein einfaches Nudelgericht mit Artischocken, Paprika und Ziegenkäse, das ich auf dem Heimweg in einem Delikatessenladen mitgenommen habe –, schenke De Havilland die Aufmerksamkeit, die er sich wünscht, dann mache ich es mir mit einigen Modebüchern von Celia auf dem Schoß und einem Glas Wein auf dem Sofa bequem. Normalerweise trinke ich nicht allein, und es fühlt sich sehr erwachsen an, an der kalten, aromatischen Flüssigkeit zu nippen, während ich die Seiten umblättere.

Ich verliere mich ganz in der bebilderten Geschichte von Dior und dem New Look, und es dauert eine Weile, bevor ich wieder aufschaue, aber als ich es tue, schnappe ich unwillkürlich nach Luft.

In der Wohnung gegenüber brennt endlich Licht. Die Lampen auf den Beistelltischen wurden eingeschaltet, ich kann sie leuchten sehen. Zum ersten Mal ist es mir jedoch unmöglich, etwas zu erkennen. Die schweren Rollovorhänge sind nicht heruntergelassen, aber lichtdurchlässige Stores, die mir in der Wohnung gar nicht aufgefallen sind, wurden über die gesamte Länge des Fensters gezogen. Der Raum besteht daher nur aus leicht verzerrten und merkwürdig geformten Umrissen, die gerade noch auszumachen sind. Ich erkenne das Mobiliar, die Tische und Stühle. Alles wirkt anders, wenn man es auf diese Weise sieht: etwas völlig Normales erscheint exotisch und ungewöhnlich. Mir sticht eine seltsame Form ins Auge, ein niedriges Rechteck mit nach oben gerichteten Zacken, wie ein Tier, das auf dem Rücken liegt, während seine spindeldürren Beine in die Luft ragen, und es dauert einen Moment, bevor mir klar wird, dass es sich um den Hocker handeln muss, der mir dort aufgefallen ist.

Ich stehe auf und gehe leise und langsam zum Fenster. Ich bin sicher, dass ich von drüben nicht zu sehen bin, und wer immer dort ist, kann mich ganz bestimmt nicht hören, aber ich will trotzdem auf Nummer sicher gehen.

Zwei Silhouetten betreten den Raum. Offensichtlich eine Frau und ein Mann, aber es lässt sich unmöglich sagen, um wen es sich handelt, auch wenn der Mann Dominic sein muss. Es sind nur dunkle Schatten hinter einem weißen Schleier, die umherlaufen, sich setzen, gelöst wirken. Irgendwo muss ein Fenster offen sein, denn die Vorhänge bewegen sich wie unter einer leichten Brise, was die Schatten noch mehr verzerrt. Nur einen Moment lang hängen die Vorhänge schlaff herunter, und ich schaue konzentriert, doch dann flattern sie wieder und bauschen sich auf, und die Umrisse entgleiten mir.

»Verdammt!«, fluche ich leise. »Haltet still!«

Es quält mich unerträglich zu wissen, dass Dominic dort mit einer anderen ist. Wer ist es? Es muss Vanessa sein, sie war es bisher ja immer. Aber die Schatten sind undefiniert, ich kann nicht mit Sicherheit sagen, ob sie es ist oder nicht. Ich weiß, dass es eine Frau ist, denn ich erkenne ihre Körperform und dass sie ein Kleid trägt, aber alles andere bleibt vage. Das ist sehr frustrierend.

De Havilland wacht auf und springt neben mich auf das Fensterbrett. Er setzt sich, wickelt seinen Schwanz um seine Beine, blinzelt und beobachtet einige Tauben, die vom Dach in die Bäume flattern. Dann streckt er eine Pfote aus und beginnt, sie zu lecken. Ich wünschte, ich könnte ebenso heiter und gelassen sein, aber ich kann mich nicht von der Szene gegenüber lösen, muss einfach herausfinden, was dort drüben vor sich geht.

Ob ich eifersüchtig bin? Natürlich!

Zwischen Dominic und mir gab es nie mehr als nur eine Verabredung, aber trotzdem spüre ich primitive Besitzansprüche in mir aufwallen. Gestern beim Abendessen hat er mir versichert, mit Vanessa sei es aus. Warum ist dann eine Frau in seiner Wohnung?

Andererseits ... ich habe ihn nicht gefragt, ob er sich mit jemand anderem trifft.

Der Gedanke kühlt mich ab wie ein Kübel Eiswasser, den man mir über den Kopf geschüttet hat. Ich hole tief Luft. Wie dumm von mir zu denken, er sei Single. Und ich habe ihn praktisch angefleht, mich am Ende des Abends zu küssen, habe ihm das Gesicht entgegengehalten, meine Lippen voller Hoffnung leicht geöffnet. Ich war der festen Ansicht, die Spannung zwischen uns sei sexuell, aber vielleicht war er einfach nur peinlich berührt, weil er merkte, wie sehr ich mich in ihn verknallt habe.

Vielleicht erzählt er ihr gerade davon.

»Sie ist ja ganz süß, aber ich glaube, es war unvernünftig von mir«, sagt er und gießt seiner Begleiterin ein Glas eisgekühlten Champagner ein. »Sie dachte gestern Abend offenbar, ich würde sie küssen wollen. Ich wusste nicht, was ich tun sollte, also habe ich ihr einen brüderlichen Kuss auf die Wange gegeben. Dann habe ich ihr angeboten, morgen etwas mit ihr zu unternehmen – sie ist ja ganz allein. Ich fand, jemand solle ihr die Stadt zeigen. Eigentlich wollte ich nur freundlich sein, aber jetzt mache ich mir Sorgen, dass sie es falsch interpretieren könnte.«

Seine Freundin lacht und nimmt das Glas entgegen. »Oh, Dominic, du bist viel zu gut für diese Welt! Du hättest doch wissen müssen, dass so ein kleines, naives Ding sich sofort in dich verliebt, wenn du sie auch nur anschaust!«

Er gibt sich bescheiden. »Mag sein ...«

»Ach, komm schon, Schatz. Du bist reich, erfolgreich und gutaussehend – sie wird dich schon nach dem ersten Lächeln für ihren Traumprinzen gehalten haben.« Sie beugt sich vor, ihre perfekt geschminkten Lippen schmollen wissend. »Erlöse sie von ihrer Qual, Schatz. Sag ihr, dass es dir sehr leid tut, aber dass du für morgen absagen musst.«

»Womöglich hast du recht.«

Die Gemeinheit dieser geheimnisvollen Frau verschlägt mir vor Wut den Atem, und ich stehe kurz davor, hinüberzugehen und mich zu verteidigen, als sich drüben hinter dem Vorhang etwas verändert. Die Brise lässt erneut kurz nach, und ich kann deutlicher sehen. Die Menschen hinter dem Vorhang scheinen irgendwie anders, und mir wird klar, dass der Mann – Dominic – jetzt nackt ist oder zumindest sehr wenig trägt. Ich erkenne am Umriss seines Oberkörpers, dass er nichts anhat. Ich weiß nicht, ob die Frau noch bekleidet ist oder nicht, aber falls ja, ist sie in etwas ungeheuer Figurschmeichelndes gehüllt. Ihre Silhouette ist geschmeidig und unglaublich feminin. Die beiden Umrisse stehen näher beieinander, betrachten etwas, soweit ich das ausmachen kann.

Meine Wut über die imaginäre Unterhaltung verraucht. Mein Herz pocht wild, aber vor Entsetzen und Besorgnis. Er ist nackt? Warum?

Warum ist ein Mann im Beisein einer Frau nackt? Da muss man nicht drei Mal raten. Einmal reicht.

Außer, es handelt sich um eine Massage, denke ich hoffnungsvoll. Ja, möglicherweise will er sich von ihr massieren lassen.

Ihr Verhalten lässt nicht darauf schließen, dass sie sich gleich in wilder Leidenschaft aufeinanderstürzen werden. Sie scheinen in aller Seelenruhe über etwas zu diskutieren. Doch dann verändert sich die Atmosphäre zwischen den beiden Gestalten abrupt. Ich spüre das sofort. Der Mann kniet sich vor der Frau nieder und senkt den Kopf. Sie ragt über ihm auf, die Hände auf den Hüften, die Nase arrogant erhoben. Sie sagt etwas. Dann geht sie um ihn herum, umkreist ihn. Er verharrt bewegungslos. Das geht einige Minuten so weiter. Meine Atmung wird flach, und ich stehe absolut reglos, während ich die beiden beobachte und mich frage, was zum Teufel sie da tun und was als Nächstes geschehen wird.

Lange muss ich nicht warten. Die Frau geht zu dem merkwürdigen Hocker und setzt sich. Der Mann folgt ihr auf allen vieren. Daraufhin redet sie mit ihm, offenbar streng und unbeugsam. Er kniet zu ihren Füßen. Sie streckt ein Bein aus, und er lehnt sich gehorsam nach vorn und scheint ihren Fuß mit dem Mund zu berühren. Dann nimmt sie etwas von einem der Beistelltische. Sie hält es ihm hin. Es hat die Form eines Handspiegels, mit einem langen Griff und einer ovalen Oberseite. Er beugt sich wieder vor und presst die Lippen auf dieses Ding.

Küsst er es etwa?

Ich kann nicht klar denken. Ich kann nur zusehen.

Im nächsten Augenblick lässt er sich wieder zu ihren Füßen nieder, aber jetzt hat er ihre Beine umklammert und scheint sich an ihr hochzuhangeln. Er legt sich quer über ihre Oberschenkel, mit dem Rücken nach oben, Schultern, Hals und Kopf nach unten gesenkt, sein Hinterteil unter ihrer rechten Hand.

Sie nimmt das ovale Ding und senkt es mit einer langsamen, fast sanften Bewegung auf seinen Hintern. Er verharrt absolut reglos. Einen Augenblick später wiederholt sie das Ganze, fährt mit dem Ding in gleichförmiger, fester Bewegung nach unten. Das macht sie mehrere Male.

Also gut, ich bilde mir das nicht ein. Sie schlägt ihn. Sie schlägt ihn mit einer Art flacher Haarbürste.

Mein Mund ist ganz trocken, meine Gedanken rasen. Aus

der Ferne kann ich nicht alles, was passiert, genau sehen, vor allem nicht, wenn die Brise die Vorhänge flattern lässt und sie mir die Sicht versperren, aber es ist dennoch das Merkwürdigste, was mir je unter die Augen gekommen ist. Aus meiner Perspektive scheint es unverständlich: ein erwachsener Mann, der seinen großen Körper über die Knie einer Frau legt und ihr erlaubt, ihn immer wieder zu schlagen. Ich habe von solchen Praktiken schon mal gehört, aber das ist doch nur der Stoff, aus dem Witze gemacht werden, oder? Das haben früher doch höchstens irgendwelche wimmernden Aristokraten-Weicheier genossen, die nie darüber hinweggekommen sind, dass sie von ihrem Kindermädchen bestraft wurden oder sie den Stock ihres Klassenlehrers zu spüren bekamen. Aber das gibt es doch heute gar nicht mehr. Und selbst wenn, dann nicht bei einem Mann wie Dominic – reich, gutaussehend, einflussreich ...

Ich bin verwirrt, plötzlich den Tränen nahe. Was macht er da drüben nur? Die Schläge nehmen an Intensität zu, das erkenne ich. Die Frau entwickelt einen festen Rhythmus, und ihre Hiebe werden immer stärker. Ich kann beinahe das regelmäßige Klatschen hören, wenn sie das Paddel niedersausen lässt. Es muss weh tun und zwar sehr. Wie kann sich jemand dem freiwillig aussetzen? Um Himmels willen, was für ein Mensch mag das?

Ganz plötzlich ändert sich alles. Der Mann wird von ihren Knien gestoßen. Sie breitet die Beine aus, und er kniet sich zwischen sie. Dieses Mal beugt er sich über ihr linkes Knie, seine Beine werden von ihrem rechten Bein eingeklemmt. Sie nimmt ein neues Gerät zur Hand, ein größeres, flacheres. Dann legt sie wieder los, schlägt mit dem Ding fest auf seine Pobacken. Jedes Mal, wenn sie zuschlägt, erinnert es an Kastagnetten, und mir wird klar, dass es zwei flache Teile sein müssen, die zusammenschlagen, wenn sie auf seinem Hintern aufkommen. Das muss eine unglaublich schmerzliche, brennende Empfindung sein, aber er rührt sich immer noch nicht, liegt bäuchlings auf ihr und akzeptiert seine Strafe. Er scheint ihren linken Schenkel in völliger Unterwerfung zu umklammern. Mindestens zwanzig Minuten lang schlägt sie ihn in einem regelmäßigen, uhrwerkgleichen Rhythmus. Ich höre die Schläge vor meinem inneren Ohr, wenn sie die Hand hebt und dann senkt, wieder hebt und dann wieder senkt.

Schließlich ändert sich die Szene erneut. Er rollt sich auf den Boden und bleibt dort liegen, während sie aufsteht und herumgeht. Vermutlich ist sie unter seinem Gewicht ganz verkrampft geworden. Sie sagt etwas. Der Mann erhebt sich und legt sich mit dem Bauch nach unten auf den ominösen Hockerstuhl, ein Bein zu jeder Seite. Er legt die Arme auf die beiden merkwürdigen, spitzigen, nebeneinanderstehenden Lehnen, die mir bei meinem Besuch aufgefallen waren. Dafür sind sie also gedacht. Darum befinden sie sich auf derselben Seite des Stuhles.

Die Frau stolziert zu ihm, nimmt irgendwelche Stoffteile vom Beistelltisch – Halstücher? – und fesselt damit zügig seine Handgelenke an die Lehnen. Dann nimmt sie noch eine Gerätschaft vom Tisch. Dieses Mal einen langen Gurt, wie ein Ledergürtel, nur dass ich keine Schnalle erkennen kann. Sie lässt den Riemen ein paarmal durch die Luft sausen, was zweifellos ein zischendes Geräusch verursacht, das den Mann noch zusätzlich quält. Ich weiß, was als Nächstes kommt, und ertrage es kaum hinzusehen, aber ich kann mich auch nicht losreißen. Der Lederriemen saust nach oben und klatscht gleich darauf hart auf die ausgestreckten Hinterbacken des Mannes. Einmal, zweimal, dreimal und immer weiter. Sie schlägt mit ruhiger Hand. Ich kann nur erahnen, wie es sich anfühlen muss, wenn das Leder sich gnadenlos ins Fleisch beißt – da die Haut bereits mit den anderen Gerätschaften gefoltert wurde, muss der Schmerz nahezu unerträglich sein. Bestimmt steht er kurz vor einer Ohnmacht oder verliert vor Qual gleich den Verstand.

Ob ich die Polizei verständigen sollte? Der Gedanke schießt mir durch den Kopf, und ich schaue zum Telefon. Was soll ich sagen? Das ist ein Notfall, eine Frau schlägt in der Wohnung gegenüber einen Mann, Sie müssen sie aufhalten! Aber er will es ja ganz offensichtlich so. Ist es illegal, jemand grün und blau zu prügeln, wenn er das so will?

Irgendetwas sagt mir, dass es falsch wäre, die Polizei zu rufen. Es ist offensichtlich, dass der Mann das jederzeit unterbinden könnte, wenn er wollte – also zumindest konnte er das, bevor seine Hände gefesselt wurden. Es ist sein Wunsch.

Ich schließe entsetzt die Augen. Dominic – das willst du? Mir fällt wieder ein, dass er im Internat war. Vielleicht wurde er als kleiner Junge von jemandem geschlagen, und das hat zu diesem unbegreiflichen Verlangen in ihm geführt. Es ist keine besonders gute Theorie, aber mehr habe ich nicht aufzubieten.

Als ich meine Augen wieder öffne, hat die Brise zugenommen und die Vorhänge bewegen sich so sehr, dass die Figuren dahinter nicht mehr zu unterscheiden sind.

Ich bin dankbar dafür. Ich will das nicht mehr. Ich habe genug gesehen.

Ich habe keine Ahnung, wie ich Dominic nach dem, was ich heute beobachtet habe, morgen gegenübertreten soll.

Die zweite Woche

8. Kapitel

Am nächsten Tag bin ich schon fertig, als Dominic um zwölf Uhr an die Tür klopft. Die Sonne steht hoch am Himmel, und es ist wieder ein heißer Sommertag. Ich kann mich nicht erinnern, wann es das letzte Mal geregnet hat, und in den Nachrichten heute Morgen im Radio sprach man von möglichen Wassersparmaßnahmen, sollte die Trockenheit weiter andauern.

Doch das Wetter ist so ziemlich das Letzte, worum ich mich sorge, als ich Dominic die Tür öffne. Er sieht in seinem weißen Leinenhemd, den hellbraunen Hosen und den weißen Sandalen kühl und frisch aus. Seine Augen sind hinter seiner schwarzen Ray-Ban-Sonnenbrille versteckt, aber als er mich sieht, lächelt er breit. »Oh, wow, Sie sehen umwerfend aus.«

Ich drehe mich im Kreis. »Dankeschön. Ich hoffe, es passt für das, was wir heute unternehmen werden.«

»Es ist genau richtig. Und jetzt lassen Sie uns gehen. Wir haben einen straffen Terminplan.«

Er scheint guter Stimmung, als wir mit dem Aufzug ins Erdgeschoss fahren, aber während ich sein Spiegelbild betrachte, frage ich mich, was unter diesem kühlen, sauberen Leinenhemd steckt. Die Male des Riemens auf seinem Rücken? Und seine Pobacken – sind sie blutunterlaufen und wund von der harten Bestrafung, die er gestern Nacht erhielt?

Das darfst du nicht denken, ermahne ich mich streng. Du weißt nicht, ob er es wirklich war.

Aber wer, wenn nicht er?, fragt eine Stimme in meinem Kopf. Es ist doch schließlich seine Wohnung. Natürlich war er es.

Ich habe die ganze Nacht gegrübelt, was das zu bedeuten hat. Was ich gesehen habe, war kein Sex. Der Mann und die Frau schienen keine Beziehung zu haben. Es ging ausschließlich um das Austeilen und Empfangen von schweren Schlägen, und gerade das fand ich ja so rätselhaft. Während ich schlaflos im Bett lag und darüber nachdachte, kam ich zu dem Schluss, dass ich das Ganze am besten vergessen und meinen Tag mit Dominic einfach genießen sollte. Falls sich die Gelegenheit ergab und ich das Thema anschneiden konnte, ohne dass es unangebracht oder peinlich war – tja, es würde die Dinge zwischen uns auf jeden Fall verändern.

Doch kaum sind wir zusammen, wird das Schattenspiel, dessen Zeuge ich gestern wurde, zum surrealen Traum. Beinahe fange ich an zu glauben, dass ich mir alles nur eingebildet habe. Der gesichtslose Mann, der rittlings auf den Stuhl gefesselt wurde, hatte nichts mit dem heißblütigen, gutaussehenden Menschen aus Fleisch und Blut neben mir zu tun. Dominics Nähe bringt meine Haut vor Erregung zum Kribbeln. Ein herrlicher Sommertag in Gesellschaft dieses Mannes. Ich kann mir nichts Schöneres vorstellen!

Wir spazieren zum Hyde Park, und im Näherkommen muss ich an meinen ersten Tag in London denken, als ich ihn schon einmal von weitem sah. Diese Beth scheint mir jetzt ein völlig anderer Mensch. Hier bin ich, in einem hübschen Seidenkleid und einem Retro-Designerstrohhut, schlendere neben einem unglaublich erotischen Mann, um mich von ihm unterhalten und verwöhnen zu lassen. Mein Leben ist so viel besser geworden. Und ich habe seit Tagen kaum an Adam gedacht.

»Kennen Sie diesen Park?«, fragt Dominic, als wir durch eine der Pforten gehen.

Ich schüttele den Kopf.

»Es gibt hier viele verborgene Schätze, und einige davon will ich Ihnen jetzt zeigen.«

»Ich kann es kaum erwarten.«

Wir lächeln einander an.

Konzentriere dich einfach nur auf diesen Augenblick. Genieße ihn. Vielleicht erlebst du so etwas nie wieder.

Der Park ist riesig, und wir laufen ein ganzes Stück, bevor ich das hellblaue Glitzern einer Wasserfläche ausmache, und gleich darauf sehe ich ein Bootshaus mit kleinen, grünen Booten davor, die innen weiß gestrichen sind und blaue Paddel haben.

»Wie schön«, entfährt es mir.

»Das ist der Serpentine Lake. Er wurde für Queen Caroline angelegt. Und jetzt dürfen wir uns an ihm erfreuen.«

Dominic kümmert sich um alles, und nach wenigen Minuten sitze ich in einem der kleinen Ruderboote, mit dem Rücken zum Heck, damit ich Dominic ansehen kann, der beherzt die Ruder packt und in die Mitte des Sees hinausrudert.

»Dann ist das alles von Menschenhand gemacht?« Ich lasse meinen Blick über die ausgedehnte Wasserfläche schweifen, so lang und schlängelnd wie der Name es vermuten lässt. In der Ferne spannt sich der Bogen einer Steinbrücke über den See.

»Ja.« Ein Lächeln verzieht Dominics Lippen. »Wie es bei den größten Freuden so oft der Fall ist. Die Natur gibt das Muster vor, und wir lernen, wie wir es verbessern können. Und dank der Launen und Marotten diverser Monarchen können wir das heute alles genießen.«

Er rudert anstrengungslos, offensichtlich hat er Übung darin. Die Ruderblätter heben sich aus dem Wasser, schweben kurz über der Oberfläche, dann tauchen sie wieder in einer fließenden Bewegung ein und bringen uns voran. Wir gleiten sanft über den See, es gibt nur einen fast unmerklichen Ruck, wenn Dominic sein Gewicht in die Ruder legt. Ich strecke meine Hand aus und tauche mit den Fingerspitzen in das kalte Wasser ein. »Wissen Sie viel über diesen Ort?«

»Es ist mir immer wichtig, etwas über die Orte in Erfahrung zu bringen, an denen ich lebe«, antwortet er. »Und die Geschichte Londons ist besonders faszinierend. Es gibt so viel Geschichte, und dieser Park hier ist förmlich durchsetzt davon. Charles I. hat den Park der Öffentlichkeit zugänglich gemacht – bis dahin war er allein der königlichen Erbauung vorbehalten. Was für ein Glück, dass er das tat. Halb London kam hierher, als die große Pest in der Stadt ausbrach. Man hoffte, so der Ansteckung zu entkommen.«

Ich schaue auf die gepflegten Rasenflächen, die nach den vergangenen regenlosen vierzehn Tagen ziemlich trocken und gelb aussehen, auf die herrlichen Bäume und die eleganten Gebäude, die hin und wieder in mein Sichtfeld geraten. Vor einem Café sitzen Menschen im Freien und genießen Eis und Kaltgetränke. Ich stelle mir eine riesige Menschenmenge aus armen Londonern des 17. Jahrhunderts vor, die zu Tausenden hier in schrecklicher Angst vor Krankheit kampieren – ihre Streitereien und ihre Gespräche, den Dreck und den Gestank, Kinder und Frauen mit Hauben und schmutzstarrenden Schürzen, die versuchen, über offenen Feuerstellen etwas zu kochen, während die Männer Pfeife rauchen und überlegen, wie sie ihre Familien am Leben halten können.

Am sonnigen Seeufer sehe ich eine Familie von heute. Die Mutter schiebt einen teuren Buggy mit einem Baby darin, der Vater versucht, seine Tochter mit Sonnenmilch einzureiben, während sie alles daransetzt, sich loszureißen und auf ihrem rosafarbenen Mini-Scooter zu entfliehen.

Andere Zeiten, andere Probleme.

Ich wende meine Aufmerksamkeit wieder dem Boot zu. Es ist solch ein Vergnügen, Dominic beim Rudern zuzuschauen.

Die Muskeln unter seinen Hemdsärmeln zeichnen sich ab, während er kraftvoll rudert, und wenn er sich vorbeugt, fällt das weiße Leinenhemd ein wenig auf, und ich kann seine schwarzen Brusthaare sehen. Der Anblick lässt mein Herz schneller schlagen. Ich hole tief Luft und atme langsam aus. Ich muss mich zusammennehmen, denn ich will nicht, dass er merkt, welche Wirkung er auf mich hat, also wende ich den Blick ab, hoffe, verbergen zu können, wie ich auf seine Nähe ganz unwillkürlich reagiere, wie magnetisch er auf mich wirkt und wie sehr er mich aufwühlt. Während ich mit den Fingern kleine Wellen im kühlen Wasser schlage, merke ich, dass auch er mich beobachtet. Ich sehe aus den Augenwinkeln, dass sein Blick unter der Sonnenbrille auf mir ruht. Vielleicht glaubt er, ich könne nicht sehen, wie er mich anschaut. Die Wirkung, die das auf mich ausübt, ist elektrisch: Es ist, als ob allein sein Blick meine Haut wie ein Laser verbrennen kann. Das Gefühl ist unglaublich intensiv, ebenso angenehm wie schmerzhaft, und ich will nicht, dass es endet. Endlos lange rudert er weiter, mit kräftigen Ruderschlägen, und wir gleiten immer weiter über den See. Doch irgendwann fragt er, ob ich übernehmen möchte, und der Zauber ist gebrochen.

»Lieber nicht«, sage ich und muss lachen. »Ich bin nicht so stark wie Sie.« Ich kann nicht anders, ich muss ihm einen koketten Blick zuwerfen. »Trainieren Sie viel?«

»Ich halte mich in Form«, erwidert er. »Ich lasse mich nicht gern gehen. Da ich so viel Zeit am Schreibtisch verbringe, muss ich für einen Ausgleich sorgen.«

»Im Fitnessstudio?«

Er schaut mich mit einem unergründlichen Blick an, seine dunklen Augen wirken beinahe wieder nachtschwarz.

»Wo immer es mir möglich ist«, sagt er leise, und die Bedeutung, die er in seine Worte hineinlegt, sendet erregende

Schauer über mein Rückgrat. Zum ersten Mal blühe ich unter seinem Blick auf. Irgendetwas ist heute anders. Hier geht es um mehr als nur um einen Mann, der aus reiner Nachbarschaftlichkeit eine Frau ausführt. Ich fühle mich wie eine Frau, die er begehrt, und mir wird mit einem wohligen Schauder bewusst, dass dieser Tag bereits seinen eigenen Zauber besitzt, die Art, die alles zum Summen bringt und lebendig macht.

»Jetzt bin ich aber müde«, sagt Dominic. Feine Schweißrinnsale schlängeln sich über seine Stirn und seine Nase. Ich möchte sie mit den Fingerspitzen abtupfen, aber ich widerstehe diesem Drang. Stattdessen nimmt er die Sonnenbrille ab und wischt sich den Schweiß selbst ab. Dann hängt er die Ruder in die Dollen und lässt uns eine Weile im strahlenden Sonnenschein treiben. Wir sitzen in kameradschaftlichem Schweigen, bis er plötzlich sagt: »Tja, ich weiß nicht, wie es Ihnen geht, aber ich habe mir einen ziemlichen Appetit angerudert. Mittagessen?«

»Klingt sehr gut.«

»Gut. Dann kehren wir jetzt um.« Er lässt die Ruder wieder zu Wasser und rudert in Richtung Ufer. Er muss sich anstrengen und spricht daher nicht, was mir den Luxus erlaubt, ihn bei der Arbeit zu beobachten. Seine rhythmischen Bewegungen rufen eine Erinnerung in mir wach. Adam taucht vor meinem inneren Auge auf. Sein Bild, einst so scharf und quälend in seiner Klarheit, wirkt jetzt seltsam blass. Es ist, als ob ich mich kaum noch an ihn erinnern kann. Ich weiß noch, dass ich Gefühle für ihn hatte, aber das scheint alles unendlich lange her. Und ich kann mich nicht erinnern, dass er in mir jemals auch nur einen Bruchteil dieses unglaublichen Verlangens wachgerufen hätte. Unser Liebesspiel war süß und aufrichtig und romantisch, aber niemals habe ich diese zitternde Erregung verspürt wie jetzt, da ich Dominic beim

Rudern beobachte. Wie es wohl wäre, wenn er mich tatsächlich berührte? Der Gedanke ist überwältigend stark, ruft ein heißes Pochen in meinen Lenden hervor. Ich rutsche nervös hin und her, unterdrücke ein Stöhnen.

»Alles in Ordnung?«

Ich nicke nur und sage nichts, und Dominic dringt nicht weiter in mich, obwohl der Blick seiner dunklen Augen nachdenklich auf mir ruht. Glücklicherweise habe ich mich wieder unter Kontrolle, bis wir das Ufer erreichen und das Ruderboot zurückgeben. Der Mann am Kiosk sagt zu Dominic: »Ihre Lieferung ist eingetroffen, Sir. Alles wurde nach Ihren Anweisungen vorbereitet.«

»Danke.« Dominic wendet sich lächelnd zu mir. »Darf ich bitten?«

Er führt mich über das Gras zu einer riesigen Eiche, deren weit ausladende Äste für kühlen Schatten sorgen, in dem eine karierte Decke mit einem fabelhaften Picknick ausgebreitet wurde. Ein Kellner steht wachsam daneben, hat uns offensichtlich schon erwartet.

»Dominic!« Ich schaue ihn aus strahlenden Augen an. »Das ist unglaublich!«

Im Näherkommen sehe ich, was uns erwartet: gedünsteter Lachs, Sommersalate mit den leuchtenden Farbtupfern von Tomaten, Paprika und Granatapfelkernen, rosa Garnelen in der Schale, gesprenkelte, kleine Wachteleier, eine Schale mit glänzender, gelber Mayonnaise, Roastbeefscheiben, ein schmelzender Brie und frisches Baguette. Ich sehe elegante Dessertschalen mit etwas Fruchtig-Cremigem darin. Und einen Eiskübel mit einer Flasche, die nach Champagner aussieht. Es ist bildschön.

Der Kellner deutet eine Verbeugung an, als Dominic näher kommt. »Alles ist bereit, Sir.«

»Sieht hervorragend aus. Danke, das ist dann alles.« Mit

einer flinken, diskreten Bewegung steckt er dem Kellner das Trinkgeld zu. Der verbeugt sich erneut und zieht sich unauffällig zurück. Wir sind allein mit dem Festmahl.

»Hoffentlich haben Sie auch Hunger«, sagt Dominic und lächelt herzlich.

»Heißhunger.« Ich lasse mich glücklich auf der Decke nieder.

»Gut. Ich sehe Ihnen gern beim Essen zu. Sie haben einen ordentlichen Appetit. Das gefällt mir.« Er hebt die Flasche aus dem Eiskübel. Es ist Dom Pérignon Rosé, und ich weiß, dass das eine berühmte Champagnermarke ist. Rasch lässt er den Korken knallen, dann gießt er die schäumende Flüssigkeit in zwei bereitstehende Gläser.

Eines davon reicht er mir, dann erhebt er sein eigenes Glas und sagt: »Auf einen englischen Sommertag. Und auf die wunderschöne Frau, mit der ich ihn verbringe.«

Ich werde rot, aber ich muss lachen. Ich proste ihm zu und schaue ihm in die Augen, und dann nehmen wir beide einen Schluck des prickelnden Champagners.

Kann es noch vollkommener werden?

Wir bedienen uns reichlich an dem köstlichen Picknick, und hinterher strecken wir uns auf der Decke aus, sattgegessen und schon leicht angetrunken von dem herrlichen rosa Champagner, und unterhalten uns entspannt. Dominic hat einen Grashalm gezupft, an dem er nachdenklich kaut. Ich beobachte ihn durch halbgeschlossene Lider. Mein ganzer Körper ist angesichts seiner Nähe lebendig, aber etwas will sich an die Oberfläche meines Bewusstseins kämpfen, etwas, über das ich nicht nachdenken will, das aber nicht lockerlässt.

Es ist das Bild des Mannes, der bäuchlings auf diesem merkwürdigen Stuhl in Dominics Wohnung liegt, während Vanessa, herrisch und stark, ihn mit einem Ledergürtel schlägt, dessen Ende sie immer wieder auf seine Pobacken knallt, mit dem sie das Fleisch immer und immer wieder malträtiert, bis es rot und wund ist ...

»Beth ...«

Ich zucke leicht zusammen. »Ja?« Ich drehe mich zu ihm. Er hat sich auf die Seite gerollt und ist mir jetzt noch näher. Ich kann den Zitrusduft seines Eau de Cologne auf seiner warmen Haut riechen. Mein Magen macht vor Erregung einen Hüpfer, und meine Finger beginnen zu zittern.

Er schaut mir tief in die Augen, als ob er mein Inneres erforschen will. »In jener Nacht ... in jener Nacht, als ich dich weinend auf der Straße fand und du dich verlaufen hattest. Ich habe darüber nachgedacht. Warum hast du geweint? Weil du dich verirrt hattest?«

Mein Mund öffnet sich, und ich halte seinem Blick nicht länger stand. Ich schaue auf das Karomuster der Decke. »Nicht direkt«, antworte ich leise. »Ich hatte versucht, in eine Bar zu gehen. Ein merkwürdiges Etablissement. Es heißt *Das Asyl*.«

Als ich aufschaue, ist sein Blick kalt geworden. Mein Gott, warum habe ich das nur gesagt? Es ist verrückt, diesen Ort zu erwähnen – und was hat mir das jetzt eingebracht ...!

»Warum wolltest du dorthin?«, will er barsch von mir wissen.

»Ich ... weiß nicht ... ich sah einige Leute hineingehen und bin ihnen gefolgt ...« Das ist keine Lüge, sage ich mir, denn so war es ja auch. »Aber der Türsteher wurde fuchsteufelswild. Er meinte, es sei ein Privatclub, und ich müsse sofort wieder gehen.«

»Ich verstehe.« Dominic betrachtet stirnrunzelnd den schmalen Grashalm, den er zwischen Daumen und Zeigefinger reibt.

»Da, wo ich herkomme, gibt es nicht viele Privatclubs.« Ich

versuche, scherzhaft zu klingen. »Darum kam mir nie der Gedanke, dass mir der Zutritt verwehrt werden könnte.«

»Und ... was hast du im Club gesehen?«

Ich hole tief Luft und schüttele den Kopf. »Nichts. Menschen, die trinken und sich unterhalten. Ich war nur einen kurzen Augenblick drin.« Ich will ihm erzählen, was ich wirklich gesehen habe, und ihn fragen, was das zu bedeuten hat, aber ich traue mich nicht. Er hat bereits dichtgemacht und ich will doch unbedingt, dass er sich mir wieder öffnet. Ich will, dass die warme, erotische Atmosphäre wieder auflebt, diese köstliche Vorahnung auf etwas, das jeden Augenblick geschehen könnte.

»Gut«, murmelt er leise. »Ich weiß nicht, ob das der richtige Ort für eine junge Frau wie dich ist. Du bist so süß. So unglaublich süß.«

Er streckt die Hand aus und legt sie dann zu meinem Erstaunen auf meine und fährt mit dem Daumen über meine Haut, die unter seiner Berührung brennt. Er starrt mir in die Augen, und ich sehe überrascht, dass ein Konflikt in ihm tobt.

»Ich sollte das nicht, ich sollte das wirklich nicht.«

»Warum nicht?«, flüstere ich.

»Sie sind zu ...« Er seufzt. »Ich weiß nicht ...«

»Jung?«

»Nein.« Er schüttelt den Kopf. Ich wünschte, ich könnte ihm mit den Fingern durch die dunklen Haare fahren. »Das Alter hat nichts damit zu tun. Ich kenne Teenager, die viel reifer sind als ihr Alter, und Vierzigjährige, die so naiv sind wie Schneewittchen. Das ist es nicht.«

»Was dann?« Meine Stimme ist erfüllt von Verlangen.

Plötzlich verschränkt er seine Finger in meine. Die Berührung ist beinahe unerträglich. Ich kann kaum noch gegen den Drang ankämpfen, sein Gesicht in beide Hände zu nehmen und es zu mir zu ziehen.

Seine Stimme wird noch leiser, und er kann mir nicht mehr in die Augen schauen. Mein Herz pocht wild, als er weiterspricht. »Ich lasse mich nicht sehr oft gehen, Beth. Aber du hast etwas an dir ... etwas unglaublich Frisches und Wunderbares, so impulsiv und inspirierend. Du gibst mir das Gefühl, lebendig zu sein.«

Alles in mir reagiert auf seine Worte. Ich vermag kaum zu atmen.

»So habe ich mich schon lange nicht mehr gefühlt«, sagt er noch leiser. »Ich hatte vergessen, wie schön das ist – und du hast mir das ermöglicht. Aber ...«

Natürlich gibt es ein Aber. Warum ist nichts jemals einfach? Du hast doch gerade gesagt, dass ich dir das Gefühl gebe, lebendig zu sein. Aber ich wage nicht, das auszusprechen, um nicht den Zauber zu brechen.

»Aber ...« Er schaut gequält.

»Hast du Angst, ich könnte verletzt werden?«, frage ich schließlich.

Er wirft mir einen Blick zu, der sich unmöglich lesen lässt. Abrupt lacht er bitter auf.

»Das wird nicht passieren. Ich verspreche es!«, sage ich. »Ich bin ohnehin nicht lange hier. Nicht lange genug, damit es kompliziert werden kann.«

Dominic zieht meine Hand an seinen Mund und presst sie an seine Lippen. Die Empfindung ist sensationell, der aufregendste Kuss, den ich je erhalten habe – und er hat noch nicht einmal meinen Mund berührt. Er löst seine Lippen von meiner Hand und schaut mir in die Augen. »Oh, wir haben genug Zeit, Beth. Glaube mir.«

Und dann passiert es. Er zieht mich an sich, und im nächsten Augenblick liege ich in seinen Armen, werde gegen seine warme Brust gepresst, umhüllt von seinem köstlichen Duft und der Kraft seiner Arme. Eine Hand presst sich auf meine

Schulter, die andere zieht kleine Kreise in meinem Kreuz, während sich sein Mund auf meinen legt. Ich kann nichts anderes tun, als meine Lippen für ihn zu öffnen. Sein Mund ist genauso erregend, wie ich mir das erhofft habe, aber der Kuss selbst übersteigt alle meine Vorstellungen: warm, innig und allumfassend. Ich habe das Gefühl, in der Empfindung seiner Zunge, die meinen Mund erforscht, zu ertrinken. Mein Körper übernimmt die Kontrolle. Ich treffe keine bewusste Entscheidung mehr über das, was ich tue. Meine Zunge trifft in einer höchst wunderbaren Berührung auf seine. Ich weiß sofort, dass ich bis zu diesem Tag niemals richtig geküsst worden bin. Ich spüre, dass es absolut perfekt und richtig ist, als ob unsere Münder schon immer füreinander bestimmt gewesen wären.

Meine Augen sind geschlossen, und ich verliere mich in der Dunkelheit, bin mir nur der Intensität unseres Kusses bewusst, der mit jedem Augenblick an Leidenschaft zunimmt, und dass sich seine Hände auf meinen Arm und meinen Rücken pressen. Während er mich küsst, bewegt sich die Hand, die er in meinem Kreuz hatte, tiefer, über das Rund meines Hinterns. Er stöhnt leicht, als er mich dort berührt.

Schließlich lösen wir uns voneinander. Mein Atem geht schnell und ich weiß, dass meine Augen strahlen.

Dominic schaut mich an, sein Blick brennt mit der Leidenschaft unseres Kusses.

»Das wollte ich schon seit unserer ersten Begegnung tun.« Er lächelt.

»Seit mir das Eis aus der Hand fiel?«

»Ja. Du bist mir gleich aufgefallen. Aber später, als du im Garten auf der Decke gelegen bist – da wurde mir klar, wie reizend du bist.«

Mir ist das peinlich. »Reizend? Ich?«

»Natürlich.« Er nickt.

Ich kann kaum glauben, dass jemand, der so umwerfend ist wie er, mich für reizend hält.

»Um ehrlich zu sein, konnte ich mich kaum bremsen. Und als ich dich weinend auf der Straße entdeckte, da hätte ich dich beinahe sofort an Ort und Stelle geküsst.«

»Ich dachte, du bist wütend auf mich!« Ich muss lachen.

»Nein.« Er legt seine Hand unter mein Kinn und zieht mein Gesicht näher zu sich. »Mein Gott, es tut mir ehrlich leid, aber ich muss dich schon wieder küssen.«

Er senkt seinen Mund auf meinen, und wieder dreht sich alles in meinem Kopf, und ich gebe mich ganz der köstlichen Empfindung seiner Zunge hin, die meine liebkost, dem süßen Geschmack seines Mundes und dem Gefühl, endlich vollständig zu sein. Wir pressen uns aneinander, umarmen uns so fest wir nur können, und ich spüre seine Härte an meinem Bauch. Die Manifestation seines Begehrens erregt mich ungemein, und mein eigenes Verlangen pocht fast schmerzhaft und breitet sich in meinem Becken aus.

Als wir uns dieses Mal voneinander lösen, sagt er: »Ich hatte für heute Nachmittag aufregende Dinge geplant, aber ich weiß beim besten Willen nicht, wie ich jetzt noch etwas anderes tun könnte als das hier.«

»Dann lass uns nur das hier tun. Wer sagt, dass das nicht geht?«

»Wir können nicht den ganzen Nachmittag hier bleiben.« Er fasst wieder nach meiner Hand und schaut mir tief in die Augen. »Wir könnten auch nach Hause gehen ... wenn du magst ...«

Wenn ich mag? Mir fällt nichts ein, was ich lieber tun würde.

»Ja, gern«, sage ich leise, mit Verlangen in der Stimme.

Wir können uns das gegenseitige Begehren vom Gesicht ablesen. Rasch stehen wir auf. Ich sammele meinen Strohhut und den Spitzenschal ein. »Was ist mit den Picknicksachen? Können wir die einfach stehen lassen?«

Dominic tippt etwas in sein Handy. »Sie sind in zwei Minuten hier und nehmen es mit.«

»Es war einfach wunderbar.« Ich hoffe, er deutet meine Bereitwilligkeit, nach Hause zu gehen, nicht als Ablehnung seiner Tagesplanung.

»Nicht so wunderbar wie das, was jetzt kommt«, sagt er, und mein Magen verkrampft sich in dem wohligen, süßen Schmerz, der mir in letzter Zeit so vertraut ist.

Ich weiß nicht, wie wir so schnell nach Hause kommen konnten, aber im Nu stehen wir im Aufzug zu Dominics Wohnung. Wir küssen uns wieder, heiß und leidenschaftlich. Ich erhasche einen Blick auf unser Spiegelbild: wie unsere Körper ineinander verschlungen sind, unsere Lippen hungrig aufeinandergepresst, und Wellen der Erregung laufen durch mich hindurch. Ich will ihn mit all meiner Kraft, mein Körper schreit nach ihm, lechzt nach seiner Berührung.

Mein benommener Verstand fragt sich, was da gerade mit mir geschieht und ob ich versuchen soll, einen Rest von Kontrolle zu behalten. Aber ich sehe nicht, wie wir uns Einhalt gebieten könnten. Der Hunger, der mich in Besitz genommen hat, scheint in Dominic sogar noch stärker zu sein. Er küsst mich auf den Hals, seine dunklen Bartstoppeln reiben sich an meiner weichen Haut. Ich schnappe bei dieser Berührung nach Luft. Dann kehren seine Lippen zu meinem Mund zurück. Die Aufzugtüren stehen schon ein paar Sekunden offen, bevor wir es bemerken.

»Komm«, sagt er knapp und zieht mich durch die Türen und zum Eingang zu seiner Wohnung. Gleich darauf schließt sich die Tür hinter uns. Endlich sind wir für uns. Ich zittere am ganzen Körper vor Verlangen. Wir stolpern in Richtung

Schlafzimmer, unfähig, uns auch nur so lange voneinander zu trennen, um richtig gehen zu können.

Das Schlafzimmer liegt im Schatten, trotz des grellen Sonnenlichts draußen. Dominics Bett ist riesig, mit einem mit Samt überzogenen Kopfbrett, makellos weißen Kissen und einer Bettdecke in gedecktem Blau. Über dem Fußende liegt eine graue Kaschmirdecke.

Er dreht sich zu mir, sein dunkler Blick versenkt sich in mich. Ich kann das Verlangen in seinem Gesicht lesen, und das ist unglaublich erregend. In meinem ganzen Leben hat mich noch nie jemand so angesehen.

»Willst du das?«, fragt er heiser.

»Ja.« Meine Stimme ist zur Hälfte ein Seufzen und zur anderen Hälfte schmerzliches Begehren. »O Gott, ja.«

Er tritt näher an mich heran und mustert aufmerksam mein Gesicht. »Ich weiß nicht, was du mit mir machst ... aber ich weiß, dass ich nicht länger dagegen ankämpfen kann.« Er fährt mit den Händen über den Ausschnitt meines Kleides, dann über die Schultern nach hinten, bis er den Reißverschluss ertastet. Geschickt zieht er ihn auf, und ich spüre, wie der Stoff aufgleitet und kühle Luft an meine Haut kommt. Mit einer raschen Bewegung öffnet er die Schnalle des Gürtels, und mein Kleid gleitet zu Boden. Ich stehe in meiner einfachen Unterwäsche vor ihm: ein weißer BH mit Spitzenbesatz und ein farblich passender Slip, dessen Vorderseite eine sittsame Spitzenleiste ziert.

»Wie schön du bist.« Er fährt mit einem Finger über meine Hüfte. »Unglaublich.«

Das Seltsame ist, dass ich mich wirklich schön fühle: reif und sinnlich und bereit für ihn. Schöner, als ich mich je zuvor gefühlt habe.

»Ich will dich hier und jetzt«, flüstert er und presst seine Lippen auf meine, seine Zunge liebkost meinen Mund, während seine Hände über meinen Körper streichen, über meinen Rücken und meinen Hintern, wo seine Hände verweilen und die üppigen Rundungen genießen.

»Dein Arsch ist wie für mich gemacht«, murmelt er an meinen Lippen. »Er ist perfekt.«

Ich kann nicht anders, ich muss mich gegen seine Hände pressen. Er stöhnt leise. Die Spur seiner Küsse brennt auf meinem Kiefer und dem Hals und dann auf meiner Schulter. Jetzt ist es an mir zu stöhnen, während seine Stoppeln über meine Haut streichen. Ich sehne mich verzweifelt nach seiner Berührung, will seine warme, sonnengebräunte Haut unter meinen Fingerspitzen spüren, seinen Duft einatmen. Ich will ihm das Hemd vom Leib reißen und die dunklen Haare auf seiner Brust küssen, aber er hält meine Arme fest, unterbindet jede Bewegung.

»Ich bin dran«, flüstert er mit einem Lächeln. »Deine Zeit kommt noch.«

Versprechungen, Versprechungen ... aber, o Gott, es ist göttlich ...

Sein Mund reizt mich, fährt langsam über meine Brüste, die sich unter meinem beschleunigten Atem heben und senken, aber er lässt sich Zeit, küsst jeden Zentimeter Haut zwischen meinem Hals und dem Spitzenrand meines Büstenhalters. Meine Brustwarzen sind hart und reiben sich aufreizend an der Baumwolle. Ich lege meinen Kopf in den Nacken und drücke meine Brüste noch weiter nach vorn, als sein Mund endlich meinen BH erreicht. Dann spüre ich seine Finger, diese eleganten Finger mit den kantigen Spitzen, die so viel zu versprechen scheinen, sie schieben die Spitze zur Seite, befreien meinen rechten Busen aus seiner Hülle, die Brustwarze springt hoch aufgerichtet heraus, als ob sie darum fleht, dass sich sein Mund über sie senkt. Langsam bewegt er sich auf sie zu, seine Zunge leckt über die weiche Rundung meines Busens, bis seine Lippen auf die Warze treffen und er sie in den Mund nimmt. Ich ziehe zischend die Luft ein. Es ist, als ob weißglühende Flammen aus meiner Brust lodern und sie mit meinen Lenden verbinden. Ich vergehe vor Verlangen.

»Bitte«, flehe ich, »bitte, ich kann nicht mehr warten ...«

Er lacht und sagt provozierend: »Geduld, junge Dame, ist eine Tugend.«

Ich fühle mich alles andere als tugendhaft. Ich bin geil, lüstern, verzehre mich nach ihm, brauche ihn. Er umfasst mich mit seinem Arm so fest, dass ich es kaum ertrage.

Seine andere Hand umschließt meine linke Brust, er rollt die Brustwarze durch den Stoff mit den Fingern. Mein Atem ist heiß und schwer, und kleine Seufzer entringen sich mir unwillkürlich, als sich unter diesem Genuss meine Augen schließen und mein Mund sich öffnet.

Ich lege ihm die Hände auf die Schultern. »Bitte, lass mich dich anfassen«, bettele ich.

Er zwickt meine Brustwarze mit den Zähnen, berührt noch einmal die Spitze, dann löst er sich, tritt einen Schritt zurück und schaut mich an. Seine Lippen verziehen sich zu einem Lächeln. Dann knöpft er sein Hemd auf und lässt es zu Boden fallen. Ich staune über seine breite Brust mit den dunklen Brustwarzen, die braune Haut und das schwarze Brusthaar, die kräftigen Schultern und Oberarmmuskeln.

Ist das wirklich alles für mich?

Er schlupft aus seinen Schuhen, und dann richtet sich meine ganze Aufmerksamkeit auf seine Boxershorts. Ich sehe, dass er steif ist, aber als er sie auszieht, schnappe ich trotzdem nach Luft. Seine Erektion ist unglaublich: herrlich in ihrer Gleichmäßigkeit, stolz in ihrer Länge. Und sein dicker Schaft sagt mir deutlich, wie sehr er mich will.

Dominic macht einen Schritt auf mich zu, seine Augen verschleiert vor Lust. Er schlingt die Arme um mich und küsst mich leidenschaftlich. Ich spüre seinen Penis zwischen uns, der sich gegen meinen Bauch presst. Er ist heiß und hart, und ich kann nur noch an mein alles übersteigendes Verlangen denken, ihn in mir zu spüren.

Er hakt meinen BH auf, der zu Boden fällt. Meine Brüste pressen sich gegen seine Brust, und endlich kann ich meine Arme um ihn schlingen, seinen breiten, glatten Rücken unter meinen Händen spüren. Ich fahre mit den Handflächen darüber, genieße das Gefühl der Muskeln unter seiner Haut, bis hinunter zu den festen Pobacken.

Da ist nur glatte Haut, sonst nichts.

Der Gedanke schießt mir unaufgefordert durch den Kopf. Was meine ich nur damit? Was will mir mein Unterbewusstsein damit sagen?

Die Schläge, die du gesehen hast. Es gibt keine Hinweise darauf. Du würdest es sonst fühlen.

Dann war er es also nicht!, denke ich erleichtert. Ich weiß nicht, wer es war oder warum die beiden in Dominics Wohnung zugange waren, aber er selbst war es nicht …

Dieser Gedanke setzt etwas in mir frei. Mein Verlangen verwandelt sich von etwas Zitterndem und Ekstatischen zu etwas, das ein nie zuvor gekanntes Bedürfnis zum Ausdruck bringen will. Meine Arme schlingen sich noch fester um ihn, meine Fingernägel kratzen leicht in seine Haut. Ich senke meinen Kopf und fahre mit Zähnen und Zunge über seine Brust, beiße sanft in sein Fleisch. Dann nehme ich eine dunkle Brustwarze in den Mund und knabbere daran.

»Mein Gott«, entfährt es ihm, als ich mit meinen Zähnen an der Warze ziehe. Dann, fast grob: »Willst du, dass ich dich ficke?«

Seine Stimme stockt. Ich nicke und gebe die kleine Knospe seiner Brustwarze wieder frei. Sie glitzert von meiner Spucke.

»Willst du das?«

»Ja!«

»Bitte mich darum ...«

So etwas habe ich noch nie laut ausgesprochen, aber ich bin längst über den Punkt hinweg, wo mir das jetzt noch etwas ausmachen würde. »Ja, bitte, fick mich. Ich will dich so sehr ...«

Plötzlich zeigt er mir seine Kraft, hebt mich hoch und trägt mich so mühelos zum Bett, als wöge ich gar nichts. Er legt mich auf dem Rücken ab, meine Brüste und mein Bauch ihm zugewandt. Das Laken fühlt sich unter meiner erhitzten Haut kühl an.

Er geht zum Nachttisch, öffnet die Schublade und fischt ein Päckchen Kondome heraus. Mit rascher Bewegung reißt er die Folie auf, zieht den Gummi heraus und lässt ihn über seinen Penis gleiten.

Es wird wirklich passieren.

Ich hungere danach, bin bereit dafür, will um jeden Preis spüren, wie er mich ganz ausfüllt. Jetzt ist er wieder da, steht am Fußende des Bettes. Er hakt seine Finger in den Rand meines Slips und zieht ihn langsam nach unten, bis zu meinen Knöcheln, und dann ist der Slip weg und Dominic kniet sich auf das Bett, teilt sanft meine Schenkel und presst seine Lippen auf das kleine Dreieck meines Schamhaars. Ich öffne mich ihm wie eine Blume. Alles schwillt an und ist erfüllt von feuchter Hitze. Ich bin so geil, so gierig. Mein Körper verzehrt sich nach seinem.

»Du bist wunderschön«, sagt Dominic leise, und das Gefühl seines Atems auf meiner geschwollenen Klitoris lässt mich nach Luft schnappen. Ich seufze. Er fährt mit den Lippen über die Spitze meiner Klitoris, lässt seine Zunge darübergleiten, bringt sie in herrlicher Agonie zum Zucken.

»Ich kann nicht länger warten«, keuche ich. »Bitte, Dominic ...«

Er richtet sich auf, verharrt einen Moment, sein herrliches Glied reckt sich über mich. Dann senkt sich Dominic auf mich, presst seinen harten Penis auf meine Klitoris. Ich zucke unter ihm. Sein Gewicht fühlt sich so gut an. Meine Beine spreizen sich noch weiter, damit er leichter in mich eindringen kann. Meine Hüften heben sich ihm entgegen, und all das geschieht ohne meinen willentlichen Einfluss. Mein Körper reagiert unabhängig von meinem Bewusstsein, weiß, dass er Dominics Männlichkeit in diesem Augenblick will und braucht.

Dominic zieht sich ein wenig zurück, und seine Eichel presst sich gegen meine Pforte.

»Bitte, bitte.« Meine Stimme gleicht einem Wimmern, meine Augen sind voll von Verlangen.

Sein Blick ist jetzt dunkel und intensiv. Er genießt sichtlich diesen Moment in all seiner Köstlichkeit. Ich spüre, wie sich meine Schamlippen vor Lust weiten, mein Körper pulsiert vor Erregung. Ich richte mich leicht auf und lege meine Hände auf Dominics Rücken, ziehe ihn zu mir, damit sein Penis endlich in mich eindringt. Er gleitet mühelos hinein, weil ich so feucht bin, bewegt sich mit betörender Langsamkeit, schiebt sich gemächlich in mich hinein und erfüllt mich mit sensationellen Empfindungen.

Ich stöhne und kralle mich an seinen Rücken, während er tief in mich hineintaucht. Auf Dominics Gesicht liegt ein Ausdruck von Wildheit, als ob er sich sehr darauf konzentrieren müsse, sich zurückzuhalten. Er stößt weit in meine Vagina, und meine Hüften kommen ihm entgegen. Ich koste das Gefühl seiner tiefen Stöße aus. So etwas habe ich noch nie erlebt. Jetzt steigert er das Tempo, und auch ich finde meinen Rhythmus, schiebe meine Hüften nach oben und biege mit jedem neuen Stoß meinen Rücken durch. Dann ändert er seine Haltung ein wenig, verlagert sein Gewicht mehr auf die

Knie und lässt seine Hände über meine vollen Pobacken wandern, packt sie und zieht mich an sich. Meine Empfindungen verändern sich, werden schärfer, intensiver und rauben mir jedes Mal den Atem, wenn er kraftvoll in mich dringt. Ich schnappe nach Luft und stöhne auf. Dominic drückt meinen Hintern fest mit beiden Händen, schaukelt vor und zurück, so dass er über meine heiße und angeschwollene Klitoris reibt. Ich spüre, wie sich ein unglaubliches Gefühl in mir aufbaut, ein Gefühl, das in immer schneller werdenden Wellen auf mich zurollt, sich unablässig steigert. Es ist ein herrliches, unerträgliches Gefühl, das mich immer höher trägt, als ob ich von einer Flutwelle meinem Höhepunkt entgegengeschleudert werde. Ich spreize meine Beine so weit ich nur kann für ihn, alle meine Muskeln sind angespannt, ich stehe ganz kurz vor meinem Höhepunkt. Ich spüre, wie Dominic sein Tempo steigert, sein Verlangen erhöht sich durch meine sichtliche Nähe zum Orgasmus. Mit brennenden Augen beobachtet er, wie ich komme. Tief in meinem Inneren pulsieren Lustkrämpfe in immer neuen Wellen, und Schauder des Entzückens lassen meinen Körper erbeben. Ich bin mir nur noch einer einzigen Sache bewusst, der unglaublichen Wonne, die mein Orgasmus in mir auslöst, und da höre ich Dominic, als ihn sein eigener Orgasmus überwältigt und er mit einem Aufschrei kommt. Er fällt auf meine Brust, und wir liegen lange Zeit aufeinander, immer noch vereint, keuchend und erschöpft.

Als Dominic endlich den Kopf hebt, lächelt er mich unbeschwert, ja glücklich an. »Hattest du einen netten Sonntag, Beth?«

»Ich hatte einen netten Sonntag zu Haus«, bestätige ich kichernd.

»Und ich hatte einen netten Sonntag in dir zu Haus«, sagt er, und wir müssen beide lachen. Wir sind uns in diesem Moment so nah, so intim, so eins. Er zieht sich aus mir zurück, rollt sich zur Seite, zieht das Kondom ab und legt es weg. Dann nimmt er mich in seine Arme und küsst mich zärtlich.

»Das war unglaublich, Beth. Du steckst voller Überraschungen.«

Ich seufze glücklich. »Nun, ich darf ehrlich sagen, dass dies wirklich ganz außergewöhnlich war.«

»Möchtest du über Nacht bleiben?«, fragt er.

»Wie spät ist es?«

»Nach acht.«

»So spät?« Ich wundere mich. Dann kuschele ich mich in die Wärme seiner Arme. »Ja, ich würde gern bleiben.«

»Wir machen uns jetzt etwas zu essen«, schlägt Dominic vor, aber das Bett ist warm und kuschelig, und nach kurzer Zeit sind wir beide vor Erschöpfung eingeschlafen.

9. Kapitel

Ich wache vom Geräusch der Dusche im Bad auf, und einige Minuten später tritt Dominic heraus, ein Handtuch um die Hüften geschlungen. Er ist absolut umwerfend, mit seinen nassen, dunklen Haaren, aus denen das Wasser auf seine Schultern tropft.

»Guten Morgen«, sagt er und lächelt mich mit strahlenden Augen an. »Na, Beth? Wie geht's dir? Hast du gut geschlafen?«

»Sehr gut.« Ich grinse wie eine Katze, die Milch geschleckt hat, und räkele mich ausgiebig.

»Du siehst zum Vernaschen aus.« Er lässt seinen Blick anerkennend über mich gleiten. »Ich wünschte, ich müsste heute nicht ins Büro. Mir wäre jetzt nichts lieber, als für eine Wiederholung von gestern wieder zu dir ins Bett zu kommen.«

»Warum tust du es nicht einfach?« Ich werfe ihm einen provozierenden Blick zu. Allein sein Anblick lässt meine Nervenenden kribbeln und meine Haut prickeln.

»Ich habe einen Job, Süße. Und ich bin ohnehin schon spät dran.« Er nimmt ein kleineres Handtuch und rubbelt sich die Haare trocken. »Musst du heute nicht auch zur Arbeit?«

Einen Augenblick lang weiß ich nicht, wovon er spricht, dann fahre ich im Bett auf. »O mein Gott! Die Galerie!« In diesem Wirbelsturm des Begehrens, in den ich geraten bin, habe ich meine neue Stelle vollkommen vergessen. »Wie spät ist es?«

»Fast acht. Ich muss los.«

Ich entspanne mich ein wenig. »Puh, ich fange erst um zehn an.«

Er schüttelt lachend den Kopf. »Ihr Künstlertypen, was für ein lockeres Leben ihr doch habt.«

Ich denke gerade, dass ich in Celias Wohnung sollte, um mich umzuziehen, als ich plötzlich nach Luft schnappe und mir die Hand auf den Mund presse.

»Was ist?« Dominic hebt fragend eine Augenbraue.

»De Havilland! Ich habe ihm gestern Abend nichts zu fressen gegeben.« Ich klettere aus dem Bett und greife nach meinen Kleidern. »Der arme De Havilland! Wie konnte ich ihn nur vergessen?«

»Keine Sorge, ich habe so ein Gefühl, dass er noch am Leben sein wird. Und ich bin ziemlich froh, dass du die gestrigen Ereignisse nicht unterbrochen hast, weil du zu beschäftigt mit deiner Katze warst.«

»Celias Katze – das macht es ja nur umso schlimmer.« Ich schlüpfe in mein Kleid und eile zu ihm. »Danke, danke – für den gestrigen Tag und den gestrigen Abend.«

Er zieht mich an seine immer noch feuchte Brust. Ich spüre seinen Herzschlag und rieche eine köstliche Mischung aus Seife, Aftershave und seiner eigenen moschusartigen Körperwärme. »Ich habe dir zu danken«, murmelt er, und der Klang seiner Stimme vibriert in seiner Brust. Dann beugt er sich zur Seite und greift nach seinem Handy. »Ich habe deine Nummer noch nicht, du solltest sie mir geben.«

Rasch rattere ich die Zahlen herunter, und er tippt sie in sein Handy. »Großartig. Ich schicke dir gleich eine SMS mit meiner Nummer. Wo ich wohne, weißt du ja nun.« Er drückt mir einen sanften Kuss auf die Lippen, der nach Minze und Honig schmeckt. »Und jetzt los mit dir. Du darfst an deinem ersten Tag nicht zu spät kommen.«

Natürlich ist De Havilland böse auf mich. Er jault verstimmt, sobald er meinen Schlüssel im Schloss hört, und als ich eintrete, funkelt er mich aus gelben Augen wütend an.

»Ist ja gut, ist ja gut, es tut mir leid! Ich habe dich vergessen, das ist schlimm, aber jetzt bin ich ja hier.«

Er läuft voraus in die Küche, sein fluffiger, schwarzer Schwanz hoch in die Luft erhoben, als wolle er damit sein Missvergnügen zum Ausdruck bringen, dann stellt er sich vor seine Schüssel und miaut auch dann noch, als ich bereits das Trockenfutter hineinschütte. Gleich darauf kaut er sie geräuschvoll mit wahrem Heißhunger, als habe er seit Wochen kein Futter mehr bekommen.

Ich sehe auf die Uhr. Ich sollte mich beeilen. Schließlich muss ich noch duschen. Aber unter der Dusche zögere ich, weil ich den Duft von letzter Nacht nicht abwaschen möchte. Es war so wunderbar, schon beim Anflug der Erinnerung überläuft mich ein Schwall der Erregung, wie sich ein Wasserfall über eine Klippe ergießt. Eins steht fest, mit Adam war es nie auch nur annähernd so. Wir haben uns geliebt, ja, aber es war immer dasselbe: nett, ruhig, vorhersehbar. Er vermittelte mir nie auch nur ein Zehntel der euphorischen, hemmungslosen Ekstase, die mich gestern Abend überwältigte. Das Gefühl, als Dominic in mich eindrang, ist nur mit tiefer Intimität zu beschreiben. Der Höhepunkt unseres Liebesspiels stellte eine Art von ekstatischer Befriedigung dar, die ich noch nie zuvor erlebt habe. Er erschütterte mich bis in meinen innersten Kern. Ich schaue auf meinen Körper herab, auf die eingeseiften Brüste, auf den sanft gerundeten Bauch, auf den Hügel darunter mit den feinen Haaren, und ich habe das Gefühl, als würde ich zum ersten Mal begreifen, wozu ich fähig bin.

Bin das wirklich ich? Und kann ich das noch einmal wiederholen? Meine Güte, ich hoffe doch!

Ich sehne mich schon wieder mit brennendem, innersten Verlangen nach Dominic, es ist wie der Durst, den man an einem heißen Nachmittag in sich verspürt.

Dominic.

Sein Name lässt mich vor Entzücken schaudern.

Aber du musst zur Arbeit, erinnerst du dich? Sieh zu, dass du deine Gedanken aus dem Schlafzimmer herausbringst! Jetzt abduschen und ran ans Werk!

Ich treffe um Schlag zehn Uhr in der Riding House Galerie ein. James ist bereits da, und als er mich klopfen hört, kommt er an die Tür und lässt mich ein.

»Guten Morgen! Wie geht es Ihnen, Beth? Hatten Sie ein schönes Wochenende?« Er sieht sehr elegant aus, ganz der englische Gentleman, mit einer leichten, khakifarbenen Sommerhose und einem dunkelblauen, kurzärmeligen Hemd. Er ist größer und dünner, als ich ihn in Erinnerung habe. Die Brille rutscht auf seiner Adlernase nach vorn, während er mich freundlich anlächelt.

»Ja, danke«, antworte ich fröhlich. »Ich hatte eine wirklich schöne Zeit.«

»Das freut mich zu hören. Dann werde ich Sie jetzt erst einmal mit allem vertraut machen ... Grundsätzlich gilt: Zuerst der Kaffee. Wer immer als Erster eintrifft, brüht Kaffee auf. Und keinen Kaffee von unterwegs mitbringen, das ist ebenfalls eine Regel.«

»Gibt es viele Regeln?«, frage ich lächelnd, während er mich quer durch die Galerie zu einer kleinen Küche im hinteren Bereich führt.

»O nein, hier läuft alles ganz entspannt. Aber ich habe meine Ansprüche.«

Das überrascht mich nicht. Er sieht wie ein Mann aus, der deutliche Vorlieben und Abneigungen hat. Frisch gemahlener, kolumbianischer Kaffee, eine starke, würzige Röstung, gehört eindeutig zu seinen Vorlieben, und es gibt eine silbern funkelnde Gaggia-Kaffeemaschine, um ihn darin aufzubrühen. Gleich darauf reicht er mir einen herrlich duftenden Latte Macchiato. Er selbst nippt seinen Kaffee schwarz aus einer Porzellantasse. »Na also«, sagt er, »jetzt sind wir wieder Menschen und können anfangen.«

Im Laufe des Vormittags merke ich, dass mir die Arbeit gefallen wird. Hinter seinem ruhigen, eleganten Äußeren erweist sich James als charmant und geistreich, mit einer unerwartet spielerischen Seite. Während er mich herumführt, scherzt und lacht er. Meine Arbeit ist nicht besonders anspruchsvoll. Ich muss das Telefon bedienen, Kunden helfen, die in den Laden kommen, und den Papierverkehr sortieren. Da ich noch von nichts eine Ahnung habe, muss James das alles vormachen, aber ich begreife rasch sein System.

»Tut mir leid, das alles fordert Sie noch nicht wirklich«, entschuldigt er sich, »aber im Laufe der Zeit wird die Arbeit interessanter, das verspreche ich.«

»Es macht mir nichts aus, ganz unten anzufangen«, erkläre ich.

»Braves Mädchen.« Er lächelt wieder. »Ich denke, wir werden gut miteinander auskommen.«

Das tun wir auch. Besser gesagt, wir verstehen uns blendend. James ist ein angenehmer Gesellschafter, und er bringt mich ständig zum Lachen. Falls ich befürchtet haben sollte, dass er mit mir flirten könnte, wird diese Sorge zerstreut, als am Nachmittag ein blonder Mann mittleren Alters hereinkommt. Sein wettergegerbtes Gesicht wirkt im Kontrast zu dem schicken, weißen Anzug, den er trägt, ziemlich ramponiert. Er geht direkt auf James zu, küsst ihn auf die Wange und unterhält sich mit ihm in einer Sprache, die ich nicht zuordnen kann. James erwidert etwas, dann schaut er zu mir.

»Beth, darf ich Ihnen meinen Lebensgefährten Erlend vorstellen. Er ist Norweger, Sie müssen ihn entschuldigen.«

Erlend dreht sich um und begrüßt mich sehr höflich. »Guten Tag, Beth. Ich hoffe, Ihnen gefällt die Arbeit mit James. Lassen Sie sich nicht von ihm herumkommandieren, er hat es immer gern, wenn er das Sagen hat.«

»Werde ich nicht.« Ich lächele.

Dann wird James also definitiv nicht mit mir flirten.

Während die beiden sich auf Norwegisch unterhalten, schaue ich mich in der hellen, ordentlichen Galerie um und möchte mich vor Glück am liebsten selbst umarmen.

Ich habe diese Stelle hier und ich habe Dominic. Kann das Leben noch schöner werden?

Am späten Nachmittag erhalte ich eine SMS.

Hi, wann bist du fertig? Lust, dich nach der Arbeit auf einen Drink zu treffen? Kuss, D

Ich texte eine Antwort.

Klingt super. Bin um 6 fertig. Kuss, B

Die Antwort taucht einen Augenblick später auf dem Display auf.

Um 6:30 vor der All Souls in der Regent Street, neben der BBC. Kuss

»Eine gute Nachricht?«, fragt James. Eine elegant geformte Augenbraue hebt sich über den Goldrand seiner Brille.

Ich erröte und nicke. »Mmm.«

»Ihr Freund?«

Mein Gesicht nimmt noch mehr Farbe an. »Äh ... nein ...«

»Noch nicht«, ergänzt er mit einem Lächeln. »Aber Sie erhoffen es sich.«

Mittlerweile muss ich hochrot angelaufen sein. »Irgendwie ja.«

»Der Mann kann von Glück sagen. Ich hoffe, er behandelt Sie gut.«

Die Erinnerung, wie Dominic mich letzte Nacht behandelt hat, blitzt auf, und eine Welle der Erregung durchläuft mich, als sei ich gerade von einem Sprungbrett in einen Pool gesprungen, der sehr tief unter mir liegt. Ich nicke erneut, traue mich nicht, etwas zu sagen.

Die Galerie schließt um 18 Uhr, und es sind nur wenige Meter bis zu der Kirche, die Dominic als Treffpunkt vorgeschlagen hat – James hat mir erklärt, wie ich hinkomme –, also bleibt mir noch viel Zeit. Die Kirche ist sichtlich alt, in rötlichbraunem Sandstein erbaut. Ich trödele vor der kreisrunden Säulenhalle mit Blick auf die Regent Street herum. Der Verkehr saust geschäftig an der imponierenden Fassade der BBC vorbei, die sich gleich neben der Kirche befindet. Es gefällt mir, die vorübereilenden Menschen zu beobachten, aber trotzdem kann ich Dominics Eintreffen kaum erwarten. Es fühlt sich an, wie wenn man aufwacht und einem einfällt, dass Weihnachten ist oder sonst ein ganz besonderer Tag – die köstliche Vorahnung von etwas Schönem.

Doch dann lese ich gerade irgendeine Notiz am Anschlagbrett der Kirche, als er kommt, und ich zucke zusammen, als ich seine Stimme höre. »Beth?«

»Hallo!« Ich wirbele herum und strahle. »Wie war dein Tag?«

Dominic sieht einfach großartig aus, wie immer. Er trägt einen dunkelblauen Anzug, elegant geschnitten, was selbst meinem ungeschulten Blick auffällt. Er lächelt, während er mir einen Kuss auf die Wange haucht. Seine Hand berührt meinen Rücken. »Sehr schön, danke. Und deiner?«

Ich erzähle ihm von meinem ersten Tag in der Galerie, während er mich über die Regent Street und nach Westen in Richtung Marylebone führt. Dominic hört mir zu, stellt aber nicht viele Fragen. Er scheint mit den Gedanken woanders.

»Alles in Ordnung?«, frage ich besorgt, als wir eine gemütliche Weinstube mit einer Gewölbedecke und diskreten Nischen zum Sitzen betreten. Kerzen flackern in Glashaltern, werfen verwirrende Schatten an die Wände. Er antwortet erst, als wir uns in einen separaten Alkoven setzen und er für uns beide bestellt hat: zwei Gläser gekühlten Puligny-Montrachet. Als er dann etwas sagt, wird mir sofort klar, dass er meinem Blick ausweicht.

»Es geht mir gut, wirklich.«

»Dominic?« Ich lege meine Hand auf seine, und einen Moment lang hält er sie fest, dann lässt er los. »Dominic, was ist?«

Er runzelt die Stirn, starrt die Tischplatte an.

»Du machst mir Angst. Sag schon, was ist los?«

Die Kellnerin kommt mit unseren Getränken, und wir schweigen, bis sie wieder gegangen ist. Mein Magen verkrampft sich nervös. Warum ist Dominic so kalt und distanziert? Noch heute Morgen war er warm, liebevoll, erotisch, intim. Jetzt hat er zwischen uns eine Schranke errichtet, das spüre ich. »Dominic«, sage ich, als wir wieder allein sind. »Bitte sag mir, was los ist.«

Endlich schaut er mir in die Augen. Zu meinem Entsetzen ist sein Blick voller Trauer und Abbitte. »Beth«, fängt er an, »es tut mir so leid ...«

In einem Anflug von Entsetzen begreife ich sofort alles. »Nein!« Es bricht aus mir heraus, bevor ich mich bremsen kann. Zorn keimt in mir auf. Das wird er mir doch nicht antun!

»Es tut mir leid«, wiederholt er. Er hat die Finger ineinander verschlungen und starrt auf sie hinunter, das Gesicht in Falten gelegt, als ob er Schmerzen litte. »Ich habe den ganzen Tag darüber nachgedacht und ...«

»Sag es nicht.« Ich will nicht zu flehentlich klingen, kann aber nicht anders. »Du hast uns doch gar keine Chance gegeben.«

Er schaut mich wieder an. »Ich weiß, aber genau das ist ja der Punkt. Ich kann uns keine Chance geben.«

»Warum nicht?« Ich habe das Gefühl, von einer Lawine überrollt zu werden, mich in den Fängen einer Kraft zu befinden, die mich im Kreis herumwirbelt, aber ich sage mir, dass ich ruhig bleiben muss. »Was wir gestern Nacht erlebt haben, war erstaunlich, unglaublich ... Bin ich nur ein dummes, naives Ding, oder passiert dir das etwa ständig? Ich dachte, es hat dir etwas bedeutet, ich habe geglaubt, es wäre auch für dich etwas Besonderes ...«

»Das war es!«, unterbricht er mich und wirkt zutiefst unglücklich. »Mein Gott, das war es. Das ist es nicht, Beth. Ich wünschte, es wäre so einfach.«

»Was ist es dann?« Der Gedanke, der mir die ganze Zeit im Hinterkopf herumspukte, den ich hartnäckig zu ignorieren versuchte, taucht unvermittelt auf. Du weißt doch warum, flüstert er mir zu, beinahe schadenfroh. Du hast etwas gesehen, wovon er nicht weiß, dass du es gesehen hast ...

»Gibt es eine andere, jemand, von dem du mir nichts erzählt hast?«

Er schließt die Augen und schüttelt den Kopf. »Nein. Nein.«

»Dann ...« Komm schon, flüstert die böse Stimme in mir, stell dich nicht dümmer als du bist. Du weißt mehr, als er denkt. Sag es ihm.

Ich will zurückschreien: Aber ich weiß, dass er es nicht war, er trägt keine Spuren davon am Körper!

Vielleicht war sie so schlau, keine Spuren zu hinterlassen, schmeichelt die Stimme.

O Gott, daran hatte ich gar nicht gedacht ... Alles um mich herum scheint zusammenzubrechen. Als ich spreche, klinge ich zögernd, fast ängstlich. »Liegt es daran, was du mit Vanessa zusammen tust?«

Jetzt habe ich ihn geschockt. Er erstarrt einen Moment, dann öffnet sich sein Mund, als ob er etwas sagen will, aber nicht weiß, was.

Ich nehme all meinen Mut zusammen und erkläre: »Ich habe es gesehen.«

»Was hast du gesehen?«

Ich dachte, er könnte wütend auf mich sein, aber er scheint eher verblüfft. Ich verstumme unsicher. Er schaut mir fest in die Augen, sein Blick bohrt sich in mich. Er wirkt ernst, seine Augen strahlen wieder diese Eiseskälte aus, die ich so fürchte.

»Beth, ich will es wissen. Was hast du gesehen?«

Die Bilder tauchen vor meinem inneren Auge auf: der kauernde Mann, der die Schlaginstrumente küsst, die rhythmisch zuschlagenden Arme der Frau, das plastische Schattenspiel der Hiebe.

»Ich habe gesehen wie ...« Meine Stimme verliert sich und jetzt bin ich diejenige, die ihm nicht in die Augen schauen kann.

»Samstagabend. Ich konnte von meiner Wohnung in deine schauen. Die Vorhänge waren zugezogen, aber weil das Licht brannte, konnte ich dahinter ... dich und Vanessa erkennen. Wenigstens glaube ich, dass sie es war. Ich weiß es nicht.« Ich schaue auf, in diese herrliche Tiefe seiner schwarzen Augen, in denen sich mit goldenen Einsprengseln das Kerzenlicht spiegelt, und ich wünschte, ich müsste nicht sagen, was ich jetzt sagen werde. »Ich sah, wie sie dich geschlagen hat. Erst über ihrem Knie, als ob du ein unartiges Kind warst, dann in einer anderen Position. Und danach habe ich gesehen, wie sie dich mit einem Gürtel schlug, während du auf diesem seltsamen Stuhl gefesselt warst.«

Er starrt mich an, und ich könnte schwören, dass er blass geworden ist.

»Ich habe es gesehen«, wiederhole ich mechanisch. »Ich weiß, was ihr zwei zusammen anstellt. Willst du darum mit mir Schluss machen, bevor wir auch nur eine Chance hatten?«

»O Beth.« Ich merke, wie er nach Worten sucht. »O Gott, ich verstehe das nicht. Das hast du in meiner Wohnung gesehen?«

Ich nicke.

»Und du hast angenommen, das seien Vanessa und ich?«

»Was hätte ich sonst denken sollen? Es ist deine Wohnung. Ich habe euch dort schon zusammen gesehen. Wer sollte es denn sonst sein?«

Er überlegt kurz, dann sagt er: »Also gut, ich glaube, ich weiß, was da passiert ist. In einer Hinsicht hast du recht: die Frau, die du gesehen hast, war Vanessa. Sie besitzt einen Schlüssel zu meiner Wohnung, wie du vermutlich neulich Nacht schon gemerkt hast. Aber ...«, er fixiert mich mit festem Blick, »... ich war nicht dieser Mann. Das kann ich dir versichern.«

»Aber ... wem erlaubst du denn Zugang zu deiner Wohnung, damit er sich dort schlagen lassen kann?«

»Tja, ich erlaube es eigentlich nicht. Ich meine, es gefällt mir nicht. Aber Vanessa wusste, dass ich ausgegangen war, und sie hat einen Kunden, dessen geheime Phantasie es ist, ein reicher Magnat zu sein, der in seiner schicken Wohnung dominiert wird. Sie hat ihn mitgenommen, um ihm das Ambiente zu bieten, in dem sie das spielen können.« Dominic schüttelt den Kopf. »Ich habe ihr das nicht direkt verboten, aber ich habe sie gebeten, dass sie ihre Arbeit nicht in meine Wohnung bringen soll. Sie nimmt sich ziemlich viele Freiheiten heraus, weil wir einmal zusammen waren.«

Ich bin verwirrt. »Moment mal ... ihr Kunde? Ist Vanessa eine ... Prostituierte?« Ich kann es nicht glauben. Die wunderschöne, elegante, weltgewandte Vanessa ist eine Nutte? Das scheint mir unmöglich. Warum sollte sie so etwas tun? Sie hat doch gar keinen Grund!

Dominic atmet aus, in einem langen, pfeifenden Seufzen, und lehnt sich zurück. »Ach herrje. Jetzt wurde also die sprichwörtliche Büchse der Pandora geöffnet. Ich glaube, dass ich jetzt ganz ehrlich zu dir sein muss.«

»Das würde ich sehr zu schätzen wissen.« Ein Hauch Sarkasmus liegt in meiner Stimme.

»Also schön, Beth, ich wollte dir eigentlich von mir erzählen, aber dann fangen wir eben bei Vanessa an.« Er nimmt sein Glas und nippt, als ob er sich von dem Alkohol Mut verspricht. Ich greife nach meinem Glas, kalt und voller Kondensationstropfen, und nehme einen großen Schluck von dem mineralischen Weißwein. Ich habe so ein Gefühl, dass auch ich Mut brauchen werde.

Dominic richtet sich auf, verschränkt die Hände und schaut mich an. »Erstens, Vanessa ist keine Prostituierte. Jedenfalls nicht so, wie du dir eine Prostituierte vorstellst. Sie nimmt Geld für ihre Dienstleistungen, aber sie hat nur selten, wenn überhaupt, Sex mit ihren Kunden. Sie bietet eine völlig andere Dienstleistung an. Vanessa ist von Beruf Herrin und Domina und hat sich auf Menschen mit besonderen Bedürfnissen spezialisiert, die einen privaten und sicheren Ort brauchen, an dem sie ihre Phantasien ausleben und genießen können.«

Ich sage nichts, verdaue nur diese Information. Ich habe schon von Dominas gehört, aber nur als Witzfiguren in Filmen und Büchern. Ich hätte nie gedacht, dass es sie in der realen Welt gibt. Und das macht Vanessa beruflich?

Dominic fährt fort. »Die meisten Menschen haben ein sehr enges Bild von Sex und Romantik – normalerweise stellen sie sich einen Mann und eine Frau vor, die sich ausziehen und gewöhnlichen Sex haben. Blümchensex, wie man auch dazu sagt. Dann kennst du natürlich Herrenmagazine in Zeitungskiosken, hast vielleicht selbst darin geblättert. Dort gibt es normalerweise nur die Sorte Magazine, die Phantasien propagieren, die gemeinhin akzeptiert werden: große Farbfotos von nackten Brüsten und ausgestreckten Hintern, bei deren Anblick Männer sich einen runterholen können.«

Es ist merkwürdig, diese Worte aus Dominics Mund zu hören, und er sagt sie mit einer kalten Verachtung, die das alles noch verstörender macht.

Er lehnt sich vor und konzentriert sich völlig auf mich. »Aber viele, sehr viele von uns sind nicht so. Das törnt uns überhaupt nicht an. Wir brauchen etwas anderes, und wir wollen es uns nicht nur vorstellen. Wir wollen es leben.«

Er sagt ›wir‹. Er muss von sich selbst sprechen. O mein Gott. Was wird er mir gleich erzählen?

»Du erinnerst dich an diese Bar im Souterrain? *Das Asyl?*«, sagt er plötzlich, und als ich nicke, fährt er fort: »Die Bar gehört Vanessa. Das ganze Haus gehört ihr. Dorthin gehen Menschen, um mit ihren Phantasien zu spielen und ihre Bedürfnisse ohne Angst zu befriedigen. Es ist ein sicherer Ort, den sie für Menschen geschaffen hat, die sind wie sie.«

Ich erinnere mich an die unterwürfigen Frauen in den Käfigen. »Sie ist doch eine Domina ...«, sage ich und wundere mich.

»Alle Doms brauchen einen Sub, sonst passiert nichts.«

175

Beinahe zum ersten Mal an diesem Abend lächelt er. »Oben und unten. Yin und Yang.« Dann schaut er nachdenklich, ruft sich offenbar Szenen aus seiner Vergangenheit in Erinnerung. Nach einer Weile fährt er fort. »Vanessa und ich lernten uns in Oxford kennen, als ich dort studierte. Sie gefiel mir sofort, zwischen uns bestand vom ersten Moment an eine unglaubliche Anziehungskraft. Ich war gerade aus Amerika zurück und kannte niemanden, darum war ich begeistert, eine Frau wie sie kennenzulernen. Sie war in ihren Ansichten und Einstellungen absolut ungewöhnlich. Es dauerte nicht lange, da führte sie mich in ihre ... Vorlieben ein. Alles fing ganz spielerisch an. Sie fesselte mich beim Sex ans Bett, erregte mich, zog meine Erregung sehr lange Zeit hinaus, quälte mich mit ihren Techniken – und es gefiel mir. Es dauerte nicht lange, und sie führte Spielzeug im Schlafzimmer ein: Schals, Seile, Augenbinden. Es gefiel ihr, mich zu knebeln, mir die Augen zu verbinden, ihre Spiele mit mir zu spielen. Dann brachte sie mir das Spanking näher. Anfangs sacht – ein paar kurze Schläge mit der Hand auf die Pobacke – und später ernsthafter. Sie brachte Paddel und Gürtel mit, schlug mich lange und ausgiebig – und sie genoss es, Gott, wie sie es genoss.« Seine Augen funkeln angesichts der Erinnerung. Dann ist er also doch so wie der Mann auf dem Stuhl. Es gefällt mir nicht, wie ich mich fühle, wenn ich mir vorstelle, wie Vanessa und Dominic Sex haben: zum Teil ist es brennende Eifersucht, zum Teil geheime Erregung bei dem Gedanken, wie er nackt an ein Bett gefesselt ist und langsam zum Höhepunkt gebracht wird. »Und ... du? Hat es dir gefallen?«

Er seufzt wieder und nimmt noch einen Schluck Wein. »Man kann das jemandem, der es noch nie gemacht hat, nur schwer erklären. Es klingt unglaublich, ich weiß, aber Schmerz und Vergnügen sind eng miteinander verbunden. Schmerz muss nichts Furchtbares sein – er kann stimulieren und erregen und das Vergnügen noch intensiver machen. Wenn dazu bestimmte Phantasien oder Neigungen kommen, deren Anlage bereits in einem vorhanden sind – beispielsweise der Wunsch, dominiert oder bestraft zu werden, wie ein unartiges Kind behandelt zu werden oder wie ein keckes Mädchen, das gezähmt werden muss – tja, dann kann es einfach explosiv sein.«

Ich versuche, es mir vorzustellen, aber ich begreife immer noch nicht, wie es Spaß machen kann, wenn man geschlagen wird. Zumindest mir würde es keinen Spaß machen. Ich glaube auch nicht, dass ich Bestrafungsphantasien habe. Ich bin sicher, meine Phantasiebilder sind Bilder der Liebe.

Dominic spricht weiter, will sich die ganze Sache sichtlich von der Seele reden. »Ich wollte nur bis zu einem gewissen Punkt mitmachen, aber Vanessa wünschte sich mehr. Sie hatte das Bedürfnis, mich nach allen Regeln der Kunst auszupeitschen, aber darauf hatte ich keine Lust. In einem bestimmten Umfang gefielen mir ihre Spielchen, danach brachte es mir nichts mehr. Da entdeckten wir den Club.«

»Den Club?«

Er nickt. »Eine geheime Zusammenkunft von Menschen mit gleichen Interessen. Der Club traf sich in einem Bootshaus am Flussufer, das von außen nach nichts aussah, aber innen war es der Kunst des Auspeitschens gewidmet. Es gab alles, was man in einer Privatwohnung nur schwer unterbringen kann: Spreizstangengestelle, Kreuze, Folterbänke, eben alles.«

Ich hole tief Luft. Eine Folterkammer? Mein Gott, sollte man das nicht unterbinden anstatt es zu fördern? Weiß Amnesty International davon?

Dominic sieht meinen Gesichtsausdruck. »Klingt schlimm, ich weiß. Aber alles geschieht in gegenseitigem Einverständnis. Absolut nichts passiert, ohne dass es der Ausgepeitschte nicht genauso will. Meine erste Erfahrung war atemberaubend. Ich sah, wie ein Mann eine Frau peitschte, sie richtig kraftvoll auspeitschte.« Sein Blick wandert in die Ferne, und ich weiß, dass er das Bild von damals jetzt vor seinem inneren Auge sieht. »Sie war mit Händen und Füßen an ein Andreaskreuz gekettet – du weißt schon, ein Kreuz wie ein X –, und er verwendete verschiedene Instrumente, fing ganz sacht mit weichem Pferdehaar an und endete mit einem echt heftigen Teil, das man die neunschwänzige Katze nennt – nur dass seine ungefähr zwanzig Schwänze hatte –, und da war die Frau schon sichtlich am Ende. Es war unglaublich.«

Ich kann es förmlich vor mir sehen: eine Frau, die vor Qual schreit, ihr Rücken ein Chaos aus Striemen und Blut, ein Mann im Machtrausch, der mit all seiner Kraft zuschlägt. Und das soll schön sein?

»Und wann hatten sie Sex?«, frage ich zögernd.

Dominic schaut erstaunt. »Sex?«

»Es gibt doch auch Sex oder nicht? Kapiere ich hier etwas nicht? Wann genau haben sie miteinander geschlafen?«

»Die Regeln des Clubs verbieten Geschlechtsverkehr oder Penetration, außer die Mitglieder sind allein und sind zudem als Teil des Spieles damit einverstanden. Aber viele Menschen ziehen ihr sexuelles Vergnügen nicht aus dem, was du unter Sex verstehst. Sex ist Auspeitschen, Auspeitschen ist Sex. Oder auch nicht. Das kommt darauf an. Die Beziehung und der Machtaustausch zwischen den Teilnehmenden reicht oft aus, um ihnen die Befriedigung zu verschaffen, nach der sie sich sehnen.«

Ich starre ihn an. Er hat recht: Manches von dem, was er mir erzählt hat, hätte ich mir nie und nimmer so vorgestellt. »Dann bist du also Mitglied in diesem Club geworden?«

Dominic nickt. »Vanessa war begeistert. Genau danach hatte sie immer gesucht. Sie hatte ihre Familie gefunden. *Das*

Asyl ist ein Ableger des Clubs, aber noch etwas ausgefeilter, weil dort mehr als nur simples Dominieren ermöglicht wird.«

»Es gibt noch mehr?«, frage ich matt.

Dominic lacht. »O ja, Beth, noch sehr viel mehr. Aber lass uns nicht vom Thema abkommen. Ich will dir erklären, warum ich nicht der Mann sein kann, den du in meiner Wohnung gesehen hast.«

»Warum nicht?«

Er schaut mir in die Augen. »Aus einem einfachen Grund: Als ich damals das Auspeitschen sah, wusste ich mit absoluter Sicherheit, dass ich nicht an ein Kreuz gefesselt sein wollte, ich wollte nicht das Brennen der brutalen Peitsche spüren.« Er schweigt kurz und fährt fort: »Ich will der Mann mit der Peitsche sein. Ich will es nicht empfangen. Ich will es austeilen.«

Ich weiß nicht, was ich sagen soll. Ich starre ihn nur aus großen Augen an.

Dominic seufzt, wirkt plötzlich traurig und besiegt. »Ach, Beth, ich wollte dir nicht auf diese Weise davon erzählen. Du bekommst einen völlig falschen Eindruck.«

Ich kann ihm kaum zuhören, so sehr wirbeln die Gedanken in meinem Kopf. »Das hast du also gemeint, als du sagtest, dass deine Bedürfnisse und die von Vanessa nicht kompatibel sind.«

Er nickt, bedächtig. »Ich fürchte ja. Zwei dominante Persönlichkeiten in einer Beziehung, das funktioniert nicht – nicht, wenn es ein großer Teil der sexuellen Dynamik ist. Aber wir liebten uns auch nicht mehr. Unsere Liebesbeziehung hatte ihr natürliches Ende gefunden, und wir wurden zu dem, was wir eigentlich sein sollten – zu Freunden. Unsere gemeinsame Erkundung der Szene band uns eng aneinander.«

»Mit Handschellen, wie es scheint«, platze ich heraus und bin gekränkt, als er anfängt zu lachen. »Das sollte kein Witz sein. All das ist mir sehr, sehr fremd.« Ich lehne mich vor, schaue ihn fest an. Ich hätte wissen müssen, dass ein Mann, der so hinreißend aussieht, nicht einfach sein kann. »Du willst mir also sagen, dass du Frauen schlagen und peitschen musst.«

Er nimmt noch einen Schluck. Mache ich ihn nervös?

»Es ist sonderbar für mich, Beth, weil du so gar nichts über diese Welt weißt, und Dinge, die ganz normal für mich sind, klingen in deinen Ohren bizarr. Ob du es glaubst oder nicht, es gibt viele Frauen, denen es ungeheuer gefällt, unterwürfig zu sein. Und ich genieße es sehr, sie zu kontrollieren.«

Ich weiß nicht, was ich sagen soll. Ich versuche mir vorzustellen, wie dieser Mann – der nach außen hin so normal, so elegant, so kultiviert erscheint – eine Peitsche über den Rücken einer ihm hilflos ausgelieferten Frau niedersausen lässt. Eine Mischung aus Wut und Trauer erfüllt mich, aber ich verstehe eigentlich gar nicht, woher diese Gefühle auf einmal kommen. Noch bevor ich bewusst entscheiden kann, was ich jetzt tun soll, bin ich schon auf den Beinen, schiebe meinen Stuhl mit einem schrillen Quietschen über den Steinboden. »Jetzt verstehe ich, warum du es beenden willst«, sage ich mit zitternder Stimme. »Vermutlich hat dir die letzte Nacht nicht gereicht. Für mich war sie wunderbar, aber vermutlich ist es für dich öde, wenn du mich dabei nicht zu Brei schlagen kannst. Tja, danke, dass du mich das hast wissen lassen.«

Sein Blick zeugt davon, wie verletzt er ist. »Beth, nein, so ist es nicht.«

Ich unterbreche ihn. »Nein, ich verstehe schon. Ich denke, ich sollte jetzt gehen.« Ich drehe mich um und eile zur Tür. Er springt auf, ruft meinen Namen, aber ich weiß, dass er mir nicht folgen kann, solange er die Rechnung nicht bezahlt hat, also stürme ich aus dem Lokal und winke einem vorbeifahrenden Taxi.

»Randolph Gardens, bitte«, sage ich atemlos zum Fahrer, während ich auf den Rücksitz gleite. Auf dem ganzen Weg nach Mayfair zittere ich, als sei die Temperatur auf den Gefrierpunkt gefallen.

10. Kapitel

James fällt sofort auf, wie verändert ich bin, als ich am nächsten Tag zur Arbeit komme.

»Alles in Ordnung?«, fragt er und schaut mich über den Rand seiner Brille an. »Sie scheinen mir nicht so munter wie gestern.«

Ich versuche zu lächeln. »Es geht mir gut. Wirklich.«

»Aha, Probleme mit dem Freund, wenn ich mich nicht sehr irre. Keine Sorge, meine Liebe. Ich habe das alles schon erlebt. Ich kann Ihnen gar nicht sagen, wie sehr es mich freut, dass Erlend und ich ein betuliches, altes Paar sind und die Kümmernisse des Liebeswerbens hinter uns liegen. Was an Aufregung fehlt, wird durch Ruhe wettgemacht.« Er schaut mich mitfühlend an. »Aber das heißt nicht, dass ich vergessen hätte, wie groß der Schmerz sein kann. Ich werde keine Fragen stellen – ich werde Sie einfach ablenken.«

Ich bin mir nicht sicher, wie James mich die Offenbarungen von gestern Abend vergessen lassen könnte. Seitdem kann ich an nichts anderes mehr denken. Ich lag im Bett, die Augen weit offen, an Schlaf war nicht zu denken. Und ich stellte mir Dominic mit allen möglichen Gerätschaften vor, wie er teuflisch lacht, während er sie auf den Rücken einer Frau sausen lässt.

Ein Mann, der gern Frauen schlägt. Wie kann er nur so sein? Ich verstehe das nicht. Ich verstehe noch nicht einmal, was ich daran verstehen will.

Ich versuche, mir das auszureden, aber Fakt ist, dass ich meine Gefühle für Dominic nicht ausschalten kann. Ich sehne mich immer noch in jeder Hinsicht nach ihm, jede Faser meines Körpers erinnert sich an den unglaublichen Sex, den wir miteinander hatten, an das Gefühl, das uns verband. Den ganzen Tag über muss ich an Dominic denken, obwohl James sein Bestes versucht, mich beschäftigt zu halten, indem er mich die Fahnen für den Katalog seiner nächsten Ausstellung Korrektur lesen lässt. Dominic meldet sich nicht, und während die Stunden quälend langsam verstreichen, drückt mich immer mehr der deprimierende Gedanke nieder, dass ich ihn vielleicht niemals wiedersehen werde.

Nachdem die Galerie schließt, mache ich mich auf den Heimweg und kehre nur kurz ein, um einige Lebensmittel zu kaufen. Ich versuche mir einzureden, dass ich die Wohnung gegenüber nicht beobachte, dass ich nicht hoffe, dort irgendein Lebenszeichen zu entdecken. Ich sehne mich danach, Dominic zu sehen, wie sich ein Süchtiger nach einem Schuss sehnt. Ich fürchte sogar, falls ich ihn nicht sehen sollte, werde ich einfach hinübergehen.

Um acht Uhr liegt seine Wohnung immer noch im Dunkeln. Ich bin völlig durch den Wind, laufe auf und ab, greife nach dem Handy, um ihm eine SMS zu schicken, kann mich aber gerade noch zurückhalten, und die ganze Zeit stelle ich mir vor, wo er gerade sein könnte und was er gerade macht. Ich bin ganz kurz davor, ins *Asyl* zu gehen in der Hoffnung, ihn dort zu finden, als es an der Wohnungstür klopft.

Ich erstarre. Dominic. Es muss Dominic sein. Außer, es wäre der Portier …

Zögernd öffne ich die Tür. Mein Herz schlägt wie wild. Da steht er, stützt sich mit einem Arm am Türrahmen ab und sieht zum ersten Mal, seit ich ihn kenne, furchtbar aus. Dunkle Stoppeln verschatten sein Kinn, seine Augen sind gerötet, und er hat Augenringe, die ihn müde aussehen lassen. Es wirkt, als hätte er kaum geschlafen. Er scheint auch schlampig gekleidet, in zerknitterten Jeans und einem grauen T-Shirt. Er starrt auf den Boden, hebt aber den Blick, als ich hinter der Tür auftauche.

»Hallo«, sagt er leise. »Es tut mir leid. Wahrscheinlich bin ich der Letzte, den du gerade sehen willst, aber ich musste einfach mit dir reden.«

»Nein.« Ich lächele schwach. »Ich freue mich, dich zu sehen. Ich habe dich vermisst.«

Er schaut traurig und müde aus. »Aber so, wie du gestern Abend weggelaufen bist ... du warst sichtlich entsetzt. Geschockt. Angeekelt.« Er fährt sich mit den Fingern durch die dunklen Haare, bis sie ihm nach allen Seiten abstehen. Was ihn absurderweise sexy aussehen lässt. Ich glaubte immer, den eleganten, makellosen Dominic zu mögen, aber vielleicht mag ich den nachlässigen noch viel mehr. Seine schwarzen Augen schauen flehentlich. »Ich habe das gestern alles völlig falsch formuliert, Beth. Ich hätte es dir nicht auf diese Weise sagen sollen. Du hast jetzt eine ganz falsche Vorstellung.«

Mein Mund ist wie ausgetrocknet. Ich schlucke schwer. »Und wie sieht die richtige Vorstellung aus?«

»Du denkst jetzt, es würde mir gefallen, Frauen zu schlagen. Aber so ist es nicht, ehrlich nicht. Darf ich es dir erklären? Bitte?«

Ich starre ihn einen langen Augenblick an. Zweifellos könnte ich ihm jetzt eine Abfuhr erteilen, aber ich bin so überwältigt davon, ihn wieder in meiner Nähe zu haben, dass ich nur mit halbem Tempo denken kann. »Aber ja. Komm herein.«

Ich trete zurück in den dunklen Flur, und er betritt die Wohnung. Mehr braucht es nicht. Kaum steht er vor mir, atme ich seinen herrlichen Duft ein: süß, zitronig, moschusartig und absolut unwiderstehlich. Jetzt, wo er mir wieder so nahe ist, verflüssigt sich mein Inneres, meine Knie werden weich, und ich starre mit leicht geöffnetem Mund seine Lippen an, überwältigt vom Rausch des Verlangens.

»Beth«, sagt er heiser, und dann presst sich sein Mund auf meinen, und wir küssen uns leidenschaftlich, als ob wir nicht genug voneinander kriegen können. Es ist ein himmlisches Gefühl, als ob mich ein samtweicher Wirbelsturm von den Beinen reißt – kraftvoll, packend, mitreißend und gleichzeitig sanft und dunkel. Sein Geschmack und die Wucht seines Begehrens wecken eine Lust in mir, die ich nie zuvor erlebt habe. Ich will ihn so sehr. In dem Moment, in dem seine Zunge meine berührt, bin ich sofort bereit: heiß, feucht und voll Verlangen. An der Härte in seinen Lenden spüre ich, dass auch er bereit ist. Es ist, als sei keiner von uns beiden in der Lage, sich zu kontrollieren. Wir folgen einem machtvollen Instinkt, werden von der Kraft unseres gegenseitigen Verlangens getrieben.

Seine Hände gleiten unter mein Top, heben es an, ziehen es mir über den Kopf, und ich stehe im BH vor ihm. Er lässt den Kopf auf meine Brust sinken und bedeckt meine Brüste, die sich ihm, noch von Stoff gehalten, entgegendrängen, mit heißen Küssen. Meine Brustwarzen sind sofort hart und gespannt, und die Berührung seiner Zunge sendet Lustströme in meine Lenden. Gleich darauf ist er wieder auf meinem Mund. Ich erwidere seinen Kuss hungrig, da ich es nicht ertrage, ihn auch nur einen Moment nicht zu schmecken. Ich hebe sein T-Shirt an. Er übernimmt und zieht es sich in einer fließenden Bewegung über den Kopf. Dann pressen sich unsere Oberkörper aneinander, Fleisch auf Fleisch, ein ungeheuer intensives Vergnügen.

Seine Lippen und seine Zunge sind wie Feuer auf meinem Mund, er beißt mir zart in die Lippen, saugt an meiner Zunge. Seine Leidenschaft ist heftiger als zuvor, und mein Begehren entspricht dem seinen. Ich fahre mit meinen Fingernägeln über seinen breiten, muskulösen Rücken, und er stöhnt in meinem Mund. Dann greife ich nach den Knöpfen an seiner Jeans und öffne sie zügig. Die Hitze seiner Erektion strahlt mich an, und ich spüre seinen großartigen Penis unter der weichen Baumwolle seiner Boxershorts. Ich gleite mit meiner Hand in den Eingriff, und sein Schaft ist heiß und hart und gleichzeitig samtig weich. Ich reibe mit der Hand darüber, bewege die Haut sanft mit meiner Handfläche, und er stöhnt erneut. Seine Hand ist damit beschäftigt, meinen Rock zu öffnen, der eine Sekunde später zu Boden fällt. Da tauchen seine Finger auch schon in meinen Slip, greifen nach meinem heißen, feuchten Geschlecht. Während er meine geschwollenen Schamlippen streichelt und seine Finger in mein dunkles Herz presst, stöhne ich ebenfalls und stoße meine Zunge hingerissen in seinen Mund. Seine Finger gleiten zu meiner Knospe, und während er über die Perle reibt, sie unter seinen Fingerspitzen dreht, reagiert sie mit einer Intensität, die mich schaudern lässt. Mein Griff um seinen gewaltigen Penis wird fester. Wir erregen uns gegenseitig zu immer wilderem Verlangen. Er streicht mit seinen Fingern durch meine Feuchtigkeit zur Pforte und gleitet erst mit einem, dann mit zwei Fingern in mich hinein. Ich werfe den Kopf in den Nacken und stöhne laut vor Verzückung. Er dringt immer und immer wieder mit seinen Fingern in mich ein, stößt sie tief in mich.

»Seit wir miteinander gevögelt haben, habe ich an nichts anderes mehr denken können«, sagt er heiser. »Alles, was ich will, ist dich zu spüren, dich zu schmecken. Ich muss dich haben.«

Als Antwort darauf zerre ich seine Jeans nach unten. Er muss seine Hand aus meinem Slip nehmen, damit ich Jeans und Boxershorts über seine starken Oberschenkel und Waden ziehen kann. Als ich am Boden ankomme, knie ich mich vor ihn. Ich presse mein Gesicht gegen seinen Schritt, sein

Schwanz hart an meiner Wange, während ich den köstlichen, angenehmen Duft seines Schamhaares einatme. Ich spüre seine Finger auf meinem Kopf, wie er meine Haare streichelt, einzelne Strähnen sanft um seine Finger wickelt. Sein Penis ist unglaublich, und ich will ihn ebenso verwöhnen, wie er hoffentlich bald mich verwöhnen wird. Ich fahre mit den Lippen an seiner Erektion entlang, bewundere die süße Weichheit der Haut und die eiserne Härte darunter. Als ich zur Eichel komme, umfasse ich sie mit einer Hand, während die andere die kräftigen Hoden darunter umschließt und sanft streichelt. Ich höre, wie sein Atem immer abgehackter wird, als ich sie mit dem Zeigefinger liebkose und dann in einer raschen Bewegung seine Penisspitze in den Mund nehme, daran sauge und lecke, wissend, dass es ihm höchste Befriedigung verschafft. Seine Lust erregt mich noch mehr, und ich bin nicht sicher, wie lange ich das aushalten kann, als er sich plötzlich befreit und heiser sagt: »Wenn du so weitermachst, komme ich.«

Gleich darauf ist er neben mir auf dem Boden, und dann liegt sein Mund wieder auf meinem. Er küsst mich tief und fest, drückt mich sanft nach hinten, bis ich mich auf dem kalten Marmorboden ausstrecke. Der Kontrast zwischen unseren heißen Körpern und dem kalten Marmor ist stimulierend. Ich winde mich und seufze. Da spüre ich auch schon, wie er sich an mich drängt, meine Schenkel auseinanderdrückt und mich einen Moment lang ansieht. »Beth«, sagt er, und gleich darauf gleitet er in mich, füllt mich an mit diesen lustvollen, lasziven Empfindungen. Ich wickele meine Beine um seinen Rücken, damit er so tief wie möglich in mich eindringen kann. Ich will ihn – nein, ich brauche ihn tief in meinem innersten Kern, damit er mich zu dem rasenden Höhepunkt treiben kann, nach dem ich so hungere.

Es ist wilde, stürmische Leidenschaft. Er presst seine Hüften auf meine, zieht sich zurück und stößt gleich darauf wieder zu. Schon jetzt ziehen sich die Muskeln in meinem Inneren lustvoll zusammen. Aber ich will noch nicht kommen. Unsere Zungen treffen sich, trennen sich, treffen sich wieder im Gleichklang zu seinen Stößen.

Dann plötzlich packt Dominic meine Handgelenke mit einer Hand und drückt sie über meinem Kopf nach unten. Er hält mich fest. Eine völlig neue Welle der Erregung durchläuft mich. So fühlt es sich also an, dominiert zu werden. Unter seinem Körper eingeschlossen zu sein, während er die Kontrolle übernimmt, ist ein unglaubliches, gefährlich wildes Gefühl.

»Ja, meine Schöne, ja«, stößt er zwischen zusammengebissenen Zähnen hervor. Sein Blick bohrt sich brennend in mich. »Komm, komm für mich.«

Seine Worte erregen mich noch mehr. Es ist, als ob er Besitz von meinem Höhepunkt ergriffen hat, und selbst im Griff dieses glühenden, erotischen Moments frage ich mich, ob es sich so anfühlt, wenn man sich Dominic unterwirft. Falls ja, dann ist es vielleicht doch aufregender als ich dachte. Mit jedem weiteren Stoß streift sein Schambein über meine Klitoris, dringt er tiefer in mich ein. Ich spüre, wie die Wellen kommen, diese Brandung aus purem Genuss, die in meinen Lenden ihren Ausgang nimmt und dann in meinen Bauch ausstrahlt. Jede Welle hebt mich höher, immer höher, bis zum Gipfel, und die Intensität dieses Gefühls wird immer unerträglicher. Und dann, als ich es nicht mehr länger aushalten kann, spüre ich, wie ich den Höhepunkt erreicht habe. Es ist wie eine Explosion und dann das Eintauchen in einen Ozean der Lust. Ich schreie laut auf, aber es gibt keine Worte, und während ich mit einem Schaudern ganz steif werde, spüre ich, wie er seinen Penis weiter in mich treibt, in mehreren kurzen, heftigen Stößen, und wie er dann, mit einem Stöhnen, ebenfalls kommt, in langen, intensiven Wellen, bis schließlich alles vorbei ist.

Wir bleiben einige Augenblicke benommen liegen, keuchen und erholen uns. Dominic ist immer noch in mir. Ich lächele glücklich, fahre mit den Händen über seinen Rücken. Er sieht mich an, und ein kleines, fast erstauntes Lächeln umspielt seine Lippen. »Du bist ... sehr, sehr hinreißend«, sagt er.

Nach einer Weile zieht er sich aus mir zurück, und ich merke, dass er die Stirn runzelt.

»Was ist?«, frage ich und spüre, wie die Feuchtigkeit seines Ergusses über meinen Schenkel rinnt.

»Ich habe kein Kondom benutzt.«

»Tja ... na ja, ich nehme die Pille«, sage ich. »Ich nehme sie schon seit Jahren und habe nicht damit aufgehört, als Adam und ich uns trennten. Aber ...«

Er nickt. »Ich weiß. Safer Sex. Das ist wichtig. Ich hätte mich nicht einfach so mitreißen lassen dürfen.« Er schaut ernst. »Hör zu, ich lasse mich regelmäßig beim Arzt untersuchen. Ich bin gesund, du musst dir also meinetwegen keine Sorgen machen.«

Ich will ihm versichern, dass es bei mir auch so ist, aber da wird mir plötzlich klar, dass Adam ja heimlich eine andere fickte und ich keine Ahnung habe, wie viele Partner sie hatte oder ob er und sie ein Kondom benutzten. Tränen schießen mir in die Augen.

»Was ist, Süße?«, fragt Dominic liebevoll und streichelt meine Haare. Als ich es ihm mit erstickter Stimme erzähle, meint er: »Ich denke nicht, dass du dir Sorgen machen musst, aber wenn es dich beruhigt, dann kannst du dich von meinem Hausarzt durchchecken lassen. Seine Praxis liegt in der Nähe der Harley Street, und er ist wirklich gut. Ich mache einen Termin für dich aus, wenn du willst. Er hat eine Gemeinschaftspraxis mit einer Ärztin, falls dir eine Frau lieber ist. Nur, wenn es dich glücklich macht und dich beruhigt.«

Seine Fürsorge rührt mich, und ich küsse seine Wange. »Danke. Ja, vielleicht sollte ich das tun. Dann kann ich Adam und alles, was mit ihm zu tun hat, endgültig abhaken.«

»Gut.« Er küsst mich zart auf die Lippen. »Wie wäre es, wenn wir jetzt aufstehen? Der Boden kommt mir plötzlich kalt und hart vor.«

Wir duschen nacheinander, und als Dominic aus dem Bad kommt, wieder in T-Shirt und Jeans, wartet im Wohnzimmer schon ein Glas Wein auf ihn. Ich habe es mir in Celias seidenem Morgenmantel auf dem Sofa bequem gemacht, ebenfalls mit einem Glas in der Hand.

»Das hatte ich so nicht geplant, als ich zu dir ging.« Dominic lächelt und setzt sich mir gegenüber. »Oder vielleicht doch, ich weiß es nicht ...«

Ich erwidere sein Lächeln. »Mir war den ganzen Tag elend zumute.«

»Mir auch.« Sein Blick wird wieder ernst. »Aber es gibt immer noch einiges, über das wir reden müssen.«

»Ich weiß.« Ich seufze. »Das ist nicht leicht für mich, Dominic. Ich verstehe nicht so recht, warum dir das, war wir gerade gemeinsam erlebt haben, nicht ausreicht. Und offenbar ist es ja so: Du willst mehr. Du willst diese fremde, andere Welt, in die Vanessa dich eingeführt hat.«

Er nickt bedächtig. »Ich kann es nicht richtig erklären, Beth. Außer vielleicht, dass es ein bisschen so ist, als ob man Drogen nimmt. Sobald man einmal daran gewöhnt ist, seinen Kick auf diese Weise zu bekommen, fällt es schwer, davon wieder loszukommen. Was wir im Augenblick miteinander haben, ist unglaublich, einfach unglaublich. Das lässt sich nicht leugnen.« Ein Anflug von Trauer huscht über sein Gesicht. »Aber ich weiß, wie es weitergehen wird. Nach einer Weile werde ich damit nicht mehr zufrieden sein, nicht auf diese Weise. Ich werde ein wenig mehr wollen, möchte näher heran an diese gefährliche Klippe, will wieder den Nervenkitzel der Kontrolle erleben.« Er schaut mir direkt in die Augen, sein Blick ist durchdringend. »Und du willst dich nicht kontrollieren lassen.«

»Das weißt du doch gar nicht«, widerspreche ich. »Vielleicht *möchte* ich mich ja beherrschen lassen.«

Er schüttelt den Kopf. »Nein. Die meisten Subs wissen um diesen Drang schon seit früher Jugend, er entwickelt sich zusammen mit ihrer Sexualität. Weißt du, es geht nicht darum, dass ich Frauen schlagen will, eigentlich möchte ich nur die Kontrolle über einen unterwürfigen Menschen ausüben, der sich meine Züchtigung wünscht. Und weil ich heterosexuell bin, ziehe ich mein Vergnügen daraus, das mit Frauen zu erleben. Es geht nicht darum, jemand zu missbrauchen. Alles geschieht in beiderseitigem Einverständnis und mit festen Grenzen und ist absolut sicher. Aber das willst du eigentlich nicht. Wenn du den Wunsch hättest, dich peitschen oder schlagen oder bestrafen zu lassen, dann wüsstest du das mittlerweile.«

Ich halte seinem Blick stand. »Du wusstest es nicht.«

Er wirkt überrascht. »Wie meinst du das?«

»Du hast mir erzählt, dass dir dieses Verlangen nicht bewusst war, bevor dir Vanessa zeigte, was sie sich von dir wünscht. Du wusstest nicht einmal, dass du dominant sein willst, bevor du das Auspeitschen gesehen hast.«

Es tritt eine lange Pause ein, während Dominic darüber nachdenkt. Mit einer Hand reibt er geistesabwesend über die Armlehne des Sessels. Dann sagt er schließlich: »Du hast recht, das war mir so gar nicht klar. Ich weiß nur nicht, ob es für Subs genauso ist, das ist alles.«

»Warum können wir nicht einfach weiter zusammen sein und abwarten, was passiert?«, frage ich, beinahe schon verzweifelt. »Vielleicht stellen sich dieses Mal diese Wünsche bei dir nicht ein.«

»Das kann ich dir nicht versprechen, Beth, und in Wahrheit sieht es nun einmal so aus, dass es bislang immer passiert ist. Ich möchte keine Gefühle in dir wecken und dich dann einfach sitzenlassen, weil es zwischen uns doch nicht funktioniert.«

»Dafür ist es jetzt ein wenig zu spät«, erkläre ich gefasst.

»Ich weiß, es tut mir leid.« Er zupft am Überwurf des Sessels, kann mir nicht in die Augen schauen.

Ich starre seinen groß gewachsenen, wunderschönen Körper an, der eigentlich zu groß für Celias fragilen Sessel ist, und frage mich, wie es so weit hatte kommen können. »Du meinst also, selbst nach dem, was gerade war, dass es vorbei ist, dass das mit uns keine Zukunft haben kann?«

Dominic sieht zu mir auf. In seinem Blick liegt Traurigkeit. »Ich fürchte, ja.«

Ich bin am Boden zerstört. »Dann war das jetzt unser Abschiedsfick?« Es klingt zynischer, als ich es beabsichtigt hatte.

»Du weißt, dass es so nicht war«, meint er leise.

Ich bin ebenso wütend wie traurig. »Ich verstehe einfach nicht, wie du zu mir sagen kannst, dass du mich willst, dass du an nichts anderes als an mich denken kannst, dass du einen solchen Orgasmus haben kannst, wie du ihn eben hattest – und mich dann einfach sitzenlässt.«

Er schließt kurz die Augen. Als er sie wieder öffnet, wirkt er noch trauriger als vorhin, bevor wir uns liebten. Langsam steht er auf. »Weißt du was? Ich verstehe es auch nicht. Aber so ist es am besten, Beth. Glaube mir.«

Er tritt auf mich zu, beugt sich nach unten und küsst mich

auf die Lippen. Seine Nähe ist berauschend, aber ich schließe die Augen, versuche, ihn auszublenden.

»Beth.« Seine Stimme ist kaum mehr als ein leises Murmeln. »Nichts wäre mir lieber, als dir meine dunkelste Seite zu offenbaren. Ich möchte dir auch noch den letzten Funken meines Verlangens für dich zeigen, und ich möchte, dass du ganz und gar mein bist. Aber von diesem Ort gibt es kein Zurück, Beth, und ich ertrage den Gedanken nicht, dich dorthin zu führen und dich dort zu verlieren.« Einen Herzschlag lang schweigt er, dann flüstert er: »Es tut mir leid.«

Ich halte die Augen geschlossen, aber ich weiß, dass er sich aufrichtet, und seine Schritte sagen mir, dass er den Raum verlässt. Dann höre ich, wie sich die Wohnungstür hinter ihm schließt, und es fühlt sich an, als ob in diesem Moment mein Herz tatsächlich bricht.

11. Kapitel

»Nein, Mum, es geht mir gut, ehrlich.« Ich schneide eine Grimasse in Richtung James, der mir eine Tasse Kaffee auf den Schreibtisch stellt, und bedeute ihm, dass es nicht lange dauern wird. Er macht eine ›Nehmen Sie sich so viel Zeit, wie Sie brauchen‹-Geste und entfernt sich diskret, damit ich ungezwungen reden kann.

»Bist du sicher, Kleines?« Meine Mutter klingt besorgt. »Ich mache mir Sorgen um dich, so ganz allein in dieser großen Stadt.«

»Es geht mir wirklich gut. Und ich bin gerade bei der Arbeit, darum kann ich jetzt nicht reden ...«

»Versprich mir, dass du mich nachher anrufst? Wenn du mich brauchst, kann ich jederzeit in den Zug steigen!«

»Dazu besteht gar keine Veranlassung. Ich rufe dich bald an, versprochen. Jetzt muss ich aber auflegen.«

»Also schön. Pass auf dich auf. Ich hab dich lieb!«

»Ich dich auch, Mum.« Ich lege den Hörer auf, fühle mich durch das Gespräch mit meiner Mutter getröstet. Obwohl ich ihr die Sache mit Dominic nicht erzählt habe, hörten ihre scharfen, mütterlichen Antennen sofort die Schwermut aus meiner Stimme heraus. Vor ihr kann ich nichts verbergen.

James kehrt zurück, um zu sehen, wie ich mit der Fahnenkorrektur des Katalogs vorankomme. Ich zeige ihm, dass ich so gut wie fertig bin.

»Gut«, lobt er. »Sie haben ein zuverlässiges Auge für Details, Beth. Mir fällt ein Stein vom Herzen, das kann ich Ihnen versichern. Ich selbst bin darin nicht gut. Manchmal bitte ich Erlend, für mich Korrektur zu lesen, aber sein Schriftenglisch ist nicht perfekt, und er macht hin und wieder alles nur noch schlimmer, indem er Fehler einbaut, anstatt sie zu korrigieren.« Er schüttelt lachend den Kopf. »Wir sind ein knorriges, altes Paar. Also, sobald Sie das Korrekturlesen beendet haben, müssen wir uns um einige Dinge kümmern.«

Wir gehen die Aufgabenliste durch. Ich werde ihm helfen, die nächste private Galeriebesichtigung zu organisieren, die in zwei Wochen stattfinden wird. Außerdem soll ich das Abhängen der derzeitigen Exponate und die Hängung der nächsten Exponate vorbereiten. Das alles wird mir eine Menge zu tun geben, und James kann sich in der Zeit um seine Kunden kümmern, denn das ist seine starke Seite. Ich habe ihn bereits dabei beobachtet. Er trat an einen Kunden heran, der rein zufällig von der Straße hereingekommen war, und unterhielt sich mit ihm über die Kunst an den Wänden. Anfangs war der Kunde misstrauisch, fürchtete, man wolle ihm etwas aufschwatzen, aber nach einer Weile entspannte er sich unter der sanften Anleitung durch James. Und schließlich fand er ein Bild, das ihm sehr gefiel, und der Kauf war perfekt.

Ich war sehr beeindruckt. Es kann nicht einfach sein, jemand dazu zu bringen, 5000 Pfund auszugeben.

»In diesen finanziell schwierigen Zeiten verstehen die Menschen Kunst als Investition«, erklärte James. »Ich nehme mir die Zeit, ihnen zu erklären, dass der Künstler seinen Wert behalten und wahrscheinlich sogar noch eine Wertsteigerung erfahren wird. Das ist im Moment die größte Sorge der Kunden – aber natürlich müssen sie das Kunstwerk auch lieben. Es ist eine Investition, die gleichzeitig sehr viel Freude bereiten kann.«

Jetzt sieht er mich mit diesem weisen Blick an, den er hat, wenn er über den Rand seiner Brille schaut. Er erinnert mich an eine Eule aus einem Kinderbuch. »Sie scheinen heute nicht Sie selbst zu sein. Ist alles in Ordnung?«

»Ja, alles bestens«, antworte ich automatisch, aber der Trübsinn in meiner Stimme verrät die Lüge.

»Also schön. Es klingt, als müssten wir einen Plausch halten. Im Laden ist es ruhig, die Fahnenkorrektur ist so gut wie erledigt.« Er zieht einen Stuhl heran und setzt sich mir gegenüber, die Ellbogen auf dem Schreibtisch und das Kinn auf den Händen. »Also. Schießen Sie los.«

Ich schaue ihn an. Ich kann kaum glauben, dass ich ihn erst seit wenigen Tagen kenne. Wir verstehen uns so gut, und es ist unglaublich einfach, sich mit ihm zu unterhalten. Er ist einer der Menschen, die man durch absolut gar nichts schockieren kann. Ich habe das Gefühl, dass James jede Menge Lebenserfahrung besitzt, was ihn, zusammen mit seiner freundlichen Art, zum perfekten Kummerkastenkandidaten macht. Außerdem ist er wirklich persönlich an mir interessiert. Ob ich ihm die Wahrheit anvertrauen kann?

Als ob er meine Gedanken lesen kann, sagt er: »Sie können mir alles sagen.«

»Tja ...« Ich hole tief Luft, und dann sprudelt es aus mir heraus, von Anfang an, von der Nacht, als ich Dominic in seiner Wohnung sah, bis zu gestern Abend und zu Dominics brutaler, entschiedener Weigerung, unserer Beziehung eine Chance zu geben. Es ist eine Erleichterung, alles loszuwerden, und als ich fertig bin, wirkt James ziemlich nachdenklich.

»Beth«, fängt er an und schüttelt den Kopf. »Ich will gern zugeben, dass das nicht die üblichen Feld-, Wald- und Wiesen-Probleme mit einem Freund sind. Es ist eine wirklich schwierige Geschichte.«

»Ich weiß nicht, was ich tun soll«, jammere ich niedergeschlagen. »Ich kann ihn nicht zwingen, mit mir zusammen zu sein, wenn er das nicht will.«

»Oh, das ist *nicht* Ihr Problem, Schätzchen. Er will definitiv mit Ihnen zusammen sein«, erklärt James.

»Glauben Sie?« Ich klinge so eifrig, so hoffnungsvoll.

»Natürlich. Er ist eindeutig verrückt nach Ihnen, aber er will auch das Richtige tun. Er bringt für Sie ein großes Opfer.«

»Aber das muss er doch gar nicht!«, protestiere ich. »Ich will nicht, dass er das tut.«

»Nein, natürlich nicht. Sie sind offensichtlich ebenfalls verrückt nach ihm, und wenn man im Griff einer so starken Emotion steckt, dann würde man alles tun. Er sieht die Probleme, die auf Sie beide zukommen könnten, und er will Sie dem nicht aussetzen, Sie dagegen sind bereit, später zu leiden, wenn Sie nur jetzt die Freuden auskosten können.«

Ich denke einen Augenblick darüber nach, starre auf das helle Holz des Schreibtisches und den Haufen bunt illustrierter Katalogfahnen, dann sage ich leise: »Und was, wenn ich jetzt schon leiden würde?«

James schaut mich fragend an. »Wie meinen Sie das?«

»Dominic hat sein Bedürfnis nach Kontrolle als eine Art Sucht beschrieben, wie eine Drogensucht. Vielleicht kann ich mit ihm in diese Welt eintauchen, und gemeinsam finden wir eine Heilung, einen Weg, darüber hinwegzukommen.« Das klingt für meine Ohren absolut vernünftig. Ich empfinde einen Glücksrausch, als ob ich über die perfekte Lösung gestolpert wäre. Natürlich. Wenn ich mich in diese Sphäre begeben muss, um mit Dominic zusammen zu sein, dann werde ich genau das auch tun. Ich erinnere mich, wie seine Hand meine Handgelenke umfasste, während wir uns liebten, erinnere mich an seinen Befehl, jetzt zu kommen, der mich in den Orgasmus katapultierte, und ein köstlicher Schauder überläuft mich. Vielleicht wird diese Entdeckungsreise ja unerwartete, verborgene Freuden enthüllen.

»Das ist eine ernste Sache, Beth.« James hebt besorgt eine Augenbraue. »Dominic hat deutlich gemacht, dass Sie in diesem Teil seines Lebens nicht erwünscht sind. Vielleicht ist das ein Aspekt seines Charakters, den er tief im Innern nicht mag oder nicht mit Ihnen teilen will.«

»Wenn er das nicht mit mir teilt, können wir niemals eine Beziehung haben«, erkläre ich fest. »Aber genau das wünsche ich mir mit aller Kraft. Außerdem ...« Ich spüre, wie ich rot anlaufe, weil ich gleich etwas sagen werde, von dem ich nie gedacht hätte, dass ich es einmal laut aussprechen würde, geschweige denn vor meinem neuen Chef. »... ein Teil von mir ist neugierig. Ich möchte verstehen, warum diese Sache so viel Macht über die Menschen hat. Überhaupt bin ich seit Jahren nur halb lebendig, und ich will nicht in diese schläfrige Existenz zurückfallen.«

Jetzt hebt James beide Augenbrauen. »Also gut, dann ist es etwas anderes. Wenn Sie es ebenso sehr für sich selbst wie für ihn tun wollen ... dann verstehe ich es. Es ist weniger gefährlich. Ich wäre nur absolut dagegen, wenn Sie es ausschließlich tun, um ihn zu halten.« Er wirkt nachdenklich. »Zu dieser Szene – BDSM, wie man es nennt: Bondage, Dominanz, Sado-Masochismus – habe ich persönlich mich nie hingezogen gefühlt, viele schwule Männer dagegen schon. Es gibt Lederfetischisten, die sehr auf Fesselung und Züchtigung abfahren. Ich hatte Freunde, ein Paar, die konsequent eine Meister-und-Sklave-Beziehung lebten, wann immer sie zu Hause oder im Beisein enger Freunde waren.« James runzelt die Stirn angesichts der Erinnerung. »Ich muss sagen, mir kam das höchst kurios vor. Es hat mich nie angesprochen. Es war sogar unangenehm, sie so zu sehen – Gareth war der Meister, und Joe war der Sklave, nur dass Gareth ihn ›es‹ nannte. Joe lebte buchstäblich als Sklave, kochte, machte sauber, bediente Gareth auf jede nur denkbare Weise, kroch oft auf allen vieren herum. In ihrem Haus hatten sie eine Folterkammer, in die sie sich zurückzogen, um ihre Spielchen zu spielen – Gareth züchtigte Joe stundenlang. Zu ihrer beiderseitigen Befriedigung, wie ich hinzufügen möchte«, wirft James rasch ein. »Aber um ehrlich zu sein, mir war dieser Gedanke immer unangenehm. Da möchte der kleine Mann doch lieber fortlaufen und sich verstecken, anstatt sich zu seiner vollen Größe zu recken, wenn Sie wissen, was ich meine.«

Meine Augen sind mittlerweile ganz groß, und ich merke, wie nervös ich innerlich bin. »Glauben Sie, dass Dominic das auch will?«

»Einen Sklaven?« James schüttelt nachdenklich den Kopf. »Ich glaube nicht. Ein Sub ist nicht dasselbe wie ein Sklave, soweit ich weiß. Gareth hat mir einmal erzählt, dass Joe durch und durch Masochist sei, man nennt das auch ein Schmerzschwein.«

»Wie bitte?«

»Ich weiß, das klingt unschön. Ich denke, es bedeutet, dass er selbst für BDSM-Gepflogenheiten auf die strengste Form der Züchtigung stand, außerhalb der Bandbreite dessen, was üblicherweise als sicher gilt. Ich glaube nicht, dass Dominic das von Ihnen verlangen wird. Ich glaube sogar, der überaus gesunde Zustand Ihrer sexuellen Beziehung, bevor Sie auch nur Leder zu riechen bekamen, lässt darauf schließen, dass er alles andere als ein eingefleischter Sadist ist.«

Ich erröte erneut, aber seine Worte helfen mir ungemein. Ich begreife allmählich ein wenig mehr von dieser merkwürdigen Schattenwelt. »Ich bin dankbar für Ihre Hilfe, James«, sage ich aufrichtig.

»Gern geschehen, meine Liebe. Aber ich wüsste nicht, was ich sonst noch für Sie tun kann.«

»Eigentlich«, fange ich an, »gibt es da tatsächlich etwas. Ich weiß, es ist viel verlangt, aber …«

Er beugt sich interessiert vor. »Nur weiter, worum geht es?«

Eine Idee nimmt langsam in mir Gestalt an. Ich zögere kurz, um mich zu sammeln, dann sage ich ihm, was er für mich tun könnte.

Als ich nach Hause komme, bin ich müde. Die außergewöhnlichen Ereignisse der letzten Tage setzen mir zu. Ich fühle mich, als sei ich durch eine emotionale Achterbahn getaumelt. Ich habe von unglaublicher Ekstase bis hin zu tiefer Verzweiflung alles erlebt, und das hat mich ausgelaugt. Abendessen, ein warmes Bad und ein Plausch mit De Havilland bauen mich wieder etwas auf. Außerdem erregt mich der Gedanke an das, was ich gleich tun werde. Wenn ich daran denke, fliegen Schmetterlinge in meinem Bauch auf und ich kann kaum glauben, was ich da geplant habe, aber es ist auch aufregend.

Sauber und erfrischt nach dem Bad schlüpfe ich in den seidenen Morgenmantel, genieße den kühlen Stoff auf meiner Haut und gehe ins Wohnzimmer. Zum ersten Mal hoffe ich, dass die Wohnung gegenüber im Dunkeln liegen wird, aber natürlich tut sie das nicht. Die Rollovorhänge sind hochgezogen, die Stores zur Seite gerafft, und ich kann das sanft beleuchtete Innere von Dominics Wohnung sehen, obwohl er selbst nicht da ist. Dieser schöne Anblick bringt mich ihm sofort wieder näher. Für gewöhnlich würde ich das Licht in Celias Wohnung ausgeschaltet lassen, damit ich unsichtbar für ihn bleibe, aber nicht heute Abend. Ich gehe herum, schalte die Lampen an, bis der ganze Raum sanft glüht. Die silbernen Lackvertäfelungen erwachen im elektrischen Licht zum Leben, funkeln und glänzen wie eine Wasseroberfläche.

Dann betritt Dominic sein Wohnzimmer, wie ich es gehofft habe. Er hält ein Glas in der Hand, in dem sich etwas Bernsteinfarbenes und Starkes befindet – Whisky oder Cognac oder etwas in der Art, wie ich vermute – und er sieht aus, als komme er gerade von der Arbeit, als habe er Jackett und Krawatte auf das Bett geworfen, sei aber zu erschöpft, um sich ganz umzuziehen. Mein Herz weitet sich, als ich ihn sehe, und mich überkommt das Verlangen, ihn zu halten, diese perfekten Lippen zu küssen, sein müdes Gesicht zu streicheln und mit meinen Händen durch sein dunkles Haar zu fahren. Ich kann sogar den köstlichen Duft riechen, den seine Haut verströmt. Aber in Wirklichkeit befinden wir uns an zwei unterschiedlichen Orten. Er schaut zu Celias Wohnung und bleibt abrupt stehen, als er merkt, dass ich hier bin. Ich weiß, dass er mich deutlich sehen kann, achte aber darauf, ihn nicht direkt anzuschauen. Obwohl ich mir seiner Gegenwart intensiv bewusst bin und genau weiß, wo er steht und was er macht, tue ich so, als habe ich keine Ahnung, dass er mich beobachtet.

Wie eine Schauspielerin auf der Bühne, die ihr Publikum auch nicht wahrnimmt.

Ich schlendere durch das Wohnzimmer und arrangiere Fotos und Objekte, nehme Bücher zur Hand und blättere darin. Ich weiß, dass Dominic jetzt an sein Fenster getreten ist. Er steht mir direkt gegenüber, beobachtet mich, das Glas gegen die Brust gepresst, die andere Hand in der Tasche. Er wartet darauf, dass ich aufschaue und mit ihm kommuniziere. Aber das werde ich nicht tun.

Nicht so, wie er das erwartet.

Erst schalte ich das CD-Gerät ein, um mir Mut zu machen. Celia hat eine CD mit klassischer Gitarrenmusik eingelegt, die gleich darauf die Wohnung mit sanften Klängen erfüllt. Das mag nicht der beste Soundtrack der Welt sein, aber es wird reichen. Ich bewege mich durch das Zimmer, die Verkrampfung verschwindet aus meinen Gliedern, ich werde entspannter. Auf dem Tisch steht ein Glas Wein, das ich mir vorhin eingeschenkt habe. Ein üppiger Rotwein. Ich nehme einen Schluck, spüre die Hitze in meinem Magen und fast sofort auch den Alkohol in meinem Blut. Das wird helfen.

Dominic hat sich nicht bewegt. Er beobachtet mich immer noch. Ich sorge wie zufällig dafür, dass ich nahe am Fenster stehe, und fange an, meine Arme zu streicheln, mit den Händen über Hals und Brust und hinein in den Morgenmantel zu fahren. Meine Fingerspitzen gleiten über meine Haut, liegen kühl auf meinen Brüsten. Ich dufte dank des Badeöls nach Rosen, und meine Haut ist weich und glatt. Ich hebe meine Haare und lasse sie wieder fallen.

Ist das sinnlich?, frage ich mich. Ist das sexy?

Aber ich weiß, dass ich meine Unsicherheit vergessen und mich ganz im Augenblick verlieren muss, wenn das hier funktionieren soll. Tu es für dich selbst!

Ich schließe die Augen und vergesse, dass Dominic nur wenige Meter entfernt steht und mich sieht. Stattdessen rufe ich den Dominic in mir wach, der so gut vögeln kann. Ich stelle mir sein Gesicht vor, im Bann seines heißen Verlangens, der intensive Ausdruck, wenn er mit kräftigen Stößen in mich eindringt. Ich erinnere mich, wie ich seinen Penis im Mund hatte, an der Eichel saugte und ihn zum Stöhnen brachte. Ich erbebe erneut und spüre, wie sich in mir die Erregung ausbreitet, spüre das Prickeln der Nerven, die lebendig werden, und die Feuchtigkeit in meiner Scheide, die mich für das bereitmachen, was vor mir liegt.

Ich lasse meine Hand wieder in den Morgenmantel wandern, aber dieses Mal nehme ich eine Brust in die Hand, fahre mit dem Daumen über die Brustwarze, die bereits hoch aufgerichtet ist, die Spitze dunkelrot und pochend. Sie reagiert auf meine Berührung, schickt Stromstöße durch meine Lenden und bringt mich zum Seufzen. Ich wiederhole das Ganze bei der anderen Brust, wecke sie auf, spiele an ihr und kneife sie sanft, lasse die Erregung in meinem Bauch anwachsen.

Dann öffne ich langsam den Morgenmantel und lasse ihn über meine Schultern gleiten. Er wird jetzt nur noch vom Gürtel gehalten. Unter dem Morgenmantel trage ich einen schwarzen Spitzen-BH, tief ausgeschnitten und mit Bügeln, so dass meine Brüste zu weichen Kugeln geformt in zwei hauchdünnen Spitzenkörbchen gefangen sind.

Meine Augen sind nur halb geschlossen, damit ich Dominic am gegenüberliegenden Fenster noch sehen kann. Ich weiß, dass er mich beobachtet. Ich stelle mir vor, wie er zunehmend schneller und schwerer atmet, als ihm klar wird, was ich da mache. Plötzlich bewegt er sich, und gleich darauf liegt seine Wohnung im Dunkeln. Dann ist er wieder am Fenster, aber ich kann nur seinen Umriss sehen, schattenhaft. Er steht einen Schritt weiter hinten, so dass ich ihn kaum wahrnehmen kann.

Verkehrte Welt. Jetzt ist er derjenige, der im Dunkel steht und mich, die ich im Licht bin, beobachtet. Aber ich weiß genau, was ich tue. Ich weiß, dass er mich nicht aus den Augen lässt.

Ich spüre eine neue Welle der Erregung und reibe die Hände wieder über meine Brüste, spiele mit den Brustwarzen, die sich gegen die schwarze Spitze recken und reiben. Ich fahre mit den Händen über Arme, Schultern und Hals und spielerisch über meinen Bauch und kehre dann zu meinen Brüsten zurück. Dieses Mal befreie ich sie aus ihren Körbchen. Die Brustwarzen liegen jetzt bloß, die Brüste werden aber noch von den Bügeln nach oben gedrückt. Ich greife nach meinem Glas, nehme einen Schluck Wein, dann tunke ich meine Fingerspitzen in das Glas und reibe die rote Flüssigkeit über meine Brustwarzen.

Das zärtliche Spiel leistet bei mir ganze Arbeit. Ich atme schneller, und mein Geschlecht schwillt an und pocht, ist voll köstlicher, heißer Feuchtigkeit. Mein Körper wurde von Dominic geweckt und sehnt sich jetzt nach mehr, will wieder diesen Rausch erleben. Meine Instinkte treiben meine Hände tiefer. Ich lasse eine in den Falten des Morgenmantels verschwinden, streichele mich und verharre dann, spüre die Hitze zwischen meinen Beinen.

Beobachtest du mich, Dominic? Erregt es dich?

Langsam ziehe ich den Gürtel, der den Morgenmantel zusammenhält, auf. Der Morgenmantel gleitet zu Boden, und ich stehe nur noch in Spitzenslip und BH da. Eine Hand reibt und streichelt meine Brüste, die andere fährt tiefer in meinen Slip, an meinen geheimen Ort. Ich dringe mit einem Finger in meine heiße Feuchtigkeit ein. Meine Güte, ich bin schon so bereit da unten, so hungrig nach Berührung, willens, mich bei der leichtesten Berührung ganz dem Vergnügen hinzugeben. Ich fahre mit dem Finger über die vollen Schamlippen, gleite durch den Honig und verreibe ihn über meine Klitoris, dieser empfindlichen Knospe, die jetzt herrliche Botschaften an all meine Nervenenden schickt.

Ich lecke mir über die Lippen, während meine Fingerspitzen meine Klitoris liebkosen und sie entzückt erschauert. Sie will mehr und immer mehr. Ich reibe fester, übe mehr Druck aus. Sie fleht mich an, rauer zu sein, nachdrücklicher. Sie will zum Höhepunkt gebracht werden, mein ganzer Körper braucht es ...

Dominic. Ich stelle mir vor, wie er mich jetzt berührt, wie die großen, flachen Fingerspitzen mich erregen, in mich dringen, während sein breiter Daumen härter auf die Klitoris drückt.

Jetzt kann ich nicht länger gegen das Verlangen ankämpfen. Meine Beine zittern, als ich an Tempo zulege und in langen Zügen über meine sensibelste Stelle reibe.

»Dominic«, rufe ich laut, und dann komme ich. Der Orgasmus bebt durch meinen ganzen Körper. Ich muss mich mit der anderen Hand am Tisch festhalten, um nicht umzufallen, während meine Gliedmaßen den intensiven Empfindungen nachgeben. Ich zittere unter der Heftigkeit meines Höhepunkts, der mich in mehreren gewaltigen Wellen erschüttert, dann langsam abebbt und mich nach Luft schnappen lässt.

Mein Kopf sinkt nach vorn, meine Augen schließen sich. Ich hole tief Luft, dann gehe ich in die Knie und hebe den Morgenmantel auf. Ich schlüpfe hinein und schalte die Lampen aus.

Ich habe keine Ahnung, was in der Wohnung gegenüber passiert. Sie liegt im Dunkel, und ich schaue ohnehin nicht hinüber. Ich habe mich ihm auf die intimste Weise präsentiert. Jetzt weiß er, dass ich weiter gehen kann, als er es für möglich hielt.

Und das, Dominic, ist erst der Anfang.

12. Kapitel

»Sind Sie dafür bereit? Ganz sicher?« James mustert besorgt mein Gesicht, will sichergehen, dass er mir nicht auf einen Weg verhilft, der besser unbeschritten bliebe.

»Absolut sicher«, erkläre ich fest entschlossen. Ich trage das aufregende, schwarze Kleid, das ich mir an meinem Verschönerungstag gekauft habe, und habe auch alle Make-up-Techniken angewendet, die ich an jenem Tag lernte, damit ich jetzt so elegant wie möglich aussehe.

»Na schön.« Er winkelt den Arm an, damit ich mich bei ihm unterhaken kann. »Tja, Sie sehen entzückend aus. Es macht mich sehr stolz, Sie an meiner Seite zu haben.«

Wir schreiten durch das verblassende Licht der Abendsonne in Richtung Soho. Ich hoffe, dass ich das Richtige tue. Trotz allem, was gestern Abend geschah, habe ich nichts von Dominic gehört. Ich bin sicher, dass er jede Sekunde lang zugesehen hat, aber mein Handy schwieg den ganzen Tag über. Keine SMS, kein Anruf. Ich kann nur hoffen, dass ich nicht die gegenteilige Wirkung dessen erzielte, was ich beabsichtigte.

Tja, passiert ist passiert.

Aber das hier ist etwas anderes. Ich betrete – uneingeladen – seine Welt. Es ist riskant und gefährlich, weil ich keine Ahnung habe, wie Dominic darauf reagieren wird. Seine Persönlichkeit in dieser anderen Existenz ist möglicherweise eine völlig andere als die, die ich zu kennen glaube.

James plaudert, hilft mir, mich von den Gedanken abzulenken, die mir durch den Kopf wirbeln.

»Ich habe mich nach diesem Etablissement erkundigt«,

vertraut er mir im Gehen an. Wir sehen wie jedes andere schicke City-Pärchen aus, das vielleicht ins Theater oder in ein teures Restaurant gehen will. Doch die Wahrheit ist weit entfernt von dem, was zufällige Beobachter denken werden.

»Was haben Sie herausgefunden?«

»Es war nicht einfach. Es gibt zwar eine Webseite, aber die ist ungeheuer vage gehalten, und ein Großteil ist nur von Mitgliedern einzusehen. Wie man Mitglied werden kann, wird aber nicht erklärt. Vermutlich geht es allein darum, wen man kennt, wie das so oft der Fall ist. Aber ich habe ein paar Anrufe getätigt und jemand gefunden, der Mitglied ist.«

»Ach ja?« Mein Interesse ist geweckt. »Was hat er gesagt?«

»Er war voll des Lobes«, berichtet James lakonisch. »Ist förmlich begeistert. Er wurde Mitglied, als er seine Freundin und damit die wahre Liebe gefunden hatte. Bis jetzt hat er ihr nicht offenbart, dass zu seinem besonderen Vergnügen Einläufe und Natursekt dazugehören, darum geht er in den Club, wenn er das Bedürfnis danach verspürt. Er sagt, es sei jeden Penny der überaus teuren Mitgliedsgebühr wert.«

Mein Mund steht offen. James merkt das und lacht.

»Ach, meine Liebe, Sie haben wirklich von nichts eine Ahnung, oder?« Er tätschelt mir fast väterlich die Hand. »Ihre Naivität erinnert mich an mich, während glücklicherer Zeiten. Egal, machen Sie sich keine Sorgen, wir werden niemand sehen, der diese Dinge in aller Öffentlichkeit zelebriert. Der Club ist dafür viel zu elegant. Das merken Sie dann schon, wenn wir dort sind.«

James weiß genau, wohin wir gehen, und das ist gut, denn ich habe inzwischen sehr weiche Knie. Wenn er nicht so zuversichtlich neben mir ausschritte, fest entschlossen, das jetzt durchzuziehen, dann würde ich zögern und vermutlich meine Entscheidung umwerfen und nach Hause laufen. Bald, viel zu bald, werden wir die umtriebigen Straßen von Soho hinter uns lassen und in die Gasse biegen, die zu diesem seltsam ruhigen Platz führt, an dem sich das große Regency-Haus befindet, dessen verriegelte Fensterläden die Außenwelt ausschließen. Die altmodischen Straßenlampen glühen, und das gusseiserne Geländer schimmert in deren Licht. Man kann sich mühelos vorstellen, auf einer Zeitreise in die Vergangenheit zu sein, so dass man jeden Moment das Klack-Klack von Pferdehufen auf dem Pflaster hört und das Quietschen von Kutschenrädern, und vielleicht sieht man sogar eine geheimnisvolle Gestalt in Gehrock und Zylinder.

»Tja«, sagt James, als wir vor dem Haus stehen bleiben. »Wir sind da. *Das Asyl*. Sollen wir hineingehen und uns zu den Verrückten gesellen?«

Ich hole tief Luft. »Ja«, erkläre ich mit Bestimmtheit. Wir steigen die Metalltreppe zu der schwarzen Souterraintür hinunter.

Am Tisch im Eingangsbereich sitzt der Mann, den ich von meinem früheren Besuch kenne. Er sieht noch genauso furchteinflößend aus wie in meiner Erinnerung, mit dunklen Tätowierungen, die sein halbes Gesicht und seinen Schädel zieren, und mit diesen merkwürdig hellen, fast weißen Augen. Er schaut zu uns auf, als wir eintreten, sein Blick richtet sich sofort auf James. Ich hoffe, er hat meinen kurzen Besuch hier vergessen, aber nur für den Fall der Fälle senke ich den Blick.

»Ja?« Er klingt abweisend.

»Guten Abend. Ich bin leider kein Mitglied«, sagt James und klingt viel zuversichtlicher, als mir das je gelungen wäre. »Aber mein Freund Cecil Lewis ist Mitglied, und er wollte sich darum kümmern, dass wir hier heute Abend willkommen geheißen werden.«

»Cecil?« Der Türsteher inspiziert uns, immer noch frostig, aber nicht mehr ganz so feindselig. »Natürlich kennen wir alle Cecil. Einen Augenblick.« Er steht auf und verschwindet durch eine dunkle Tür zur Linken, die vermutlich zu den unterirdischen Folterkammern führt. James und ich tauschen einen Blick aus, meiner besorgt, seiner amüsiert. Er hebt die Hand und bedeutet mir, dass er uns die Daumen drückt. Gleich darauf ist der Türsteher wieder da. »Ist gut, Cecil hat alles Nötige veranlasst. Ich stelle Ihnen befristete Mitgliedskarten aus, und Sie müssen eine Gebühr für das Entertainment am heutigen Abend bezahlen.«

»Überhaupt kein Problem«, erwidert James nonchalant und greift nach seiner Brieftasche.

»Wir nehmen hier kein Geld«, erklärt der Türsteher, als ob so etwas hoffnungslos vulgär wäre. »Man wird Ihnen eine Rechnung schicken. Ich brauche Ihre persönlichen Daten in diesem Buch hier. Da Cecil für Sie bürgt, ist Ihnen sicher klar, dass er einstehen muss, sollten Sie versäumen, die Rechnung zu begleichen.«

»Selbstverständlich. Mein eigener Club hat genau dieselben Regeln«, erwidert James, der sich nicht aus der Ruhe bringen lässt. Er beugt sich vor, nimmt die altmodische, silberne Feder zur Hand und taucht sie in die Tinte. Er schreibt seinen Namen und seine Adresse auf. Der Federkiel kratzt über das Papier. »Hier bitte, fertig.«

Der Türsteher wendet sich an mich. »Jetzt Sie.«

Gehorsam greife ich nach dem Federkiel und notiere meinen Namen und die Adresse von Celias Wohnung.

Der Türsteher zieht zwei Karten aus schwerem, elfenbeinfarbenen Papier hervor. Sie sind schwarz bedruckt mit den Worten *Befristete Mitgliedschaft im Asyl* und darunter *Um Diskretion wird gebeten*. Ich nehme meine Karte und umklammere sie fest. Mein Eintrittsticket in diese geheime Welt.

»Sie können jetzt hinein.« Der Türsteher nickt in Richtung

der Tür zur Rechten. Ich weiß, wohin sie führt. In den Clubraum.

»Besten Dank.« James geht voran, und wir treten in das dunkle Innere, das uns erwartet. Es sieht genauso aus wie beim letzten Mal, als ich hier war, aber jetzt habe ich mehr Zeit, mich umzusehen. Ich versuche, nicht zu starren, aber mein Blick wandert sofort zu den Käfigen im hinteren Teil des Raumes. Da sind sie, aber jetzt sind sie leer, wirken wie riesige, runde Vogelkäfige. Die Ketten darin hängen schlaff.

»Da waren Menschen drin«, zischele ich James zu und nicke in Richtung der Käfige. »Frauen in Bondage-Ausstattung.«

»Ich frage mich, warum sie heute leer sind?«, sinniert James. Er führt uns quer durch den Raum an einen leeren Tisch. »Wir setzen uns am besten hier hin.«

Der Raum ist sehr dunkel. Die einzige Beleuchtung kommt von den winzigen, roten Kerzenhaltern auf den Tischen und den schwachen Wandleuchten. Die Atmosphäre ist verrucht. Es gibt noch mehr Gäste, die an den anderen Tischen sitzen. Kellner in schwarzen Polohemden und schwarzen Hosen laufen herum und servieren Drinks von Tabletts. Niemand scheint etwas zu essen. Ich gewinne den Eindruck, dass hier eine andere Art von Appetit gestillt werden soll.

Ein Kellner tritt an unseren Tisch und reicht uns eine Getränkekarte. James studiert sie kurz und bestellt. »Eine Flasche Château Pichon Longueville Comtesse de Lalande '96, bitte.«

»Sehr gern, Sir.« Der Kellner schaut uns teilnahmslos an. »Und welche Art von Raum werden Sie später benötigen, Sir?«

»Äh ...« Zum ersten Mal wirkt James etwas verunsichert. »Nun, ich bin mir noch nicht sicher. Wir haben uns noch nicht entschieden.«

Der Kellner wirkt überrascht. »Nein?«

»Es ist so – wir sind befristete Mitglieder. Ich weiß nicht, wie Ihr Angebot aussieht.«

»Ah, ich verstehe.« Der Gesichtsausdruck des Kellners hellt sich auf. »Ich bringe Ihnen die Karte, Sir, darin finden Sie unsere Auswahl.«

»Gleich wissen wir mehr«, murmelt James mir zu, als der Kellner gegangen ist. Ich schaue mich unter den anderen Gästen um, die auf den ersten Blick normal scheinen, elegant gekleidet und entspannt trotz der ungewöhnlichen Umgebung. Sie trinken teuren Wein und Cocktails. Aber als ich näher hinsehe, bemerke ich eine unerwartete Dynamik. An einem Tisch scheinen zwei Frauen miteinander zu trinken, aber mir wird bald klar, dass eine der beiden in Wirklichkeit ein Mann in Frauenkleidern und Make-up ist. Er hält den Blick ständig gesenkt, bewegt sich nur, um das Glas seiner Begleiterin aufzufüllen, und spricht ausschließlich, wenn er angesprochen wird.

»Schauen Sie«, sage ich zu James, und er blickt diskret hinüber. »Ist das ein Transvestit?«

James antwortet flüsternd: »Ich glaube nicht. Aber fragen Sie mich nicht, was die beiden vorhaben.«

An einem anderen Tisch scheint eine Frau allein zu trinken, aber dann erhascht mein Blick eine Bewegung und ich sehe, dass ein Mann unter dem Tisch zu ihren Füßen kauert. Ich merke, dass er geflissentlich ihre Lederstiefel leckt, so sorgfältig und rhythmisch wie eine Katze, die ihre Pfoten säubert.

Der Kellner kommt mit unseren Getränken und der Übersicht der Räumlichkeiten. Als er die Flasche auf den Tisch stellt, sagt er: »Heute Abend ist Cabaret-Nacht, Sir. Sehr beliebt bei manchen unserer Mitglieder. Hinterher ist die Nachfrage nach Räumen für gewöhnlich groß, darum ist es besser, wenn man früh bucht.«

Er legt die Karte neben die offene Weinflasche auf dem Tisch. Ich nehme sie und lese, so gut ich das im Halbdunkel kann.

»Die Kinderzimmer«, sage ich gerade so laut, dass James es hören kann. »Zwei Räume, beide voll ausgerüstet für alle Wünsche des Babys. Das Klassenzimmer: Geeignet für die Erziehung und Züchtigung von Schülern. Der Thronsaal: Ein Luxusgemach, das auch den Ansprüchen einer Königin genügt. Der Olymp: Ein himmlisches Boudoir, entworfen für eine Göttin und ihren Lakai, aber auch geeignet für Götter und ihre Sklavinnen. Die Nasszelle: Für alle Arten von Wasserspielen. Die Folterkammer: Drei separate, voll ausgerüstete, unterirdische Kammern, in denen Herren und Herrinnen ihren Sklaven die vorzüglichste Bestrafung zuteilwerden lassen können.« Ich lege die Karte aus der Hand, fühle mich schwach. »Du lieber Himmel, wo sind wir hier?«

»Hat Ihnen Dominic nichts darüber erzählt?« James hebt eine Augenbraue.

»Er meinte, es sei ein sicherer Ort, an dem Menschen ihre Phantasien ausleben können. Mir war nur nicht klar, um was für Phantasien es sich handelt.«

James schüttelt den Kopf. »Es gibt keinerlei Grenzen, meine Liebe. Absolut keine Grenzen.«

»Aber ... ein Kinderzimmer?«

»Ich wette, Sie würden dort die größten, maskulinsten Babys finden, die Sie je in einem Kinderzimmer gesehen haben.« James lacht auf. »Sie müssen sich das so vorstellen: Manche Alpha-Männer sehnen sich nach einer Auszeit, in der sie nicht die Welt auf ihren Schultern tragen müssen, und in der sie die gewaltige Verantwortung, die mit ihrem Beruf oder Vermögen einhergeht, ablegen können. Wo sie zur Sicherheit ihrer Kindheit zurückkehren können.«

»Das verstehe ich. Denke ich«, meine ich zögernd. »Aber

sich wie ein Baby zu verkleiden ... das finden diese Leute wirklich erotisch?«

»Sie wären überrascht, woraus Menschen ihr sexuelles Vergnügen ziehen. Vermutlich erregt es manche auch, wenn sie über ihrer Steuererklärung sitzen. Ich hatte eine Freundin, die es erotisch fand, Sudokus zu lösen. Sie hatte haufenweise Sudoku-Heftchen auf dem Nachttisch und geriet in Panik, wenn ihr Filzstift den Geist aufgab.« Er lacht. »Ich übertreibe, aber Sie verstehen, worauf ich hinauswill.«

James gießt Wein, der rubinrot im Kerzenlicht funkelt, in unsere Gläser. »Ich denke, er wird ihnen schmecken. Er ist ziemlich gut.« James bewundert die Flüssigkeit in seinem Glas, nimmt einen Schluck. »O ja, fabelhaft.«

Ich nippe auch. James hat recht. Ich kenne mich mit Wein nicht aus, aber ich weiß, der hier ist etwas Besonderes, so weich und samtig.

Während wir noch den Wein genießen, gehen Lichter an, und mir fällt zum ersten Mal die kleine Bühne im vorderen Teil des Raumes auf. Zwei hellblaue Scheinwerfer richten sich auf diese Bühne, in deren kühlem Licht eine Frau ihren Auftritt hat. Sie ist wunderschön und kurvenreich, trägt ein herrliches rotes Kleid und High Heels. Ihre Haare und ihr Make-up sind die einer Leinwandgöttin à la Rita Hayworth. Musik setzt ein und sie singt mit leiser, rauchiger Stimme darüber, geliebt werden zu wollen, nur ein bisschen. Es scheint eine völlig normale Musiknummer, bis sie anfängt, sich langsam auszuziehen. Das Kleid fällt in zwei Einzelteilen zu Boden und offenbart ein Korsett, das, eng um eine winzige Taille geschnürt, die gewaltigen Brüste nach oben drückt. Dazu ein Satin-Slip, Strumpfhalter und Strümpfe. »Was für ein Hingucker«, murmelt James.

Eine Burlesque-Nummer, die Art, die nun schon eine Weile wieder sehr populär ist. Während sie die sinnliche Nachtclubnummer zum Besten gibt, legt sie das Korsett ab und offenbart zwei Brüste, die größer sind als erwartet. Sie bewegt sich lasziv, rotiert mit den Hüften und posiert grazil auf ihren hohen Absätzen. Dann zieht sie die Pumps aus und schält sich die Strümpfe von den Beinen. Nur der Satin-Slip ist noch übrig, und als der Song seinen Höhepunkt erreicht, knöpft die Sängerin etwas im Rücken auf, und der Slip fällt zu Boden und offenbart einen großen Penis, der eingebettet über zwei rasierten Hoden ruht. Das Publikum holt kollektiv tief Luft, gemischt mit Seufzern. Der Sänger zieht einen Augenblick am Penis, bis er in voller Größe nach unten schwingt, dann lächelt er das Publikum an, als ob er dessen Bewunderung für seine Bestückung einfordert.

»Oh«, meint James überrascht, »das habe ich nicht kommen sehen.«

Ich kichere.

Eine weitere Frau im Korsett kommt auf die Bühne und fängt an, mit dem Sänger zu schimpfen, der erst erstaunt und dann beschämt tut. Die Frau – die echt zu sein scheint, soweit ich das beurteilen kann – zieht eine Reitgerte heraus. Der Sänger duckt sich und täuscht Angst vor. Er kniet zu Boden, und die Frau lässt die Reitgerte mit harten Schlägen auf den weißen Rücken und die Schultern des Sängers sausen, während sie die ganze Zeit dessen unverschämten Exhibitionismus lautstark tadelt.

Das Publikum genießt die Show sichtlich. Vielleicht liegt es an dieser Nummer, weshalb so viele dominante Frauen und ihre Vasallen an diesem Abend zugegen sind.

»Ich habe keine Ahnung, was ich sagen soll, wenn man uns erneut fragt, welchen Raum wir wollen«, flüstert James und gießt uns noch mehr Wein ein.

»Vielleicht können wir uns irgendwie herausreden.« Ich beobachte immer noch die Vorstellung auf der Bühne. Jemand nähert sich uns durch das Halbdunkel. »Ich glaube, der Kellner kommt«, murmele ich. »Sie sollten sich schnell eine Ausrede einfallen lassen.«

Aber als der Mann an unseren Tisch tritt, sehe ich, dass es nicht der Kellner ist. Es ist Dominic, sein Gesicht weiß und starr und der Blick seiner Augen eiskalt. Mein Inneres verkrampft sich in einer Mischung aus Freude und Angst, und ich werde ganz starr.

»Beth«, sagt er leise, »was zum Teufel machst du hier?« Er funkelt James an. Ein schrecklicher, feindseliger Blick. »Und wer ist das, verdammt nochmal?«

»Hallo, Dominic«, sage ich und versuche cool zu klingen, auch wenn mir das in seiner Nähe schwerfällt. Er trägt einen schwarzen Kaschmirpulli zu dunklen Hosen und sieht umwerfend attraktiv aus. »Ich wusste nicht, dass du heute Abend hier bist.«

»Tja, ich bin aber hier.« Seine Stimme vibriert beinahe. Ich merke, wie schwer es ihm fällt, sich zu beherrschen.

Warum ist er wütend auf mich? Dazu hat er kein Recht! Ich gehöre ihm nicht, und soweit es ihn betrifft, ist doch ohnehin alles vorbei.

Der Gedanke hilft mir, stark zu bleiben.

»Woher wusstest du, dass ich hier bin?«, frage ich kühn.

»Eure Namen sind im System aufgetaucht«, lautet seine kurz angebundene Antwort, obwohl ich immer noch nicht weiß, wie ihn diese Information erreichen konnte. Dominic sieht wieder zu James. »Wer ist das?«, brummt er.

»Ein Freund«, sage ich rasch.

Dominics Blick huscht zu mir zurück. Er weiß, dass ich in London keine Freunde habe, aber er will mir vor James keine weiteren Fragen stellen. Er starrt mich eine Weile an und erklärt dann mit eisiger Stimme: »Ich will nicht, dass du hier bist.«

Seine Worte tun mir furchtbar weh, aber ich gebe mir den Anschein, als würden sie an mir abprallen. »Es ist mir egal, was du willst oder nicht«, erwidere ich unterkühlt. »Ich kann tun und lassen, was ich will.«

»Hier bist du aber unerwünscht. Es ist ein Privatclub. Ich kann dich auffordern zu gehen.«

»Wir gehen selbstverständlich, wenn Sie das wünschen«, unterbricht James, »aber würde es Ihnen etwas ausmachen, wenn wir zuerst die Flasche leeren? Der Wein ist ziemlich gut ...«

Dominic sieht ihn an, als hätte gerade ein Wurm das Wort an ihn gerichtet. »Na schön, trinken Sie aus. Aber dann gehen Sie.«

Ich straffe die Schultern und hebe trotzig das Kinn. »Ich brauche deine Hilfe nicht, ich kann mich um mich selbst kümmern.«

Dominic will etwas antworten, aber dann beißt er sich auf die Lippen. Er starrt mich an, ein weiterer brennender Blick, dann meint er knapp: »Ist gut.« Er dreht sich auf dem Absatz um und durchquert mit großen Schritten den Club. Wir sehen ihm nach, während sich der Rest der Gäste auf die Bühne konzentriert, wo immer noch Schläge ausgeteilt werden.

»Tja, dazu kann ich nur eines sagen«, meint James und hebt sein Weinglas an die Lippen. »Dieser junge Mann ist wirklich absolut nicht über Sie hinweg. Ganz im Gegenteil.« Er lächelt mich an. »Falls es Ihre Absicht war, für Unruhe zu sorgen, dann haben Sie einen Volltreffer gelandet.«

James und ich teilen uns ein Taxi nach Hause, obwohl er in eine völlig andere Richtung muss.

»Das macht mir nichts«, erklärt er, »ich komme dann halt mit einem kleinen Umweg in Islington an. Ist es wirklich in Ordnung für Sie, wenn Sie heute Nacht allein sind?«

Ich nicke. »Ich komme zurecht. Ich bin daran gewöhnt,

und ich habe ja De Havilland, der mir Gesellschaft leistet.«
Eine dunkle Wolke der Depression schwebt über mir, und mir fällt beim besten Willen jetzt nicht mehr ein, was ich mir von dieser Aktion erhofft habe. Falls ich dachte, Dominic würde mich mit offenen Armen begrüßen, dann sehe ich mich jämmerlich getäuscht.

»Wie Sie meinen.« James küsst mich auf die Wange und drückt mir die Hand, als ich aus dem Taxi steige. »Wir sehen uns dann morgen. Und rufen Sie an, wenn Sie reden wollen.«

»Mache ich. Gute Nacht.«

Ich gehe langsam nach oben, fühle mich körperlich niedergedrückt vom ganzen Gewicht meines Elends. Meine Erfahrung im Club hat mich in Hinsicht auf alles, was ich mir vorgestellt habe, wieder völlig verunsichert. Ich wollte meine ersten zögernden Schritte auf Dominic zugehen, wollte sehen, ob er mir auf halbem Weg entgegenkommt, aber ich weiß nicht, ob ich es noch weiter schaffe. James kann mir nur bis zu einem bestimmten Punkt helfen, und es gibt sonst niemanden, an den ich mich wenden kann.

Außer … Vanessas Gesicht taucht vor meinem inneren Auge auf. Sie ist der einzige Mensch, den ich sonst noch in London kenne, und sie ist vermutlich die Einzige, die großen Einfluss auf Dominic hat. Ein abenteuerlicher Gedanke durchfährt mich. Ob sie … mir helfen könnte? Mir helfen will? Es ist unwahrscheinlich, andererseits … Aber wie soll ich Kontakt zu ihr aufnehmen?

Oben angekommen trete ich ans Wohnzimmerfenster und schaue hinaus, aber natürlich liegt seine Wohnung im Dunkeln. Ich weiß ja, wo Dominic ist. Ich erinnere mich daran, wie er gestern Abend dort stand, und daran, was ich tat.

Habe ich mich damit erniedrigt?

Ich seufze. Ich habe keine Ahnung. Aber offenbar ist der Zutritt zu Dominics Welt sehr viel schwerer als ich dachte.

13. Kapitel

Am nächsten Tag ist in der Galerie eine Menge zu tun, und James bittet mich, länger zu bleiben, um den Abbau der laufenden Ausstellung zu überwachen. Der Künstler schaut vorbei, um sich zu vergewissern, dass alles gut läuft und dass seine Bilder mit der angemessenen Sorgfalt behandelt werden, darum öffnet James eine Flasche Weißwein, und am Ende wird es noch ein lustiger Abend. Das ist definitiv der richtige Job für mich, denke ich. Künstler bespaßen und sich mit dem Chef betrinken? Passt mir sehr gut.

Ich versuche, nicht an Dominic zu denken und mich stattdessen auf meinen Plan zu konzentrieren, irgendeinen Kontakt mit Vanessa herzustellen. Mir fällt nichts weiter ein, als wieder ins *Asyl* zu gehen und darauf zu bestehen, mit ihr zu sprechen – aber natürlich könnte Dominic ebenfalls dort sein, und das würde alles zunichte machen. Ich kenne weder ihren Nachnamen, noch weiß ich sonst etwas über sie.

Am späten Abend bin ich deprimierter denn je. Meine Zeit in London ist bald schon zur Hälfte vorbei, und es hat den Anschein, als würden die Tage immer schneller vergehen. Ich finde meinen Job wunderbar, aber wie soll ich dort weiterarbeiten, wenn ich nicht in Celias Wohnung bleiben kann? Ich verdiene wirklich nicht viel und muss mir schleunigst Gedanken machen, wo ich unterkommen will, wenn ich in London bleiben möchte. Im Moment fällt mir dazu nichts ein. Die Aussicht, wieder nach Hause zurückkehren zu müssen, ist entsetzlich. Ich habe die ersten Schritte in ein neues Leben getan, und es erscheint mir unvorstellbar, jetzt wieder umzukehren.

Und dann ist da ja auch noch der Umstand, dass ich mit meinem Plan, Vanessa ausfindig zu machen, noch keinen Schritt weiter bin.

Das einzig Positive ist die Einladung, die James für das Wochenende ausgesprochen hat. Er will mich ins Theater ausführen und dann in eines seiner Lieblingsrestaurants, wo wir auf jeden Fall jemand Berühmtes zu sehen bekommen werden, wie er versprach, weil dort diverse Prominente gern »inkognito« essen.

Ich mache es mir bequem, um auf meinem Laptop die DVD anzuschauen, die ich mir in der Mittagspause gekauft habe. Da es kein Fernsehgerät in der Wohnung gibt, habe ich mir einige Filme besorgt, die mich während der ruhigen Abende unterhalten sollen, und heute habe ich mich für einen alten Lieblingsfilm von mir entschieden, *The Lady Eve*, einen Schwarz-Weiß-Film aus den 1940er Jahren mit Barbara Stanwyck und Henry Fonda. Die funkensprühenden Dialoge bringen mich jedes Mal wieder zum Lachen.

Gerade läuft der Vorspann, als es an der Wohnungstür klopft.

Sofort steigt mir das Herz in den Hals. Ich drücke auf die Pause-Taste und gehe zur Tür, kann kaum atmen. Ich öffne, und da steht er. Er trägt Jeans, ein helles Hemd und einen dunkelgrauen Kaschmirpulli, und die rauchige Farbe unterstreicht noch die Intensität seiner dunklen Augen.

»Hallo, Dominic.« Meine Stimme ist nur ein Flüstern.

»Hallo.« Er wirkt kalt, sein Blick ist hart. »Hast du ein paar Minuten Zeit? Kann ich mit dir reden?«

Ich nicke und trete zur Seite. »Natürlich.«

In großen Schritten geht er ins Wohnzimmer und entdeckt das Standbild des Bildschirms. »Oh. Du schaust dir gerade etwas an. Tut mir leid, dass ich störe.«

»Sei nicht albern. Du weißt, dass ich viel lieber mit dir

rede.« Ich gehe zum Sofa und setze mich, wünsche mir, ich hätte gewusst, dass er kommt, dann hätte ich mir die Haare gebürstet und das Gesicht gecheckt.

Er sagt nichts, geht zum Fenster und starrt hinaus. Sein Profil hebt sich vor der Scheibe ab, und ich bewundere die lange, gerade Linie seiner Nase. Aus der Haltung seiner Lippen schließe ich, dass er den Kiefer angespannt hat. Er wirkt steif und verkrampft.

»Stimmt etwas nicht, Dominic?«, frage ich mutig. De Havilland ist auf das Sofa gesprungen und macht sich neben mir breit wie ein übergroßes, flauschiges Küken. Ich fahre mit den Fingern durch sein weiches Fell, und das vertraute Schnurren setzt ein

Dominic dreht sich zu mir um, und seine Augen funkeln. »Ich habe versucht, mich von dir fernzuhalten«, platzt es aus ihm heraus, »aber es bringt mich um. Ich muss wissen, wer dieser Mann ist und was du mit ihm machst.« Er kommt auf mich zu, erreicht mich in zwei großen Schritten. »Sag es mir bitte, Beth. Wer ist er?«

Ich starre zu ihm auf, bleibe ruhig, indem ich mich auf das leise, regelmäßige Schnurren unter meinen Fingerspitzen konzentriere. De Havilland liegt ungerührt neben mir. Soll ich lügen oder die Wahrheit sagen? Ich habe das Gefühl, dass meine Antwort unsere Zukunft beeinflussen wird.

»Er ist ein Freund«, sage ich leise. Es fällt mir schwer, Dominic so nahe zu wissen und ihn doch nicht berühren zu dürfen. »Ein Freund, der mir versprochen hat, mir zu helfen.«

Er stürzt sich förmlich auf meine Worte. »Helfen wobei?«

Ich lasse mir Zeit mit der Antwort, schaue ihm ins Gesicht. Ich kenne ihn erst so kurze Zeit, und doch bedeutet er mir bereits so viel. Ich weiß nicht, ob das, was ich ihm sagen werde, alles verändert, aber ich weiß, dass es nicht so bleiben kann, wie es ist. Also sage ich sehr leise: »Er will mir helfen, deine Welt zu betreten.«

Dominics Gesicht verliert alle Farbe. Seine Lippen sind blutleer und bewegen sich kaum, als er sagt: »Und wie will er das anstellen?«

»Du glaubst, dass ich das nicht kann.« All meine Emotionen kochen an die Oberfläche. Ich starre ihn fest an. »Aber ich kann es, und ich will es auch, und er wird mir dabei helfen.«

»O mein Gott.« Dominic lässt sich in einen der Sessel fallen und vergräbt das Gesicht in den Händen. Ich weiß, was ihm gerade durch den Kopf geht: Bilder von James und mir ... zusammen. In seinem Kopf lasse ich James all die Dinge an mir tun, von denen er geschworen hat, sie nie zu tun. Es muss ihn unendlich peinigen, das verstehe ich. Als er endlich wieder aufschaut, ist sein Blick gequält. »Du hast ihn das tun lassen.«

Ich beuge mich zu ihm vor, will unbedingt, dass er mich versteht. »Ich möchte dir nahe sein. Ich möchte mir dir zusammen sein. Und wenn das dazu nötig ist, dann will ich es tun.«

»Nein!« Er klingt verzweifelt. »So nicht. Ich könnte es aushalten, dich aufzugeben, aber das ertrage ich nicht.«

Ich stehe auf und gehe zu ihm, knie mich auf den Boden und lege meine Hände auf seine Knie, wie in einer flehentlichen Geste. »Das musst du auch nicht«, beschwöre ich ihn. »Es muss nicht er sein. Es könntest du sein!«

Halb verzweifelt, halb zögernd schaut er mich an. »Ist das dein Ernst? Willst du das wirklich?«

»Ja, es ist mein Ernst. Und wenn du es nicht bist, dann suche ich mir jemanden anderen, wenn das der einzige Weg ist.«

Unsere Blicke versenken sich ineinander. Ich habe mich nie erfüllter gefühlt als in diesem Moment, in dem ich ihm in die Augen schaue. Er beugt sich vor und zieht mich langsam an sich. »Beth«, flüstert er, »mein Gott, ich will dich so sehr. Du weißt gar nicht, was du da heraufbeschwörst, aber der Gedanke, dass du mit jemand anderem zusammen bist, bringt mich um.«

»Dann lass mich mit dir zusammen sein.« Ich hebe seine Hand an meine Lippen und küsse sie, nehme einen seiner Finger in den Mund und sauge sanft daran, wickele meine Zunge um ihn, liebkose ihn. Dominic sieht zu, seine Augen verschleiern sich vor Verlangen. Ich rücke etwas näher, löse meine Lippen von seiner Hand. Ich lege sie in meinen Nacken und beuge mich zu ihm. Langsam, aufreizend, berühren sich unsere Lippen, pressen sich aufeinander. Ich spüre die Wärme seiner Zunge, die über meinen Mund gleitet, und automatisch öffne ich meine Lippen, um ihm Zugang zu gewähren. Seine Zunge erforscht mich, und ich atme seinen vertrauten, köstlichen Geschmack ein. Ich dränge mich in seinen Mund, und wir verlieren uns in diesem Kuss. Seine Hand auf meinem Kopf zieht mich noch näher.

Schließlich lösen wir uns voneinander, atemlos. Unsere Blicke sind ineinander versunken, die Hitze zwischen uns ist unglaublich. Und schließlich sagt er: »Ich habe dich gesehen. Neulich Abend. Hier.«

»Du meinst ...«

»Ja, als du allein warst.« Seine Augen funkeln dunkel. »Es war außergewöhnlich.«

»Hat es ... dich glücklich gemacht?«

»Glücklich?« Er streichelt meine Hand. »So etwas habe ich noch nie erlebt.«

Ich lächle, verschämt, aber erfreut. »Ich habe es nur für dich getan.«

»Ich weiß. Es war ein wunderbares Geschenk.« Er lacht. »Wollen wir hoffen, dass der alte Mr Rutherford im Stock über mir nicht zufällig aus dem Fenster sah, sonst hat er womöglich den Herzinfarkt erlitten, von dem er immer spricht.«

In diesem Moment entspannen wir uns beide.

»Willst du bleiben?«, frage ich.

»Ich wüsste nicht, wie ich gehen könnte.« Seine Augen schimmern vor Verlangen.

»Dann komm.« Ich stehe auf, nehme seine Hand, und wir gehen zusammen ins Schlafzimmer.

Er zieht mich langsam aus, hält immer wieder inne, um die Haut zu küssen, die er freilegt. Das Gefühl seiner Lippen, die über meine streichen, seine Zungenspitze, die sanft über mich züngelt, geht mir durch und durch. Als ich nur noch Unterwäsche trage, kann ich dem Drang nicht länger widerstehen, ihn auch endlich zu berühren.

»Lass mich.« Ich fahre mit den Händen unter seinen Pullover und sein Hemd – und er lässt es zu. Ich ziehe ihm den Pullover über den Kopf, dann knöpfe ich langsam das Hemd auf, küsse seinen Oberkörper jedes Mal, wenn wieder ein geöffneter Knopf noch mehr seiner nackten Brust freilegt. An der Ausbuchtung in seiner Jeans erkenne ich, dass seine Erektion sich stolz erhebt, endlich frei sein will. Ich knöpfe die Jeans ebenfalls auf und lasse sie über seine langen, festen Schenkel gleiten.

Als er nur noch seine Boxershorts trägt, nehme ich seine Hand und führe ihn zum Bett. Wir legen uns hin, fahren mit den Händen über unsere Körper, ich streiche über seine muskulöse Härte und er über die üppigen Kurven meiner Brüste und meines weichen Bauches.

Ich lasse meine Hand nach unten gleiten, streife leicht die Spur schwarzer Haare, die von seinem Nabel zum Rand seiner Boxershorts führt. Als ich die samtige Spitze seines Schwanzes berühre, pocht und bewegt sie sich unter meinen Fingerspitzen.

Einen Moment fahre ich mit der Hand den Schaft hoch und nieder, dann beuge ich mich langsam vor, um seinen Bauch zu küssen und seine Haut sanft zu lecken, während ich mich immer mehr seiner Erektion nähere.

Er stöhnt leise. »O Beth ... das ist so gut.«

Ich steige von ihm, damit ich seine Boxershorts über seine Waden und Knöchel nach unten ziehen kann. Dann arbeite ich mich an seinem Körper entlang wieder nach oben und setze mich auf seine Schenkel. Sein Blick ist verschattet, er schaut auf meine Brüste, die immer noch vom BH umschlossen werden, und auf den Slip, der mein Geschlecht vor seinem Blick verbirgt.

Ich beuge mich vor, lasse meine Haare leicht über seine Haut streichen. Dann nehme ich seinen Penis in beide Hände und bewege sie behutsam.

»Du bist so groß«, flüstere ich.

Er sagt nichts, aber seine Lippen öffnen sich, und er zieht abgehackt die Luft ein.

»Ich möchte dich küssen, dich in den Mund nehmen, dich lutschen«, sage ich heiser, schaue ihm direkt in die Augen und sehe, wie angesichts meiner Worte die Lust in ihm aufbrandet. Dann beuge ich mich vor und puste leicht gegen seine Eichel, den weichsten, süßesten Teil seines Körpers. Ich lecke mit der Zunge daran, rolle sie um seine Penisspitze, und dann stülpe ich meine Lippen darüber und nehme seinen Schwanz so tief in den Mund wie ich nur kann. Eine Hand hält ihn weiter fest, während die andere Hand vorsichtig mit seinen Hoden spielt. Mein Zeigefinger liebkost die Stelle unter den Hodensäcken, die Stelle, an der er jedes Mal nach Luft schnappt, wenn ich ihn dort berühre.

Er stöhnt, und seine Hüften heben sich nach oben, schieben sein Glied tiefer in meinen Rachen. Lange Minuten sauge ich an seinem Penis, spiele mit ihm, genieße die Wirkung, die ich auf ihn habe, das wachsende Verlangen in seinen Augen und die Art und Weise, wie sich sein harter Schenkel gegen mein heißes, feuchtes Geschlecht presst und dabei meine Klitoris stimuliert.

»Beth«, flüstert er heiser, »ich halte es nicht mehr lange aus, ich werde in deinen Mund kommen...«

Ein Teil von mir will, dass er kommt, aber ich giere auch nach meiner eigenen Befriedigung. Ich löse meinen Mund von ihm und ziehe mir den Slip aus, dann setze ich mich wieder rittlings auf ihn, etwas höher. Ich verlagere mein Gewicht auf meine Knie und positioniere mich über ihn, halte seinen Penis nach oben, weg von seinem Bauch. Seine Augen sind verhangen, mit schweren Lidern, in Erwartung dessen, was ich jetzt gleich tun werde. Ich senke mich auf seinen Penis herab, lasse ihn ein wenig mit der gleitenden Feuchtigkeit meines Geschlechts spielen. Ich hungere nach seinem geschwollenen Schaft, alles in mir verlangt danach, aber ich genieße auch diesen stimulierenden Moment der Verzögerung.

Dominic legt seine Hände auf meine Hüften, dann weiter auf meine Hinterbacken.

»Jetzt«, verlangt er, »ich brauche dich.«

Auf seine Worte hin presse ich nach unten, tauche ihn in meine Tiefe ein, umfange ihn. Er füllt mich ganz aus, und einen Augenblick lang denke ich, er habe etwas in mir durchbohrt, so tief, so weit ist er in mir. Angesichts dieser wollüstigen Empfindung schnappe ich nach Luft und werfe den Kopf in den Nacken, biege meinen Rücken durch. Seine Hände schieben meine Hüften in seinem Rhythmus vor und zurück. Wir bewegen uns völlig synchron. Mein Körper trifft auf seine Stöße, und als er diese süße Stelle in mir trifft, ziehen wir beide heftig den Atem ein.

Die Energie baut sich in mir auf, und ich spüre, wie Dominic das Tempo steigert. Mein ausgiebiges Verwöhnen seines Schwanzes hat ihn für einen explosiven Orgasmus vorbereitet, auf den er sich stoßend zubewegt. Seine Erregung übt eine unglaubliche Wirkung auf mich aus. Jedes Mal, wenn er seinen Schaft in mich stößt, wird das Gefühl intensiver, ein starker, vibrierender, elektrischer Schauder.

Plötzlich werden seine Schenkel unter mir steif, sein Gesicht verzerrt sich unter der Intensität der körperlichen Empfindung, die ihn durchläuft, sein Orgasmus erschüttert ihn, er ergießt sich in mir, und sofort komme auch ich. Mein Höhepunkt lässt mich erst vor heftiger Lust erbeben und dann erschöpft zusammenbrechen, und ich falle schwer auf seine Brust.

Dominic seufzt, als er wieder zu sich selbst findet. Er schlingt seine Arme um mich und streichelt mir das Haar.

»Es fühlt sich an wie ein Nachhausekommen.«

»Ich will nicht, dass du mich wieder verlässt.« Ich fahre mit meiner Hand über seine Haut. Sie ist feucht von unserer Lustanstrengung. »Ich will, dass du mit mir zusammen bist. Ich tue alles für dich. Was sagst du dazu? Wirst du sie mir zeigen? Lässt du mich in deine Welt?«

Er umschließt meine Hand fest mit seiner und fährt mit den Lippen über meine Schulter. Dann schaut er mir in die Augen. »Ja, das werde ich. Ich lasse dich ein, das verspreche ich.«

Ein Gefühl tiefer Ruhe erfüllt mich, obwohl ich weiß, dass ich eine Schlacht gewonnen habe, die mir womöglich kein Glück bringt.

»Danke«, sage ich leise.

Er schaut mich mit seinen dunklen, dunklen Augen an und sagt nichts.

Die dritte Woche

14. Kapitel

Beth,
Danke für diese zauberhafte Nacht.
Ich bin am Wochenende geschäftlich unterwegs, aber gleich Montag fangen wir an. Ich hole dich nach der Arbeit ab, und wir essen zusammen zu Abend.
Kuss, D

Als ich am nächsten Morgen aufwache, finde ich diese Notiz auf dem leeren Kissen neben mir. Ich lese sie mehrmals, dann presse ich sie an meinen Busen und starre an die Decke. Hier ist der Beweis, dass ich mein selbstgestecktes Ziel erreicht habe. Dominic wird mich auf dem dunklen Weg an einen Ort führen, den ich mir nicht richtig vorstellen kann. Ich habe keine Ahnung, was mich erwartet. Ich bin noch nie geschlagen worden, nicht ernstlich. Meine Eltern hielten nichts von körperlichen Strafen, und meine Brüder prügelten sich untereinander, nicht mit mir.

Und jetzt habe ich tatsächlich den Mann, den ich mehr begehre als sonst jemanden je zuvor, gebeten, mir genau das anzutun. Dabei habe ich gar keine rechte Vorstellung davon, was das bedeutet.

Ich stehe auf und gehe ins Badezimmer. Mir bleibt noch das Wochenende. James will mich ausführen. Es ist immer noch heiß und sonnig, ich bin jung, und es ist Sommer. Es gibt einen wundervollen Mann in meinem Leben. Alles in allem, denke ich, könnte mein Leben auch beträchtlich schlimmer sein.

Das ganze Wochenende ist durchdrungen von dem Wissen, was mich erwartet. Obwohl ich das Theater und das schicke Restaurant genieße und auch die Sonne und den Ausflug auf dem Fluss, umgibt mich immer diese dunkle, erregende Vorahnung.

James will wissen, wie es mit Dominic läuft. »Ein ziemlich feuriger Geselle, wie mir scheint«, sagt er, »aber ein verdammt gutaussehender! Kein Wunder, dass es Sie buchstäblich Hals über Kopf erwischt hat.« Und obwohl ich ihm nicht genau sage, was los ist, mache ich eine Andeutung, und James ist nicht schwer von Begriff.

»Seien Sie aber vorsichtig, Beth. Vergessen Sie nicht, dass wir unser Herz nie von unserem Körper lösen können. Ihre Emotionen sind der stärkste Teil von Ihnen. Was immer Sie Ihrem Körper zumuten ... nun ja, das muten Sie auch Ihrer Seele zu.«

Ich weiß, dass er es ehrlich meint, als er mir sagt, dass er für mich da ist, falls ich ihn brauche.

Ich hoffe nur, dass dieser Fall nicht eintreten wird.

Der Montag kommt, und mit ihm wächst das Gefühl ängstlicher Vorfreude. Ich kann mich tagsüber kaum auf meine Arbeit konzentrieren und muss mir im Badezimmerspiegel Mut zureden.

Mein Spiegelbild sieht irgendwie anders aus. Vielleicht liegt es an der Strenge meiner Arbeitskleidung aus weißer Bluse, schwarzem Rock mit Gürtel und schwarzer Strickjacke, dazu die Art und Weise, wie ich meine Haare zu einem festen, glänzenden Pferdeschwanz gebunden habe, aber ich weiß, ich sehe älter und erfahrener aus als noch vor wenigen Wochen. Vielleicht auch etwas mehr dazu bereit, tapfer zu sein.

»Komm schon, Beth«, sage ich mit fester Stimme zu mir,

»er wird nicht ›hallo‹ sagen und dir gleich darauf mit der Peitsche eins überziehen. So wird es nicht ablaufen.«

Wovor auch immer ich mich fürchte, ich bin zuversichtlich, dass mich Dominic einfühlsam und gut lenken wird. Ich muss mich nur entspannen und ihm vertrauen. Ich muss mich ganz in seine Hände geben.

Vielleicht geht es ja nur darum. Womöglich habe ich mich ihm damit bereits unterworfen, habe ihm schon die Kontrolle gegeben, die er so liebt?

Ich bin verwirrt angesichts des Paradoxons, dass ich mich nur dank meiner Willenskraft und Entschlossenheit an einen Ort manövriert habe, an dem ich mich einem anderen Menschen völlig unterordne. Aber ich weiß mich bei Dominic in guten Händen, und dieses Gefühl ist zutiefst tröstlich.

Heute Abend werde ich mehr wissen.

Meine Augen glänzen. Die seltsame Wendung der Ereignisse erregt mich. Und ich muss nur noch wenige Stunden warten.

Dominic kommt in dem Moment, als James das *Geschlossen*-Schild an die Galerietür hängen will. Ich fühle eine Welle des Stolzes, als er eintritt, so groß und gutaussehend und so umwerfend in seinem dunkelgrauen Anzug und der blaugoldenen Seidenkrawatte. Wie immer wirkt er makellos, nur sein Gesichtsausdruck wandelt sich in Erstaunen, als er James sieht und in ihm den Mann aus dem *Asyl* wiedererkennt.

»Ich freue mich, Sie wiederzusehen«, begrüßt ihn James, unbeirrbar wie immer. »Ich wünsche Ihnen beiden einen wunderschönen Abend.«

»Danke, James. Gute Nacht.« Ich nehme meine Tasche und gehe zu Dominic, der an der Tür wartet.

»Er ist dein Chef?«, fragt Dominic, nachdem er mir einen Kuss auf die Lippen gedrückt hat.

Ich nicke, lächele schelmisch. »Wir sind uns sehr schnell nahegekommen.«

Gemeinsam verlassen wir die Galerie. Auf der Straße runzelt Dominic die Stirn, und ich entdecke einen Hauch Eifersucht in seinen Augen. »Nicht zu nahe, hoffe ich. Wollte er wirklich ein Verhältnis mit dir anfangen?«

»Ich vertraue dir jetzt ein Geheimnis an.« Ich ziehe ihn zu mir und flüstere ihm ins Ohr: »James ist schwul.«

Dominic wirkt besänftigt, schmollt aber immer noch ein wenig. »Das muss in meiner Welt nicht unbedingt etwas heißen, das kann ich dir versichern. Du wärst überrascht, was passieren kann, wenn alle Beschränkungen aufgehoben sind.«

»Wohin gehen wir?«, frage ich, hake mich bei ihm unter und schmiege mich im Gehen an ihn. Aus irgendeinem Grund empfinde ich mehr zärtliche Zuneigung zu ihm denn je, sehne mich danach, ihn zu berühren und zu umarmen. Einen Augenblick lang frage ich mich, ob ich die ganze Sache abblasen kann und wir einfach nach Hause gehen und auf dem Sofa kuscheln. Dann rufe ich mir in Erinnerung: Dominic ist nicht der Typ, der einfach nur auf dem Sofa kuscheln möchte, erinnerst du dich? Es läuft entweder auf seine Weise – oder gar nicht.

»Wir gehen ins *Asyl*«, antwortet er. Er scheint ein wenig abgelenkt, aber vielleicht will er einfach nur von den Straßen weg, auf denen der Feierabendverkehr brummt.

»Oh.« Irgendwie bin ich enttäuscht. Ich hatte mir vorgestellt, dass wir etwas Neues ausprobieren, aber vielleicht ist es ja so vernünftiger. Das *Asyl* ist ein Ort, der in Dominics Leben eine große Rolle zu spielen scheint, also muss ich ihn besser kennenlernen.

Gleich darauf steigen wir die Metalltreppe hinunter und stehen vor der Eingangstür. Es ist noch so früh am Abend, dass der Club wie ausgestorben wirkt. Der Tisch im kleinen Eingangsbereich ist leer, aber Dominic führt mich selbstsicher hinein. Der tätowierte Mann steht hinter der Bar, notiert etwas auf ein Klemmbrett. Er schaut auf, als wir eintreten.

»Guten Abend, Dominic«, sagt er freundlich, was gar nicht zu seinem aggressiven Äußeren passt.

»Hallo, Bob«, erwidert Dominic. »Ist sie da?«

»Oben. Ich rufe sie herunter.« Der Tätowierte greift nach einem Telefon und nuschelt etwas in den Hörer.

»Er heißt Bob?«, frage ich leise, aber ungläubig. Dann muss ich kichern.

»Ja. Was ist daran so komisch?«

»Na ja ... er sieht nicht wie ein Bob aus, das ist alles.«

»Hm, vermutlich sieht er schon etwas merkwürdig aus«, räumt Dominic lächelnd ein. »Ich bin einfach an ihn gewöhnt.«

»Bob«, wiederhole ich und muss lachen.

Ich sehe mich im leeren Raum um und denke, wie anders ein Ort doch aussieht, wenn sich niemand darin befindet, wie sich sein ganzer Charakter dadurch verändert. Da geht eine Tür auf, die zum hinteren Teil der Bar führt, und Vanessa hat ihren Auftritt.

Sie sieht großartig aus, in einem blutroten Hosenanzug, leuchtend weißer Seidenbluse und hohen Schuhen. Die Farbe ihres Lippenstifts passt zum Anzug, und ihr kurzes, welliges Haar lockert ihren Look auf, macht ihn weich. Ihr Blick ist allerdings nicht gerade freundlich.

»Darling«, ruft sie glockenhell. Sie lächelt Dominic an und küsst ihn auf die Wange. Dann dreht sie sich mit einem sehr viel kälteren Blick zu mir um. »Hallo, so sieht man sich wieder. Was für ein unerwartetes Vergnügen.«

Ich nicke, bin plötzlich schüchtern. Sie scheint so weit von allem entfernt, was ich je sein kann.

»Wir reden am besten in meiner Wohnung«, schlägt sie vor und geht in die Richtung, aus der sie kam. »Folgt mir.«

Und das ist es dann. Ich werde aus der sicheren Zone herausgeführt.

Ich folge ihr, Dominic dicht hinter mir. Wir treten durch eine mit dunklem Stoff bespannte Tür in den privatesten Teil des Clubs. Anfangs gibt es nichts zu sehen. Ein Gang, eine Treppe, geschlossene Türen. Wir steigen in den ersten Stock, und Vanessa wendet sich an Dominic.

»Will sie zuerst eines der Zimmer sehen?«

»Warum fragst du sie nicht«, erwidert Dominic seelenruhig. »Sie ist direkt hier.«

Vanessa bedenkt mich mit ihrem kalten Blick. »Möchten Sie?«

Ich hole tief Luft. Warum nicht? »Ja, gern.«

»Na schön.« Vanessa geht zur erstbesten Tür und öffnet sie. »Heute Abend ist es ruhig, darum ist dieser Raum frei. Er gehört zum Kinderzimmerflügel.« Sie tritt einen Schritt zurück, damit ich eintreten kann. Ich wage mich ein paar Schritte vor und sehe mich um.

Es wirkt wie ein typisches Kinderzimmer aus längst vergangenen Tagen, alles in hellblau und rosa, eine weiße Kommode, die mit niedlichen Häschen verziert ist, eine Spielzeugkiste und ein Kinderbett mit zerwühlter Bettwäsche, nur dass alles enorm groß ist. In das Kinderbett passt mühelos ein erwachsener Mann. Ein gigantischer Nachttopf mit Rüschenschonbezug steht in einer der Ecken. Auf einem großen Wickeltisch, auf dem ebenfalls ein Erwachsener problemlos liegen könnte, finden sich Babyfeuchttücher, Talkumpuder und ein Korb mit riesigen Einmalwindeln. Auf einem Regal sehe ich Teddybären, Rasseln und Kinderbücher, daneben auch eine Auswahl an Schnullern und Babyflaschen.

Ich schaue mich erstaunt um. Das gibt es also wirklich. Es gibt Menschen, die diese Phantasie ausleben wollen.

»Die Kinderzimmer sind sehr beliebt«, erläutert Vanessa. »Der andere Raum wird gerade benutzt, und wie es klingt, war das Baby wirklich sehr, sehr unartig. Sollen wir weiter?«

Ich folge ihr nach draußen. Einen Augenblick lang überkommt mich der wilde Drang, laut zu lachen. Aber ich finde es seltsam tröstlich, dass jemand, der das Bedürfnis verspürt, in eine solche Kindheit zurückzukehren, hier den perfekten Ort dafür findet.

»Das hier sollten Sie auch sehen.« Vanessa führt mich zu einer Tür auf der anderen Seite des Ganges. Sie öffnet sie, und wir schauen beide hinein. Es ist ein klassisches Schulzimmer, mit schwarzer Schiefertafel, altmodischen Schulbänken, einem Bücherregal mit Schulbüchern, Töpfen mit Stiften und Füllern und einem alten Blech-Globus. Aber es gibt auch alle Mittel der Bestrafung: eine Narrenkappe, eine lange Gerte, eine große Klatsche, die an einer Lederschlaufe hängt, und einen Lederriemen. Darüber hinaus auch ein hölzernes Teil, das einer Kragenbinde ähnelt. Ich nehme an, es dient ebenfalls der Züchtigung.

»Sehr beliebt, extrem beliebt«, sagt Vanessa. »Mein Problem besteht darin, genügend Zuchtmeisterinnen zu finden. Die gut Ausgebildeten muss man mit Gold aufwiegen.«

Sie schließt die Tür, und wir gehen weiter. Ich sehe Dominic fragend an, aber er schüttelt nur lächelnd den Kopf, und ich verstehe: ›Das ist alles sehr interessant, aber es hat nichts mit uns zu tun.‹

»Ich glaube, die anderen Zimmer sind belegt«, sagt Vanessa. »Wir gehen direkt in meine Wohnung.«

Wir steigen eine weitere Treppe hoch und gelangen in den obersten Stock des Hauses. Vanessa bleibt vor einer grünen Tür stehen, schließt sie auf, und wir treten ein. Hier ist es wieder völlig anders: eine durchgestylte, ansprechende Penthousewohnung mit atemberaubendem Blick über die Dächer der Stadt. Vanessa bedeutet uns, dass wir uns setzen sollen, während sie etwas zu trinken holt.

»Warum sind wir hier?«, flüstere ich Dominic zu, als wir uns auf das mit dunkelgrünem Samt bezogene Chesterfieldsofa setzen.

»Ich möchte, dass Vanessa dich akzeptiert. Und es gibt sicher Fragen, die du ihr stellen willst. Sie sieht das Ganze mit den Augen einer Frau.« Dominic führt meine Hand an seinen Mund und küsst sie, schaut mich aufmerksam und liebevoll an. »Ich will das hier richtig machen, Beth. Und das scheint mir ein guter Zugang.«

Vanessa kehrt mit einem Tablett zurück, auf dem eine Weinflasche, Gläser und eine Schale mit gesalzenen Mandeln stehen. Sie gießt ein und reicht uns die Gläser, dann setzt sie sich uns gegenüber auf einen sehr eleganten Stuhl mit Wildlederbezug. Sie betrachtet mich mit einem Blick, der jetzt nicht mehr unfreundlich ist, aber immer noch wachsam. »Also, Beth, Dominic hat mir erzählt, dass Sie hier eventuell Mitglied werden wollen.«

Ich nicke.

»Was führt Sie in unsere glückliche Welt?«, fragt sie und hebt die Augenbrauen. »Möchten Sie eine Domina werden?«

Mir ist nicht ganz klar, was sie damit meint, also erwidere ich: »Ich bin mir nicht sicher.«

»Nicht sicher?« Ihr Blick wandert zu Dominic. »Oh, dann können wir wohl getrost davon ausgehen, dass Sie das nicht wollen. Eine Domina ist sich für gewöhnlich sehr sicher, was sie will.«

Dominic meldet sich zu Wort. »Beth ist mehr daran interessiert, eine Sub zu werden.«

»Aha, ich verstehe. Tja, dann ist die Welt der Dominas

nichts für Sie. Es gibt darin natürlich auch weibliche Subs, aber es geht doch eher um weibliche Dominanz und männliche Unterwerfung. An den Zimmern, die ich Ihnen gezeigt habe, können Sie ersehen, dass der Mann in eine Rolle schlüpft, in der er von einer machtvollen Frau gezüchtigt und diszipliniert wird. Er wird kontrolliert und findet seine Erlösung und Befriedigung in der Strafe – nicht nur in der Strafe, sondern auch in Akten der Aufsässigkeit, in der Furcht vor Repressalien und schließlich in der Freude an der Unterwerfung unter das, was er ertragen muss.« Vanessa seufzt, fast glücklich, als ob sie sich an angenehme Momente erinnert. Ihre Finger spielen mit ihrem Weinglas, und mir fällt auf, dass die Nägel an einer Hand lang sind, an der anderen kurz. Sie schaut mich wieder an und fährt fort: »In der Welt der Dominas geht es um Strafe und Disziplin. Man trägt Kostüme und bedient sich einer Kulisse und diverser Spielzeuge, aber diese Welt ist auch hart. Unartige Jungs erleiden Strafen, die Ihnen allein schon bei dem Gedanken daran die Tränen in die Augen treiben würden. Unartige Mädchen dagegen …«

Ihre Augen funkeln, sie beugt sich vor und meint leise und schmeichelnd: »Was glauben Sie, welche Strafen unartige Mädchen erhalten sollten, Beth?«

Mir ist komisch zumute. Die Welt bewegt sich immer schneller und wirbelt mich im Kreis mit sich. »Ich … ich weiß nicht«, stammele ich.

Vanessa fährt mit dieser hypnotischen Stimme fort: »Ich glaube, dass es Frauen gibt, die die ganze Wucht der Wut ihres Herrn erfahren wollen. Frauen, die wissen, dass sie nur dann ganz sie selbst sind, wenn sie sich dem köstlichen Biss der Gerte hingeben, dem Knallen der neunschwänzigen Katze, die über ihren Rücken saust, dieser außergewöhnlichen Reise, auf die sie das Auspeitschen führt. Es gibt Frauen, die müssen spüren, wie sich das Seil um ihre Handgelenke und

Knöchel schlingt, die ihre hungrigen Mösen mit ungezogenen Spielzeugen ausfüllen wollen, bis sich ihr Schmerz in intensives Vergnügen wandelt.« Sie legt den Kopf schräg und schenkt mir ein unglaublich süßes Lächeln. »Gehören Sie zu diesen Frauen, Beth?«

Mein Herz pocht, und mein Atem kommt abgehackt, aber ich versuche, das zu verbergen. Meine Stimme krächzt. »Ich weiß es nicht. Möglicherweise.«

Vanessas Lächeln verblasst, und sie wendet sich an Dominic. »Ich hoffe, du weißt, was du tust«, meint sie mit monotoner Stimme. »Dir ist klar, was passiert, wenn ...«

Dominic unterbricht sie rasch. »Ist schon gut, Vanessa, wirklich.«

Sie denkt kurz nach, dann schaut sie wieder zu mir. »Ich möchte, dass Ihnen eines deutlich bewusst ist, Beth: Manche Erwachsene wollen Dinge tun, die die Gesellschaft mit Verachtung, sogar mit Ekel betrachtet. Dinge, die nicht in die akzeptierte Norm von Sexualität passen und die uns einige unangenehme Wahrheiten über uns selbst vor Augen führen. Aber ich glaube, jeder Mensch hat das Recht, so glücklich zu leben, wie ihm das nur möglich ist, und wenn dazu etwas so Einfaches wie gelegentliches Auspeitschen gehört, dann sollten die Betreffenden die Möglichkeit haben, das auch zu dürfen. Mein Club ist als Zuflucht für diese Menschen gedacht, ein Ort, an dem sie ihre Phantasien in einem sicheren Umfeld ausleben können. Sicherheit und Einwilligung sind der Schlüssel zu allem, was in diesem Haus geschieht, Beth. Sobald Sie das verstanden haben, werden Sie sich auf dem Weg, auf den Sie sich begeben wollen, wohler fühlen.«

»Ich verstehe.« Plötzlich habe ich das Gefühl, dass es ein Privileg ist, hier zu sein, einer so versierten Meisterin ihrer Kunst lauschen zu dürfen.

»Gut.« Vanessa nimmt einen großen Schluck Wein. »Ich

muss weiter, ich habe heute Abend viel zu tun. Und ich glaube, Dominic will Ihnen noch etwas anderes zeigen.« Sie stellt ihr Glas ab und steht auf. Lächelnd und fast freundlich sagt sie: »Auf Wiedersehen, Beth. Es war nett, mit Ihnen zu plaudern.«

»Auf Wiedersehen. Und danke.«

»Dominic – wir werden uns zweifellos später noch unterhalten.« Dann geht sie zur Tür und ist fort.

Ich wende mich an Dominic. »Hammer.«

Er nickt bedächtig. »Sie kennt sich aus in ihrem Metier. Und jetzt komm, es gibt noch einen Ort, den ich dir zeigen will.«

Wir kehren zurück ins Erdgeschoss, vorbei an der Bar und durch eine dicke, verstärkte Tür. Dahinter erwartet uns eine weitere Tür. Mir gefällt ihr Anblick überhaupt nicht. Sie ist mit dicken, schweren Metallknöpfen verziert. Dominic geht vor und öffnet sie. Tiefe Schwärze empfängt uns. Er betätigt den Lichtschalter, und ein Scheinwerfer an der Decke erwacht zum Leben.

Ich schnappe nach Luft. Ich kann nicht anders. Vor mir scheint sich eine mittelalterliche Folterkammer auszubreiten. Ich sehe einen Holzrahmen mit Hand- und Fußfesseln. An einer Wand lehnt ein großes, X-förmiges Kreuz, ebenfalls mit Schlaufen und Halterungen. Ketten baumeln von der Decke bis an den Boden, zu welchem Zweck ist mir unklar, zumindest im Moment. Es gibt seltsam deformierte Bänke, auf denen man wohl in einer Vielzahl von Positionen liegen kann. In der Ecke befindet sich etwas, das wie ein großer, hochkant stehender Sarg mit Löchern aussieht. All das ist schon schlimm genug, aber dann wandert mein Blick zu der gegenüberliegenden Wand, und ich sehe, dass in einer langen Reihe von Haken eine Vielzahl an Instrumenten hängen, die auf mich allesamt furchteinflößend wirken. Es sind Instrumente zum Auspeitschen. Manche haben dicke Griffe und einen dichten Busch aus Lederschwänzen, andere nur einige wenige Lederriemen, die aber fester und mit Knoten am Ende versehen sind. Manche wirken weich, fast flauschig, mit schmalen Griffen und langen Riemen aus Pferdehaar, wieder andere sehen aus, als hätten sie mehr Biss, mit geflochtenen Schwänzen oder einem einzigen, geschlängelten geknüpften Riemen mit übel aussehender, gespaltener Zunge am Ende. Dann gibt es diejenigen, die Reitgerten ähneln: schmales, festes, federndes Leder, das auf der nackten Haut zweifelsohne große Qualen hervorrufen kann. Dazu Peitschen mit bauchigen Griffen, die schmal zulaufen, Stöcke, stark und hart, Paddel in allen Größen, manche mit zwei Klatschen, andere mit Löchern in der Mitte, wieder andere ganz schlicht, und irgendwie machen die mir am meisten Angst.

»Dominic.« Ich packe ihn am Arm. »Ich weiß nicht ... das ist ziemlich heftig.«

»Pst.« Er nimmt mich in die Arme, streichelt meinen Kopf. »Es soll ja furchteinflößend aussehen. Hier soll sich die Phantasie an Orte begeben, die man normalerweise nur in seinen schlimmsten Albträumen findet. Aber so schlimm ist es nicht, das verspreche ich. Du bist freiwillig hier, du bleibst freiwillig da, und es wird nichts geschehen, was du nicht willst.«

Ich kann das kaum glauben, aber er lächelt zärtlich auf mich herab.

»Das verspreche ich dir. Ich will dir nicht weh tun – nicht so, wie du es dir gerade vorstellst. Und mach dir keine Sorgen, hier fangen wir sowieso nicht an.«

Ich zittere voller Furcht und erschrecke auf einmal zutiefst darüber, was ich getan habe, wozu ich mich einverstanden erklärt habe. Ich weiß nicht, ob ich das durchziehen kann.

Dominic nimmt meine Hände und küsst sie. Als er spricht, ist seine Stimme leise und heiser. »Vertrau mir. Mehr musst du nicht tun. Vertrau mir einfach.«

15. Kapitel

Im Taxi auf dem Rückweg zu den Randolph Gardens sage ich nicht viel. Ich fühle mich nicht gut, regelrecht unwohl. Ständig muss ich an diesen Ort denken und an das, was dort vor sich geht. Ich sehe Augen nahe am Wahnsinn, Münder mit Schaum davor, höre Schreie und das Klatschen der Peitsche auf weiches Fleisch. Für mich ergibt das keinen Sinn. Was soll das mit Liebe zu tun haben – mit dem Bedürfnis, jemand zu lieben und zu verwöhnen, liebevoll und zärtlich zu ihm zu sein?

Dominic spürt meine Ängste und lässt mir die Zeit, die ich brauche, um das Gesehene zu verarbeiten. Er hält mich die ganze Zeit im Arm, sein Kopf nahe an meinem. Ich habe das Gefühl, etwas von seiner Kraft und Selbstsicherheit in mich aufzunehmen, und das hilft ein wenig.

»Ich muss dir etwas zeigen«, sagt er, als das Taxi davonfährt und uns auf dem Gehweg vor dem Apartmentblock zurücklässt. »Etwas nur für uns.«

Was er damit meint, ist mir unklar.

»Komm mit.« Er wirkt erfreut und aufgeregt und hält meine Hand, als wir ins Haus gehen und mit dem Aufzug in seinem Teil des Gebäudes nach oben fahren. Aber dieses Mal steigen wir nicht im fünften Stock aus, sondern im siebten, ganz oben.

»Wohin gehen wir?«, frage ich überrascht.

Dominic lächelt, seine Augen glänzen. »Das wirst du schon sehen.«

Er führt mich den Flur entlang zu einer Tür, holt einen Schlüssel heraus und öffnet sie.

An diesem Abend bin ich von dem, was ich hinter verschlossenen Türen fand, bereits amüsiert, überrascht und entsetzt worden, aber das hier ist noch einmal etwas völlig anderes. Als wir eintreten, stehe ich vor einem Rätsel. Es ist eine Wohnung, vertraut in der Anordnung der Räume, aber kleiner als die von Celia oder Dominic. Auf den ersten Blick scheint sie schlicht und einfach eingerichtet.

»Hier.« Dominic durchquert den kleinen Flur und öffnet die Tür zum Schlafzimmer. Ich folge ihm und schaue hinein.

»Das habe ich für uns machen lassen«, sagt er, während ich den Raum betrachte. »Übers Wochenende.«

Ich sehe ein wundervolles Schlafzimmer, beherrscht von einem riesigen Bett. Es ist ein altmodisches Bett mit Eisengittern und frischen Laken, einem Berg an Kissen und einer Tagesdecke aus lavendelfarbener Seide. Die Stoffe im Raum sind alle weich und sinnlich, von den samtigen Sesseln bis hin zu dem weißen Fellteppich und der Reihe an kleinen Staubwedeln – oder was immer das ist – auf dem Tisch neben dem Bett. Es gibt eine antike Kommode und einen Kleiderschrank aus dunkel vergoldetem Holz. Ich sehe einen merkwürdigen Stuhl wie den in Dominics Wohnung, nur größer und länger, mit weichem, weißen Lederbezug und etwas, das wie Lederzügel aussieht, unter dem Sitz sowie einer niedrigen Fußbank.

»Schau her.« Dominic geht zu dem Kleiderschrank und öffnet ihn. Ich sehe herrliche Nachtwäsche, ein Hauch aus Spitze, hauptsächlich in schwarz – und auch andere Dinge: Schlaufen aus Seide und Leder, die sehr an eine Reitausrüstung erinnern. Es gibt versteifte Korsagen mit langen Spitzen und breite Ledergürtel mit Schnallen und Reißverschlüssen. Ein seidenes Negligé fügt dem Ganzen einen Hauch sinnlichen Luxus hinzu.

Ich schaue Dominic ungläubig an. »Das hast du alles für mich gekauft?«

»Natürlich.« Er breitet die Arme in diesem Boudoir aus. »Das ist doch der Sinn des Ganzen. Es ist nur für dich und mich. Alles ist frisch und neu, keine Assoziationen, es ist allein für uns da, damit wir darin spielen können.« Eifrig wendet er sich an mich. »Gefällt es dir?«

»Es gefällt mir unendlich viel besser als die Folterkammer«, erwidere ich leidenschaftlich, was ihn zum Lachen bringt. »Hast du das wirklich alles übers Wochenende gemacht?«

Ich kann gar nicht glauben, was für einen Aufwand er betrieben hat, ganz zu schweigen von den Kosten, noch eine Wohnung im Haus zu mieten und sie so üppig auszustatten.

Er nickt und tritt auf mich zu, sein Blick voller Innigkeit. »Erstaunlich, was man erreichen kann, wenn es einem nur wichtig genug ist.« Er greift nach mir und hebt mein Kinn nach oben, so dass mein Gesicht ihm zugewandt ist. »Ich möchte, dass du die Freuden kennenlernst, die wir einander bereiten können, die Höhen, die wir erreichen können.«

Auf einmal brodelt flüssige Lust in meinem Magen, und die Bilder von Angst und Schmerz lösen sich auf. Alles ist wieder schön, spielerisch und zärtlich.

»Das ist alles neu für mich«, sage ich mit rauer Stimme. »Aber ich will es lernen.«

»Die Lektionen werden leichter und schöner ausfallen als du denkst«, erwidert er. »Und wir machen ganz langsam einen Schritt nach dem anderen.« Seine Lippen berühren meine, weich wie die Flügel eines Schmetterlings, und dann, gerade als ich denke, dass ich es keine Sekunde länger aushalte, öffnet er meinen Mund mit seiner Zunge, nimmt ihn in Besitz. Wir küssen uns leidenschaftlich, und das Verlangen, das sich zwischen uns aufgebaut hat, erwacht zum Leben. Es erregt mich sehr, hier zu sein – nicht in Celias Wohnung oder in Dominics, sondern hier, an einem Ort, der nur für uns da ist.

Unter Küssen entkleidet mich Dominic, und ich helfe ihm dabei. Gleich darauf stehe ich nackt vor ihm, meine Brustwarzen bereits hart und empfindlich. Er lässt seinen Blick genüsslich über mich wandern.

»Du bist erstaunlich«, meint er fast verwundert. »Du bist für die Freude geschaffen.« Er fährt mit der Hand über meinen Hintern. »Dein Arsch ist herrlich. Allein beim Gedanken daran bekomme ich einen Steifen.« Er zieht meine Hand in seinen Schritt, und ich spüre seine Härte. »Siehst du?«

O Himmel, ich will ihn. Ich will ihn jetzt und hier. Sofort möchte ich ihm das Jackett über die Schultern streifen, er hilft mir dabei, und der Rest seiner Kleidung folgt ebenso schnell. Dann stehen wir nackt voreinander, unsere Erregung ersichtlich an unserem abgehackten Atmen. Wir trinken mit unseren Augen den Anblick des anderen.

»Fängt es jetzt an?«, frage ich, mein Herz pocht heftig. Tief unten zieht es so sehr wie noch nie. Ich hätte nie gedacht, dass ich auf so schmerzliche, körperliche Weise Verlangen empfinden könnte.

Dominic lächelt. Er beugt sich vor, küsst meine Halsbeuge und fährt mit der Zunge langsam den Hals entlang, bis zu meinem Ohrläppchen, an dem er zerrt und leicht hineinbeißt, bevor er mir ins Ohr flüstert: »Es ist ein Appetithappen, nur ein winzig kleiner Appetithappen.«

Sein Atem in meinem Ohr weckt Empfindungen, die beinahe unerträglich sind. Ich winde mich vor Entzücken und hole tief Luft.

Er hebt meine Hand an seinen Mund, nimmt die Spitzen meines Zeige- und Mittelfingers in den Mund. Ich spüre die warme Feuchtigkeit darin, während seine Zunge mit den Fingerspitzen spielt und er mit den Zähnen darüberfährt. Ein Gefühl der Gefahr durchläuft mich: er könnte jederzeit schmerzhaft in meine Finger beißen, und obwohl ich sicher bin, dass er das nicht tun wird, besteht durchaus die Möglichkeit. Das Saugen ist erregender, als ich vermutet hätte. Seine Zunge leckt über meine Finger, er nimmt sie noch weiter in den Mund. Dann spüre ich seine andere Hand zwischen meinen Beinen. Sie fährt anfangs so sanft durch mein Schamhaar, dass es mir kaum bewusst ist, dann streichelt sie mich etwas fester und zielgerichteter. Einer seiner Finger gleitet in mich, unerwartet hart und schnell, drängt nach oben. Es ist köstlich, aber nicht genug. Ich will mehr. Die provozierende Zunge, die mit meinen Fingern spielt, macht mich unglaublich heiß. Mein Kopf sinkt in den Nacken, und ich seufze sehnsuchtsvoll. Dominic scheint mich zu verstehen, denn ein zweiter Finger gesellt sich zu dem ersten, und ich spüre, wie sich die Wände meines Geschlechts entzückt weiten, um ihm Zugang zu gewähren. Oh, aber es ist immer noch nicht genug. Ich weiß, was ich will. Mit der freien Hand will ich nach seinem harten, heißen Penis greifen, aber er lässt nicht zu, dass ich ihn berühre, bewegt sich immer etwas außerhalb meiner Reichweite.

Er gibt die Finger in seinem Mund frei und lenkt meine Hand nach unten. Entzückt denke ich, dass ich jetzt seinen Penis berühren darf, und will nach der herrlichen, weichen Hitze greifen, aber er führt meine Hand an eine andere Stelle. Ich schaue ihm in die Augen, und er starrt zurück, intensiv und stark, während er meine Hand über mein flaumiges Haar bewegt. Ich spüre, wie sich der Ballen seiner anderen Hand schwer gegen meinen Schritt presst und wie er seine Finger tief in mich bohrt. Es erregt mich noch mehr, die Mechanik der köstlichen Empfindungen zu spüren, die er mir vermittelt. Dann zieht er seine Finger heraus, fährt mit ihrer Feuchtigkeit über meinen Bauch, und drängt meine Hand, ihren Platz einzunehmen.

»Berühre dich selbst«, murmelt er.

Ich erinnere mich, wie er mich durch das Fenster beobachtete, als ich mich zum Orgasmus brachte. Wie könnte mir das hier jetzt noch peinlich sein? Also fahre ich mit dem Finger über die heißen, feuchten Schamlippen unter dem Dreieck aus Schamhaar.

»So ist es gut.« Er beobachtet, wie meine Finger über mein eigenes Geschlecht gleiten. »Und jetzt dringe in dich ein.«

Ich tauche einen Finger in die Hitze zwischen meinen Beinen und tiefer.

»Nimm ihn wieder heraus und schmecke ihn.«

Ich zögere.

»Mach schon«, sagt er, und ich höre den ersten Anklang von Strenge in seiner Stimme. Ist das ein Test?

Ich hebe meinen Finger langsam an meinen Mund. Er beobachtet mich wachsam, während ich die Lippen teile und mir den Finger in den Mund stecke.

»Sauge daran«, flüstert er, und ich gehorche, schließe meine Lippen und lasse zu, dass sich der Geschmack über meiner Zunge ausbreitet. Es schmeckt würzig, beinahe süß und ganz definitiv nach Sex. »Du bist herrlich«, sagt er. »Und jetzt ab ins Bett.«

Ich drehe mich um und gehe zum Bett. »Und nun?«, frage ich, aber sein Blick bringt mich zum Schweigen.

»Nicht reden. Ich übernehme das Reden.«

O Gott, dann hat es jetzt also wirklich angefangen. Aber er meinte, es sei nur ein Appetithappen. Ich habe keine Angst. Meine ersten Schritte hin zur Unterwerfung unter seine Kontrolle sind leicht – bislang.

»Leg dich auf das Bett, auf den Rücken«, befiehlt er. »Die Arme über den Kopf. Und schließe die Augen.«

Ich tue wie geheißen. Die frische Baumwolle und der glänzende Satin der Laken fühlen sich kühl und angenehm unter meinem nackten Rücken an, als ich mich hinlege. Ich schließe die Augen und lege die Arme leicht angewinkelt nach oben auf die Kissen.

Ich höre, wie er näher kommt, dann das Geräusch einer Schublade, die sich öffnet und wieder schließt.

»Wir fangen mit etwas Einfachem an«, sagt er. Ein Hauch von etwas Weichem und Glattem streicht über mein Gesicht, und im nächsten Augenblick hat er es über meine Augen gelegt und hebt meinen Kopf an, um es festzuziehen. Die Welt wird ganz schwarz, und ich spüre einen leichten Anflug von Panik. Ich kann nichts sehen. So habe ich mir das nicht vorgestellt!

»Entspanne dich, ich mache das nur für dich«, murmelt er, als könne er meine Gedanken lesen. »Du bist sicher, du wirst sehen ...«

Eins meiner Handgelenke wird angehoben, und ich spüre ein weiches Flechtgewebe, mit dem er mich an das Eisengitter des Bettes fesselt. Dann wird auch das andere Handgelenk fixiert. Die Fesseln sind weder eng noch unangenehm, aber das Gefühl, sich nicht frei bewegen zu können, ist enorm verstörend. Ich zerre leicht an den Fesseln und stelle fest, dass meine Handgelenke nur ein, zwei Zentimeter Spielraum haben.

»Vertrau mir«, flüstert er. »Das dient deinem Vergnügen, ich verspreche es. Und jetzt spreize deine Beine.«

Ich werde unsicher, weil ich ihn nicht sehen kann, und fühle mich sehr verletzlich, als ich meine Beine spreize und den intimsten Teil von mir bloßlege, ohne zu wissen, wo er ist oder was er tut. Jede einzelne Empfindung wird noch stärker, wenn man nichts sehen kann. Ich bin mir sogar der Luft im Raum bewusst, der sich mein heißes Geschlecht öffnet. Alles wird still, aber ich spüre, wie er sich bewegt. Ich höre, wie ein Streichholz entzündet wird, und nehme den schwachen Schwefelgeruch wahr. Einen Augenblick darauf rieche ich die schwere Süße von Jasmin und Zedernholz.

Das ist es also. Er hat Duftkerzen entzündet. Das ist gut, das ist schön.

Bislang gefällt mir alles an dieser Erfahrung: der luxuriöse Raum, die herrlichen Stoffe und nun diese köstlichen Düfte. Aber ich bin auch erstaunt. Das Stocken im Ablauf lässt meine Erregung ein wenig abflachen. Ich komme wieder zu mir, bin nicht mehr ganz verloren im Gefühl.

Plötzlich ist er neben mir. Das Bett bewegt sich, als er daraufsteigt und sich zwischen meine Beine kniet.

»Bist du bereit?«, fragt er leise.

»Ja, ich bin bereit.« Kaum habe ich das gesagt, summt es wieder in mir, mein Blut rauscht erneut durch meinen Körper. Ich verliere mich in der Dunkelheit, verletzlich und offen, mit gefesselten Händen.

»Gut.«

Eine Pause tritt ein, dann ein seltsames Gefühl. Ein Tropfen Hitze auf meiner Brust, der sich sofort in angenehme Wärme verwandelt. Dann noch einer. Ein weiterer auf meinem Bauch. Und noch einer. Was ist das?

Seine Finger fahren über meinen Busen und über die warmen Stellen. Dann wird es mir klar. Er hat irgendein Öl auf mich getropft und reibt es jetzt in meine Haut. Das Gefühl ist sinnlich, üppig. Seine Finger arbeiten auf meiner Haut, massieren das Öl über meinen Körper, machen mich glatt und glitschig. Er verreibt das Öl auf meinen Brustwarzen, die er mit den Fingerspitzen zwickt. Durch das Öl verringert sich die Haftung, darum reibt er fester, kneift sie und drückt sie und facht das Verlangen in meinem Bauch umso mehr an.

Warum sind die Brustwarzen direkt mit den Lenden verbunden?, frage ich mich benommen, während ich mich gleichzeitig angesichts der Intensität der Gefühle zu winden beginne. Er drückt immer fester, und ich spüre, dass meine

Brustwarzen geschwollen sind und so hart wie Kugeln. Je härter sie werden, desto feuchter werde ich.

»Lieg still«, befiehlt er, und ich versuche, mich nicht mehr zu bewegen, aber ich keuche heftig, und es fällt mir schwer, nicht auf die intensiven Gefühle zu reagieren, die er mir beschert. Jetzt massiert er meine Brüste, umfasst sie mit den Händen, streicht über sie, kehrt zu den Warzen zurück und weiter zur Liebkosung der weichen Hügel. Dann arbeitet er sich über meinen Bauch, reibt das Öl in meine Haut, macht mich glatt und schlüpfrig.

»Du bist so schön, Beth«, sagt er, während seine großen, kraftvollen Hände über meinen Bauch reiben und immer näher an jene Stellen kommen, die sich nach seiner Berührung verzehren. »Ich liebe es, wenn du so daliegst, nur für mich. Dein ganzer, süßer Körper ist mir ausgeliefert.«

Ich erschauere unter seinen Worten, aber ich kann nicht reden. Ich kann mich nur auf seine Finger konzentrieren, die massieren und reiben und sich meinen gespreizten Beinen nähern, wo sich die Sehnsucht nach ihm immer härter und stärker aufbaut. Ich möchte, dass diese Finger wieder in mich stoßen. Mehr noch, ich will seinen Penis, ich will diese harte Lanze jetzt tief in mir spüren.

»Bitte«, stöhne ich. »Dominic, ich halte es nicht mehr aus.«

»Du musst etwas mehr Durchhaltevermögen lernen«, sagt er und klingt amüsiert.

Zu meiner kribbelnden Enttäuschung umgeht er meine Lenden völlig und lässt stattdessen heißes Öl auf meine Schenkel und Schienbeine tropfen. Langsam und gewissenhaft massiert er das Öl in meine Haut, arbeitet sich an meinen Beinen entlang bis zu meinen Füßen. Er konzentriert sich erst auf den einen Fuß, dann auf den anderen, reibt jede Zehe und die Ballen ein und massiert die Fußsohlen. Es ist ungeheuer stimulierend. Ich hatte ja keine Ahnung, dass solch verborgene Freuden in meinen Füßen schlummern, aber gerade, als ich mich in das Vergnügen einer Fußmassage entspannen will, arbeit er sich zügig und mühelos meine Beine hinauf zu den Hüften.

Jetzt wünsche ich mir, ich könnte sein Gesicht sehen, aber gleich darauf vergesse ich das wieder, weil er nämlich Öl über mein Schamhaar verteilt. Er breitet seine Finger über meine Hüften aus und kreiselt mit seinen Daumen sanft nach unten, immer näher an meine gierige Klitoris. Sie fühlt sich groß und hart an wie meine Brustwarzen, und ich bin mir intensiv bewusst, dass sie pocht, während ich seine Berührung voller Vorfreude erwarte. Ich möchte mich bewegen, ihm meine Hüften entgegenheben, meinen Rücken durchbiegen, aber ich erinnere mich, dass Dominic mich aufgefordert hat, still zu liegen, und ich will alles tun, um ihm zu gehorchen.

Und dann, als ich glaube, es keine Sekunde länger mehr auszuhalten, fährt sein Daumen ganz leicht über meine Klitoris. Ich schreie auf und biege meinen Rücken durch, ohne es zu wollen.

»Die Regeln sind heute nicht so streng«, sagt er leise. An seiner Stimme höre ich, wie sehr ihn meine starke Reaktion erregt. »Darum darfst du dich von jetzt an bewegen, wenn du willst.«

Dann streicht er zunehmend fester über meine Knospe, sendet Wellen der Erregung durch meinen Körper. Diese Wellen an Gefühl bauen sich in meiner tiefdunklen Welt viel intensiver auf, und während ich mich auf dem Bett winde, spüre ich die Fesseln an meinen Handgelenken, und das erhöht meine Erregung nur noch weiter. Ich kann nichts tun. Er muss alles für mich tun. Ohne ihn kann ich nicht zu diesem Gipfel der Ekstase gelangen, nach dem es mich so verzweifelt verlangt.

Da entzieht er sich mir. »Es gäbe noch mehr, aber ich kann es jetzt selbst nicht mehr erwarten.«

Ich spüre, wie er sich aufrichtet. Mein Gott, ich wünschte, ich könnte diesen herrlichen Schwanz sehen! Dann ist Dominic zwischen meinen Beinen, hält seinen Penis an meinen Eingang, spielt mit den öligen, glitschigen Tiefen.

Ich dränge mich ihm entgegen, versuche, ihn in mich aufzunehmen, aber er verweilt noch einen Moment länger.

»Du bist so bereit«, murmelt er. Und dann rammt er sich plötzlich mit einem einzigen gewaltigen Stoß in mich.

Ich schreie auf. O Himmel, ja, ja.

Er scheint tiefer in mir zu sein als je zuvor. Langsam zieht er sich zurück, dann stößt er erneut zu, hart, schnell, tief. Langsames Zurückziehen und dann dieselbe herrliche Vorwärtsbewegung. Allmählich findet er in seinen Rhythmus, solide, phantastische Stöße. Bei jedem Stoß trifft er auf mein Schambein und presst sich rotierend auf meine Klitoris, genauso wie sie es gern hat.

»Ich will, dass du jetzt kommst«, knurrt er. Dann ist sein Mund auf meinem, und unsere Zungen treffen sich in einem lasziven, köstlichen Kuss.

Ich gebe ein Geräusch von mir, das ich noch nie zuvor ausgestoßen habe. Dies ist das intensivste Gefühl, das ich je empfunden habe. Während sein Penis geheime Stellen tief in mir berührt, verliere ich mich in der samtigen Dunkelheit der Augenbinde und in diesem außergewöhnlich heftigen Orgasmus, der sich stürmisch in mir aufbaut.

»Komm!«, befiehlt er.

Mein Höhepunkt packt mich und reißt mich in einer gewaltigen Welle herrlicher Euphorie nach oben, schüttelt mich mit seiner tiefen Kraft scheinbar minutenlang durch, dann fühle ich, wie Dominic sich anspannt, tief in seinem Stoß verharrt, noch einmal zustößt, während sein Penis noch weiter anschwillt, und schließlich strömt sein Orgasmus mit grandioser Wucht aus ihm heraus. Ohne es zu sehen, spüre ich es umso deutlicher, und ich liebe die Empfindung, wie er in mir pulsiert. Dann fällt er keuchend neben mir auf das Bett.

Ich muss nach Atem ringen, immer noch erstaunt von der Flutwelle, die mich gerade gepackt hat, da löst Dominic meine Fesseln vom Eisengitter und nimmt mir die Augenbinde ab.

Er lächelt, dann küsst er mich auf die Lippen. »Und?«, fragt er zärtlich. »Wie hat dir deine erste Lektion gefallen?«

»Sie war erderschütternd.« Ich seufze befriedigt. »Wirklich … überwältigend.«

»So hat es geklungen, und so hat es sich auch angefühlt. Du hast mich bei deinem Orgasmus wirklich sehr eng im Griff gehabt. Es war erstaunlich.« Er gibt mir noch einen Kuss, dieses Mal auf die Nasenspitze. »Ich denke, wir dürfen das Bett jetzt als eingeweiht betrachten.«

»Hmm.« Ich räkele mich glücklich. »Es ist herrlich.«

»Ich freue mich, dass es dir gefällt. Es ist ganz allein für dich. Dieser Ort hier gehört nur uns, damit wir tun können, was immer uns gefällt.« Er mustert mich mit suchendem Blick. »Und nächstes Mal fangen wir dann richtig an.«

16. Kapitel

Am nächsten Tag bin ich immer noch euphorisch. James fragt mich nicht offen danach, aber er nennt mich Kätzchen. »Weil Sie aussehen wie eine Katze, die von der Sahne genascht hat«, sagt er mit wissendem Lächeln.

Es stimmt, ich schnurre praktisch den ganzen Tag über. Alles an dieser Erfahrung mit Dominic war erfreulich. Ich frage mich allmählich, was mir die ganze Zeit entgangen sein mag.

Aber es ist nur so, weil es Dominic ist.

Ich weiß, dass wir heute Abend ausgehen werden. Gestern Abend sagte er zu mir, bevor wir uns an den nächsten Schritt machen könnten, gebe es Dinge, die wir zu klären hätten. Es klang geheimnisvoll, und er muss die Sorge in meinem Gesicht gelesen haben, denn er meinte, es sei alles ganz unkompliziert, und ich müsse mir um nichts Gedanken machen.

Punkt sieben Uhr fährt mein Taxi vor dem Restaurant vor, in dem ich Dominic treffen soll. Diesen Teil von London kenne ich noch nicht, aber ich erkenne den Tower und die Tower Bridge, als das Taxi daran vorbeifährt. Das muss das East End sein, der östliche Teil von London.

Das Restaurant liegt an der Themse, ein umgewandeltes Lagerhaus mit herrlicher Aussicht auf den Fluss und die South Bank.

Der Oberkellner deutet eine Verbeugung an, als ich eintrete und ihm sage, dass ich mit Mr Stone verabredet bin. Noch während ich das sage, wird mir klar, dass ich nicht einmal weiß, ob das Dominics richtiger Nachname ist oder nicht. Es ist nur der Name, den ich hier angeben soll.

»Sehr wohl, Madam. Hier entlang, bitte.« Der Oberkellner führt mich durch das volle Restaurant zu einem Aufzug, der uns mehrere Stockwerke nach oben bringt, in einen luftigen Glasanbau auf dem Dach des Lagerhauses. Hier ist die Aussicht noch erstaunlicher, da man einen Rundblick hat.

»Mr Stone befindet sich auf der privaten Terrasse«, erklärt der Oberkellner und führt mich gleich darauf in einen hübschen Bereich, der nicht überdacht ist, aber zu beiden Seiten von Glaswänden eingegrenzt, mit einem Sichtschutz aus Grünpflanzen in Granitkübeln. Eine kühle Brise spielt mit den Spitzen der Hecken, und der salzige Geruch des Flusses ist durchdringend.

Dominic sitzt schon am Tisch, ein Glas Weißwein vor sich. Er steht auf, als ich näher komme, ein Lächeln umspielt seine Lippen. Er sieht umwerfender denn je aus, in einem dunkelblauen Anzug, dieses Mal mit einem blassblauen Hemd und einer silbernen Seidenkrawatte.

»Miss Villiers, ich freue mich sehr.«

»Mr Stone, wie schön, Sie wiederzusehen.«

Wir küssen uns höflich auf die Wangen, während der Oberkellner mir den Stuhl zurechtrückt und wartet, dass ich mich setze.

»Ich freue mich so, dass Sie es einrichten konnten«, scherzt Dominic.

Der Oberkellner schiebt mir vorsichtig den Stuhl entgegen, auf dem ich mich niederlasse. Er füllt mein Glas von der Weißweinflasche im Eiskübel auf dem Tisch, dann verbeugt er sich und geht.

Kaum ist er fort, lehnt sich Dominic vor, seine dunklen Augen funkeln. »Ich habe dich den ganzen Tag an meinen Fingern schmecken können.«

Ich muss lächeln angesichts des Unterschieds zwischen unserem höflichen Selbst und unserem schmutzigen, sexy

Selbst. »Ich vermute, du hast dich heute Morgen geduscht, also ist diese Aussage frech gelogen.«

»Dann muss ich es geträumt haben.« Er hebt sein Glas. »Auf unsere neuen Entdeckungen.«

Ich hebe mein Glas ebenfalls. »Auf neue Entdeckungen«, sage ich, und wir trinken beide. Ich schaue mich in der Sommerabenddämmerung um, genieße die Aussicht, während die Lichter der Stadt allmählich angehen. Weiter oben sehe ich hell erleuchtete Brücken über der Themse, und auf dem Fluss selbst fahren noch Boote. Die Welt brummt und bewegt sich um uns, aber soweit es mich betrifft, befindet sich das Universum hier auf dieser Terrasse. Alles, was ich will und brauche, ist hier. Dominic vereint alles in sich, wovon ich bei einem Mann träume: er ist klug, gebildet, geistreich und umwerfend. Er ist zärtlich und liebevoll und eröffnet mir ein Maß an Glückseligkeit, von der ich bis zu diesem Zeitpunkt nicht die leiseste Ahnung hatte. Das schwelgerische Gefühl, das mich erfüllt, wann immer ich an ihn denke, bedeutet zweifellos, dass ich dabei bin, mich in ihn zu verlieben. Es ist tiefer und aufregender als das, was ich für Adam empfand. Das mit Adam scheint mir jetzt eine süße, aber oberflächliche Teenagerromanze, damals verständlich, aber jetzt nur noch ein Abglanz all dessen, was noch auf mich wartet.

»Ich habe schon für uns bestellt«, sagt Dominic.

»Ist gut.« Das überrascht mich ein wenig. So etwas hat er noch nie zuvor getan.

Aber ich habe den ersten Schritt gemacht, nicht wahr? Und das hier muss ein Teil des Ganzen sein.

Gut, denke ich, und schüttele meine aufkeimende Verärgerung ab. Ich vertraue Dominic. Es ist ja nicht so, als sei ich gegen irgendwas allergisch oder so – nicht, dass er danach gefragt hätte. Die Hauptsache ist doch, dass er ein Quell der

Erziehung für mich ist. Was immer er bestellt hat, es wird vorzüglich sein.

Er schaut mich an, sein Blick leicht verschleiert. Ich frage mich, ob er sich an den gestrigen Abend und unser rauschhaftes Beisammensein erinnert. Ich hoffe es. Kleine Wellen der Erregung branden angesichts der Erinnerung auf.

»Also«, fängt er an, »wir müssen über die Regeln sprechen.«

»Regeln?«

Er nickt. »Man kann sich nicht auf einen Weg wie den unseren begeben, wenn man keine Regeln aufstellt.«

Mir fällt wieder ein, was Vanessa sagte: *Sicherheit und Einwilligung sind der Schlüssel zu allem, was in diesem Haus geschieht, Beth. Sobald Sie das verstanden haben, werden Sie sich auf dem Weg, auf den Sie sich begeben wollen, wohler fühlen.*

»Na gut«, meine ich zögernd, »aber ich weiß nicht, ob wir sie brauchen werden. Ich vertraue dir.«

Ein Lächeln umspielt Dominics Lippen. »Worte, die einen Mann wie mich begeistern. Aber Regeln sind notwendig. Nur die extremsten Beziehungen funktionieren ohne, und zu diesen fühle ich mich nicht hingezogen. Ich mag ja dominant sein, aber ich bin kein Hardcore-Sadist.«

»Es freut mich zu hören, dass du da einen Unterschied machst.« Ich stehe immer noch ganz am Anfang, was all diese Begriffe angeht, aber natürlich habe ich von Sadismus gehört. Eine Studentin an meinem College las auf Partys immer aus den Schriften des Marquis de Sade vor, und für gewöhnlich dauerte es nur wenige Minuten, bevor mir so übel wurde, dass ich gehen musste.

»Ich füge Schmerz zu, aber ich trage nicht das Verlangen nach den grausamen Folterungen des wahren Sadismus in mir«, erläutert Dominic. »Das tut fast keiner.«

Darüber will ich gar nicht nachdenken, darum sage ich

etwas ungeduldig: »Na gut, dann sollten wir uns jetzt auf Regeln einigen.«

»Schön.« Er beugt sich zu mir. »Als Erstes musst du verstehen, dass der Dominic, auf den du bei unserem Liebesspiel triffst – oder wie immer du es nennen willst –, dein Herr und Meister ist, dem du zu gehorchen versprichst. Außerhalb unseres Boudoirs funktionieren wir in der Realität, wo die normalen Verhaltensregeln gelten. Doch in unserem Boudoir ist die Sache eine andere. Und als Signal, dass das Spiel begonnen hat, möchte ich, dass du ein Halsband trägst.«

»Oh.« Ich bin überrascht. »Ist das ein Teil der Bondage-Ausstattung?«

Er nickt. »Ein Halsband ist ein absolut vernünftiges Symbol der Unterwerfung.«

Ich denke darüber nach. Er hat recht. Ein Halsband signalisiert Besitz. Tiere tragen Halsbänder. Sklaven tragen Halsbänder. Es ist ein Zeichen dafür, dass man gezähmt wurde. Möchte ich das für mich selbst? Gezähmt werden?

»Ich hätte nie gedacht, dass ich gezähmt werden müsste«, sage ich laut, fast ohne darüber nachzudenken.

Sofort schaut Dominic besorgt. »Das hast du falsch verstanden«, meint er mit einfühlsamer Stimme. »Es geht nicht um dein wahres Selbst. Es geht um dein Phantasie-Selbst. Ich will dich in der realen Welt weder brechen noch zähmen. Aber in unserer speziellen Welt erklärst du dich einverstanden, dich mir zu unterwerfen. Verstehst du das?«

Ich nicke langsam. Das ergibt einen Sinn. Ich verstehe plötzlich, dass die Dinge, die ich mit Dominic in unserem Sexleben mache, nicht notwendigerweise mein wahres Selbst widerspiegeln. Das erleichtert mich, auch wenn ich noch nicht genau weiß, warum.

»Dann bist du also mit dem Halsband einverstanden?«, drängt er.

»Ja.«

»Gut. Es wartet ein wunderschönes auf dich in unserem Boudoir.«

Ich sehe wieder dieses herrliche Schlafzimmer vor mir, das er extra für mich eingerichtet hat, und etwas in mir schmilzt dahin. »Ich wünschte, wir wären jetzt dort«, flüstere ich.

Der Wind spielt mit seinen Haaren. Er legt die Fingerspitzen aneinander und schaut nachdenklich. »Ich auch«, murmelt er, »aber erst müssen wir unsere Grenzen klären ...«

In diesem Moment öffnet sich die Tür zur Terrasse, und ein Kellner nähert sich mit etwas, das wie ein riesiger, mehrstufiger Tortenständer aussieht, nur dass die einzelnen Stufen voller Meeresfrüchte sind.

Er platziert die Etagère auf unserem Tisch. »Ihre Fruits de Mer.«

Sofort taucht ein weiterer Kellner auf, mit Fingerschalen, winzigen Gabeln und etwas, das zwei Nussknackern ähnelt. Dazu eine Glasschale mit Mayonnaise und eine weitere mit einer lila Flüssigkeit und kleingeschnittenen Zwiebeln darin, dazu in eine Stoffserviette eingeschlagene Zitronenhälften und eine Flasche Tabasco.

Nachdem alles vor uns ausgebreitet wurde, gießt einer der Kellner unsere Gläser auf, und dann gehen beide.

»Austern«, sagt Dominic und hebt eine Augenbraue. »Viel Selenium und Zink. Sehr gesund.«

Aber es sind nicht nur Austern. Auf jeder Stufe der Etagère befindet sich ein Bett aus Eis, auf dem eine Vielzahl von Meeresfrüchten zu finden sind: Krebse, Hummerscheren, Strandschnecken und Garnelen.

Dominic nippt an seinem Wein. »Dieser Riesling passt ausgezeichnet zu unseren Meeresfrüchten«, sagt er zufrieden. »Und jetzt sollten wir anfangen.«

Ich folge seinem Beispiel, fische mit der kleinen Gabel die

Strandschnecke aus ihrem Gehäuse und öffne mit dem Nussknacker die Hummerscheren, damit ich das süße, weiße Fleisch mit der Gabel herauspulen und in die dicke Mayonnaise tunken kann. Als ich den Zwiebelessig auf die Austern tropfe, bringt er ihren salzigen, metallischen Geschmack beim Essen zur Geltung. Ich verstehe jetzt, warum man Meeresfrüchte für eine erotische Mahlzeit hält: die Rituale des Herausziehens und der salzige Geschmack nach Meer macht das Ganze zu einem besonders erregenden Mahl. Ich habe noch nie zuvor Austern gegessen, aber ich folge Dominics Beispiel und schlucke die glitschigen, gekräuselten Ovale in ihrem säuerlichen Bad aus Essig oder Zitrone und mit der würzigen Hitze des Tabasco. Es schmeckt seltsam – fast cremig –, ist aber köstlich.

»Es gibt noch mehr, worüber wir sprechen müssen«, sagt Dominic.

»Ach ja?« Die Freude am Essen, an der Aussicht und an der Aura luxuriöser Genüsse hat mich enorm entspannt – ganz zu schweigen von der Wirkung des fast metallisch trockenen Rieslings, der, wie ich finde, wohl einer der besten Weine ist, die ich je gekostet habe.

»Ja! Als Erstes musst du begreifen, dass es nur um dich geht. Die Leute nehmen immer an, es gehe ausschließlich um das Vergnügen des Dom. Das ist völlig falsch. Du wirst der Mittelpunkt meiner Welt sein, wenn wir es tun. Du wirst meine ganze Aufmerksamkeit genießen, und dein Lohn besteht in der Intensivierung der Erfahrung, in der Erfüllung deiner Phantasien und ...«, ein Lächeln umspielt seine Mundwinkel, »... in einigen umwerfenden Orgasmen.«

Mein Magen flattert bei dieser Vorstellung. Es fällt schwer, dazu nein zu sagen. »Aber du hast doch auch dein Vergnügen?«

Er nickt. »Ich ziehe mein Vergnügen daraus, dich zu beherrschen, deine Unterwerfung einzufordern. Ich möchte Kontrolle über dich ausüben. Die Intensität meiner Erfahrung entsteht durch meine Phantasie. Und am schönsten ist es, wenn sich unsere Phantasien begegnen und gegenseitig verstärken.«

»Ich verstehe.« Ich glaube jetzt wirklich, dass ich es verstehe. Mein Erlebnis in unserem Boudoir hat mir bereits gezeigt, wie viel intensiver alles wird, wenn man nur etwas Spannung einbaut.

Dominic tunkt einen Krebsschwanz in die Mayonnaise und kaut nachdenklich, dann fährt er fort. »Sobald du in unserem Refugium das Halsband trägst, wirst du mich Herr nennen. Das ist ein weiteres Signal, dass du bereit bist, mir zu gehorchen.«

»Und wie wirst du mich nennen?«

Seine Augen blitzen auf. »Wie immer ich will. Darum geht es ja gerade.«

Ich fühle mich gemaßregelt, aber ich sage trotzdem: »Das klingt aber nicht fair.«

»Vermutlich werde ich dich nicht bei deinem Namen nennen«, räumt Dominic ein. »Aber ich kann dich nennen, wie es mir im jeweiligen Augenblick passend erscheint. Das Nächste ist etwas, was bei allen Beziehungen eine Rolle spielt. Wann immer wir die Welt der Phantasie betreten, besteht das Risiko, dass wir es so stark ausleben, dass es uns mitreißt. Darum muss es ein Safeword geben. Etwas, das bedeutet: ›Hör auf, es reicht.‹«

»Kann ich nicht einfach sagen: ›Hör auf, es reicht‹?«

»Es wird Momente geben, in denen du ›hör auf‹ oder ›nein‹ oder ›ich halte das nicht aus‹ rufen wirst, aber du meinst etwas völlig anderes. Wir brauchen ein Wort, das unsere Phantasie sofort unterbricht und sie zum Stoppen bringt. Normalerweise nimmt man das Wort ›rot‹, aber ich wünsche mir für uns etwas anderes, darum dachte ich an ›purpur‹. Glaubst du, dass du das behalten kannst?«

Ich nicke. »Natürlich. ›Purpur‹ bedeutet aufhören.« Während ich das sage, bin ich überzeugt, dass ich es niemals benützen werde. Ich kann mir nicht vorstellen, mir irgendwann zu wünschen, dass Dominic mit den herrlichen Dingen, die er mit mir macht, aufhört.

»Jetzt könnten wir uns noch auf die diversen Grenzen dessen einigen, was du tun willst und was nicht, aber da möchte ich einfach, dass du mir vertraust, Beth. Ich werde dich ganz langsam auf den Weg führen und nichts allzu Extremes mit dir anstellen.«

»Wie was beispielsweise?« Ich runzele die Stirn. »Du meinst, wie die Dinge in der Folterkammer?«

Er nickt. »Ich habe schon eine Ahnung, was deine früheren Erfahrungen angeht, und wie du geprägt bist. Ich denke, du bist offen für sehr viele der Dinge, die ich gern für dich tun möchte. Einen Großteil meines Vergnügens ziehe ich daraus, dich in diese Sachen einzuweihen – und wenn es etwas gibt, das dir nicht gefällt, dann ist das Safeword dein Sicherheitsnetz. Bist du damit einverstanden?«

Ich denke kurz darüber nach. Es klingt alles sehr vage, aber die Ausrüstung im Boudoir ist so völlig anders als das, was ich in der Folterkammer gesehen habe. Sie ist sexy, feminin, erotisch. Ohne die unangenehmen Versprechen von Qualen, mit denen die Instrumente in der Folterkammer drohten. »Ich denke, dem kann ich zustimmen.«

»Gut.« Dominic lächelt. »Dann gibt es nur noch eine Sache, mit der du dich einverstanden erklären musst. Ich wünsche mir drei Abende von dir, beginnend am Donnerstag. Die Vereinbarung endet am Samstag, dann kannst du dich am Sonntag erholen, und wir haben beide die Option, unsere Bedingungen neu zu verhandeln.«

Ich starre ihn an, bin wieder überrascht. Wann wurde denn aus unserer Beziehung eine geschäftliche Vereinbarung? Ich dachte, wir seien auf wunderbare Weise auf dem Weg, ein Paar zu werden. Und plötzlich hört es sich so an, als sei alles am Wochenende vorbei, mit der Option auf eine Verlängerung.

»Es ist zu deinem Besten.« Dominic deutet meinen Gesichtsausdruck richtig. »Das dient alles deinem Schutz. Sobald du einverstanden bist, dich jemand zu unterwerfen, fühlst du dich vielleicht machtlos, aber in Wahrheit schläft deine Macht nur. Du gibst nur vorübergehend die Zügel aus der Hand. Das darfst du nie vergessen.«

»Ist gut«, flüstere ich. Ich mag ja vermeintlich Macht haben, aber ich sehe nicht, wie ich nein sagen könnte.

»Gut. Dann haben wir die Regeln festgelegt. Lass uns jetzt dieses köstliche Mahl genießen. Und dann schicke ich dich nach Hause, damit du etwas Schlaf bekommst.«

Enttäuschung wallt in mir auf. »Wir verbringen die Nacht nicht zusammen?«

Er schüttelt den Kopf, lacht leise. »Heute Nacht nicht. Wir sehen uns Donnerstagabend. Ich denke, ein wenig Vorfreude wird uns beiden gut tun. Außerdem bin ich morgen geschäftlich unterwegs und muss schon im Morgengrauen los.«

»Wohin fährst du?«, frage ich interessiert.

»Nur nach Rom.«

»Warum?«

»Ein Geschäftstreffen. Ziemlich langweilig, das kann ich dir versprechen.«

»Rom klingt aber gar nicht langweilig«, sage ich sehnsüchtig.

»Nicht Rom ist langweilig, sondern die Sitzung.«

»Ich weiß immer noch nicht genau, was du eigentlich machst …«

»Das liegt daran, dass ich viel lieber über andere Dinge rede.« Er nimmt sein Glas und wechselt das Thema. »Erzähle mir von diesem neuen Künstler, den ihr in der Galerie ausstellt. Der interessiert mich sehr.«

Von da an unterhalten wir uns, als seien wir ein normales Paar, das sein Abendessen auf einer Terrasse in der Brise eines Sommerabends einnimmt, und nicht, als ob wir gerade eine seltsame erotische Abmachung über Machtaustausch getroffen hätten. Aber das Wissen, was auf mich wartet, rollt sich wie eine dunkle Schlange der Erregung in meinem Bauch zusammen.

Wohin wird Dominic mich führen? Darf ich das wirklich zulassen?

Allzu bald werde ich es wissen.

17. Kapitel

Ich weiß, dass Dominic nach Rom gereist ist, darum überrascht es mich, als ich am nächsten Tag einen Brief von ihm erhalte. Zugestellt durch Boten in die Galerie.

Ich unterschreibe gerade dafür, als James aus dem Hinterzimmer kommt. »Ist das für mich?«, fragt er.

»Nein.« Ich starre auf den dicken, cremefarbenen Umschlag mit meinem Namen darauf. »Für mich.«

»Oh.« James wirkt verwirrt, dann breitet sich plötzlich Verstehen auf seinem Gesicht aus. »Der Brief ist von dem reizenden Dominic, nicht wahr?«

»Vermutlich.« Ich öffne ihn. Darin finde ich einen Schlüssel und ein gefaltetes Blatt Papier, das ich auseinanderfalte und lese.

Beth,
ich möchte, dass du am Donnerstagabend in der Wohnung auf mich wartest. Anbei ist der Schlüssel. Du musst frisch geduscht und sauber sein. Stecke dir die Haare hoch, damit dein Nacken freiliegt. Ich möchte, dass du das Halsband anlegst, das du neben dem Bett findest. Auf dem Bett liegt Unterwäsche, die ich extra für dich ausgesucht habe. Wenn ich um 19 Uhr 30 komme, musst du für mich bereit sein. Ich möchte, dass du auf dem Boden neben dem Bett kniest, wenn ich den Raum betrete.
Dominic

Ich laufe rot an und falte den Brief rasch wieder zusammen.

»Ein Liebesbrief?« James macht sich bereit, einen Auswärtstermin wahrzunehmen, darum ist er etwas abgelenkt, und dafür bin ich dankbar.

»Ja ... genau.« Es klingt ziemlich lächerlich, aber vermutlich besitzt diese merkwürdige, prägnante Notiz tatsächlich eine gewisse Zärtlichkeit. Auf jeden Fall verspricht sie Fremdes und Aufregendes.

»Wie nett«, sagt James.

So kann man es natürlich auch nennen.

Ich starre den Brief an, und mir wird klar, dass ich mich auf eine ernste Angelegenheit eingelassen habe. Dominic hat mich gewarnt, ich solle mich vorbereiten, geistig und körperlich. Und er weiß, wovon er spricht.

Donnerstagabend

Lange vor der vereinbarten Zeit bin ich in unserem Boudoir. Ich habe alle Anweisungen buchstabengetreu erfüllt. Ich habe endlos lange unter der Dusche gestanden und mir Beine und Achselhöhlen rasiert und sie anschließend mit Bodylotion eingecremt, bis sie absolut glatt waren. Meine Haare sind zu einem festen Knoten nach hinten geschlungen, damit mein Gesicht und mein Hals freiliegen. Ich fühle mich rituell gereinigt, als ob ich mich vor dieser neuen Phase meines Lebens geläutert hätte.

Am Mittwoch war ich in der Praxis eines diskreten Arztes in der Harley Street, wo ich in einer angenehmen und ziemlich luxuriösen Umgebung von Kopf bis Fuß untersucht wurde. Es gab auch einen Bluttest. Die Ergebnisse erhielt ich noch am selben Tag. Ich bin kerngesund.

Irgendwie scheint mir das angemessen, als hätte die Untersuchung mich auch von innen her geläutert.

Auf dem Bett, das bis auf ein Laken abgezogen daliegt,

entdecke ich die schwarze Unterwäsche für mich: sie wirkt täuschend schlicht, wenig Stoff, nur ein wenig glänzende, schwarze Seide. Ich ziehe den Slip an, der aus einem Geflecht aus Seide besteht, mit durchsichtigen Teilen über der Hüfte. Direkt über meinem Schritt befindet sich eine Aussparung in Form eines Diamanten. Als ich mich vor dem Spiegel drehe und wende, sehe ich, dass zwar meine Pobacken obenherum bedeckt sind, aber die tieferen Bereiche meiner Kurven sind es nicht, und auch mein Po ist zugänglich. Meine Hinterbacken lugen aus dem Slip heraus, weiß und weich unter dem schwarzen Stoff. Der Büstenhalter besteht aus kaum mehr als zwei schwarzen Seidenstreifen. Die Körbchen sind schmal, sollen meine Brüste nur nach oben drücken und umrahmen, nicht bedecken. Als ich ihn anziehe, zeigt sich seine überwältigende Wirkung. Schmale, pechschwarze Streifen scheinen über meine Haut zu laufen und meine Brüste zu umarmen, ihre Kurven zu betonen und sie wie köstliche Häppchen darzureichen.

Die Unterwäsche ist definitiv um Klassen besser als alles, was ich je zuvor getragen habe, und ihre diskrete Eleganz ist sehr sexy. Die nachtschwarzen Linien deuten Strenge an, aber sie deuten sie eben nur an. Mein Blick fällt auf meinen Schritt, und ich bemerke, wie sich mein Geschlecht durch die Aussparung im Slip stolz präsentiert. Ich fahre mit der Hand über Bauch und Brüste, zittere leicht. Die Vorfreude macht mich bereits geil.

Auf dem Nachttisch sehe ich das Halsband. Ich gehe hinüber, nehme es in die Hand und starre es an. Das ist nicht das mit Nieten besetzte Hundehalsband meiner Phantasie. Es ist aus Latex mit winzigen Löchern, wie filigrane Seide. An der Vorderseite befindet sich eine kleine Schlaufe und an der Rückseite ein Drehknopf, um es zu befestigen. Ich lege es mir um den Hals.

Mein Inneres macht einen Hüpfer, als ich es auf meiner Haut spüre und mir die Kraft seiner Symbolik bewusst wird. Das ist das Zeichen meiner Unterwerfung. Wenn ich das Halsband anlege, kapituliere ich. Zu meiner Überraschung ist dieses Gefühl ausnehmend erotisch.

Vielleicht ist das hier tatsächlich ein Teil meines innersten Kerns, denke ich. Ich schließe das Halsband im Nacken. Es passt mir perfekt und sieht hübsch aus, wie eine breite Kette aus schwarzer Spitze.

Ich schaue auf die Uhr an der Wand. Es ist fast halb acht. Mir fallen meine Anweisungen wieder ein. Ich bin so angezogen, wie ich sein soll, also gehe ich zu dem weißen Fellteppich vor dem Bett und knie mich hin. Anfangs komme ich mir unsicher vor, obwohl ich noch allein bin. Die ersten, langen Minuten verbringe ich damit, mir Fellsträhnen um die Finger zu wickeln und zu erstarren, wann immer ich auch nur das leiseste Geräusch höre. Es wird halb acht, und ich warte gespannt, reglos und voller Vorfreude, aber nichts geschieht.

Verspätet er sich? Wurde er aufgehalten?

Ich weiß nicht, ob ich aufstehen und ihm eine SMS schicken soll, um zu fragen, ob alles in Ordnung ist, oder ob ich bleiben soll, wo ich bin.

Ich höre das langsame Ticken der Uhr und rühre mich nicht von der Stelle. Fünf Minuten vergehen, dann zehn, und ich halte es nicht länger aus. Ich stehe auf und gehe in den Flur, wo ich meine Handtasche abgestellt habe, damit ich nachsehen kann, ob mir Dominic eine Nachricht auf das Handy geschickt hat. Kaum trete ich auf den kühlen Marmorboden im Flur, höre ich, wie sich der Schlüssel im Schloss der Wohnungstür dreht. Mein Herz pocht heftig, und ein durchdringendes Gefühl der Angst überkommt mich, bringt meine Handflächen zum Kribbeln. Ich drehe mich um, haste in

Windeseile ins Schlafzimmer zurück und knie mich auf den Boden. Ich höre, wie sich die Wohnungstür öffnet und jemand langsam in den Flur tritt. Es treten lange Pausen ein, unterbrochen durch das Geräusch von Bewegung und Schritten, aber er kommt nicht sofort ins Schlafzimmer. Ich bin dankbar für die Schonfrist, hoffe, dass mein Herzschlag sich wieder verlangsamt und mein Atem gleichmäßig kommt, bevor er eintritt, aber ich scheine das nicht kontrollieren zu können. Das Schuldgefühl über meinen Ungehorsam pulsiert immer noch in mir, lässt meine Fingerspitzen zittern.

Was zum Teufel macht er da? Das Warten ist pure Qual!

Dann nähern sich die Schritte der Schlafzimmertür. Er bleibt auf der Schwelle stehen, aber ich sehe nicht auf.

»Guten Abend.« Seine Stimme ist tief, leise und kraftvoll.

»Guten Abend«, sage ich und hebe meinen Blick gerade so weit, dass ich seine Beine sehen kann. Er trägt Jeans. Es tritt eine lange Pause ein, dann fällt es mir wieder ein. »Herr.«

Er kommt auf mich zu. »Hast du all meinen Anweisungen Folge geleistet?«

Ich nicke. »Ja, Herr.« Ich sehe ihm immer noch nicht ins Gesicht. Dieser neue Dominic macht mich nervös, ein Dominic, dem ich zu gehorchen versprochen habe.

»Wirklich?« Seine Stimme ist jetzt noch leiser, aber mit einer unverkennbaren Härte in den weichen Tönen. »Steh auf.«

Ich erhebe mich, bin mir der nackten Brüste bewusst, die sich lüstern aus den schmalen Körbchen des BH drängen, und der schamlosen Einladung meines im Schritt offenen Slips. Aber ich weiß auch, dass ich schön bin, und so heftig, wie Dominic die Luft einzieht, kann ich mir sicher sein, dass er das auch denkt. Zum ersten Mal hebe ich meinen Blick und schaue ihn an. Er wirkt anders, ist immer noch sehr gutaussehend, aber seine schwarzen Augen schauen hart, und seine Lippen sind auf eine Weise zusammengepresst, die man fast grausam nennen könnte, wäre da nicht der Umstand, dass sie auch Zärtlichkeit ausstrahlen.

»Hast du mir gehorcht?«, will er wissen.

»Ja, Herr«, wiederhole ich, und das Blut rauscht in mein Gesicht. Ich lüge. Er muss wissen, dass ich lüge. Mein Herz pocht wieder wie wild, meine Fingerspitzen zittern, und meine Knie werden weich.

»Du bekommst noch eine letzte Chance. Hast du mir gehorcht?«

Ich hole tief und zitternd Luft. »Nein, Herr. Ich bin in den Flur gegangen, weil du dich verspätet hast.«

»Aha. Ich verstehe.« Seine Augen flackern vor Vergnügen, und seine Mundwinkel zucken. »Ungehorsam, schon so früh. Ach herrje. Tja, du musst deine Lektion rasch lernen, damit wir die Gehorsamsverweigerung schon im Keim ersticken. Geh zum Schrank, öffne die rechte Tür.«

Ich versuche, ruhig zu atmen und das nervöse Flattern meines Magens unter Kontrolle zu bringen. Ich gehe zu dem Schrank und tue, wie geheißen. Darin befinden sich eine Vielzahl merkwürdiger Dinge.

»Nimm das rote Seil.«

Auf dem untersten Regal liegt aufgewickelt ein purpurrotes Seil. Ich nehme es zur Hand. Es ist weich und seidig, nicht so rau, wie ich dachte.

»Gib es mir.«

Ich bringe es zu Dominic. Er wirkt stark und machtvoll in seinem schwarzen T Shirt und den Jeans, die Haare glatt nach hinten gekämmt. Er lächelt nicht, als er mir das Seil abnimmt.

»Ungehorsam ist sehr unartig, Beth«, flüstert er. Er hält ein Ende des Seils, das mit einem blutroten Wachs versiegelt ist, und fährt damit langsam über meinen Körper, umkreist beide Brustwarzen, dann weiter über meinen Bauch.

Erregung baut sich in mir auf, und ich spüre, wie mein Geschlecht erwacht und feucht wird. O Himmel, das ist jetzt schon geil.

Dann dreht er mich um. »Knie dich neben den Bettpfosten.«

Ich gehe die wenigen Schritte zum Bett und knie mich nieder, frage mich, ob er mich mit dem Seil schlagen wird.

»Lege die Arme um den Bettpfosten, und verschränke die Hände.«

Nachdem ich das getan habe, kommt er auf mich zu, und im nächsten Augenblick hat er meine Handgelenke schon mit ein paar schnellen Drehungen des Seiles in einem kunstfertigen Knoten zusammengeschlungen. Dann lässt er den Rest des Seils auf den Boden gleiten.

»Spreize die Beine«, befiehlt er.

Ich tue es, weiß, dass meine weißen Hinterbacken nun exponiert sind, mein ganzer Hintern öffnet sich ihm und ebenso die Schamlippen darunter. Ich weiß, dass sie schon feucht sind. Ich bin sicher, er kann die glitzernden Spuren meiner Erregung sehen, und das macht mich noch heißer und feuchter. Ich lege mein erhitztes Gesicht auf meinen Unterarm, der fest gegen den Bettpfosten gepresst ist. Aufgrund der Fesseln kann ich mich nicht bewegen.

Ich spüre etwas an meinem Geschlecht. Einen Augenblick lang denke ich, es sei Dominics Finger, aber es ist zu groß und dick, und es ist nicht hart oder heiß genug, um sein Schwanz zu sein. Dann wird mir klar, dass er mit dem gewachsten Ende des Seils über mich streicht, es mit meiner Feuchtigkeit spielen lässt. Das Gefühl ist köstlich.

»Oh«, entfährt es mir.

»Still. Kein Ton. Und rühr dich nicht.«

Ich spüre einen leichten Schlag auf meine Pobacken. Es ist das seidige Ende des Seils. Weh tut es nicht, aber ich spüre definitiv die Absicht dahinter. Ich versuche, stillzuhalten.

»Also gut, damit haben wir deine Bestrafung begonnen.«

Er entfernt sich von mir, und aus den Augenwinkeln sehe ich, wie er zum Schrank geht. Er nimmt etwas heraus und legt es so auf das Bett, dass ich es sehen kann. Es ist ein großes und recht schönes Glasobjekt, glatt und leicht gebogen, ungefähr 25 Zentimeter lang. Als er sicher sein kann, dass ich es gesehen habe, nimmt er es zur Hand und tritt hinter mich. Plötzlich kniet er zwischen meinen Beinen, ich kann die Hitze seines Körpers an meinem Rücken spüren. Er kommt mit dem Gesicht ganz nahe an meinen Hals und fährt mit dem Finger über das Halsband.

»Das gefällt mir«, flüstert er. »Es ist reizend. Und steht dir ausgezeichnet.« Er senkt sein Gesicht und küsst meinen Hals, knabbert ganz leicht mit den Zähnen an meiner Haut. Ich möchte vor Vergnügen seufzen, aber mir fallen meine Anweisungen wieder ein, und ich verharre so still, wie ich nur kann.

Jetzt spüre ich etwas Neues, das an meinem Eingang spielt, etwas Kaltes und sehr Glattes. Ich weiß, es ist das Glasobjekt.

»Das ist ein Dildo, Beth«, sagt er. »Ich werde ihn jetzt in dich einführen. Ich möchte, dass du ihn für mich in dir festhältst. Lass ihn nicht wieder herausgleiten.«

Noch während er spricht, spüre ich das kalte Ding in mich eindringen. Das Gefühl, davon ausgefüllt zu werden, ist köstlich. Die Kälte verleiht der Stimulierung eine zusätzliche Dimension. Aber der Dildo ist völlig glatt, und ich bin sehr feucht. Dominic führt ihn tief ein, hält ihn kurz fest, dann lässt er ihn los, und sofort spüre ich, wie der Dildo herausgleiten will.

»Du unartiges Mädchen«, tadelt Dominic mich, als er den Dildo aus mir auftauchen sieht. »Was habe ich gesagt?«

Er führt ihn mit einem festen Stoß wieder ein, und ich möchte am liebsten laut aufstöhnen. Ich spanne meine Muskeln an, zwinge mich, den Dildo festzuhalten.

»Sehr gut, du versuchst es wenigstens«, murmelt er. »Und jetzt fleht mich dein Arsch um Aufmerksamkeit an.«

Seine Handflächen gleiten über meine Hinterbacken, liebkosen die zarte Haut, schwelgen in dem Übergang von dem Seidenstoff des Slips zum weichen Fleisch. Dann plötzlich schlägt er mich, nicht fest, aber es brennt. Ich zucke zusammen, und der Glasdildo in mir zuckt auch und vermittelt mir das köstliche Gefühl eines Stoßes. Dominic streichelt meine Backen erneut, dann schlägt er wieder zu, und der Schlag hallt in mir wieder. Es ist eigentlich kein Schmerz, mehr ein inneres Schaudern, und wieder presst sich der Dildo dadurch noch fester in mich.

O Gott.

»Dein Hintern ist so schön«, sagt Dominic mit bebender Stimme. Er schlägt mich erneut. O Gott, ich spüre, wie es sich in mir aufbaut.

Ich lege die Stirn an den Bettpfosten, meine gefesselten Hände unter mir. Der Anblick des purpurroten Seils um meine Handgelenke ist aufregend. Meine Brüste, gierig und sensitiv, pressen sich gegen des kalte Metall des Bettpfosten, die Brustwarzen streichen darüber. Unten droht der Dildo, jetzt warm, aus mir herauszugleiten. Ich lege alle Kraft in meine Muskeln, um ihn festzuhalten, und spüre wieder, wie die köstliche Hitze in meinem Bauch pulsiert.

»Ach je, du kannst ihn nicht für mich halten, Beth«, sagt Dominic mit gespielter Drohung in der Stimme. »Ich hätte nicht gedacht, dass ich dich damit überfordere. Tja, dafür ...«

Er schlägt mich drei Mal in rascher Folge und schickt ein

heißes Glühen von meinen Hinterbacken durch meinen ganzen Körper. Dann fängt er an, den Dildo kraftvoll in mich zu stoßen. Es ist ein alarmierendes, gleichzeitig köstliches Gefühl, während ich vor ihm knie, gänzlich offen, und mich von ihm mit einem Glasspielzeug vögeln lasse. Seine andere Hand legt sich um meinen Körper und auf meine Klitoris, die so heftig pocht, dass ich mich frage, ob ich womöglich ohne jede weitere Stimulierung zum Höhepunkt komme. Als er anfängt, mit den Fingern auf sie zu trommeln, über meine feuchten Tiefen zu streichen und immer wieder zu meiner festen, starren Perle zurückzukehren, reagiert sie, indem sie starke, euphorische Wellen des Vergnügens durch meinen ganzen Körper schickt. Meine Beine verlieren an Kraft. Ich würde den Bettpfosten heruntergleiten, wenn ich nicht so eng an ihn gefesselt wäre. Ich schaudere unter der Kraft des Orgasmus, der sich in mir aufbaut.

»Da du noch Anfängerin bist«, flüstert er plötzlich in mein Ohr. »werde ich dich jetzt kommen lassen, aber nur, wenn du so stark kommst, wie du nur kannst. Los, gib dich mir ganz hin.«

Mehr brauche ich nicht. Ich schreie auf, als mein Höhepunkt mich packt und in mir einen gewaltigen, erschütternden, alles umfassenden Orgasmus freisetzt.

»O ja«, ruft er, »genau das wollte ich sehen. Aber wir sind noch nicht fertig.« Er zieht den Dildo aus mir heraus. Gleich darauf fährt er mit ihm durch meine Vagina hinauf. Er hält die eingeölte Spitze an meinen anderen Eingang, drückt einen Moment sanft zu, und gerade, als ich mich – halb besorgt und halb neugierig – frage, ob er versuchen wird, den Dildo dort einzuführen, nimmt er ihn weg.

Gleich darauf löst er die Fesseln um meine Handgelenke, aber falls ich dachte, jetzt wäre alles vorbei, sehe ich mich getäuscht.

»Leg dich mit dem Bauch auf den Boden«, befiehlt er. »Streck deinen Hintern hoch, und leg die Stirn auf die Arme.«

Ich krieche auf den Teppich und gehorche und fühle mich absolut schamlos, als ich meinen Hintern so hoch wie möglich in die Luft strecke, wohl wissend, wie ich mich ihm präsentiere: mit geschwollenen Schamlippen, feucht und glänzend vom Erguss meines Höhepunkts. Ich spüre, wie seine Fingerspitze meine Scham berührt, über die Schamhaare fährt und über die feuchte Haut gleitet.

»Was für ein herrlicher Anblick«, sagt er, die Stimme samtig vor Verlangen. »Und es gehört alles mir.«

Ich höre, wie er seine Jeans aufknöpft, aber er zieht sie nicht aus. Stattdessen kniet er sich hinter mich, und presst seine harte Erektion an meinen Eingang. »Ich werde dich jetzt gnadenlos ficken«, sagt er. »Du darfst Geräusche machen, wenn du willst.«

Ich bin froh, dass er das sagt, denn als er in mich rammt, scheint er bis in meinen innersten Kern einzudringen, und der Schrei wird förmlich aus mir herausgezwungen. Ich hätte ihn auf gar keinen Fall unterdrücken können. Sein Penis bohrt sich tief in mich, immer wieder, und jedes Mal erreicht er diesen Punkt, an dem das Vergnügen am Rand des Schmerzes sitzt, aber ich will mehr von dieser süßen Qual. Ich will, dass auch er dieses intensive Vergnügen verspürt, das er mir schenkt, ich will mich ihm anbieten, alles von mir.

Ich spüre den rauen Stoff seiner Hose an meinem Hintern, während er in mich stößt, und selbst das fühlt sich geil an. Er hält mit einer Hand meine Hüfte, packt mit der anderen Hand meinen Busen, drückt und liebkost die Brustwarze. Sein Atem geht schwer. Immer wieder stößt er in mich, und sein Schwanz schwillt noch weiter an, füllt mich ganz aus, und dann spüre ich, wie sein Körper steif wird, als er den Höhepunkt erreicht, und mit einem letzten Stoß explodiert er in mir.

Wir keuchen jetzt beide, während unsere Erregung nach und nach abklingt. Langsam zieht er sich aus mir heraus. Er steht auf und geht zu dem Nachttisch, wo er ein Papiertaschentuch nimmt und sich abwischt. Sobald er aus mir heraus ist, lasse ich mich auf den Teppich fallen, immer noch heftig atmend. Mein Herz schlägt allerdings langsamer, und die Säfte unserer Höhepunkte rinnen über meinen Schenkel, warm und feucht.

»Dominic«, sage ich, »das war wirklich erstaunlich.« Ich lächele ihn an. Ich fühle mich ihm so nahe, und ich sehne mich danach, ihn in den Arm zu nehmen, seinen wunderbaren Duft einzuatmen und ihn zärtlich auf den Mund zu küssen.

Er dreht sich um und starrt mich an, fast gleichgültig. Dann erwidert er das Lächeln und sagt: »Danke, Beth, es hat mir gefallen, dir deine erste Straflektion zu erteilen. Du hast es tapfer durchgestanden, aber das war erst der Anfang.«

Ich beobachte überrascht, wie er auf mich zukommt und dabei seine Jeans zuknöpft.

Liegt es daran, dass ich noch das Halsband trage?, frage ich mich und lange nach oben, um es abzunehmen.

Er kniet neben mich und führt meine Hände an die Lippen. Dann küsst er sie. »Danke«, sagt er, »ich freue mich schon sehr auf unsere nächste Begegnung.«

Er steht auf und geht, lässt mich auf dem Boden liegen, während sein Samen immer noch aus mir herausquillt.

Ich bin allein.

Ich bleibe erstaunt und gekränkt liegen. Soll es so sein?, denke ich entsetzt. Ich will ihn halten und will von ihm gehalten werden, will ihn küssen und zärtlich mit ihm sein.

Aber ich habe versprochen, ihm zu gehorchen. Das war ja nur die erste Nacht. Ich muss abwarten, wohin er mich führen will. Dominic weiß, was er tut. Ich muss ihm vertrauen.

Freitag

Ich wache sehr früh in Celias Bett auf. Es ist kurz nach vier Uhr morgens. Ich weiß nicht, warum ich so urplötzlich aufgewacht bin. Nach den Ereignissen des gestrigen Abends sollte ich eigentlich erschöpft sein. Es war emotional erschöpfend und körperlich anstrengend. De Havilland schläft neben mir auf dem Bett. Ich habe keine Ahnung, ob Celia ihm normalerweise erlaubt, im Schlafzimmer zu schlafen, aber für mich ist seine Nähe tröstlich. Ich strecke den Arm aus und vergrabe meine Finger in dem weichen, warmen Fell, und nach einer Minute reagiert er, und sein kleiner Motor produziert ein rollendes Schnurren.

»Du brauchst mich, nicht wahr?«, flüstere ich ihm zu. »Ich mache dich glücklich, Miezekater, einfach indem ich dich streichle.«

Warum ist die Liebe so kompliziert? Warum musste ich mich von allen Männern auf dieser Welt ausgerechnet in den verlieben, der außen zart, aber innen ganz hart ist? Und ich weiß, dass ich mich gerade verliebe. Nur die Liebe kann mich so verzweifelt und verwirrt machen, voller Sehnsucht und dieser bittersüßen liebt-er-mich-oder-liebt-er-mich-nicht-Qual. Ich weiß, dass er mich begehrt. Ich weiß, dass er mich schön findet und sexy und gut zu vögeln und dass ich ihm Vergnügen bereite – so sehr, dass er bereit war, eine zweite Wohnung zu mieten und sie nur für mich einzurichten.

Wie viel hat das wohl gekostet? Für eine Woche Sex?

Ein weiterer Gedanke drängt sich mir auf. Vielleicht plant er ja, dass es länger als nur eine Woche dauert.

Ich weiß nicht, was ich davon halten soll. Bislang gefällt mir dieses Spiel, aber ich mag auch die Tatsache, dass es eine zeitliche Grenze gibt. Vielleicht würde ich mich ganz anders fühlen, wenn das auf Dauer unser Leben wäre.

Weil …

Weil ich Liebe brauche, keine Strafe …?

Weil ich nicht nur empfangen, sondern auch geben will …?

Weil …

Etwas Dunkles und Schreckliches lauert gerade außerhalb meines Bewusstseins. Ich seufze und drehe mich um, störe De Havilland, der seine Pfoten streckt und seine Krallen mit einem leisen Miauen ausfährt, dann rollt er sich wieder zusammen und setzt sein Schnurren fort.

Ich will einschlafen, aber ich kann nicht. Mit weitgeöffneten Augen starre ich die chinesische Tapete an, zähle die Papageien und lasse meinen Blick über ihr Gefieder wandern, bis der Wecker angeht und es Zeit ist aufzustehen.

Wegen des fehlenden Schlafes bin ich den ganzen Morgen angeschlagen und reizbar.

»Alles in Ordnung, Beth?«, fragt James, als ich vor dem Computer fluche, der mir zu langsam arbeitet.

»Ja. Ja, tut mir leid.« Ich werde rot. »Schlechte Nacht, ich konnte nicht schlafen.«

»Die beste Gelegenheit, um wieder einmal etwas zu lesen«, erwidert er leichthin, aber er behandelt mich den Rest des Vormittags nachsichtig, holt mir Kaffee und achtet darauf, dass ich kräftig bei den dünnen Ingwerkeksen zulange, die ich so gern mag, wie er weiß.

Am späten Vormittag kommt ein Bote mit einem weiteren cremefarbenen Umschlag an mich, und ich lese den Brief darin.

Liebe Beth,
Gratulation zu deiner Initiation gestern Abend. Ich hoffe, es hat dir ebenso sehr gefallen wie mir. Heute Abend musst du

um 19 Uhr 30 in der Wohnung sein und auf mich warten. Ziehe die Sachen an, die du auf dem Bett findest. Bevor ich komme, musst du die Geräte auf dem Bett waschen, mit Gleitmittel einreiben und sie anschließend ordentlich aufreihen. Knie dich wie gehabt auf den Boden.
Dominic

Ich lese den Brief zwei Mal. Wieder flattert die Erregung in meinem Magen auf, aber nicht so freudig wie gestern. Die Schläge, die mir Dominic gestern verabreichte, taten nicht besonders weh, aber ich weiß, das lag nur an meinem erhöhten Zustand der Erregung, als er sie austeilte. Ich begreife, dass ich bereits an einem Ort war, an dem Schmerz und Vergnügen enge Verbündete sind, und die brennenden Schläge auf meinen Hintern intensivierten meine Freude nur. Aber ich bin nicht sicher, wie ich damit fertig werde, wenn Dominic weiter gehen will.

Und ich bin sicher, dass er weiter gehen will.

»Beth, Sie sind sehr blass.« James tritt an meinen Schreibtisch. »Geht es Ihnen gut?« Er inspiziert mein Gesicht. »Läuft alles gut mit Dominic?«

Ich nicke.

James schaut mich nachdenklich an. Normalerweise macht er über alles einen Scherz, und seit ich ihm Dominics Neigungen anvertraute, hat er mich ständig mit kleinen Witzen und Wortspielen über Fesselungen und Strafen aufgezogen. Ich habe das Gefühl, dass er normalerweise jetzt etwas in der Art von sich geben würde, aber irgendetwas hält ihn zurück. Stattdessen schaut er mir direkt in die Augen.

»Beth, Sie sind allein, weit weg von zu Hause. Wenn Dominic Sie zwingt, etwas zu tun, was Sie nicht wollen, oder Sie nicht länger genießen, was immer er tut, dann müssen Sie mir das sagen. Ich bin Ihr Freund, und ich mache mir Sorgen um Sie.« Sein Blick ist zärtlich. »Sie sind noch sehr jung.«

Seine freundlichen Worte lassen die Gefühle in mir kreiseln. Tränen brennen mir in den Augen, obwohl ich nicht weinen will.

»Danke«, sage ich mit hoher, angespannter Stimme.

»Sehr gern, Kleines. Die Welt da draußen ist groß und schlecht, aber Sie müssen nicht allein leiden. Sie können mich jederzeit anrufen, auch am Wochenende.«

Als er sich entfernt, kann ich nicht anders, eine Träne rollt über meine Wange. Ich wische sie hastig fort, falte den Brief und konzentriere mich so gut es geht auf meine Arbeit, bis es an der Zeit ist, zu meiner Verabredung mit Dominic zu gehen.

An diesem Abend liegt neue Unterwäsche im Apartment für mich bereit. Man kann es eigentlich gar nicht als Unterwäsche bezeichnen. Es ist eine Art Harnisch, aber nicht aus Leder, sondern aus einem weichen, schwarzen, elastischen Gummi. Ich brauche eine Weile, bis ich begreife, wie ich es anlegen muss, aber nachdem ich den Dreh heraushabe, ergibt es ein freches Muster auf meiner hellen Haut. Zwei schwarze Streifen bilden ein langes V von meinen Schultern zu meinem Schritt, verlaufen über meine Brüste und drücken sie platt. Über meine Hüften zieht sich ein doppelter Streifen, einer davon breit und mit Halterungen, um Strümpfe zu befestigen. Alle Streifen treffen direkt unter meinem Bauchnabel zusammen, wo sich ein kleiner Reißverschluss befindet. Von dort verlaufen zwei schmale Streifen zwischen meinen Beinen, zu beiden Seiten meines Geschlechts. Als ich mich umdrehe, um meinen Rücken im Spiegel zu betrachten, sehe ich die Überkreuzwirkung. Die Streifen um meine Hüften mit den langen Halterungen für die Strümpfe treffen auf einen einzelnen

Streifen, der zwischen meinen Hinterbacken verschwindet, wie bei einem Stringtanga. Ein schwarzer Bogen markiert die Stelle, wo die Streifen sich im Rücken treffen. Die Wirkung ist ziemlich ästhetisch, auf geometrische Art und Weise.

Nachdem ich den Harnisch angelegt habe, ziehe ich die Strümpfe an, die auf dem Bett liegen, und befestige sie an den Strumpfhaltern. Ein Paar schwarze Stöckelschuhe liegen auch auf dem Bett, also ziehe ich sie ebenfalls an. Sie passen perfekt.

Und dann das Halsband. Es ist nicht das süße Latexhalsband von letzter Nacht. Dieses Mal ist es aus glänzendem, schwarzen Leder, und es hat eine Schnalle, mit der ich es im Nacken schließen kann. Funkelnde, schwarze Pailletten sind darauf befestigt, die Nieten imitieren sollen, aber sehr viel glamouröser wirken. Ich schaue mich im Spiegel an. Das Symbol meiner Unterwerfung.

Ich erinnere mich an meine Anweisungen und kehre zum Bett zurück. Ein langer, blauer Latex-Vibrator, nicht ganz in der Form eines Phallus, aber nahe dran, liegt auf dem Laken neben einer lila Flasche. Ich nehme den Vibrator zur Hand und inspiziere ihn. Er ist ziemlich schön mit seinen klaren Linien und zarten Kurven, und die blaue Farbe nimmt ihm die Gruseligkeit jener Vibratoren, die aussehen wie menschliches Fleisch. Am unteren Ende ist eine Ausbuchtung, die vermutlich der Stimulierung der Klitoris dient.

Ich nehme ihn mit ins Badezimmer und säubere ihn gewissenhaft, obwohl ich sicher bin, dass er noch nie zuvor benutzt wurde. Nachdem ich ihn mit einem Handtuch abgetrocknet habe, trage ich ihn zurück ins Schlafzimmer und lege ihn auf das Bett. Ich gieße etwas von der öligen Flüssigkeit aus der lila Flasche in meine Hand und verreibe sie über den blauen Schaft. Es überrascht mich, wie ich darauf reagiere, das Öl in das Latex zu massieren. Es ist ein lebloses Objekt, und doch kommt es mir wie ein intimer Akt vor, es einzuölen, als ob ich eine Verbindung zu ihm aufnehme, es kennenlerne, die Freuden erahne, die ich mit ihm erleben werde. Ich spüre so etwas wie Zuneigung zu seinen sanften Rundungen und der aufwärts gerichteten Biegung, je funkelnder und öliger der Vibrator wird. Ich habe sogar das Gefühl, als sei der Vibrator erregt, bereite sich auf mich vor.

Dann fällt mein Blick auf die Uhr, und mir wird klar, dass Dominic in nur fünf Minuten hier sein wird. Ich lege den jetzt gut geölten Vibrator auf ein Handtuch auf das Bett und schaue mir die anderen Zuchtinstrumente an. Wie der Vibrator ähneln sie überhaupt nicht den hässlichen Folterinstrumenten, die ich im Club gesehen habe. Sie sind elegant und schön, als ob sie Vorzeigeobjekte seien und nicht weggeschlossen gehören. Eins ist eine Art Peitsche mit einem kurzen, kompakten, schwarzen Ledergriff, der in einer Stahlkugel endet, und Dutzenden Wildlederriemen. Ich fahre mit den Fingern hindurch. Sie sind weich und erinnern mich an die schwebenden Tentakel einer Seeanemone. Neben der Peitsche liegt eine lange, schmale Reitgerte aus schwarzem Leder mit einer Schlaufe am leichten, federnden Ende.

Oh. O mein Gott.

Ich zittere. Ich weiß nicht, ob ich das aushalten werde.

Wenn ich geliebt werde, halte ich alles aus. Der Gedanke schießt mir durch den Kopf, und ich habe keine Ahnung, woher er kommt. Ich will Dominic zeigen, dass ich seiner Liebe wert bin. Und genau das werde ich auch tun.

Dieses Mal verspätet sich Dominic nur um fünf Minuten, aber ich habe meine Lektion gelernt. Ich knie auf dem Boden, bis er eintrifft, und als er eintritt, schaue ich nicht auf. Ich starre fest auf den weißen Teppich, sehe seine Jeans und die schwarzen Paul-Smith-Schuhe nur aus den Augenwinkeln.

Er starrt mich eine Weile stumm an, dann meint er sanft: »Sehr gut. Ich weiß, dieses Mal hast du mir gehorcht. Du lernst dazu. Wie geht es dir heute, Beth?«

»Sehr gut, Herr«, flüstere ich mit gesenktem Kopf.

»Freust du dich auf heute Abend? Was hast du gedacht, als du das blaue Instrument gereinigt hast?«

Ich zögere einen Moment, dann sage ich: »Ich dachte daran, wie es sich anfühlen wird, wenn du es in mich steckst, Herr.«

Es klingt, als ob er leise und lange seufzt. »Sehr gut«, murmelt er. »Aber werde nicht allzu selbstgefällig. Es warten noch andere Überraschungen auf dich. Steh auf.«

Ich erhebe mich auf die Beine, ein wenig unsicher in meinen ungewohnten schwarzen High Heels. Den Blick halte ich gesenkt, aber ich höre, wie abgehackt er atmet.

»Du siehst großartig aus. Dreh dich um.«

Ich drehe mich um, damit er die überkreuzten Steifen in meinem Rücken sehen kann und das untere Ende des Gitterwerks, den Streifen, der zwischen meinen Hinterbacken verschwindet, und die verführerischen weißen Hautpartien meiner Schenkel zwischen dem Harnisch und meinen Strümpfen.

»Wunderschön«, sagt er heiser. »Dreh dich wieder um. Und schau mich an.«

Ich gehorche, hebe sittsam den Blick. Er trägt ein schwarzes T-Shirt, das seine Muskeln und die breiten Schultern unterstreicht. Ist das die Uniform, die er braucht, um mich zu beherrschen? Der Anblick seines Gesichts sendet einen Schauder der Leidenschaft durch meinen Körper. Es ist ein Gesicht, das ich liebe, nicht nur, weil es so gut aussieht, sondern weil es *sein* Gesicht ist. Ich möchte es in meiner Nähe wissen, möchte, dass es mich küsst, mich liebkost.

Er streckt eine Hand aus und streicht über das Halsband.

»Reizend«, sagt er versonnen. »Erfüllt seinen Zweck sehr gut.« Er verhakt seine Finger in dem Leder und zieht mich zu sich, dann presst er seine Lippen auf meine und küsst mich hart, erforscht meine Zunge mit seiner, drängt sich in meinen Mund.

Es fühlt sich an, als sei es seit Ewigkeiten unser erster Kuss, aber er ist nicht so zärtlich wie der letzte. Er nimmt meinen Mund hart und unerbittlich in Besitz, scheint sich kaum darum zu kümmern, wie ich mich fühle.

Dann löst er sich von mir, seine Mundwinkel verziehen sich zu einem Lächeln. »Und jetzt zu deiner ersten Aufgabe«, sagt er. »Nimm die Sachen vom Bett, und deponiere sie auf dem Nachttisch. Dann legst du dich mit dem Rücken auf das Bett, die Arme über den Kopf, die Beine gespreizt.«

Ich spüre das gewohnte Flattern in meinem Bauch, die Beschleunigung meines Pulses. Was jetzt? Auf welche Weise will er mich jetzt leiden lassen? Ich fürchte den Schmerz, aber ich freue mich auch auf den Mahlstrom der herrlich quälenden Freuden.

Ich lasse mich wie befohlen auf dem Bett nieder.

»Schließ die Augen.«

Ich schließe sie, und er kommt näher. Einen Augenblick später legt er mir eine seidene Augenbinde an. Ich bin wieder blind. Meine Handgelenke werden angehoben, und jedes bekommt eine Art weich ausgekleidetes Armband, dann spüre ich, wie ich damit an das Eisengitter des Bettes befestigt werde. Handschellen. Er wendet sich meinen Beinen zu, und ich spüre, wie ähnliche Fesseln an meine Knöchel angelegt und dann an das untere Gitter angekettet werden. Knöchelschellen. Ich kann nicht anders, ich muss daran zerren, aber ich kann meine Arme und Beine kaum bewegen, kann sie nur leicht drehen.

»Nicht rühren«, schnauzt Dominics strenge Stimme. »Das

ist deine einzige Warnung. Keine Bewegung, keinen Ton. Oder du wirst es bereuen. Und jetzt halte still.«

Er nähert sich mir wieder. Ich kann das warme Gewicht seines Körpers spüren, als er sich neben mich platziert, und ich sehne mich danach, ihn zu berühren. Ich will seine Haut unter meinen Fingerspitzen spüren. Das Schwierigste an dieser Vereinbarung ist, dass er offenbar nicht will, dass ich ihm meine Liebe zeige. Damit habe ich nicht gerechnet, als ich mich ihm unterwarf.

Jetzt spüre ich seine Fingerspitzen an meinen Ohren. Er presst etwas in sie – zwei weiche Schaumkegel, die sich rasch der Form meines Innenohrs anpassen. Sofort werden alle Geräusche gedämpft. Ich höre nur noch ein Rauschen, das aus meinem eigenen Körper kommt, das Pochen meines Herzens und das Geräusch meines Atems. Das ist sehr seltsam. Das Rauschen ist sehr laut, und das macht mir Angst. Werde ich meine eigene Stimme noch hören können, wenn ich einen Ton von mir gebe? Ich wage nicht, das auszuprobieren. Dominics Warnung ist mir noch deutlich in Erinnerung.

Ich bin allein an diesem seltsamen, dunklen Ort voller Rauschen und Pochen. Dominics Körperwärme und sein Gewicht entfernen sich jetzt von mir, und ich habe keine Ahnung, wo er ist. Ich bin mir nicht sicher, wie lange er mich an diesem Ort lässt, aber mit jeder Sekunde wächst meine Anspannung, mit jeder Sekunde wächst das Gefühl, dass gleich etwas passieren wird – ein Gefühl, eine Empfindung, es könnte Vergnügen sein oder Schmerz – bis ich von der Vorahnung fast überwältigt bin und laut rufen möchte, dass jetzt etwas, irgendetwas geschehen soll.

Als ich denke, dass ich es nicht länger aushalten kann, dass ich etwas sagen oder mich bewegen muss, spüre ich etwas. Es berührt mein Dekolleté oberhalb der Brüste, und es brennt. Etwas Heißes. O nein, Moment ... es ist nicht heiß.

Es ist eiskalt. Meine Haut scheint sich darunter zusammenzuziehen.

Eiswürfel.

Noch ein brennendes Gefühl auf meinem Bauch, der sich zusammenziehen und zittern will. Ich brauche meine ganze Selbstkontrolle, um mich ruhigzuhalten. Das Eis lässt meine Haut prickeln und brennen. Ich will es unbedingt berühren, aber selbst, wenn ich mir das gestatten würde, ich kann mich keinen Millimeter bewegen. Dann schiebt eine unsichtbare Kraft den Eiswürfel zu meinen Brüsten, fährt über sie hinweg, reibt die Warzen damit ein. Das Eis vollführt gleichzeitig einen merkwürdigen zweigeteilten Trick, es ist eiskalt, und es brennt auf mir. Die Wirkung auf mich ist heftig, Meine Nervenenden reagieren. Mein Bauch schickt eine nachdrückliche Botschaft an die Hitze zwischen meinen Beinen, lässt sie anschwellen, und ich spüre, wie die Feuchtigkeit sich aus mir ergießt. All das nur wegen eines Eiswürfels.

Der Würfel auf meinem Bauch schmilzt und gleitet langsam über meine Haut, hinterlässt kalte Tropfen. Dann trifft er auf den Streifen meines seidenen Harnischs und bewegt sich entlang des Streifens langsam in Richtung meiner Hüfte. Ich schaffe es kaum, mich nicht aufzubäumen, den Rücken nicht durchzubiegen, damit er ganz von mir gleitet und aufhört, mich zu quälen.

Plötzlich drängt sich ganz vorsichtig etwas gegen meine geschwollenen Schamlippen. Ich habe Ähnliches schon einmal gespürt, als Dominic den Dildo benutzte, aber das hier ist ein wenig anders. Es ist warm, dick und ölig. Ich weiß, dass es der Vibrator ist. Er wird ihn an mir benutzen. Ein prickelnder Schauder durchläuft meine Lenden, mein Geschlecht zuckt vorfreudig. Ich erwarte, dass er eine Weile an meinem Eingang verharrt, mich langsam darauf vorbereitet, aber das tut er nicht. Stattdessen stößt er ihn zügig in mich, füllt mich mit ihm aus. Ich stelle mir vor, wie der süße Schaft in mir sitzt, meine Wärme aufnimmt, bereit, sich in mir zu bewegen. Aber nachdem er in meinen Tiefen vergraben ist, wobei die kleine Ausbuchtung sich gegen meine Klitoris schmiegt, passiert nichts weiter. Minute um Minute steckt er einfach in mir, bis ich nicht länger widerstehen kann, meine Muskeln um ihn schließe, ihn weiter in mich ziehe, aber das darf ich eindeutig nicht, denn ein brennender Schlag fährt auf meinen Bauch. Ich erstarre sofort.

Bin ich zu weit gegangen? Eine Art Angst gemischt mit Erregung pulsiert durch mich. Was jetzt? Die Antwort lässt auf sich warten, dann erwacht das Objekt in mir surrend zum Leben und fängt an, zu vibrieren. Oh, das ist gut. Das ist sehr gut.

Es ist ein zutiefst erotisches Gefühl, als der Schaft pulsiert und pocht und die kleine Ausbuchtung an meiner Klitoris summt. Ohne etwas zu sehen und zu hören, ist es fast so, als hörte ich tief in meiner Brust das Schnurren einer Katze. Ich bleibe reglos liegen und lasse die Empfindungen, die der Vibrator in mir auslöst, einfach fließen, aber jeden Moment wird es zu stark für mich sein, dann werde ich mich bewegen müssen, und selbst wenn ich mich nicht bewege, werde ich kommen, da bin mich mir sicher. Ich zwinge mich, stillzuliegen und den Anweisungen, die ich erhalten habe, zu folgen.

Und dann, scheinbar ohne äußere Einwirkung, verändert der Vibrator seine Geschwindigkeit, legt an Tempo zu, und damit auch an Aktivität. Er reibt und pulsiert in mir, als ob ein kleiner, fester Ball gegen die Wände meiner Vagina geworfen würde, und stimuliert mich auf eine Weise, die ich noch nie zuvor erlebt habe.

O Gott, das ist wunderbar. Ich weiß nicht, ob ich es verhindern kann, gleich zu kommen.

Die kleine Ausbuchtung presst sich jetzt mit unerträglichem Druck gegen meine Klitoris, ohne Pause oder das Tempo zu ändern, und langsam klettere ich immer höher, einem gewaltigen Orgasmus entgegen.

Aufhören, ich kann nicht denken …

Mein Gehirn dreht sich, Schwärze durchdrungen von bunten Sternen erfüllt meinen Verstand. Bevor ich mich bremsen kann, werfe ich die Hüften nach oben, um dem herrlichen Rhythmus in mir zu begegnen, und ich höre – wie aus weiter, weiter Ferne – meine Stimme in meinem Hals. Ich schreie, wird mir in meiner schwarzen Benommenheit klar.

Plötzlich hört das Pulsieren auf. Mit einer rauen Bewegung wird der Vibrator aus meinem Körper gezogen. Ich fühle mich beraubt, bin verzweifelt. Ich schaudere angesichts der Kraft des Orgasmus, der nun ungeduldig darauf wartet, mir die Erlösung zu geben, nach der mich verlangt.

Dann verschwinden auch die Ohrstöpsel, und ich höre mich in der realen Welt heftig keuchen.

»Du böses Mädchen, du hast dich bewegt. Du hast geschrien. Du wolltest kommen, nicht wahr?«

»J-ja«, stammele ich.

»Ja, was?«

»Ja, Herr«, flüstere ich.

»Du bist ein geiles, verkommenes Luder mit einem hungrigen, gierigen, vergnügungssüchtigen Körper und musst bestraft werden.« Ich höre die Freude in seiner Stimme, während er die Fesseln an Händen und Füßen löst. Die Augenbinde nimmt er nicht ab. Ich bin desorientiert, als ob ich plötzlich wieder an einem Ort sei, den ich glaubte verlassen zu haben.

Er legt die Hand auf meinen Arm. »Steh auf. Komm mit.«

Ich folge ihm und rutsche vom Bett. Meine Gliedmaßen sind wie Wackelpudding, ich kann mich kaum auf den Beinen halten. Er führt mich quer durch den Raum, und ich folge blind, nicht einmal sicher, in welche Richtung ich gehe. Dann legte er meine Hände auf eine glatte, abfallende Lederfläche. Ich weiß jetzt, wo wir sind. Wir sind bei dem Lederstuhl, dem seltsamen weißen Objekt mit der niedrigen Fußbank und den Lederzügeln.

Was passiert als Nächstes?

Ich sollte Angst haben, aber das habe ich nicht. Er berührt mich sanft, hilft mir in meiner Blindheit. Und ich vertraue darauf, dass er weiß, was ich aushalten, wie weit er gehen kann. Seine Wut auf mich ist reine Phantasie, soll uns einander näherbringen und uns an köstliche, verbotene Orte führen. Die Sicherheit, die mir dieses Wissen gibt, lässt mich vor Vorfreude auf das, was kommt, erzittern.

Dominic platziert mich auf dem Stuhl, so dass ich rittlings darauf sitze, das Gesicht der Lehne, mein Rücken ihm zugewandt. Mein feuchtes Geschlecht presst sich gegen die Sitzfläche. Innerhalb weniger Augenblicke hat er meine Handgelenke an etwas hinter der Lehne befestigt, so dass ich den Stuhl fast wie einen Liebhaber umarme. Das obere Ende meiner Strümpfe reibt sich an meinen Schenkeln, dort wo ich die Außenseite der Sitzfläche berühre. Er ist einen Moment mit den Streifen an meinem Harnisch beschäftigt, dann zieht er sie zur Seite, und mein Rücken ist frei und liegt bloß.

»O mein Schatz«, sagt er heiser. »Ich wünschte, ich müsste dir nicht weh tun, aber du warst so unverhohlen ungehorsam, dass mir keine andere Wahl bleibt.«

Ich höre, wie er zum Bett geht und dann wieder zurückkehrt. Es tritt ein langer Moment ein, indem ich warte, kaum in der Lage zu atmen, dann spüre ich den ersten, langsamen Kitzel der vielschwänzigen Peitsche.

Es tut überhaupt nicht weh. Wenn überhaupt, ist es ein angenehmes, süßes Spiel auf meiner bereits empfindlich erregten Haut. Die Peitschenriemen streichen über mich, formen eine Acht, laufen so fließend, dass ich an Algen denken muss, die sich unter Wasser in der Strömung bewegen. Ich entspanne mich allmählich, meine Angst ebbt ein wenig ab. Dann hört die Acht auf, und die Riemen fahren auf mich nieder, immer noch ganz weich und fast kraftlos. Es schnalzt und schnalzt und schnalzt. Das Gefühl ist beinahe belebend. Meine Haut kribbelt unter den sachten Schlängen der weichen Wildlederriemen. Es prickelt, als das Blut an die Hautoberfläche schießt.

»Du wirst rosa«, murmelt Dominic. »Du antwortest auf den Kuss der Peitsche.«

Ich kann nicht anders, ich muss meinen Rücken ein wenig durchbiegen, muss mich strecken, als die Peitsche ein wenig härter zuschlägt. Es beißt ein klein wenig mehr in meine Haut, aber wir sind sehr weit von allem entfernt, was ich als echten Schmerz bezeichnen würde. Es ist seltsam, das mir gegenüber zugeben zu müssen, aber mir gefällt diese Empfindung, das Gefühl meines nackten Rückens, das Klatschen und Schnalzen der Peitsche, die Stimulation meiner Nervenenden, meine Lenden, die sich schwer gegen die samtige Glätte des Leders pressen. Vielleicht liegt es daran, dass alles in mir noch brennt und pocht von meinem Beinahe-Orgasmus. Eine Vision taucht vor meinem inneren Auge auf: Ich erinnere mich an den Mann in Dominics Wohnung, der auf einem ganz ähnlichen Stuhl wie diesem hier geschlagen wurde. Mir fällt wieder mein Entsetzen ein, meine Verblüffung angesichts dieser Szene. Und hier bin ich jetzt, begeistert über meine ganz eigene Art der Züchtigung.

Jetzt fährt die Peitsche in schärferen Bewegungen nieder, saust erst auf die eine Seite meines Rückens, dann auf die andere. Allmählich brennt es, und zum ersten Mal, als ein Schlag mich heftig trifft, scheint er eine Million winziger Bisse über meine ganze Haut zu schicken. Ich schnappe laut nach

Luft. Das führt zu einem weiteren, noch härteren Schlag. Ich spanne meine Schenkel an, schnappe erneut nach Luft und spüre, wie ich mich gegen den Stuhl drücke, meine geschwollene Klitoris daran reibe und mein pralles Geschlecht fest dagegenpresse. Meine Haut fühlt sich mittlerweile brennend heiß an, und wo die Riemen mich treffen, ist sie besonders zart und schmerzt. Jeder Schlag lässt mich jetzt tief die Luft einziehen, und mit einem »Ah!« atme ich wieder aus.

»Noch sechs mehr für dich, Beth«, kündigt Dominic an, und er platziert das halbe Dutzend Schläge, jeden ein weniger sanfter als den vorherigen. Mein Rücken bebt unter glühend heißem Schmerz, und ich brenne überall, aber mein Gott, ich bin erregt und bereit für die Ekstase.

»Und jetzt«, sagt er, »dein unartiger Hintern.«

Ich weiß nicht, was er damit meint, bis ein unerwartet heftiger Schlag mit der Reitgerte auf meine nackten Pobacken knallt. Das hat jetzt wirklich weh getan.

»Ahhh!«, schreie ich. »Au!«

Es ist, als sei glühend heißes Metall in meine Haut gepresst worden. Mein ganzer Körper vibriert vor Unwohlsein, als der Schmerz sich ausbreitet. Zu meinem Entsetzen kommt noch ein Schlag. Ich schreie wieder. Das ist nicht die sanfte, zarte Berührung der Wilderlederpeitsche, das ist echter Schmerz, der auf meinen Hintern prallt, brennt, glüht. Ich kann das nicht, ich will das nicht.

Dann hört es auf, und Dominic sagt zärtlich: »Du hast deine Strafe gut angenommen. Nächstes Mal wirst du nicht ohne Erlaubnis kommen, verstanden? Und jetzt küss die Peitsche. Aber nicht mit dem Mund.«

Ich spüre den dicken Ledergriff an meinem Geschlecht. Dominic fährt damit über meinen Hintern, hält am Eingang und drängt ihn ein weniger fester in diesen anderen Ort. Ich schnappe nach Luft. Dann ist der Griff fort. Meine Handgelenke werden gelöst, meine Augenbinde abgenommen. Dominic legt seine starken Hände um meine Taille und dreht mich zu sich. Er ist nackt. Sein mächtiger Penis reckt sich stolz nach oben, presst sich an seinen Bauch. Ich habe keine Ahnung, wann Dominic sich ausgezogen hat, aber vermutlich konnte es jederzeit passieren, als ich von der Welt abgeschnitten war. Seine Augen sind eine Spur schwärzer als je zuvor, als ob ihn das Auspeitschen an einen anderen Ort versetzt hat.

Ich lehne mich gegen den Stuhl, das Leder kühl an meinem brennenden Rücken. »Jetzt werde ich dich küssen«, sagt er. Er hebt meine Beine, und zum ersten Mal bemerke ich, dass es am unteren Ende des Stuhles schmale Steigbügel gibt. Er steckt jeden Fuß in einen Bügel, so dass ich weit offen vor ihm liege. Dann kniet er sich auf die Fußbank, sein Gesicht auf einer Höhe mit meinem Schritt. Er atmet tief ein.

»Du duftest köstlich«, murmelt er. Er beugt sich vor, die Arme um meine Schenkel geschlungen, und vergräbt sich in meinem Schamhaar.

Ich hole tief Luft. Elektrische Pulse des Vergnügens laufen durch meinen ganzen Körper.

Seine Zunge züngelt über meine Klitoris. »Oh. Oh …«

Ich habe keine Worte. Ich kann nichts anderes tun, als mit meinem Körper zu reagieren. Ich weiß, dass ich mich nicht mehr aufhalten kann, egal wie meine Anweisungen lauten. Seine Zunge leckt in langen, langsamen Streichen über meinen Eingang und bis zu diesem höchst sensiblen Ort, an dem er mich unerträglich süß mit seiner Zungenspitze kitzelt. Goldene, flüssige Elektrizität strömt durch mich, schüttelt meine Gliedmaßen, lässt mich steif werden, und ich weiß, dass es mir kommt. Dann nimmt er meine ganze Knospe in den Mund und saugt fest daran, presst seine Zunge dagegen, leckt, quält mich und …

Oh, ich … ich kann nicht … ich …!

Meine Fäuste sind geballt, meine Augen fest zusammengepresst, mein Mund steht offen, mein Rücken biegt sich durch. Ich muss das jetzt tun, ich kann nicht warten, ich ...

Der Orgasmus explodiert um mich, als ob ich mich mitten in einem gigantischen Feuerwerk befinde. Ich weiß nicht, wer ich bin oder was passiert, weiß nur, dass die Wonne in großen Herzschlägen der Ekstase durch mich fließt.

Noch während ich am ganzen Körper zucke, spüre ich, wie Dominics Penis sich gegen meine Schamlippen presst, dann füllt er mich aus, so dass er meine letzten Zuckungen noch um seinen Schaft spüren kann. Er hält sich an den Armlehnen des Stuhles fest, benützt sie, um sich noch tiefer in mich zu ziehen. Er ist heftig erregt, sein Gesicht gerötet, sein Blick verschleiert. Er sagt nichts, lässt sein ganzes Gewicht auf mich fallen und küsst mich fest, als der Strom seines Orgasmus endlich freigesetzt wird.

Keuchend liegt er eine Weile auf mir, seine Wange gegen das Leder des Stuhles gedrückt. Dann fährt er mit der Hand über meinen Körper, dreht meinen Kopf zu sich und küsst mich auf das Gesicht.

»Du hast dich sehr gut gehalten«, flüstert er.

Es begeistert mich, ihn das sagen zu hören. Ich will ihm Freude bereiten. Ich will mir seine Liebe verdienen.

»Die Reitgerte war sehr schwierig für mich«, wage ich demütig zu sagen. »Der Schmerz hat mir nicht gefallen.«

»Es soll dir auch nicht gefallen«, erwidert er, zieht sich aus mir zurück und steht auf. »Aber hinterher bekommst du ja deine Belohnung. Fühlst du dich jetzt nicht besser?«

Ich schaue ihn an. Er hat recht. Ich empfinde ein außergewöhnliches Gefühl der Befriedigung, der postorgasmischen Mattigkeit. Aber ... ich bin nicht sicher, ob mir das reicht. Ich schaue ihn an, bin mir bewusst, dass das Halsband immer noch um meinen Hals liegt und wir uns immer noch im

Boudoir befinden. Ich weiß nicht, ob ich die Erlaubnis habe, ihm zu sagen, dass ich mich danach sehne, dass er zärtlich und liebevoll zu mir ist. Ich bin fasziniert und erregt von Dominic, meinem Herrn und Meister, aber ich will auch meinen anderen Dominic, den süßesten Liebhaber, den ich mir vorstellen kann. Dieser Dominic hat mich im Arm gehalten und mich gestreichelt. Ich brauche das jetzt, im Nachklang seiner Strenge und der Strafe, die er mir angedeihen ließ. Ich brauche es mehr denn jedes Lob.

Bitte. Ich versuche, ihm diese Botschaft mit Blicken zu kommunizieren. Bitte, Dominic. Komm zu mir zurück. Liebe mich.

Aber er hält bereits Ausschau nach etwas, womit er sich abtrocknen kann, und entfernt sich von mir. Ich sehe seinen herrlich breiten Rücken und seine festen Pobacken und starken Schenkel, was meine Sehnsucht nach ihm nur umso verzweifelter werden lässt. Ich möchte mit den Händen über diese Haut fahren, möchte die Bestätigung seines Körpers erhalten, dass er mich ebenso trösten wie verletzen kann.

»Wir sehen uns dann morgen«, sagt Dominic, dreht sich zu mir und lächelt. »Ich möchte, dass du heute Nacht gut schläfst. Morgen wirst du all deine Kraft brauchen.«

Er dreht sich wieder um und zieht sich an. Er ist immer noch im Raum, aber während ich auf dem Stuhl liege und ihm zusehe, habe ich das Gefühl, als habe er mich bereits verlassen.

Samstag

Am nächsten Morgen betrachte ich mein Spiegelbild. Auf meinem Rücken ist nichts zu sehen – Dominic weiß offenbar genau, wie er mit der Peitsche umgehen muss –, aber quer über meinen Hintern kann ich zwei schwache, rote Streifen ausmachen, wo mich die Reitgerte traf. Ich habe mir schon gedacht, sie dort zu finden, schließlich habe ich immer schon leicht blaue Flecke bekommen.

Schmerzen spüre ich keine, aber ich lasse mir ein Bad ein und weiche lange Zeit im heißen Wasser ein, entspanne meine Muskeln, die sich durch die ausführliche Phase des Gefesseltseins verspannt haben. Während ich in der stillen Wohnung im duftenden Wasser liege, frage ich mich, warum es meinem Körper gutgeht, meinem Herzen aber nicht. Es sollte genau andersherum sein: Schließlich habe ich jetzt, was ich wollte. Dominic tut, was er versprochen hat, er geleitet mich in seine Welt, führt mich so weit dort hinein, wie ich dazu bereit bin. Er versetzt mich jeden Tag in ekstatische Lustempfindungen und kommt durch mich auch selbst zur Ekstase.

Warum also muss ich weinen?, frage ich mich, als die Tränen in mir aufsteigen und gleich darauf über meine Wangen strömen.

Weil ich einsam bin.

Weil mir dieser Dominic fremd ist, der mir Befehle erteilt und mich schlägt.

Aber du hast ihn doch dazu aufgefordert, rufe ich mir in Erinnerung. Er wollte es nicht, aber du hast es ihm förmlich aufgezwungen. Das darf dir jetzt nicht leidtun, und du darfst jetzt auch nicht kneifen.

Ich will nicht kneifen, da bin ich mir sicher. Aber als ich mich mit unserer Vereinbarung einverstanden erklärte, war mir nicht bewusst, dass dieser Dominic denjenigen ersetzen würde, den ich kannte und liebte. Mir ist jetzt klar, dass ich die Zärtlichkeit und Zuneigung vermisse, die wir miteinander teilten. Die Dinge, die im Boudoir mit mir passieren, wenn ich das Halsband anlege und meinen Gehorsam signalisiere, mögen mir wunderbare Empfindungen bescheren, aber sie bergen auch das Potential, mich zu demütigen und zu entwürdigen. Wenn ich zulasse, dass man mich wie ein unartiges Mädchen behandelt, das bestraft werden muss, dann schämt sich ein Teil von mir dafür, dass ich mich selbst so erniedrige.

Ich brauche es, dass Dominic mir sagt, wie sehr er mich liebt und respektiert und dass ich in der Welt draußen immer noch die Beth bin, die er zu schätzen weiß.

Aber ich sehe ihn in der Welt draußen gar nicht mehr! Überhaupt nicht.

Heute ist der letzte Tag unserer Vereinbarung. Ich habe keine Ahnung, was als Nächstes geschehen wird. Aber vorher gilt es noch, den Test zu bestehen, den Dominic für mich geplant hat. Ich möchte mich erregt fühlen, aber in mir ist nur kalte Leere.

Zu all den Gefühlen, die ich für Dominic zu hegen glaubte, gehörte niemals diese Gleichgültigkeit.

Ich ziehe mich an und erledige kleine Haushaltspflichten in Celias Wohnung, bringe sie wieder in einen tadellosen Zustand. Obwohl ich mich mittlerweile hier zu Hause fühle, kann ich das Wissen nicht abschütteln, dass es in erster Linie Celias Wohnung ist. Ich schaue gerade auf meinem Handy nach, ob ich eine SMS von Dominic erhalten habe, als es an der Tür klopft.

Ich öffne sie, erwarte Dominic, aber es ist der Portier. »Guten Morgen, Miss«, sagt er und reicht mir ein großes Paket in braunem Packpapier. »Man hat mich gebeten, Ihnen das hier zu geben. Offenbar ist es dringend.«

Ich nehme es entgegen. »Danke.«

Er betrachtet es neugierig. »Haben Sie heute Geburtstag?«

»Nein«, erwidere ich lächelnd. »Vermutlich sind das nur ein paar Sachen von zu Hause.«

Nachdem er gegangen ist, knie ich mich auf die Marmorfliesen im Flur und reiße die Verpackung ab. Im Paket befindet sich eine schwarze Schachtel, die mit einem weichen, schwarzen Satinband umwickelt ist, in dem ein cremefarbener Umschlag steckt. Ich nehme den Umschlag, öffne ihn und ziehe den Brief heraus.

Heute Vormittag wirst du dich ausruhen. Dein Mittagessen wird um 12 Uhr geliefert, und bis 13 Uhr musst du aufgegessen haben. Um 14 Uhr wirst du diese Schachtel öffnen und darin weitere Anweisungen finden.

Jeder Brief, merke ich, ist bestimmender als der vorherige. Jeder diktiert mir nachdrücklicher, was ich zu tun habe, geht über mich als sexuelles Wesen hinaus und greift in mein Leben als autonome Person ein.

Auch an diesem Tag gibt mir Dominic vor, was ich zu tun habe, selbst wenn er nicht mit mir zusammen ist. Und er weiß, dass ich ihm gehorchen werde. Ich spüre, dass er genau weiß, was ich tue, als ob sein Blick aus seinem Wohnzimmer heraus quer durch das Gebäude dringt.

Irgendwie würde ich es ihm auch zutrauen, dass er meine Wohnung verwanzt und heimlich eine Kamera installiert hat.

Der Gedanke ist schräg, und kaum ist er mir durch den Kopf geschossen, verwerfe ich ihn auch schon wieder. Und doch bleibt das ungute Gefühl, dass dieser neue Dominic fähig wäre, zu solchen Mitteln zu greifen.

Ich starre die schwarze Schachtel an und frage mich, was darin enthalten sein mag.

»Was soll's«, sage ich zu mir. »Es hat keinen Sinn, darüber nachzudenken. Ich werde sie nicht vor zwei Uhr öffnen. Vielleicht hat er ja eine Art Kontrolluhr, die ihm sagt, wann der Deckel abgenommen wird.«

Ich will ihm keinen Grund liefern, mich zu bestrafen. Heute ist schließlich der Tag, an dem wir am weitesten gehen wollen.

Bei diesem Gedanken erfasst mich eine Art kalter Erregung. Zum ersten Mal mischt sich in mein Verlangen nach Dominic echte Angst.

Ich gehorche meinen Anweisungen und verbringe einen ruhigen, entspannten Vormittag. Meine Mutter ruft an, um zu fragen, wie es mir geht, und obwohl ich finde, dass ich absolut normal klinge, spürt sie sofort, dass ich nicht ich selbst bin.

»Bist du krank?«, will sie wissen, mit Sorge in der Stimme.

»Nein, Mum. Nur müde. Es war eine lange Woche. Das Leben in London saugt einen aus, finde ich.« Ganz zu schweigen von all dem Sex.

»Das merke ich. Sei ehrlich. Ist es wegen Adam?«

»Adam?« Ich klinge aufrichtig erstaunt. Seit Tagen habe ich nicht mehr an ihn gedacht. »Nein, nein, überhaupt nicht. Was ihn angeht, hat sich London als das perfekte Heilmittel erwiesen.«

»Das freut mich zu hören.« Mum klingt erleichtert. »Ich habe ja immer schon gedacht, dass du es besser treffen könntest, Beth, aber ich wollte nichts sagen, weil du doch so offenkundig verliebt in ihn warst. Als allererster Freund war er ja wirklich in Ordnung, aber ich bin froh, dass du jetzt die Chance hast, deine Flügel auszubreiten. Du brauchst einen Mann, der dir ebenbürtiger ist, jemand, der deine Interessen erweitert, deine Erfahrungen und deine Lebenslust teilt. Ich möchte, dass meine Beth von dem besten Mann auf der ganzen Welt geliebt wird.«

Ich kann nicht sprechen. Mein Hals schnürt sich zu, als ob

sich in ihm etwas quergestellt hätte. Heiße Tränen wallen in meinen Augen auf. Sie tropfen langsam über meine Wangen, und es gelingt mir nicht, das Schluchzen zu ersticken.

»Beth?«

Ich will etwas sagen, kann aber nur schluchzen.

»Was ist?«, ruft sie. »Was ist los, mein Baby?«

Ich wische mir über die Augen und schaffe es, das Schluchzen so weit zurückzudrängen, dass ich etwas sagen kann. »Ach, Mum, es ist eigentlich nichts. Ich habe nur etwas Heimweh.«

»Dann komm zu uns zurück, mein Schatz! Wir vermissen dich auch.«

»Nein, Mum, ich bin nur noch zwei Wochen in der Wohnung. Ich will mir diese Gelegenheit nicht entgehen lassen.« Ich schnüffele feucht und muss lachen. »Ich bin einfach nur albern! Ich bin heute nah am Wasser gebaut. Es ist nichts Ernstes.«

»Ehrlich nicht?« Sie macht sich immer noch Sorgen.

Oh, Mum, ich habe dich wirklich so lieb. Ich bin immer noch dein kleines Baby, ungeachtet der Umstände. Ich verstärke meinen Griff um den Hörer, als ob mich das ihrer tröstlichen Umarmung und ihrer vertrauten, mütterlichen Wärme näherbringen würde. »Es geht mir gut, ganz ehrlich. Und wenn es allzu schlimm wird, komme ich nach Hause. Aber ich bin sicher, so weit wird es nicht kommen.«

Um exakt 12 Uhr klopft es an der Tür. Als ich öffne, steht ein Mann in der Uniform eines schicken Hotels oder teuren Restaurants vor mir. Er hält ein großes Tablett voller Teller unter silbernen Hauben in den Händen.

»Ihr Mittagessen, Madam«, verkündet er.

»Danke.« Ich trete zur Seite, und er trägt das Tablett herein. Ich weise ihn in die Küche, wo er das Tablett abstellt. Von irgendwoher zieht er ein Leinentischtuch, das er über den Tisch wirft. Anschließend deckt er ihn mit Silberbesteck, einem Weinglas und einer winzigen Vase, in der sich eine rote Rose befindet, ein. Dann nimmt er die Hauben von den Tellern und legt mein Essen frei: ein riesiges Steak, auf Holzkohle gegrillt, mit Estragonbutter, die langsam darauf schmilzt, neuen Kartoffeln mit frischen Kräutern und gedämpftem, grünem Gemüse – Broccoli, Bohnen und Blattspinat. Der Duft steigt mir in die Nase. Es sieht köstlich aus und riecht auch so, und mir wird klar, wie hungrig ich bin. Der Kellner stellt noch eine Schale frischer Himbeeren mit einem großen Klecks Schlagsahne auf den Tisch, gießt mir aus einer kleinen Flasche, die er aus einer Tasche zieht, Rotwein ein und tritt dann lächelnd einen Schritt zurück.

»Ihr Mittagessen ist serviert, Madam. Das Geschirr wird heute Abend wieder abgeholt. Stellen Sie es einfach draußen neben die Tür.«

»Danke«, sage ich erneut. »Es sieht wunderbar aus.«

»Gern geschehen.«

Ich bringe ihn hinaus, dann kehre ich in die Küche zurück. Die Uhr sagt mir, dass es zehn nach zwölf ist. Ich setze mich zu meinem einsamen Mittagessen.

Es schmeckt, wie erwartet, köstlich. Das Steak ist in der Mitte noch rosa, und alles ist genau so, wie es sein soll. Ich habe das deutliche Gefühl, dass ich von allen wichtigen Nahrungsmittelgruppen eine ordentliche Portion bekommen habe, um sicherzustellen, dass ich genug Kondition für das habe, was auf mich zukommt. Ich bin lange vor 13 Uhr fertig, aber es dauert immer noch eine Stunde, bis ich die Schachtel öffnen darf.

Was ich auf jeden Fall lerne, ist die Wirkung von Vorfreude und verzögerter Wunscherfüllung. Die Minuten scheinen in

Zeitlupe zu verstreichen, aber ich weiß nicht, ob ich mich danach sehnen soll, die Schachtel zu öffnen, oder ob ich mich davor eher fürchten sollte. Sie steht im Flur, wartet auf mich, und ihre Anziehungskraft ist so stark, dass ich beinahe das Gefühl habe, als ob Dominic selbst darin versteckt sei.

Ich tigere in der Wohnung auf und ab, schaue hin und wieder aus dem Wohnzimmerfenster in die Wohnung gegenüber und frage mich, was Dominic in diesem Moment macht, und was er heute für mich geplant hat. Doch hinter seinen dunklen Fenstern ist kein Lebenszeichen auszumachen.

Um 14 Uhr kehre ich in den Flur zurück und starre die schwarze Schachtel an.

Okay, es ist so weit.

Ich ziehe das schwarze Seidenband ab, und es fällt lautlos auf den Boden. Ich hebe den Deckel an. Er sitzt sehr eng, und die Schachtel darunter ist schwer, darum dauert es eine Weile, bis ich es schaffe, den Deckel endlich abzunehmen. Ich lege ihn zur Seite und schaue hinein. Ich sehe weiter nichts als schwarzes, zerknülltes Seidenpapier und einen weiteren cremefarbenen Umschlag. Ich öffne ihn und ziehe eine dicke, cremefarbene Karte heraus, auf der in schwarzen Buchstaben steht:

Zieh das hier an. Alles, was in der Schachtel ist. Komm um exakt 14 Uhr 30 ins Boudoir.

Ich lege die Karte beiseite und entferne das Seidenpapier.

Oha. Also gut, die nächste Stufe.

In der Schachtel liegt ein Harnisch, doch dieses Mal nicht aus weicher Seide, sondern aus festem, schwarzen Leder. Er hat keine schmalen Bändchen, sondern Schnallen und Bügel aus Silber. Ich hebe ihn aus der Schachtel. Soweit ich sehen kann, wird er über die Schulter gezogen und unter den Brüsten zusammengeschnallt. Im Rücken treffen sich schmale Streifen zwischen den Schulterblättern und führen zu einem einzigen geraden Streifen, der in einem großen Metallring mitten auf dem Rücken endet. Die Streifen, die unter meine Brüste führen, laufen ebenfalls in diesem Ring zusammen. Ein schlichtes, aber wirksames Design.

Ich ziehe ein weiteres Lederteil aus der Schachtel. Es sieht aus wie ein großer Gürtel, und ich brauche einen Moment, bis mir klar ist, dass es eine Mischung aus einem Gürtel und einem Korsett ist – ein Taillenmieder. Es wirkt winzig. Passe ich da überhaupt hinein?

Und dann ist da noch das Halsband. Dies ist das einschüchterndste von allen dreien: es ist aus festem, schwarzen Leder und bedeckt meinen Hals völlig. Man schließt es auf der Rückseite, vorn befindet sich ein silberner Metallring.

Ach du Schande.

Ich erinnere mich, dass ich alles tragen muss, was sich in der Schachtel befindet. Was ist wohl noch darin?

Ich finde schwarze Stöckelschuhe, wie die von gestern, und zwei schmale, lilafarbene Schachteln. Ich öffne eine davon. Darin liegen zwei hübsche, silberne Schmetterlinge.

Was ist das? Haarklammern?

Ich inspiziere sie genauer. Jeder Schmetterling hat eine kleine Klemme auf der Rückseite. Als ich die Flügel der Schmetterlinge drücke, öffnet sich die Klemme. Plötzlich ist mir alles klar.

Nippelklemmen.

Ich öffne die andere Schachtel und entdecke darin ein kleines Oval aus rosa Silikon mit einem silbernen Fuß und einer schwarzen Kordel mit einem winzigen Schalter. Ich drücke ihn, und das kleine rosa Ei beginnt zu vibrieren.

Ich verstehe.

Das sind also die Requisiten, die meine Reise zu Dominic einläuten, hinein in die Welt, die er so sehr liebt.

Die Zeit vergeht rasch. Ich muss mich jetzt bereitmachen.

Zehn Minuten später trage ich den Harnisch und schließe die Schnalle unter meinen Brüsten. Das Taillenmieder sitzt eng um meine Körpermitte, schnürt mich ein. Ich trage keine andere Unterwäsche, da sonst nichts in der Schachtel lag. Ich ziehe noch die Stöckelschuhe an, aber mein Unterkörper ist völlig nackt und bloß.

Ich muss los. Er wird schon warten. Wenn ich zu spät komme, wird er böse.

Ich nehme einen der Schmetterlinge zur Hand. Wird das weh tun? Ich ziehe an meiner Brustwarze, und sie erwacht unter meiner Berührung zum Leben, als ob sie wüsste, dass etwas Interessantes geschehen wird. Ich öffne die Klemme mit den hübsch aussehenden Silberfingern und befestige sie an der rosa Spitze meiner Warze. Die Klemme schließt sich, und es sieht aus, als sei der Schmetterling gelandet, um Nektar aus meinen Brüsten zu saugen. Die Empfindung kitzelt und ist nicht unangenehm. Die Klemme sitzt nicht so fest, wie ich befürchtet hatte, aber ich habe das Gefühl, der Druck wird sich im Laufe der Zeit verstärken. Ich nehme die andere Klemme und befestige sie auf dieselbe Weise. Die zarten, silbernen Schmetterlinge passen nicht so recht zu dem Lederharnisch, aber irgendwie funktioniert das Gesamtbild.

Und jetzt zum Ei.

Ich spreize die Beine und führe das kleine Oval an meinen Eingang. Ich bin dort bereits feucht, da der Termin mit Dominic näher rückt. Mit dem Zeigefinger drücke ich das Ei in mich, und es schmiegt sich hinein, vermittelt mir das angenehme Gefühl, ausgefüllt zu sein. Die schwarze Kordel hängt heraus, bereit für den Moment, in dem das kleine Ei seine

Arbeit erledigt hat. Ich greife nach der Kontrolle und bewege den Schalter. Das Ei beginnt zu pulsieren und in mir zu surren, obwohl es kein Geräusch macht, und nach außen nichts davon zu merken ist. Es ist meine geheime, innere Massage.

Aber wie soll ich jetzt zum Boudoir kommen? So wie ich bin, kann ich ja kaum durch das Gebäude laufen.

Es steht nicht in den Anweisungen, aber ich muss mir einen Mantel überstreifen. Dominic wird ja wohl kaum erwarten, dass ich praktisch nackt vor die Tür trete. Ich nehme den Trenchcoat aus dem Garderobenschrank und schlüpfe hinein. Jetzt sehe ich wieder anständig aus. Abgesehen von dem dicken Lederhalsband um meinen Hals kann keiner ahnen, dass ich unter meinem Mantel bereit zur Unterwerfung bin. Ich lasse den Schlüssel zur Wohnung in die Manteltasche gleiten und gehe los.

Durch das Gebäude zu gehen, in dem Wissen, wohin ich gehe und was ich trage, ist erregender, als ich mir das je hätte träumen lassen. Das kleine Ei pulsiert in mir, während ich mit dem Aufzug nach unten fahre und durch die Lobby zu dem anderen Aufzug gehe, der mich in den siebten Stock bringen wird.

»War es eine nette Überraschung?«, fragt der Portier, als ich an seiner Theke vorbeikomme.

Ich zucke zusammen. Ich bin so konzentriert auf das, was ich gleich erleben werde, dass ich ihn gar nicht bemerkt habe. »Wie bitte?«

»Ihr Paket? War etwas Nettes darin?«

Ich starre ihn an, bin mir der Klemmen auf meinen Brustwarzen bewusst, die langsam ein klein bisschen weh tun, der Bewegungen des Eis und dass ich fast nackt bin. »Ja, danke, etwas sehr Nettes. Ein ... ein neues Kleid.«

»Oh, das ist wirklich nett.«

»Tja, auf Wiedersehen.« Ich gehe rasch in Richtung Aufzug, will unbedingt weiter. Mir bleiben nur noch ein oder zwei Minuten, dann ist es 14 Uhr 30. Der Aufzug kommt nicht sofort, und ich spüre, wie meine Besorgnis wächst, während ich warte. Ich werde mich verspäten!

Endlich gleiten die Türen auf. Ich springe hinein und drücke den Knopf für den siebten Stock.

Mach schon, mach schon.

Gemächlich zuckelt der Aufzug nach oben. Die Türen gleiten auf. Ich eile den Flur entlang, unbeholfen in den hohen Absätzen, und klopfe keuchend an die Tür des Boudoir.

Bitte lass mich noch pünktlich sein.

Die Tür öffnet sich nicht. Ich klopfe erneut und warte. Immer noch nichts. Ich klopfe noch einmal, laut.

Plötzlich geht sie auf. Da ist er, in einem langen, schwarzen Umhang. Sein Blick ist eisig und sein Mund hart. »Du bist zu spät«, sagt er nur, und mein Magen wandelt sich in flüssige Angst.

»Ich ... ich ...« Meine Lippen sind steif, und ich zittere. Ich bringe die Worte kaum heraus. »Der Aufzug ...«

»Ich sagte 14 Uhr 30. Es gibt keine Entschuldigung. Komm herein.«

Oh Mist. Ich habe Angst, mein Herz pocht in meiner Brust, das Adrenalin schießt durch meine Adern. Eine Stimme sagt mir, ich solle davonlaufen. Ihm sagen, er könne mich mal, ich wolle diese Spielchen nicht länger spielen. Aber ich weiß, dass ich gehorchen werde. Ich bin schon viel zu weit gegangen, um jetzt noch auszusteigen.

»Nimm den Mantel ab. Den ich dir übrigens nicht erlaubt habe.«

Ich will protestieren, aber ich weiß jetzt, dass er meinen Ungehorsam auf irgendeine Weise wollte. Dass ich zu spät gekommen bin, macht ihn besonders wütend. Der Mantel gleitet von meinen Schultern, und ich stehe in meinem Harnisch vor ihm. Die Brustwarzen leuchten rot und sind stechend hart durch den Druck der Klemmen und aufgrund der Tatsache, dass mein verräterischer Körper auf Dominic reagiert, sich aufheizt und prickelt. Das kleine Ei in meinem Innern pulsiert immer noch, dreht sich mit summender Zärtlichkeit.

Dominics Blick funkelt unter seinen dichten, schwarzen Brauen. »Sehr gut«, sagt er, »ja, so wollte ich es. Und jetzt auf alle viere.«

»Ja, Herr.« Ich lasse mich wie befohlen nieder. Er beugt sich vor und berührt die Vorderseite meines Halsbandes. Als er sich wieder aufrichtet, wird mir klar, dass er eine lange Lederleine daran befestigt hat.

»Komm.«

Er geht zum Schlafzimmer, und ich folge ihm auf Händen und Knien. Er zieht nicht an der Leine, aber ich weiß, dass sie da ist. Sie symbolisiert, dass ich ganz sein bin. Im Schlafzimmer brennt das Licht nur gedämpft. Eine lange, niedrige Bank steht vor dem Fußende des Bettes. Sobald wir eingetreten sind, beugt er sich wieder vor und entfernt meine Nippelklemmen. Es ist eine große Erleichterung, als sie weg sind, aber die Warzen bleiben hart und lang, pochen und sind hypersensibel.

»Geh zur Bank«, befiehlt Dominic und richtet sich wieder auf. »Knie dich vor sie, und streck dich über ihr aus.«

Ich gehorche seinem Befehl, frage mich, was passieren wird, während ich zur Bank krieche und mich auf das glatte Holz lege, die Knie auf dem Boden, mein Hintern exponiert.

»Umarme sie.«

Ich schlinge meine Arme um die Bank. Meine sensiblen Brustwarzen schmerzen, als ich sie auf das Holz presse.

Dominic tritt hinter mich. Ich kann nicht sehen, was er

macht, aber ich höre ein rhythmisches Schlagen. Etwas trifft auf seine Handfläche.

»Du warst ungehorsam«, sagt er mit einer Stimme, in der nichts als Strenge liegt. »Und du warst zu spät. Glaubst du, eine Sub sollte ihren Herrn warten lassen – und sei es auch nur eine Sekunde?«

»Nein, Herr«, flüstere ich. Die Vorahnung dessen, was er gleich mit mir anstellen wird, ist schrecklich.

»Es war deine Pflicht, um 14 Uhr 30 hier einzutreffen, gemäß meinem Befehl exakt zur halben Stunde im Boudoir zu sein.« Bei dem Wort *exakt* schlägt er sich wieder auf die Hand.

Womit nur, um Himmels willen?

Seine Stimme wird zu einem Flüstern. »Was soll ich jetzt nur mit dir machen?«

»Bestrafe mich, Herr.« Meine Stimme ist leise und demütig.

»Wie bitte?«

»Bestrafe mich, Herr«, wiederhole ich lauter.

»Ich muss dir Manieren beibringen. Bist du ein unartiges Mädchen?«

»Ja, Herr.« Die Worte erregen mich, machen mich heißer. Ich frage mich, ob er das Ei vergessen hat, das immer noch in mir pulsiert.

»Was bist du?«

»Ein unartiges Mädchen.«

»Ja, ein sehr unartiges, ungehorsames Mädchen. Du brauchst sechs kräftige Hiebe, damit du deine Lektion lernst.«

Was immer er in der Hand hält, er lässt es durch die Luft sausen. Es macht ein pfeifendes Geräusch, und ich vermute, dass es die Reitgerte ist. Eine Welle der Angst durchläuft mich. Ich will das nicht, es tut weh.

Sei stark, dränge ich mich. Zeig ihm deine Angst nicht.

Es tritt eine lange Stille ein, und ich spüre, wie meine Hinterbacken in Erwartung des Kommenden kribbeln. Ich kann es kaum ertragen. Und dann ... der Schlag!

Die Peitsche landet quer auf meinem Po. Es brennt, aber es ist nicht der abscheuliche Schlag, vor dem ich mich gefürchtet habe. Ich verharre still und versuche, mich nicht zu bewegen.

Noch ein Schlag! Er landet wieder auf dem weichsten Teil meines Hinterns, dieses Mal etwas heftiger. Ich schnappe nach Luft. Bevor ich mich sammeln kann, erfolgt schon der nächste Schlag, noch härter, und dann noch einer. Ich schreie auf. Mein ganzer Hintern scheint in Flammen zu stehen, die Haut ist feuerrot und überempfindlich. Die Gerte schneidet beißend in mein Fleisch, sendet glühend heiße Qualen über meine Haut. Dieser brennende Schmerz gefällt mir überhaupt nicht. Das kleine Ei surrt immer noch in mir, aber ich merke es kaum. Ich spüre nur das quälende Schneiden, als die Peitsche ein fünftes Mal auf mir landet. Der Schmerz lässt mich aufschluchzen, und Tränen steigen mir in die Augen. Ich wappne mich für den letzten Schlag, und er kommt, härter als der ganze Rest, markiert meine zarte Haut wie das Brennen eines glühend heißen Schürhakens.

Ich spüre, wie sich ein schauderndes Schluchzen in meiner Brust aufbaut, aber ich sammle all meine Kraft und unterdrücke es. Ich will nicht, dass er mich weinen sieht.

Es ist vorbei. Vorbei.

Aber ich werde ihm sagen, dass ich das nicht noch einmal erleben möchte. Ich ertrage das Gefühl der Gerte nicht. Und es geht nicht nur um den Schmerz, den sie zufügt, auch um das Gefühl der Entwürdigung, das ich empfinde, wenn mein Hintern auf diese Weise geschlagen wird.

Er beugt sich vor und zieht an der schwarzen Kordel

zwischen meinen Beinen. Das kleine, pulsierende Ei rutscht mit einem leisen Plop heraus. Er schaltet es aus.

»Sehr gut gemacht, Beth«, sagt er leise und streicht mit der Hand sanft über meinen Hintern. »Ich bin hart mit dir umgegangen. Ich konnte einfach dem Anblick deiner herrlichen Haut nicht widerstehen, die für mich so heiß und rot wurde. Ich wollte mich mit all meiner Kraft über dich hermachen.« Er holt tief Luft und seufzt. »Du hast mich sehr erregt. Steh auf.«

Ich hebe mich von der Bank, mein Hintern pocht vor Schmerz. Ich kann kaum stehen.

»Komm auf Knien zu mir.«

Ich gehorche, und als ich ihn erreiche, lässt er seinen Umhang aufgleiten, präsentiert mir seine Nacktheit darunter. Sein Penis ist hoch erhoben, gewaltig und hart, offensichtlich angefeuert durch die Erregung über das, was Dominic gerade getan hat. Seine Augen sind dunkel vor Lust, während er beobachtet, wie ich auf ihn zukrieche, meine Brüste vom Harnisch nach oben gedrückt. Ich halte die Leine, die an meinem Halsband befestigt ist, damit ich nicht darüberstolpere.

»Gib mir die Leine.«

Ich reiche sie ihm, halte den Blick gesenkt, damit ich ihn nicht mit einem direkten Blick beleidige. Er nimmt die Leine und zerrt sanft daran, zieht mich immer näher, bis ich gezwungen bin, mich gegen ihn zu pressen, seine Erektion hart an meinem Gesicht. Meine Brüste liegen auf seinen Beinen, mein Halsband presst sich an seine Schenkel.

Verlangen rührt sich in mir, wirkt dem schmerzhaften Brennen meines Hinterns entgegen. Sein Duft ist umwerfend, vertraut und tröstlich. Endlich wird er mir erlauben, ihn so zu lieben, wie ich es will. Ich kann ihn berühren, ihn liebkosen, ihm zeigen, was ich für ihn empfinde.

»Nimm ihn in den Mund«, befiehlt er. »Aber berühre ihn nicht mit den Händen.«

Enttäuschung flutet durch mich. Aber wenigstens darf ich ihn küssen, ihn lecken, ihn schmecken ...

Ich fahre mit der Zunge an seinem Schwanz entlang: er ist hart und strahlt von innen her Hitze aus. Als ich die Eichel erreiche, nehme ich sie zwischen die Lippen, lasse meine Zunge über die glatte Oberfläche kreisen, sauge und lecke. Seine Finger greifen in meine Haare, halten mich fest, während ich seinen Penis in den Mund nehme, so weit ich nur kann. In diesem Winkel ist es schwierig, und mein Kiefer fühlt sich bereits steif an, als ich den Mund weit öffne, um seinem dicken Schaft Platz zu bieten, aber die Freude, ihm endlich auf diese Weise meine Liebe zeigen zu dürfen, lässt mich das Unbehagen ignorieren. Oh, ich liebe es, ihn zu lecken, zu riechen, sein moschusartiges, salziges Aroma zu schmecken.

Während ich an seinem Penis sauge, wird sein Griff in meinen Haaren fester. Er stöhnt. Dann löst er sich aus meinem Mund und geht zu dem weißen Lederstuhl, zieht dabei an meiner Leine, so dass ich folgen muss. Er setzt sich auf den Stuhl, die Beine gespreizt, und zieht mich auf die Fußbank. Ich lehne mich nach vorn, wie er es gestern tat, und widme mich wieder meiner Aufgabe.

Ich halte mich an den Armlehnen fest, nehme ihn wieder in den Mund, sauge und lecke. Er stöhnt lauter. Ich möchte seinen Schwanz in die Hand nehmen und die Haut bewegen, um ihm noch mehr Vergnügen zu bereiten, aber ich erinnere mich, dass er mir das verboten hat, also konzentriere ich mich darauf, mit dem Mund zu arbeiten, ihn mit meiner Zunge zu verwöhnen, manchmal ausgiebig zu schlecken und manchmal einfach mit der Zungenspitze um seine Eichel zu tänzeln.

»Ja, das ist gut«, murmelt er. Er beobachtet mich aus halbgeschlossenen Augen, während ich seinem Penis diene. Ich stelle mir vor, wie ich auf ihn wirken muss, mit meinem Halsband und dem Harnisch, wie ich seinem gewaltigen Schwanz mit meinem Mund meine Ehrerbietung darbringe. Ich spüre jetzt, wie die Erregung in mir wächst, die Feuchtigkeit zwischen meinen Beinen, der wachsende Hunger, von diesem riesigen Ding ausgefüllt zu werden.

Er stöhnt wieder dumpf und zieht abgehackt den Atem ein. Ich spüre, wie er in meinem Mund noch größer wird. Seine Hüften bewegen sich jetzt, stoßen seinen Schwanz in mich, vögeln meinen Mund. Ich möchte ihn berühren, ich muss ihn berühren – halb auch aus Sorge, dass er zu weit in meinen Hals stoßen und mich ersticken könnte und dass meine Hände ihn aufhalten müssen. Er stößt heftiger, und ich fürchte, würgen zu müssen, aber er wird ohnehin gleich kommen. Er stößt noch mehrmals kurz und heftig zu, dann ergießt sich eine heiße Fontäne in meinen Mund, salzige Flüssigkeit, die meine Zunge umspült. Ich kann sie in meinem Mund schwimmen fühlen, dann schlucke ich sie hinunter. Sie hinterlässt eine brennende Spur. Ohne nachzudenken lege ich meine Hand auf Dominics Penis, als er sich aus meinem Mund zurückzieht.

»Das war herrlich, Beth«, sagt er mit einer Stimme, die samtig, aber auch bedrohlich klingt. »Aber du hast mich berührt. Und ich glaube, das hatte ich ausdrücklich verboten.«

Ich starre zu ihm auf, nervös. Natürlich bin ich immer noch seine Sub. Ich muss gehorchen. Bedeutet das jetzt weitere Strafen? Ich hatte gehofft, dass er etwas bezüglich der Hitze zwischen meinen Beinen und meinem wachsenden Verlangen unternehmen würde.

»Es ... es tut mir leid, Herr.«

Er ignoriert mich, unterbricht mich. »Steh auf und geh in den Flur. Zieh den Mantel an und warte.«

Ich tue wie geheißen, frage mich, was um alles in der Welt wir als Nächstes machen. Einige Minuten später tritt Dominic aus dem Boudoir. Er trägt sein schwarzes T-Shirt und Jeans.

»Folge mir.« Er führt mich aus der Wohnung, und ich folge ihm über den Flur zum Aufzug. Meine Leine hängt unter dem Mantel. Wir fahren mit dem Aufzug in die Lobby. Ich sehe Dominic an, der mich ignoriert. Stattdessen tippt er eine Textnachricht in sein Handy. Im Erdgeschoss geht er mit großen Schritten durch die Lobby, und ich eile ihm hinterher. Meine Absätze klacken auf dem Boden. Draußen wartet ein großer, schwarzer Mercedes. Er öffnet die Tür und steigt ein. Mir hilft er nicht in den Wagen. Der Fahrer ist unsichtbar hinter einer abgedunkelten Trennscheibe. Ich nehme neben Dominic auf dem glatten Ledersitz Platz, und der Wagen setzt sich lautlos in Bewegung.

Ich möchte fragen, wohin wir fahren, aber ich traue mich nicht. Dominic sagt immer noch nichts, ist mit seinem Handy beschäftigt.

Dieser Tag erweist sich als äußerst seltsam und Dominic als noch seltsamer. Ich schaue verstohlen zu ihm. Er wirkt unglaublich distanziert.

So habe ich mir das nicht vorgestellt.

Die Stimme in mir meldet sich wieder. Ich versuche, nicht auf sie zu hören. Genau so habe ich es doch gewollt.

Ich versuche, meine Kräfte für das zu sammeln, was am Ende dieser Fahrt auf mich wartet.

Ich bin nicht überrascht, als der Wagen in die schmale Straße in Soho einbiegt und vor dem *Asyl* hält. Ich habe schon erwartet, dass ich irgendwann hier enden würde, und jetzt weiß ich, dass dieser Moment gekommen ist.

Eine Welle der Angst durchläuft mich.

»Steig aus«, befiehlt Dominic.

Ich gehorche, und er folgt mir nach. Dann führt er mich die schmale Metalltreppe zur Eingangstür hinunter. Er zieht einen Schlüssel aus seiner Tasche, schließt rasch die Tür auf und geht hinein. Nachdem ich ihm in die kleine Eingangshalle gefolgt bin, schließt er hinter uns wieder ab. Ich merke, dass der Club verlassen ist. Jetzt zieht er mir den Mantel von den Schultern und nimmt die Leine zur Hand. Wortlos schreitet er durch den leeren Clubraum, und ich bin gezwungen, halb rennend Schritt mit ihm zu halten, weil er mich hinter sich herzieht. Ich weiß, wohin wir gehen.

Ich habe es immer gewusst.

Und tatsächlich führt er mich zu der Metalltür mit den Nieten und stößt sie auf. Er dreht sich um und schaut mich zum ersten Mal an, seit wir Randolph Gardens verlassen haben.

»Jetzt wirst du die wahre Bedeutung von Strafe kennenlernen«, sagt er.

Ich habe entsetzliche Angst. Reale Angst, die mir den Hals zuschnürt. Ich spüre, wie sie sich in mir ausbreitet. Ich trete in die Dunkelheit, und Dominic legt einen Schalter um. Etwas erwacht zum Leben – auf den ersten Blick scheinen es echte Kerzen zu sein, die in Metallkegeln an der Wand stecken, aber sie müssen elektrisch sein.

Ich sehe mich wieder den Werkzeugen gegenüber: Kreuze, Balken, die Reihen schrecklich aussehender Peitschen. Mein Magen rutscht mir mit einem eklig unangenehmen Gefühl in die Kniekehlen.

Aber ich muss es tun. Ich muss das jetzt durchziehen.

Mir fällt wieder ein, dass ich beschlossen habe, Dominic zu vertrauen. Er wird nicht zu weit gehen, das hat er versprochen.

Er führt mich zu den Balken, die sich horizontal über die gegenüberliegende Wand ziehen, dann schnallt er meinen

Harnisch auf und zieht ihn mir über die Arme. Gleichgültig lässt er ihn zu Boden fallen. Ich muss mich mit der Vorderseite vor den Balken stellen, mit dem Rücken zu ihm. Er hebt einen meiner Arme und legt mein Handgelenk in eine Fessel, die auf der Höhe meiner Schulter liegt und so positioniert ist, dass ich meinen Arm bewegen und beugen kann. Mit dem anderen Arm macht er dasselbe. Dann spreizt er meine Beine und steckt erst ein Bein in eine Fessel, dann das andere. Ich höre seinen schweren Atem. Das erregt ihn offensichtlich.

»Und jetzt«, sagt er leise, als ich oben und unten gefesselt bin, »fangen wir an.«

Ich schließe fest die Augen und ziehe meinen Bauch ein. Ich werde das hier ertragen. Ich werde es tun. Und später werde ich ihm erklären, dass mir die Folterkammer nicht zusagt, unter keinen Umständen.

Warum hat er dich hergebracht?, fragt meine innere Stimme, er weiß doch genau, dass dir dieser Ort Angst macht?

Ich will nicht zuhören. Ich will sie nicht hören. Ich muss mich jetzt auf das konzentrieren, was auf mich zukommt, was immer das sein wird.

Die erste Berührung ist leicht und sinnlich, das Kitzeln von langem, rauem Pferdehaar auf meinen Schulterblättern. Dominic scheint etwas über meinen Rücken zu ziehen, als ob er sein Territorium markiert, als ob er sich die Konturen einprägen will, bevor er anfängt zu schlagen.

»Das ist die Strafe für deinen Ungehorsam«, erklärt er. Ich kann ihn hinter mir spüren, wie er den Anblick, der sich ihm bietet, in sich aufnimmt: die gefesselte Frau, das flackernde Licht, die Peitsche, bereit zum Schlag.

Der erste Schlag ist sanft und weich, und auch die nächsten sind so. Er wärmt mich auf. Das Blut rauscht in meiner Haut, vermittelt mir das Gefühl, als handele es sich bei den Schlägen um Dutzende scharfer, kleiner Schnitte. Das Pferdehaar kratzt über meine bereits sensible Haut. Ich halte die Augen fest geschlossen und versuche, meinen Atem zu kontrollieren, aber mir rast das Herz, und die Angst lodert in meinem Magen.

Die Hitze breitet sich aus, als er stärker, regelmäßiger zuschlägt.

Das ist also meine Strafe. Ich werde in einer veritablen Folterkammer ausgepeitscht.

Ich fürchte mich vor dem, was noch passieren wird. Mittlerweile stehe ich außerhalb meiner selbst und überdenke meine Lage. Und das bedeutet, mein inneres Phantasieleben flackert und stirbt.

Aber es ist zu spät.

Die Schläge enden abrupt, und ich höre Dominics Schritte. Er geht auf die Leiste mit den Folterinstrumenten zu, dann kommt er zurück. Er hält etwas anderes in der Hand, das spüre ich. Er lässt es ein paar Mal durch die Luft sausen, übt seine Schlagtaktik, dann saust es auf meinen Rücken herab. Dutzende von Riemen mit grausamen Knoten am Ende beißen sich in meine Haut.

Ich werfe den Kopf in den Nacken und schreie vor Überraschung und Schmerz. Aber bevor ich nachdenken kann, treffen mich die Riemen erneut, heftig und aus einer anderen Richtung. Er lässt die Peitsche vor und zurück schnalzen, wechselt die Richtung der Schläge.

O mein Gott, das ist unfassbar!

Es geht immer weiter, schwer landen die Schläge mit der Gleichmäßigkeit eines Metronoms auf mir. Der Schmerz ist intensiv, und mit jedem Schlag schreie ich laut auf, kann mich nicht kontrollieren, obwohl ich trotz der einprasselnden Schläge darum kämpfe. Und mit jedem Schlag schlägt Dominic etwas härter zu, als ob meine Schreie ihn ermuntern, noch mehr Kraft hineinzulegen. Sein Atem kommt schwer und angestrengt.

Die Riemen der Peitsche breiten den Schmerz auf meinem Rücken aus, beißen grausam in meine gepeinigte, zarte Haut. Es ist heimtückisch. Es ist mehr, als ich ertragen kann. Ich zittere, und zwischen meinen Schreien der Qual weine ich. Das Safeword. Ich muss das Safeword anwenden!

Ich habe jeden Glauben daran verloren, dass Dominic sieht, in welchem Zustand ich mich befinde. Er peitscht mich heftig, und durch den Nebel aus Schmerz und Verwirrung denke ich, dass er möglicherweise die Kontrolle verliert.

Jetzt überkommt mich heftige, panische Angst – Angst, wie ich sie noch nie empfunden habe, haltlos und elementar. Mein Weinen wird stärker und intensiver, während das schreckliche Instrument wieder und immer wieder in meinen Rücken fährt, links, dann rechts, dann links, dann wieder rechts. Manchmal wandern die beißenden Schwänze auch um mich herum und bohren sich in meine Brüste und meinen Bauch.

Wie lautet das Safeword?

Ich fühle mich benommen vor Qual. Mein Kopf rollt über meine Schultern, mein Rücken biegt sich vor, um den Schlägen zu entgehen, meine Arme sind angespannt, und ich kann überhaupt nicht denken. Ich kann nichts weiter tun, als mich vor dem nächsten Schlag zu fürchten. Mir ist schwindlig vor Panik.

Das ... Safeword ... lautet ...

Ich sammle all meine Kraft und stöhne laut heraus: »Rot!«

Er schlägt mich erneut. Hunderte von Klingen schneiden sich in meine glühende Haut.

»Rot, Dominic, hör auf, hör auf!«

Alles in mir ist Schmerz, wilde Furcht ... Das Safeword ... Es ist nicht »rot« ... es lautet ... o verdammt, dieser SCHMERZ

… es lautet … irgendwie anders … es … HEILIGE SCHEISSE … ich kann nicht mehr … ich sterbe, ich sterbe …

»Purpur!«, schreie ich. »Purpur!«

Ich verkrampfe mich vor dem nächsten Schlag, und als er nicht kommt, fange ich an, unkontrollierbar zu zittern und wild zu schluchzen. Ich habe noch nie solchen Schmerz verspürt, weder innerlich noch äußerlich. Mein Atem geht abgehackt, alles dreht sich …

»Beth?« Es ist eine Stimme, die ich seit Tagen nicht gehört habe. Es ist Dominics normale Stimme. Die Stimme meines Freundes, meines Liebhabers, des Mannes, nach dem ich mich so gesehnt habe. »Beth, ist alles in Ordnung?«

Ich kann nicht reden, ich muss zu sehr weinen. Tränen strömen mir über das Gesicht, meine Nase läuft. Mein Schluchzen schüttelt meinen ganzen Körper durch.

»O Gott, Baby, was ist los?« In seiner Stimme liegt Panik. Er lässt die Peitsche fallen und löst hastig meine Fesseln. Als meine Arme frei sind, sinke ich zu Boden. Ich rolle mich zu einem Ball zusammen, umfasse die Knie, ducke den Kopf und schaukele vor und zurück, während ich verzweifelt schluchze.

»Beth, bitte.« Er legt seine Hand auf meinen Arm, vorsichtig, um die gequälte Haut meines Rückens zu schonen.

Unter seiner Berührung zucke ich zusammen. »Fass mich nicht an!«, fauche ich, wütend trotz meiner Tränen. »Komm mir nicht zu nahe!«

Er zieht sich zurück, schockiert, unsicher. »Du hast das Safeword verwendet …«

»Weil du mich grün und blau geprügelt hast, du Mistkerl, du elender Mistkerl, nach allem, was ich für dich getan habe, nach allem, was ich dir angeboten habe, für dich ertragen habe … mein Gott, ich kann es nicht fassen …« Heftiges Schluchzen schüttelt mich durch, aber ich bringe es trotzdem fertig, weiterzureden. »Du bist so ein verdammter Idiot. Ich habe dir vertraut, du Mistkerl. Ich habe an dich geglaubt, und schau dir an, was du mit mir gemacht hast ...«

Alles in mir ist aufgewühlt. Ich fühle mich so unglaublich verletzt, nicht nur von seinen Schlägen und dem körperlichen Schmerz. Nein, noch schlimmer ist, dass mein Vertrauen zu ihm in Trümmern liegt, meine Gefühle, meine Liebe zu Dominic. Ich bin so verzweifelt, dass ich nur noch heulen kann.

Mehrere Minuten lang schaut Dominic mich schweigend an, als ob er nicht wüsste, wie er in diese Situation geraten ist oder wie er mich trösten kann. Dann nimmt er leise meinen Mantel und wickelt ihn um mich. Selbst die weiche Baumwolle des Trenchcoats schmerzt wie verrückt, als er sie über meinen geschundenen Rücken legt.

Vorsichtig hilft er mir auf die Beine und führt mich aus der Folterkammer, durch den leeren Clubraum und hinaus. Der Wagen wartet auf der Straße auf uns. Wir steigen ein. Ich weine immer noch, unfähig, mich an den Rückenpolstern anzulehnen. Wir kehren zu den Randolph Gardens zurück.

Ich zittere und schluchze den ganzen Weg über.

Dominic sagt kein Wort.

Die vierte Woche

18. Kapitel

Dieser Sonntag ist der schlimmste Tag meines Lebens. Ich leide Höllenqualen. Zum einen ist mein Rücken voller leuchtend roter Streifen, die mich entsetzt nach Luft schnappen lassen, als ich sie im Spiegel sehe. Ich habe auch keine Möglichkeit, mir den Rücken einzucremen, darum verbringe ich viel Zeit in einem kalten Bad und versuche, auf diese Weise die Hitze aus meiner Haut zu ziehen.

Zum anderen sind auch meine Gefühle in einem schrecklichen Aufruhr. Immer wieder breche ich in Tränen aus, wenn ich daran denke, was Dominic mir angetan hat. Ich fühle mich unglaublich hintergangen. Er hat mich gebeten, an ihn zu glauben, und das habe ich getan. Er hat mich gebeten, ihm zu vertrauen, hat mir versichert, dass er meine Grenzen kennt, und ich habe es getan. Ich habe ihm gesagt, dass ich die Folterkammer nicht mag, aber genau dorthin hat er mich gebracht und mir unaussprechliche Qualen zugefügt.

Und ich habe es zugelassen.

Das schmerzt ebenfalls. Dominic mag die Peitsche geschwungen haben, aber ich bin sehenden Auges in diese Situation geraten. Dann rufe ich mir in Erinnerung, dass es Dominic war, der die Kontrolle verlor und das Ganze auf eine Stufe hob, die außerhalb meiner Möglichkeiten lag. Er muss in der Hitze des Augenblicks vergessen haben, dass ich ein Neuling bin – aber es war seine Verantwortung, auf mich aufzupassen und nicht aus den Augen zu verlieren, wie viel ich noch ertragen kann. Darin hat er versagt.

Es schmerzt mich auch zutiefst, dass Dominic sich nicht meldet, um mit mir zu reden. Er ist verstummt. Ich erhalte eine einzige SMS, in der nur steht: Es tut mir leid. Kuss, D. Mehr nicht. Ich bin entsetzt und fühle mich mitten ins Herz getroffen. Ist das mein Dominic, dem ich so vertraut habe? Glaubt er wirklich, eine einzige SMS kann diese ... diese Attacke wiedergutmachen?

Da muss er sich schon mehr anstrengen.

Am Montagmorgen rufe ich James an und sage ihm, dass ich krank bin und nicht zur Arbeit kommen kann. Er klingt misstrauisch, als ob er merkt, dass ich nicht ehrlich zu ihm bin, aber er sagt genau die richtigen Dinge, dass ich auf mich aufpassen und erst wiederkommen soll, wenn es mir bessergeht.

Ich verbringe den Tag allein, denke zwanghaft über die Stunden nach, die ich mit Dominic verbrachte, versuche zu analysieren, warum alles so furchtbar schiefgelaufen ist. Ich rolle mich mit De Havilland auf dem Sofa ein und lasse mich so gut es geht von seiner leisen, schnurrenden Wärme trösten.

Wenigstens die Katze liebt mich noch.

Die Striemen auf meinem Rücken sind immer noch knallrot und wund, aber der Schmerz hat etwas nachgelassen. Die Hitze, die mich in der Nacht auf Sonntag wachhielt, weicht langsam von meiner Haut. Ich kann mir jetzt wieder vorstellen, dass es irgendwann nicht mehr weh tun wird, dass ich irgendwann wieder einen heilen Rücken haben werde.

Am Dienstag melde ich mich noch einmal krank, und jetzt klingt James richtiggehend beunruhigt.

»Ist alles in Ordnung, Beth?«

»Ja«, sage ich. »Also ... so gut wie.«

»Hat es mit Dominic zu tun?«

»Ja und nein. Hören Sie, James, ich brauche einfach noch einen Tag. Morgen komme ich wieder zur Arbeit, versprochen. Dann erzähle ich Ihnen alles.«

»Ist gut, Kleines. Nehmen Sie sich die Zeit, die Sie brauchen. Ich verstehe schon.«

Ich weiß, wie sehr ich von Glück reden kann, so einen Chef zu haben.

Am Dienstagnachmittag geht es mir schon etwas besser. Mein Rücken schmerzt immer noch, aber er befindet sich definitiv im Heilungsprozess. Mein Herz ist allerdings immer noch wund, weil ich nichts von Dominic höre. Wann immer ich an ihn denke, bin ich am Boden zerstört. Wie kann er mich so schlecht behandeln und mich dann im Stich lassen? Er muss doch wissen, dass ich in einem schrecklichen Zustand bin.

Am späten Dienstagnachmittag klopft es an der Tür. Mein Herzschlag beschleunigt sich, weil ich sofort denke, es könnte Dominic sein.

Nein, mahne ich mich streng, als ich zur Tür gehe, das muss James sein, der mit Hühnersuppe oder Schokolade nach mir schauen will. Aber dennoch bin ich voller Hoffnung, als ich die Tür öffne.

Zu meinem unendlichen Erstaunen ist der Mann vor der Wohnungstür nicht Dominic und auch nicht James. Es ist Adam.

»Überraschung!«, ruft er und grinst breit.

Ich starre ihn an, traue meinen Augen nicht. Er wirkt jetzt so anders, obwohl er noch genauso aussieht, wie ich ihn in Erinnerung habe. Seine Kleider sind schäbig und haben überhaupt keinen Stil. Er trägt ein kariertes Hemd unter einem formlosen grauen Pulli, auf dem der Name einer Fußballmannschaft steht, und dazu ausgebeulte Jeans, weiße Turnschuhe und eine Sporttasche über der Schulter. Er schaut mich an, sichtlich begeistert über seinen Überraschungsbesuch.

»Willst du mich gar nicht begrüßen?«, fragt er, als ich stumm bleibe.

»Äh ...« Es fällt mir immer noch schwer, zu verarbeiten, was meine Augen sehen. Es ergibt doch gar keinen Sinn. Adam? Hier in Celias Wohnung?

»Hallo«, sage ich lahm.

»Darf ich reinkommen? Ich muss dringend pinkeln und brauche eine Tasse Tee. Nicht gleichzeitig, natürlich.«

Ich will nicht, dass er hereinkommt, aber da er unbedingt ins Bad muss, kann ich mich wohl kaum weigern. Ich trete zur Seite und lasse ihn herein. Es ist merkwürdig, diesen Teil meines Lebens zu sehen, ein Teil, den ich für ein abgeschlossenes Kapitel hielt, und jetzt spaziert er einfach so in meine neue Existenz. Es gefällt mir ganz und gar nicht, wie sich das anfühlt.

»Das Klo ist da drüben«, sage ich und zeige zum Badezimmer. Seine kurze Abwesenheit gibt mir die Zeit, die ich brauche, um meine Gedanken zu ordnen. Als er herauskommt, pfeift er glücklich, genau so, wie ich das früher immer süß und liebenswert gefunden habe, aber jetzt muss ich mir auf die Lippe beißen. »Adam, was hast du hier zu suchen?«

Mein knapper Tonfall scheint ihn zu überraschen. »Deine Mum hat mir gesagt, wo du bist, und ich wollte dich besuchen.« Er breitet die Hände aus, als ob er sich wundert, wie ich eine so einfache, natürliche Angelegenheit hinterfragen kann.

Ich starre ihn an. Vage erinnere ich mich daran, diesen Mann einst geliebt zu haben und am Boden zerstört gewesen zu sein, als er mir das Herz brach, aber das scheint mir jetzt haarsträubend unwahrscheinlich. Er wirkt unscheinbar und nur halb ausgeformt im Vergleich zu Dominic, mit seinen farblosen Haaren, dem dicklichen Gesicht und den blauen Augen.

»Aber, Adam«, sage ich und versuche angemessen und vernünftig zu klingen, »als ich dich das letzte Mal sah, haben wir Schluss gemacht. Du hast Hannah gevögelt, erinnerst du dich? Du hast mich wegen ihr abserviert.«

Adam schneidet eine Grimasse und winkt in ungeduldiger Geste mit der Hand ab. »Ach ja, das ... hör zu, ich bin gekommen, um mich bei dir zu entschuldigen. Das ist alles Geschichte. Es war ein Fehler, und ich bedaure es. Aber die tolle Neuigkeit ist, dass ich uns beiden eine zweite Chance geben will!« Er strahlt mich erwartungsvoll an, als ob er fest damit rechnet, dass ich vor Freude jubiliere und tanze.

»Adam ...« Ich starre ihn hilflos an. »Ich weiß nicht, was ich sagen soll.«

»Was muss ein Mann tun, damit er hier eine Tasse Tee bekommt?«, fragt er und öffnet Türen. Als er die Küche entdeckt, ruft er »Bingo« und geht hinein. Ich folge ihm, hasse es, wie er in mein geordnetes Leben eindringt. Mir fällt wieder ein, wie er immer überall hereingeplatzt ist und sich an allem bediente, was er wollte, und anschließend ein Chaos hinterließ.

»Adam, du kannst hier nicht einfach so auftauchen. Du hättest anrufen sollen.«

»Ich wollte dich überraschen«, sagt er und wirkt ein wenig gekränkt. Er geht mit dem Wasserkocher zur Spüle und füllt ihn. »Freut es dich denn gar nicht, mich zu sehen?« Er schenkt mir seinen Kleiner-Junge-Blick, ein Blick, der früher mein Herz zum Schmelzen brachte.

»Um ehrlich zu sein, es passt gerade nicht besonders gut.«

Um Himmels willen, schone jetzt bloß nicht seine Gefühle! Das hat er bei dir auch nicht getan! Sag ihm einfach, er soll seine Tasche schultern und einen Abflug machen!

»Du siehst nicht so aus, als hättest du viel um die Ohren. Deine Mum meinte, du bist vielleicht bei der Arbeit, und ich solle bis später warten oder anrufen, aber ich dachte, ich komm einfach mal vorbei und schaue, was Sache ist, und hier bist du! Das ist Schicksal.« Der Wasserkocher steht wieder auf seinem Gestell und wird eingeschaltet.

Also gut, eine Tasse Tee, aber dann muss er gehen.

Ich hänge zwei Teebeutel in zwei Keramikbecher, während er mir von seiner Zugfahrt nach London erzählt und von seinen Erfahrungen in der U-Bahn. Ich führe ihn ins Wohnzimmer, wo De Havilland auf dem Fensterbrett Wache hält und zu den Tauben hinausschaut, wie er das so oft tut. Er starrt uns aus seinen gelben Augen an, blinzelt und wendet sich dann wieder dem Fenster zu, den Schwanz um die Beine gewickelt.

»Das ist eine verdammt nette Wohnung.« Adam schaut sich um. »Wem gehört sie?«

»Der Patentante meines Vaters. Sie heißt Celia.«

»Oh. Tja, wenn du deine Karten richtig ausspielst, dann erbst du das hier vielleicht mal.« Er zwinkert mir wissend zu. »Das wäre doch nett.«

Ich setze mich auf das Sofa, er fläzt sich daneben. Gerade frage ich mich, worüber um alles in der Welt ich mit ihm reden soll, da fällt mir ein, was vor wenigen Wochen los war. »Also, was ist mit Hannah? Hat es nicht funktioniert?«

Er rümpft die Nase, als ob er gerade an etwas Ekliges gedacht hätte. »Nö, das war einfach nicht das Richtige. Mehr so eine körperliche Anziehung, weißt du? Was ja eine Zeitlang ganz nett war, aber dann wurde es langweilig.«

Ich sehe die beiden wieder vor mir, wie sie im Bett liegen, aber das tut mir nicht mehr weh und entsetzt mich auch nicht mehr. Eigentlich schienen sie sehr gut zusammenzupassen. Rückblickend sehe ich wieder, wie Adam mich vögelt, wie er schwer in mein Ohr keucht, während er unablässig zustößt, rein, raus, rein, raus, auf immer exakt dieselbe Weise. Es lief routinemäßig und schnell ab. Das war süß, weil ich ihn liebte, aber dunkel und leidenschaftlich? Aufwühlend und erregend? Überwand er Grenzen, und hat er mir geholfen, Aspekte meiner selbst zu entdecken, die ich vorher nicht kannte?

Natürlich nicht. Dominic hat das getan.

Plötzlich wird mir klar, dass mich meine Erfahrung mit Dominic für immer verändert hat. Ich kann jetzt nie wieder zu jemandem wie Adam zurückkehren. Dominic mag einige abnorme Vorlieben haben und ungewöhnliche Freuden genießen, aber wenigstens ist er nicht langweilig.

Adam starrt mich jetzt an, beide Hände um den Becher gelegt. »Darum wollte ich dich ja auch unbedingt sprechen. Das, was wir zwei hatten, das war echt was Besonderes. Ich war ein Idiot und habe dir weh getan, aber das habe ich jetzt alles hinter mir gelassen. Ich will, dass wir wieder zusammen sind.«

»Ich … ich glaube nicht … also ich finde …« Ich hole tief Luft. »Nein, Adam. Das wird nicht passieren.«

Sein Gesicht fällt in sich zusammen. »Nicht?«

Ich schüttele den Kopf. »Nein. Ich habe jetzt ein neues Leben, einen Job.«

»Einen Freund?«, fragt er rasch.

»Nein, eigentlich nicht. Nein.« Es hat schließlich ganz den Anschein, als sei das mit Dominic und mir aus und vorbei. »Aber das ändert nichts. Für uns gibt es keine Zukunft.«

»Bitte, Beth.« Er schaut mich gewinnend an. »Schreib mich nicht einfach so ab. Ich weiß, es ist ein Schock, dass ich hier so plötzlich aufgetaucht bin. Nimm dir Zeit, und denke darüber nach.«

»Das wird auch nichts ändern«, erkläre ich unnachgiebig.

Er seufzt und nimmt einen Schluck Tee. »Tja, wir können ja später darüber reden.«

»Später?«

»Beth, ich muss doch irgendwo schlafen. Ich dachte, ich kann hierbleiben.«

»Wie kommst du denn auf die Idee?«, rufe ich genervt. »Wir haben uns getrennt!«

»Aber ich will dich wiederhaben.«

Ich zuckte mit den Schultern und seufze verärgert. Wir sind wieder da, wo wir angefangen haben.

»Ich komme heute nicht mehr nach Hause«, sagt Adam. »Lass mich doch hierbleiben. Bitte?«

Ich seufze noch einmal. Mir bleibt kaum eine Wahl. Ich kann ihn ja schwerlich auf der Straße schlafen lassen. »Na schön, du kannst auf dem Sofa übernachten. Aber nur heute Nacht, ist das klar. Es ist mir ernst.«

»Ist gecheckt«, ruft er fröhlich, und ich lese in seinem Gesicht, dass er absolut davon überzeugt ist, eine Nacht würde völlig ausreichen, um mich zurückzugewinnen.

Sobald ich mich an Adams Anwesenheit gewöhnt habe, finde ich es auf seltsame Weise ganz nett, ihn um mich zu haben. Er ist ein lustiger Gesellschafter, und bald schon plaudert er vor sich hin, erzählt mir den ganzen Klatsch, den ich verpasst habe, und was sein verrückter Bruder alles so angestellt hat. Ich koche uns ein einfaches Nudelgericht, und wir essen zusammen, während er weiterschwatzt. Es ist merkwürdig, so viele Worte in Celias Wohnung zu hören, in der es für gewöhnlich so still ist.

Später kehren wir ins Wohnzimmer zurück, und Adam versucht, Süßholz zu raspeln. Er ruft mir unsere guten Zeiten in Erinnerung und versichert, dass es wieder so werden könnte. Es macht mir nichts aus, mich an früher zu erinnern, aber es hat nicht die Wirkung, die er beabsichtigt. Als ich ihm später ein Kissen und eine Decke bringe und gehen will, versucht er, mich zu küssen, aber ich weise ihn entschlossen zurück, was er mit scheinbarem Gleichmut akzeptiert.

Ich bin sicher, er glaubt, es sei nur eine Frage der Zeit, bis ich einknicke.

Ich schlafe in Celias Schlafzimmer, immer noch verstimmt angesichts der Vorstellung, dass Adam nebenan liegt, möglicherweise sogar plant, wie er sich in mein Bett schmuggeln kann. Glücklicherweise bleibt es die ganze Nacht ruhig.

Am nächsten Morgen fühle ich mich schon viel besser und freue mich darauf, wieder zur Arbeit zu gehen.

»Du gehst doch dann?«, frage ich Adam, als ich nach dem Frühstück meine Sachen zusammensuche.

»Na ja ...« Er versucht ein schelmisches Lächeln. »Ich dachte, ich könnte noch ein wenig abhängen, wenn es dir nichts ausmacht. Ich möchte mir London anschauen, wo ich schon mal da bin, und du hast ja jede Menge Platz ...«

»Adam«, warne ich.

»Nur noch eine Nacht?«, bettelt er.

Ich starre ihn an. Vermutlich kann das nicht schaden. »Noch eine Nacht. Aber das war es dann.«

Er grinst. »Alles klar.«

Es ist schön, James wiederzusehen. Ich habe ihn vermisst.

»Kleines, Sie sind wieder da!«, ruft er, als ich die Galerie betrete. »Ich habe mir solche Sorgen gemacht.« Er kommt auf mich zu und will mich umarmen, prallt aber sofort zurück, als ich mich abwehrend krümme. »Aha.« Er schaut wissend und auch ein wenig traurig. »O Beth, hat er Ihnen weh getan?«

Ich nicke zögernd. Was für eine Erleichterung, sich endlich jemandem anvertrauen zu können.

»Dieser Mistkerl. War es gegen Ihren Wunsch?«

Ich nicke wieder, fühle mich Dominic gegenüber wie eine Verräterin.

»Das ist verboten«, erklärt James mit ernstem Gesichtsausdruck. Er schaut mich wieder auf diese ganz typische Weise über den Rand seiner Brille an. »Es tut mir leid, Beth, aber das geht gar nicht. Es ist mir egal, wie viel Ihnen an ihm liegt – ›sicher, in vernünftigem Rahmen und mit beiderseitigem Einverständnis‹, so lauten die Regeln beim BDSM. Wenn er sie bricht, dann dürfen Sie sich ihm nie wieder nähern, haben Sie verstanden?«

Angesichts seiner Worte fällt etwas in mir verzweifelt in sich zusammen. Aber wahrscheinlich hat er ja recht. Ich wünschte nur, es wäre leichter zu ertragen.

Wir verbringen einen angenehmen Vormittag, bei dem wir uns gegenseitig auf den neuesten Stand bringen. Wir lachen darüber, dass Adam plötzlich vor der Tür stand, und wie er versucht, sich wieder in mein Herz zu schmeicheln. Ich erzähle James, dass ich die feste Absicht habe, ihn morgen vor die Tür zu setzen, ganz egal, was er sagt.

Zur Mittagszeit wollen wir Sushi essen, darum verlasse ich die Galerie und überquere die Regent Street in Richtung unseres Lieblingsjapaners, um etwas zum Mitnehmen zu besorgen. Auf dem Weg komme ich an einer alten Kirche vorbei, vor der Welt hinter roten Ziegelmauern versteckt und mit einem Eisentor, durch das Passanten hineingehen und sich umsehen können. Zu meinem Erstaunen schießt jemand aus dem kleinen Kirchhof auf mich zu, als ich gerade vorbeigehe, und packt mich am Arm.

Ich schnappe nach Luft. Als ich aufschaue, sehe ich Dominic. Sein Griff ist fest, sein Blick wild, und er wirkt ungewöhnlich ungepflegt. »Dominic!« Mein Inneres verkrampft sich vor Erregung und Angst, ihn wiederzusehen.

»Ich muss mit dir reden«, sagt er drängend und zieht mich durch das Eisentor in den Kirchhof.

Er will sich entschuldigen! Mein Herz macht bei diesem Gedanken einen Sprung. Vielleicht gibt es doch noch Hoffnung ...?

Er schaut mich beinahe wütend an, sein Gesichtsausdruck fiebernd. »Wer ist er, Beth?«

»Was?«

»Spiel nicht die Unschuldige – ich habe ihn gesehen! Den Mann in deiner Wohnung! Wer zum Teufel ist er?«

Ich antworte ohne nachzudenken. »Das ist Adam.«

Dominic zieht scharf den Atem ein, schaut mich beinahe verzweifelt an, dann lässt er meinen Arm los, verlässt den Kirchhof und geht weg, ohne sich noch einmal umzudrehen.

»Scheiße!«, fluche ich und eile ihm nach. Aber er ist bereits in einer der Seitenstraßen verschwunden. Warum habe ich das gesagt? Warum habe ich nicht so getan, als sei Adam mein Bruder? Jetzt nimmt Dominic an, ich sei wieder mit Adam zusammen. Ich fluche erneut. Ich muss ihn später anrufen und es ihm erklären.

Andererseits, warum sollte ich? Er hat sich immer noch nicht für das, was er mir angetan hat, entschuldigt. Vielleicht tut es ihm ganz gut, wenn er eine Weile schmort.

Ich habe immer noch nicht entschieden, was ich tun will, als ich mit unseren Sushi in die Galerie zurückkehre.

Ich werde später darüber nachdenken.

Im Laufe eines einzigen Tages hat Adam es fertiggebracht, den Inhalt seiner Sporttasche über die gesamte Wohnung zu verteilen, zuzüglich der Essensabfälle der Snacks, die er gekauft oder sich selbst zubereitet hat. Eine Welle der Verärgerung brandet über mich hinweg, als ich sehe, wie nachlässig er mit der Wohnung umgegangen ist, und gleichzeitig bin ich erleichtert, dass ich nicht den Rest meines Lebens damit zubringen muss, hinter ihm aufzuräumen.

»Wie war dein Tag?«, erkundigt er sich beflissen, als ich nach Hause komme. »Ich dachte, ich lade dich heute zum Abendessen ein.«

»Das ist lieb von dir, Adam, aber warum gehen wir nicht erst etwas trinken und sehen dann weiter?« Ich habe mich bereits entschlossen, ihm gegenüber völlig offen zu sein und ihm zu erklären, dass absolut keine Hoffnung besteht und er gleich morgen früh abreisen muss. Der Pub scheint ein guter Ort dafür.

»Ist gut, prima. Lass uns gehen.«

Wir verlassen das Apartmentgebäude und schlendern durch die heißen Straßen. Die Luft ist jetzt sehr drückend, und zum ersten Mal seit Ewigkeiten ziehen weiße Wolken am Himmel auf. Ich spüre förmlich, wie sich ein Gewitter zusammenbraut, aber das brauchen wir vermutlich auch nach all dem blauen Himmel und der Hitze.

»Weißt du, was, Beth?«, fragt Adam im Plauderton. Ich führe uns in die Richtung des Pub, in den mich Dominic damals mitgenommen hat. »Du bist irgendwie anders, weißt du. Du scheinst jetzt irgendwie … ich weiß nicht … erwachsener. Elegant. Und sexy. Definitiv sexy.« Er schenkt mir einen Blick, der vermutlich provokant sein soll, aber er wirkt ziemlich plump.

»Ach ja?« Wider besseren Wissens interessiert mich das. Ich habe mich schon gefragt, ob die Erfahrungen der letzten Wochen mich irgendwie verändert haben. Offenbar schon.

»Ja«, meint er gnädig. »Du bist wirklich attraktiv.«

»Danke«, sage ich lachend, dann fällt mir wieder ein, dass ich gleich einen Eiskübel über seine Hoffnungen ausschütten werde. »Adam, das ist wirklich nett, aber das heißt nicht, dass sich zwischen uns je wieder etwas abspielen wird.«

Wir bleiben stehen. Er schaut mir in die Augen. Dann lächelt er traurig. »Es ist wirklich aus, oder?«

Ich nicke. »Ja. Ich liebe dich nicht mehr. Es ist wirklich und wahrhaftig aus und vorbei.«

»Gibt es einen anderen?«, will er wissen.

Ich erröte und sage nichts.

»Das habe ich mir gedacht«, meint er seufzend. »Na ja, einen Versuch war es wert. Ich war ein Idiot, Beth, das weiß ich. Ich wusste nicht, was ich an dir hatte, bis ich es vergeigt habe. Der Typ kann von Glück reden.«

Ich erwidere sein Lächeln, fühle, wie sich mir der Hals zuschnürt. »Danke, dass du das sagst, Adam. Ehrlich. Das beruhigt mich unendlich. Wir können immer noch Freunde sein.«

»Ja, klar«, sagt er ein bisschen burschikos. »Aber ich habe das Gefühl, dass wir künftig nicht mehr allzu viel von dir bei uns zu Hause sehen werden. Ich kann mich natürlich irren, aber mein Bauch sagt mir das.« Er denkt kurz nach. »Sollen wir trotzdem was zusammen trinken? Um der alten Zeiten willen?«

»Ja, gern.«

»Gut. Und ich mache mich dann gleich morgen früh wieder auf den Weg. Echt.«

Wir schauen uns noch ein wenig länger an, würdigen, was wir uns einmal gegenseitig bedeutet haben, am Ende dieser Phase unseres Lebens. Dann gehen wir weiter, in Richtung Pub.

Als wir sehr viel später nach Hause kommen, schließe ich die Wohnungstür auf, um uns einzulassen. Adam, der nach vier Bier schon etwas angeheitert ist, befindet sich gerade mitten in einem lauten Monolog und bemerkt den cremefarbenen Umschlag nicht, der für mich auf dem Boden liegt.

Mein Herz setzt einen Schlag aus, als ich ihn sehe und rasch an mich nehme. Während Adam weiterredet, schleiche ich mich ins Schlafzimmer und öffne den Umschlag mit zitternden Fingern. Auf dem Brief darin steht:

An meine Herrin,
dein Sklave erbittet demütig eine weitere Nacht mit dir.
Schenke ihm die Ehre deiner Anwesenheit morgen Abend
im Boudoir. Er wird dort ab 20 Uhr warten.

Ich presse den Brief an meine Brust.

O mein Gott. Mein Sklave? Wie meint er das?

Ich werde hingehen. Natürlich werde ich hingehen. Wie könnte ich nicht?

19. Kapitel

Am nächsten Tag verabschiede ich mich von Adam und sehe zu, wie er in Richtung der Haltestelle geht, zurück in die Welt, die ich hinter mir gelassen habe. Bald schon wird Celia nach Hause kommen, und was mache ich dann? Langsam nagt die Sorge an mir. Ich habe keine eigene Wohnung, und sobald der Assistent von James aus dem Krankenhaus entlassen wird, habe ich auch keinen Job mehr.

Ich werde Laura eine E-Mail schicken, beschließe ich, und ihr sagen, dass ich Interesse habe, eine Wohnung mit ihr zu teilen. Vielleicht findet James eine Möglichkeit, mich auch weiterhin in der Galerie zu beschäftigen.

Eins ist sicher: Ich kann nicht in mein altes Leben zurückkehren. Jetzt nicht mehr.

Ich verbringe den Tag im Zustand gespannter Vorahnung, aber ich bin mir nicht sicher, was ich von der bevorstehenden Begegnung halten soll. Ich rede nicht darüber, grübele aber darüber nach, was es zu bedeuten hat, abwechselnd erregt und voller Angst. Der körperliche Schmerz auf meinem Rücken mag verblasst sein, und die Streifen sind so gut wie verschwunden, aber ich bin immer noch sehr verletzt darüber, wie sich die ganze Sache entwickelt hat. Ich habe mein Bestes versucht, so zu sein, wie Dominic es braucht, aber am Ende hat er mehr von mir verlangt, als ich geben kann – viel mehr. Und die Tatsache, dass keinerlei Entschuldigung von ihm kommt, verletzt mich am meisten, noch viel mehr als das Auspeitschen selbst. Ich habe ihn geliebt und mich in seine Hände gegeben, und er ist einfach aus meinem Leben verschwunden, als sei er nie ein Teil davon gewesen.

Ich erinnere mich an die Wildheit in seinem Blick, als er mich nach Adam befragte. Er muss denken, wir seien wieder zusammen. Tja, er wird bald genug merken, dass Adam in der Wohnung nicht mehr zu sehen ist.

Ich bin aber auch fasziniert. Mein Sklave? Dominic mag es nicht unterwürfig. Ich weiß, dass er so angefangen hat, als Vanessas Toyboy, damit sie an ihm ihre Fertigkeiten als Domina ausprobieren konnte, aber dem hat er den Rücken gekehrt.

Etwas wird passieren. Ich bin mir nur nicht sicher, was.

Als ich nach Hause komme, nehme ich ein ausgedehntes Bad, lasse die Stunden vorbeigleiten. Ich ziehe mich sorgfältig an, dieses Mal nicht kostümiert, sondern in meinem schwarzen Kleid. Ich trage zwar keinen im Schritt offenen Slip und auch keinen Harnisch, aber dafür meine hübscheste Unterwäsche.

Nur für den Fall.

Insgeheim hoffe ich, dass er nur darauf wartet, mich in seine Arme zu reißen, mich zu küssen und mir zu sagen, dass er einen schrecklichen Fehler begangen hat, dass er überhaupt nicht dominant ist, sondern einfach nur ein ganz normaler Herzchen-und-Blümchen-und-phantastischer-nur-leicht-perverser-Sex-Typ von Mann ist und dass er mit mir zusammen sein will. Das würde all unsere Probleme auf einen Schlag lösen. Aber ich habe das Gefühl, dass dieser Fall nicht eintreten wird.

Es ist nach halb neun, als ich mich zum Boudoir begebe. Ich weiß, es ist kindisch, ihn warten zu lassen, aber ich kann nicht anders, ich genieße es, mich ein wenig dafür zu rächen, dass er mich auf sich warten ließ. Als ich an die Tür klopfe, rast mein Puls, und meine Handflächen sind feucht. Eine flatternde Nervosität setzt in meiner Magengrube ein. Ich sehne mich danach, ihn zu sehen, den alten Dominic, der mir einst gehörte, aber ich fürchte mich auch vor dem, was im Boudoir passieren könnte. Ich habe versprochen, unterwürfig zu sein, wenn ich dort bin.

Dann fällt mir wieder ein, dass ich ja mein Halsband nicht trage.

Nach einem Moment öffnet sich die Tür. Es ist dunkel im Flur. Ich luge hinein und mache dann einen Schritt nach vorn. »Dominic?«

»Beth.« Seine Stimme ist leise und rau. »Komm ins Schlafzimmer.«

Aus dem Raum gegenüber des Flurs leuchtet gedämpftes Licht. Ich gehe darauf zu. Im Boudoir ist die niedrige Bank verschwunden, der weiße Lederstuhl ist allerdings noch da. Es gibt jetzt zwei Sessel am Fußende des Bettes, die einander gegenüberstehen. Die Schlafzimmerlampen sind gedimmt. Dominic sitzt in einem der Sessel. Er steht auf, als ich eintrete, den Kopf gesenkt, als ob er zu Boden schaut.

»Danke, dass du gekommen bist«, sagt er mit tiefer Stimme. »Das ist mehr, als ich verdiene.«

»Ich möchte mir anhören, was du zu sagen hast«, erwidere ich. Meine Stimme klingt selbstsicherer als ich mich fühle. »Ich habe mich schon gefragt, wann du wieder mit mir reden würdest – und ob überhaupt.«

Er hebt den Blick, und seine Augen sind so voller Trauer, dass ich zu ihm eilen und ihn in die Arme nehmen und ihm sagen will, dass alles wieder gut wird. Aber ich schaffe es, mich zurückzuhalten. Ich will unbedingt hören, was er mir zu sagen hat.

»Komm, setz dich, Beth. Ich möchte dir alles erklären.« Er zeigt auf den Sessel neben seinem. Als wir beide sitzen, sagt er: »Seit wir uns zuletzt gesehen haben, ging es mir miserabel.

Was am Samstag zwischen uns passiert ist – diese schreckliche Sache –, das hat mich in eine tiefe Krise gestürzt. Ich war in großer Sorge – um dich und um das, was dich so schrecklich bestürzt hat. Ich wusste nicht mehr weiter, und deswegen musste ich ein paar Tage fort und jemand sehen, dem ich anvertrauen konnte, was ich getan habe, und den ich um Rat bitten konnte.«

»Einen Therapeuten?«, frage ich.

»Nein, eigentlich nicht. Mehr eine Art Mentor. Es ist jemand, der mich gelegentlich auf diesem Weg unterwiesen hat, dessen Weisheit und Erfahrung ich respektiere und bewundere. Ich will jetzt nicht weiter über diesen Menschen reden, ich will nur sagen, dass man mir die Schwere meiner Tat begreiflich gemacht hat.« Sein Kopf senkt sich wieder voller Trauer, und er verschränkt die Hände in seinem Schoß, wie im Gebet.

Dominics Anblick überwältigt mich, ohne dass ich es will. Er sieht in diesem Dämmerlicht so wunderbar aus, die Lampe hinter ihm lässt nur seine Umrisse erkennen. Ich sehne mich danach, ihn zu berühren, mit den Fingern über sein Gesicht zu streichen und zu flüstern, dass ich ihm vergebe.

Aber tue ich das wirklich?

Noch nicht. Es gibt noch ein paar Dinge, die ich ihm sagen muss, bevor das passiert.

Er schaut zu mir auf, seine schwarzen Augen wirken in dem gedimmten Licht wie flüssige Kohle. »Es gibt Regeln für diese Art von Beziehung, Beth, das weißt du ja. Ich war sehr überheblich. Als wir unsere Regeln festlegten, habe ich dir gesagt, dass ich in dir wie in einem Buch lesen könnte und wüsste, wann du an deine Grenzen kommst. Ich habe dir nicht erlaubt, deine eigenen Grenzen zu setzen, obwohl ich wusste, dass dir die Folterkammer nicht gefällt. Inzwischen habe ich begriffen, dass ich fest entschlossen war, dich einfach dorthin mitzunehmen, ungeachtet deiner Gefühle. Ich ...« Er schweigt kurz und verzieht das Gesicht. »... Man hat mir klargemacht, dass ich die lieblosen Beziehungen meiner Vergangenheit ausgelebt habe, in denen die Subs in meinem Leben einzig dazu da waren, mir sexuelles Vergnügen zu bereiten. Aber das hier – das mit uns – ist etwas völlig anderes. Ich weiß, dass du dich mir aus Liebe hingegeben hast, nicht für dein eigenes Vergnügen. Es macht mich ganz krank, dass ich dieses kostbare Geschenk achtlos genommen und so selbstsüchtig aufs Spiel gesetzt habe.«

»Du warst nicht vollkommen selbstsüchtig«, werfe ich sanft ein. »Vieles – nein, das meiste von dem, was du mir ›angetan‹ hast, habe ich genossen. Es war mir unbekannt und anfangs sehr aufregend. Du hast mir große Lust bereitet, von einer Art, wie ich es bis dahin noch nie gekannt habe. Aber es stimmte etwas nicht, ganz fundamental.«

Er nickt. »Ich glaube, ich weiß, was du meinst. Aber sprich weiter, sag du es mir.«

Ich weiß, was ich sagen will. Seit Tagen schon denke ich darüber nach, bin meine Worte immer wieder in Gedanken durchgegangen. »Als du zu Dominic dem Herrn wurdest, da ist jede Spur von dem anderen Dominic verschwunden. Du hast mich nie geküsst – nicht mit Gefühl oder Zärtlichkeit –, du hast mich überhaupt kaum berührt. Ich konnte es ertragen, während wir eine Szene spielten, während ich deine Sub war. Aber danach, da fühlte ich mich merkwürdig – ich fühlte mich dir so nahe, aber gleichzeitig so verletzlich, so ausgesetzt durch all das, was du mit mir getan hast, vor allem, wenn du mich geschlagen hast, und da hätte ich es gebraucht, dass du zärtlich zu mir bist, mich berührst, dich um mich kümmerst. Ich brauchte einen Kuss und deine Arme um mich und deine Zusicherung, dass ich das Richtige getan habe.« Mir kommen die Tränen. »Und vor allem hätte ich die

Zusicherung gebraucht, dass ich nicht wirklich deine wertlose Sklavin bin, sondern deine kostbare Geliebte.«

»Nicht doch, Beth, bitte weine nicht«, sagt er. Seine Stimme klingt rau, als ob es schmerzlich sei zu hören, was ich ihm da sage. »Ich habe es so furchtbar vermasselt, und ich weiß, dass ich einen schlimmen Fehler gemacht habe. Es fällt mir schwer, es zuzugeben, weil ich noch nie die Kontrolle in einer Szene verloren habe, noch nie. Ich dachte, ich sei dafür viel zu gut, ein geübter Meister meiner Kunst.« Er lacht bitter. »Wie sich herausstellte, ist das nicht der Fall. Und ich weiß nicht, warum das passiert ist. Ich weiß nur, dass ich nicht gewohnt bin, mich emotional auf jemanden so einzulassen.« Er steht auf, geht zum Schrank, öffnet die Tür und nimmt etwas heraus. Er kommt zurück und legt es auf meine Knie. »Deshalb möchte ich, dass du das hier benützt.«

Ich starre es an. Es ist die neunschwänzige Katze, mit der er mich in der Folterkammer geschlagen hat, und wenn ich sie nur anschaue, wird mir übel. »Dominic, nein, ich kann das nicht ...«

»Bitte, Beth, ich will es. Ich kann mir erst vergeben, wenn ich ein wenig von den Qualen erlitten habe, die du erleiden musstest.« Er schaut mich durchdringend an, fleht mich mit Blicken an, das für ihn zu tun.

Ich möchte das gottverdammte Ding am liebsten quer durch den Raum schleudern. »Warum können wir nicht normal sein?«, brülle ich ihn an. »Warum kannst du dich nicht einfach nur entschuldigen? Warum muss das hier dazugehören?«

»Weil es meine Strafe ist«, sagt er leise, als ob er etwas wiederholt, was er auswendig gelernt hat. »Ich muss es tun.« Er zieht sein Jackett aus und dann sein T-Shirt. Jetzt ist er bis zur Hüfte nackt.

Oh, mein wunderschöner Dominic. Ich will dich lieben. Ich will dich nicht schlagen.

»Nein«, sage ich, kaum mehr als ein Flüstern.

Er steht auf und kniet sich vor mir auf den Boden, senkt den Kopf. Ich lasse meinen Blick über seinen gebräunten Nacken gleiten, den weichen, dunklen Flaum im Haaransatz, die muskulösen Kurven seiner Schultern. Ich möchte ihn spüren, seine berauschende Mischung aus harten Muskeln und weicher, glatter Haut berühren. Ich strecke die Hand aus und fahre über sein dunkles Haar. Er sagt leise: »Ich möchte mich bei dir entschuldigen, Beth. Für diese schreckliche, unverzeihliche Sache, die ich dir angetan habe. Das Wichtigste in unserer Beziehung war das Vertrauen, und ich habe dieses Vertrauen missbraucht. Es tut mir so unendlich leid.«

»Ich vergebe dir. Ich will dich nicht bestrafen.«

»Beth, bitte …« Sein dunkler Blick versenkt sich flehentlich in mich. »Ich brauche es. Ich muss genauso leiden, wie du gelitten hast. Nur so funktioniert es.«

Ich schaue wieder die Peitsche in meinem Schoß an. Sie wirkt so unverfänglich, beinahe harmlos. Aber wenn die Kraft menschlichen Verlangens dahintersteht, kann sie einen bei lebendigem Leib zerfleischen.

»Bitte.« Dieses eine Wort ist tonnenschwer vor innerer Not. Wie könnte ich ihm seine Bitte abschlagen?

Ich stehe auf, nehme die Peitsche zur Hand, spüre ihr Gewicht. Ist das jetzt womöglich mein unterwürfigster Moment, frage ich mich. Mein wunderschöner, kontrollierender, beherrschender Dominic will, dass ich ihn schmecken lasse, was er mir angedeihen ließ. Er hat es verlangt, und ich gehorche. »Also gut, wenn du es so willst.«

Erleichterung zieht über sein Gesicht. »Danke«, sagt er fast glücklich, »danke.«

Er steht auf und geht zu dem weißen Lederstuhl. Ich erinnere mich an die Ekstase, die ich dort erlebte, als mich Dominic zu den höchsten Höhen meines Lustempfindens führte.

Jetzt setzt er sich darauf, verschränkt die Hände hinter der Lehne. Sein Rücken ist mir vom Nacken bis zur Taille ausgeliefert.

»Ich bin bereit«, sagt er.

Ich komme näher, stelle mich hinter den Stuhl, fühle die schwere Peitsche in meiner Hand. Ihr Griff ist etwas zu lang für mich, als dass ich sie bequem halten könnte, und ich vermute, das ist nicht das Instrument, das eine liebevolle Domina zum Auspeitschen benutzen würde. Mir fällt wieder ein, wie Dominic mich immer erst mit leichten Schlägen und weicheren Materialien aufwärmte, bevor er zu den festeren Instrumenten überging.

Will ich das hier wirklich tun? Darf ich das tun? Ich weiß nicht mehr, woran ich mich halten soll. Meine ganze Welt ist durcheinandergeworfen. Ich muss selbst entscheiden.

Er will es so, sage ich mir. Und dann begreife ich, was mir Halt gibt: Ich liebe ihn. Trotz allem liebe ich ihn.

Ich hebe die Peitsche und lasse sie mit einem kreiselnden Schlag auf Dominics Rücken treffen. Es ist ein wirkungsloser Schlag, der ihn kaum streift, aber das Gefühl, eine Peitsche zu verwenden, ist so seltsam, dass ich keine echte Kraft einsetzen kann. Ich versuche es erneut und dann noch einmal, aber ich kann einfach nicht fest zuschlagen. Ich fürchte, das liegt daran, dass ich es nicht wirklich tun will.

»Versuche es mit einer anderen Technik«, rät Dominic. »Nimm den Arm zurück und folge einer geraden Linie, damit die Riemen über mich gleiten, und dann auf demselben Weg zurück. Schwing nicht den ganzen Körper, lass die Kraft nur aus dem Arm und dem Handgelenk kommen.«

Lektionen vom Meister, denke ich ironisch, aber ich tue, wie er sagt, und der nächste Schlag landet schwer auf Dominics Rücken. Ich schnappe nach Luft, als ich den Nachhall in meinem Arm spüre.

»Ja«, bestärkt mich Dominic mit fester Stimme. »Weiter so, fester.«

Ich schlage erneut von derselben Seite zu, nehme den Arm zurück und ziehe ihn durch. Jetzt sehe ich, wie sich die Haut rötet, wo die Riemen zugebissen haben. Ich schlage aus der anderen Richtung, lasse die Peitsche wieder auf dieselbe Stelle sausen.

»Sehr gut, Beth, ausgezeichnet. Bitte, mach weiter.«

Langsam finde ich meinen Rhythmus. Ich gewöhne mich an das Gewicht der Peitsche und das Gefühl, wie die Riemen auf Dominics Rücken knallen. Ich lausche dem Klang und dem Rhythmus, den meine Schläge annehmen. Allmählich vergesse ich, dass ihm jeder Knall der Riemen auf seinem Rücken Schmerzen bereitet, obwohl ich weiß, dass es so ist.

Die Schläge nehmen an Intensität zu. Dominics Rücken färbt sich rot, die Haut schwillt unter den Schlägen auf. Mir wird klar, dass ich langsam ein Gespür dafür bekomme, wie sich Macht anfühlt, wie der Drang, das bereitwillige Opfer zu schlagen, einen mit dunkler, primitiver Macht überkommen kann. Vielleicht habe ich doch eine brutale Ader in mir.

Und vielleicht ist der Mensch, den der Kontrollierende am meisten kontrollieren muss, er selbst. Sein Verlangen muss von dem bestimmt werden, was der Unterwürfige ertragen kann.

Plötzlich begreife ich, wie Dominic an sich scheitern konnte. Und an mir.

Und während ich das denke, stirbt jedes Verlangen, den Schmerz, den ich ihm zufüge, zu genießen. Der Anblick der geröteten Haut und die roten und weißen Streifen auf seiner Haut, wo die Riemen auf ihm landen, lassen nur eine unendliche Traurigkeit in mir aufsteigen.

Dennoch mache ich weiter.

Mein Instinkt sagt mir, ich solle die Richtung ändern. Ich

trete neben Dominic, nehme den Arm zurück und schlage mit der Kraft eines Tennisspielers zu, der seine starke Vorhand zum Einsatz bringt. Kurz bevor die Peitsche ihn trifft, nehme ich Kraft heraus, damit der Schub nachlässt und die Riemen ihre größte Kraft auf der Haut auswirken und nicht weiterschwingen.

Beim ersten dieser harten Schläge schreit Dominic auf. Der Schrei berührt mein Herz. Dominic schreit erneut und erneut, als die Peitsche mit ihren Zähnen ihn beißt. Mir fällt auf, dass aus der Haut auf seinem Rücken eine klare Flüssigkeit austritt, und der Anblick lässt Tränen in meine Augen schießen, heiß und heftig. Schluchzer entringen sich meiner Brust, und ich spüre sie im Rhythmus mit den Schlägen, die ich auf seinen Rücken trommeln lasse. Das wird mir alles zu viel, aber ich beiße die Zähne zusammen und zwinge mich weiterzumachen.

Dominic hat sich jetzt unter Kontrolle. Seine Augen sind geschlossen, und ich sehe, wie er die Kiefer zusammenpresst, um die Qual zu absorbieren und nicht zu schreien. Ich begreife, dass für ihn jeder Schlag ihn läutert, ihm die Erlösung bringt, nach der er sich sehnt.

Aber ich weiß nicht, wie lange ich das noch aushalte. Es ist gnadenlos, barbarisch.

»Hör nicht auf«, befiehlt Dominic durch zusammengebissene Zähne. »Mach weiter.«

Weitermachen? Tränen strömen mir über das Gesicht, als ich ihm gehorche, als ich den Arm zurücknehme und ihn dann nach vorn zwinge und mit klatschendem Geräusch die Riemen auf seinen Rücken sausen lasse. Der Rücken weint auch, die klare Flüssigkeit ist klebrig und glänzt auf seiner Haut.

»Ich kann nicht«, sage ich, »ich kann nicht.« Die Schluchzer schnüren mir den Hals ab.

Dann sehe ich es. Rubinrote Tropfen dringen durch die Oberfläche seiner gefolterten Haut, brechen aus wie Miniaturvulkane. Sie sprenkeln seinen Rücken und beginnen zu fließen. Blut.

»Nein!«, rufe ich und lasse die Peitsche fallen. Die Macht schwindet aus ihren Riemen. »Nein, ich kann das nicht.« Ich weine jetzt ernstlich. »Dein armer Rücken, er blutet.« Überwältigt lasse ich mich auf die Knie fallen, mein Kopf sinkt nach vorn, und ich schluchze haltlos. Wie konnte es so weit kommen? Ich habe den Mann, den ich liebe, so lange geschlagen, bis er blutete.

Dominic dreht sich um und steht langsam auf. Er ist steif vor Schmerz, und als er mich ansieht, sind auch seine Augen voller Tränen. »Beth, nicht weinen. Begreifst du denn nicht? Ich will dir keinen Schmerz zufügen.«

Das klingt so furchtbar ironisch, dass ich noch heftiger weinen muss.

»He, mein Mädchen, mein Mädchen.« Er kommt auf mich zu, kniet sich neben mich und nimmt meine Hände. »Nicht weinen.«

Aber sein eigenes Gesicht ist voller Traurigkeit, und in seinen Augen glitzern die Tränen. Ich kann ihn nicht einmal umarmen, sein Rücken ist dafür viel zu malträtiert. Stattdessen nehme ich sein Gesicht, das ich so liebe, in beide Hände. »Dominic ... Wie konnte es so weit kommen?«, flüstere ich. Einen Moment sehen wir uns an, nackt, verletzlich, verloren in einem Meer von Gefühlen.

Dann stehe ich langsam auf. »Ich kann das nicht mehr, Dominic«, sage ich leise. »Ich weiß, du musst dich durch deine Schuldgefühle arbeiten oder welch verdrehte Gefühle du sonst noch mit dir herumträgst, aber ich kann nicht länger dein Instrument sein. Es schmerzt mich zu sehr, Dominic. Es tut mir leid.«

Dann gehe ich zur Tür und lasse ihn zurück. Ich will ihn nicht im Stich lassen, aber ich weiß, wenn ich jetzt nicht gehe, wird mein Herz explodieren.

20. Kapitel

In der Galerie verhält sich James sehr nachsichtig zu mir. Er merkt, dass meine Gefühle Achterbahn fahren und dass ich etwas Wichtiges verarbeiten muss. Vermutlich bedauert er es längst, dass er mich eingestellt hat, denke ich, schon vom ersten Tag an bin ich ein hoffnungsloser Fall.

Aber ich schaffe es, mich auf die Arbeit zu konzentrieren – genauer gesagt, hilft die Arbeit sogar, denn während ich die neue Ausstellung organisiere, kann ich die schreckliche Szene der vergangenen Nacht vergessen. Wenn ich doch daran denke, dann mit dumpfem Entsetzen. Ich habe das Gefühl, in einer Art Albtraum gefangen zu sein, in dem Liebe und Schmerz untrennbar miteinander verbunden sind, und zum ersten Mal weiß ich nicht, ob ich das aushalte.

Ich muss an Adam denken – den bequemen, berechenbaren, vertrauten Adam –, der zu Hause auf mich wartet. Vielleicht ist das doch die Antwort. Vielleicht ist die Welt der großen Leidenschaften und der dunklen Dramen nichts für mich.

Aber es hat den Anschein, dass es keine Lösung gibt: wenn ich so weitermache, wird mir das Herz brechen, und wenn ich es nicht tue, bricht es mir auch.

Am Nachmittag bringt James mir eine Tasse Tee. »Ich habe Neuigkeiten von Salim.«

Salim ist der Assistent von James, und wie ich an den Akten sehe, ist er unglaublich gut organisiert und effizient.

»Er kommt nächste Woche aus dem Krankenhaus«, fährt James fort und wirkt verlegen. »Und danach wird er hier seine Arbeit wiederaufnehmen.«

»Das war mir ja schon immer klar«, erwidere ich. »Sie haben mich nie etwas anderes glauben lassen.«

James seufzt und nimmt seine Brille mit dem Goldrand ab. »Ich weiß. Aber es hat mir überaus gefallen, Sie hier zu haben, Beth. Sie haben meinem Leben ordentlich Würze verliehen. Ich wünschte, wir könnten eine Möglichkeit finden, Sie weiter zu beschäftigen.«

»Keine Sorge«, sage ich lächelnd, »ich muss Celias Wohnung nächste Woche ohnehin verlassen. Ich wusste immer, dass es nur ein Leben auf Zeit war.«

»Ach, Beth.« Er legt seine Hand auf meinen Arm. »Ich werde Sie vermissen. Ich hoffe, Sie werden mich immer als Ihren Freund betrachten.«

»Natürlich! So leicht werden Sie mich nicht los!« Ich gebe mir viel Mühe, normal zu klingen, aber innerlich drehe ich mich in einem Strudel der Unsicherheit. Was soll ich nur als Nächstes tun? Selbst wenn Laura im Herbst eine Wohnung mit mir teilen will, muss ich bis dahin wieder nach Hause. Ohne Wohnung und ohne Arbeit, wie könnte ich hier in London bleiben?

Dominic?

Diesem Gedanken verschließe ich mich. Es ist zu schmerzlich, an eine der beiden Alternativen zu denken: Sowohl mit ihm zusammen zu sein als auch ohne ihn zu leben ist gleichermaßen leidvoll.

»Falls ich von etwas Passendem höre, melde ich mich bei Ihnen«, verspricht James.

»Danke, James. Das wäre nett.«

»Wie läuft es mit Dominic?«, fragt er zögernd. »Gibt es etwas Neues?«

Ich schweige einen Moment, frage mich, wie viel ich ihm erzählen kann. Dann sage ich: »Ich glaube, es wird nicht funktionieren. Wir sind einfach zu unterschiedlich.«

»Ah.« Er klingt wissend. »Es ist ein wenig so, wie wenn eine Frau sich in einen Schwulen verliebt, fürchte ich. Man denkt, man könne ihn ändern, aber in Wirklichkeit kann man das nicht.« Er streicht tröstend über meinen Arm. »Es tut mir leid, meine Liebe. Sie finden einen anderen, das verspreche ich.«

Ich traue meiner Stimme nicht, darum nicke ich nur. Dann muss ich rasch den Kopf senken und die Änderungen in die Kundendatenbank eingeben, bevor er sieht, dass sich meine Augen mit Tränen füllen.

London platzt vor Freitagabendfröhlichkeit, als ich mich auf den Heimweg mache, obwohl die Sonne jetzt hinter einer dicken, grauen Wolkendecke verschwunden ist. Es ist aber noch warm, fast schwül, und die Luft fühlt sich leichter an als gewöhnlich.

Ich spüre, dass etwas anders ist als sonst, kaum dass ich den Aufzug verlassen habe, und als ich die Tür zur Wohnung öffne, weiß ich ganz sicher, dass eine Veränderung in der Luft liegt. Zum ersten Mal kommt De Havilland nicht mit hoch erhobenem Schwanz in den Flur gelaufen. Da sehe ich die beiden großen Koffer im Gang.

»Hallo-o«, ruft eine Stimme, und einen Augenblick später steht eine elegante ältere Frau in der Tür zum Wohnzimmer. Sie ist groß und gut gekleidet, trägt ein Seidenwickelkleid mit blauem Muster. Ihre Haut ist faltig, aber babyweich, und ihre silbergrauen Haare sind zu einer schicken Frisur geschnitten. Es ist Celia.

Vor Staunen klappt mir der Mund auf.

»Ich weiß, ich weiß«, ruft sie und kommt mit ausgestreckten Armen auf mich zu. »Ich hätte anrufen sollen! Das wollte ich auch, aber in dem Moment, als ich anrufen wollte, ging mein Handy nicht, und als es wieder funktionierte, war ich zu beschäftigt mit Passkontrolle und Flughafensachen und solchem Kram.«

Ich bin immer noch dabei, alles zu verarbeiten, als sie mich an den Händen nimmt und auf beide Wangen küsst.

»Habe ich etwas falsch verstanden?«, frage ich. »Ich dachte, du kommst erst nächste Woche wieder.«

»Nein, nein, das hat schon alles seine Richtigkeit, aber ich habe es in diesem lausigen Wohlfühlzentrum keinen Moment länger ausgehalten! Ich war noch nie so lange mit so vielen entsetzlichen Langweilern eingesperrt. Ich kann kaum fassen, dass ich es überhaupt so lange ausgehalten habe. Und das Essen ...« Sie rollt mit den Augen. »Vielleicht bin ich ja zu verwöhnt, Liebes, aber ich halte es nicht für eine moralische Notwendigkeit, dass Essen schauderhaft schmecken muss! Ich benehme mich sehr viel besser, wenn ich drei Mal am Tag köstliche Dinge zu mir nehmen kann. Sei bitte nicht enttäuscht, weil ich früher nach Hause gekommen bin.«

»Natürlich nicht«, versichere ich ihr. Aber ich bin es. Sehr.

»Du musst auch nicht ausziehen. Du kannst bis zum Ende der ausgemachten Zeit hierbleiben, ich fürchte nur, dass ich mein Bett für mich in Anspruch nehmen muss. Kleine, alte Damen von 72 brauchen ihre Luxusmatratzen und Stützkissen. Aber man hat mir gesagt, mein Sofa sei bequemer als viele Hotelbetten. Du kannst also auf dem Sofa schlafen.« Sie lächelt mich an. Sie hat wirklich eine ganz erstaunliche Haut: sie sieht so weich aus wie Creme.

»Tja, wenn es dir nichts ausmacht«, meine ich zögernd. Ich habe sonst keine Übernachtungsmöglichkeit, und ich muss ja noch eine Woche für James arbeiten. Vielleicht kann ich nächste Woche ein anderes Arrangement treffen, obwohl ich keine Ahnung habe, welches.

»Aber natürlich nicht. Die Wohnung sieht wunderbar aus, und De Havilland strahlt ja förmlich. Offensichtlich hast du dich gut um meinen kleinen Engel gekümmert. Hast du denn Pläne für heute Abend, oder darf ich dich zum Abendessen einladen?«

Ich hatte keine Pläne, außer zur Wohnung von Dominic hinüberzuschauen. Das wird jetzt warten müssen, nehme ich an.

»Abendessen wäre wunderbar, Celia, danke«, sage ich bemüht fröhlich.

»Hervorragend. Wir gehen in Monty's Bar. Dort kochen sie wirklich phantastisch, und nach allem, was ich durchgemacht habe, finde ich, habe ich das jetzt verdient.«

Monty's Bar und das Essen, zu dem Celia mich einlädt, sind wundervoll, aber ich wünsche mir trotzdem, ich wäre jetzt allein in ihrer stillen Wohnung und könnte sehen, ob Dominic zu Hause ist oder nicht. Celia ist faszinierend und amüsant, und sie erkundigt sich ausführlich nach meiner Zeit in London und meinem Job in der Galerie, aber ich habe das Gefühl, als müsste ich eigentlich woanders sein. Als wir an diesem Abend nach Hause kommen, ist es spät, und als ich endlich die Chance habe, aus dem Wohnzimmerfenster zu schauen, liegt die Wohnung gegenüber im Dunkeln.

Celia richtet mir das Sofa mit Laken, Decke und Kissen her, und ich mache es mir gemütlich, aber ich kann lange nicht einschlafen. Ich schaue zu der dunklen Fensterfront gegenüber und frage mich, wo er ist und was er macht.

Am Samstag will sich Celia ganz offensichtlich in der Wohnung beschäftigen, ihre Sachen sortieren und sich wieder häuslich einrichten, also verlasse ich die Wohnung schon früh am Morgen, um einen langen Tag für mich allein zu verbringen. Es ist, als sei ich wieder ganz am Anfang meiner Reise, während ich mit all den anderen Touristen durch London laufe und mich in die Schlangen vor dem British Museum und dem Victoria and Albert Museum anstelle. Alle halbe Stunde schaue ich auf mein Handy, hoffe wider alle Vernunft, dass Dominic mit mir Kontakt aufnimmt, aber es scheint unwahrscheinlich. Ich habe ihm beim Abschied gesagt, dass ich das, was er will, nicht mehr tun kann. Wahrscheinlich hat er mich als hoffnungslosen Fall abgeschrieben, und jetzt, wo ihm seine seltsame Vorstellung von Strafe erfüllt wurde, braucht er mich auch nicht mehr. Trotzdem hege ich die Hoffnung, dass er um mich kämpfen will, dass er sich vielleicht sogar ändern will. Aber Stunde um Stunde vergeht, und es kommt keine Nachricht von ihm.

Verschwitzt und müde komme ich am späten Nachmittag in die Wohnung zurück. Celia wartet auf mich, ruhig und entspannt, jetzt, wo sie ausgepackt hat.

»Du brauchst Tee, denke ich«, verkündet sie und macht eine Kanne Earl Grey, die sie mit köstlichen kleinen Aprikosenkeksen serviert. Während wir unseren Tee trinken, plaudert sie und sagt dann plötzlich: »Ach ja – mir fällt gerade ein ... als ich gestern nach Hause kam, lag ein Brief für dich auf der Matte im Flur. Ich habe ihn auf den Tisch gelegt und wollte dir davon erzählen, aber ich habe es völlig vergessen. Er fiel mir erst wieder ein, als du heute Morgen gegangen bist.«

Rasch stelle ich meine Tasse ab und laufe in den Flur. Der vertraute, cremefarbene Umschlag liegt dort, in Dominics Handschrift an mich adressiert. Ich reiße ihn mit zitternden Fingern auf und finde eine handgeschriebene Karte darin:

Liebe Beth,
deinen Mut und deine Tapferkeit werde ich für alle Zeit schätzen und respektieren. Was ich gestern Abend von dir erbeten habe, hat dir sehr viel abverlangt. Ich weiß, ich

habe dich bis an deine Grenzen gebracht, und ich verstehe absolut, dass du so weit gegangen bist, wie du nur gehen konntest. Wenn jemand seine Bedürfnisse einschränken muss, dann bin ich das, Beth, nicht du. Ich war unglaublich selbstsüchtig, aber inzwischen habe ich begriffen, dass mir das nicht das bringt, was ich mehr als alles andere brauche. Und das bist du.
Ich hatte meine Chance, das weiß ich. Du hast es länger mit mir ausgehalten, als jede andere Frau das getan hätte. Ich habe es trotzdem fertiggebracht, es zu vermasseln. Nach allem, was passiert ist, darf ich es eigentlich nicht erhoffen, aber ich werde heute Abend in meiner Wohnung sein, falls du reden möchtest.
Wenn ich nichts von dir höre, dann weiß ich, dass du keinen Kontakt mehr zu mir möchtest, und ich werde deine Entscheidung respektieren.
Ich hoffe, dass du mit Adam sehr glücklich wirst.
In Liebe,
D
P. S.: Das Boudoir steht dir zur Verfügung. Benutze es, so lange du es brauchst.

Ich schnappe entsetzt nach Luft. Diese Nachricht kam gestern! Er hat gestern Abend auf mich gewartet! Während ich mit Celia essen war, saß er in seiner Wohnung und fragte sich, ob ich vorbeikommen würde.

Und dieser Brief lässt mich glauben, dass er sich ändern möchte, dass er es auf eine andere Weise versuchen will. Genau das habe ich doch so ersehnt.

O mein Gott. Ist es jetzt zu spät?

Ich eile ins Wohnzimmer und schaue zur Wohnung gegenüber. Die hauchdünnen Vorhänge sind vorgezogen, aber ich sehe, dass sich in der Wohnung jemand bewegt.

Er ist da. Es ist noch Zeit.

Ich wende mich an Celia, die mich vom Sofa aus mit milder Überraschung beobachtet. »Ich muss gehen. Ich weiß nicht, wann ich wiederkomme.«

»Was immer du tun musst, Schätzchen«, sagt sie und streichelt De Havilland, der sich auf ihren Knien eingerollt hat. »Wir sehen uns dann später.«

Ich verabschiede mich nicht einmal von ihr, so eilig habe ich es.

21. Kapitel

Es vergehen hektische Minuten, bis ich von einem Teil des Gebäudes in den anderen gelange, aber endlich eile ich durch den Flur auf Dominics Wohnung zu. Fest klopfe ich an.

»Dominic, bist du da? Ich bin's, Beth.«

Quälend lange muss ich warten, dann höre ich, wie sich Schritte nähern. Die Tür öffnet sich, und vor mir steht die große, schlanke Vanessa mit den hohen Wangenknochen.

Was macht sie hier?

»Ah, Beth«, meint sie unterkühlt. »So, so.«

»Wo ist Dominic?«, rufe ich. »Ich muss ihn sprechen.«

»Dafür ist es jetzt ein wenig spät, nicht wahr?« Sie dreht sich auf dem Absatz um und geht in die Wohnung. Ich folge ihr, atemlos vor Aufregung.

»Wie meinen Sie das?«

Sie dreht sich um und starrt mich finster an. »Haben Sie nicht schon genug Probleme verursacht?«, fragt sie mit eiskalter Stimme. »Sie haben alles auf den Kopf gestellt. Bevor Sie gekommen sind, lief alles ausnehmend gut.«

»Ich ... ich ... ich verstehe nicht – was habe ich denn getan?«

Vanessa schreitet ins Wohnzimmer, und ich laufe hinterher. Es ist schrecklich, dort ohne Dominic zu sein. Der Raum scheint ohne ihn leblos, wie eine Gruft.

»Tja, Sie haben für Aufruhr gesorgt, das haben Sie getan.« Sie fixiert mich mit ihrem Starren. »Dominic ist weg.«

»Weg?« Alles Blut weicht aus meinem Gesicht, und mir wird schwindelig. »Wohin?«

»Es geht Sie ja nun wirklich nichts an, aber wenn Sie es

unbedingt wissen müssen, er ist auf dem Weg nach Russland. Sein Chef braucht ihn, und er wird einige Zeit dort verbringen.«

»Wie lange?«

Vanessa zuckt mit den Schultern. »Wochen. Monate. Keine Ahnung. Wenn sein Chef ruft, dann hat er zu folgen. Von Russland geht es vielleicht nach New York oder Los Angeles, Belize oder zum Polarkreis. Wer weiß das schon?«

»Aber ... er wohnt hier!«

»Er wohnt, wo immer es nötig ist. Und wenn er an einem anderen Ort sein muss, dann hat er dort reichlich zu tun.« Sie geht durch den Raum, sammelt diverse Sachen ein und steckt sie in ihren Leinenbeutel. »Ich fürchte, es hat ganz den Anschein, als sei Ihre kleine Urlaubsromanze zu Ende.«

Ich starre sie an, kann es immer noch nicht fassen. Wie viel weiß sie von dem, was passiert ist? Mir ist bewusst, dass sie und Dominic sich nahestehen, aber sind sie sich so nahe, dass er ihr von unseren Intimitäten erzählt hat?

Vanessa bleibt stehen und sieht mich an. Ihr Gesicht ist wie versteinert, und sie stemmt eine Hand auf die Hüfte. »Ich halte Sie für ein dummes, kleines Mädchen, wenn Sie es unbedingt wissen wollen. Für Sie hat er mehr getan als je für irgendeine andere Frau. Er hat versucht, sich zu ändern. Und Sie haben alles weggeworfen.«

»Aber es ist ein Irrtum«, rufe ich atemlos, finde endlich meine Stimme wieder. »Er denkt, ich sei mit Adam zusammen, aber das bin ich nicht. Ich hätte ihn gestern Abend treffen sollen, aber ich habe seinen Brief gerade eben erst erhalten.«

Vanessa zuckt mit den Schultern, als ob dieses Detail zu nebensächlich wäre, um ihm groß Beachtung zu schenken. »Aus welchem Grund auch immer, Sie haben Ihre Chance verpasst.« Sie lächelt mit zusammengebissenen Zähnen. »Das kleine Vögelchen ist ausgeflogen. Die meisten Frauen hätten alles getan, um Dominic zu bekommen, ganz egal, welch kleine Schwächen er hat. Ich glaube nicht, dass Sie eine zweite Chance erhalten.«

Ihre Worte treffen mich schwer. War ich wirklich so dumm gewesen?

Plötzlich beugt sie sich zu mir, ihr Gesichtsausdruck ist beinahe freundlich. Ihr Blick wird weich, und sie sagt: »Gehen Sie nach Hause in ihr kleines Provinznest, und vergessen Sie ihn. So ist es am besten, ehrlich. Es hat nicht sein sollen, das steht fest. Sie hatten Ihren Spaß. Gehen Sie dahin zurück, wo Sie hingehören.«

Ich starre sie an. Plötzlich verlässt mich der Kampfgeist. Sie muss recht haben. Sie kennt Dominic besser als sonst jemand. Wenn es hätte sein sollen, dass wir zusammen sind, dann hätte ich kein solches Chaos anrichten können. Die Art und Weise, wie der Brief verloren ging ... das muss Schicksal gewesen sein. Was hat es für einen Sinn zu kämpfen, jetzt, wo er fort ist?

»Ist gut«, sage ich leise, »ich verstehe. Würden Sie ihm bitte sagen ... sagen Sie ihm, ich wünschte, es wäre anders gelaufen. Und dass es mir niemals leid tun wird, ihn kennengelernt zu haben. Was wir miteinander geteilt haben, bedeutet mir sehr viel!«

»Natürlich.« Sie lächelt mich an, als ob sie froh sei, dass unser Gespräch nun endlich vorbei ist. »Leben Sie wohl, Beth.«

»Auf Wiedersehen.« Ich drehe mich um und verlasse Dominics Wohnung. Zum letzten Mal, wie es scheint.

Celia hört Händel, trinkt Weißwein und liest ein Buch, als ich eintrete. Als sie mein Gesicht sieht, gießt sie ein zweites Glas ein und reicht es mir.

»Arme Beth«, sagt sie mitfühlend. »Das Leben kann furchtbar sein. Ich nehme an, es hat mit Liebe zu tun.«

Ich nicke, immer noch fassungslos. Langsam erst wird mir klar, dass Dominic fort ist.

»Du musst mir nichts erzählen, meine Liebe, aber wenn du mich brauchst, bin ich für dich da.«

Ich setze mich und nehme einen großen Schluck Weißwein. Seine herbe Kühle bringt mich wieder ein wenig zu mir selbst. »Ich dachte ... ich dachte, ich würde mit jemandem zusammen sein, aber es hat nicht funktioniert. Er ist fort.«

Celia schüttelt den Kopf. »Ach herrje. Und das alles nur aufgrund eines Missverständnisses?«

Ich nicke erneut. Meine Augen brennen. Ich tue mein Bestes, um meine Gefühle zu zügeln. Ich will nicht die Kontrolle verlieren, weil ich nicht sicher bin, ob ich sie dann jemals wiedererlangen werde. »Ich denke schon«, sage ich. »Ich bin mir nicht mehr sicher. Ich dachte, es sei zu quälend, mit ihm zusammen zu sein, aber jetzt weiß ich nicht, wie ich ohne ihn leben soll.«

»Du Arme.« Celia seufzt. »Ja, das klingt danach.«

»Nach was?«

»Nach Liebe. Viele Menschen ziehen es vor, ihr aus dem Weg zu gehen. Sie geben sich mit etwas Einfacherem zufrieden, etwas, das weniger verzehrend ist, weniger gefährlich. Denn wie Shakespeare schon sagte, ist des Herzens Qual der Liebe Unbill nun einmal. Große Leidenschaft ist immer schmerzvoll. Aber ohne sie zu leben ... tja, ist es das wert?« Sie schaut mich aufmerksam, fast heiter an. »Da bin ich mir nicht so sicher. Nicht alle von uns haben die Chance, wahre Leidenschaft für einen anderen Menschen zu empfinden oder auch die Qual zu ertragen, die damit einhergeht. Ich hatte das Glück, das mehr als einmal zu erleben, und darum lebe ich jetzt auch so glücklich allein. Ich weiß, dass ich von diesem herrlichen Kelch kosten durfte, und ich verbringe den Rest meiner Tage lieber mit der Erinnerung daran, als mich mit weniger zufriedenzugeben.«

Ich starre sie an, stelle mir die junge Celia vor, im Taumel der Leidenschaft mit ihrem Geliebten, wie sie – ebenso wie ich in den letzten Wochen – auf dem schmalen Grad zwischen Entzücken und Verzweiflung lebte.

»Es ist alles schon sehr lange her«, sagt sie und zwinkert lächelnd. »Und ich vermute, es fällt schwer zu glauben, dass eine alte Frau wie ich jemals das fühlte, was du gerade fühlst.«

»O nein, natürlich nicht«, widerspreche ich rasch.

»Ich habe eine kleine Lebensweisheit, die ich dir weitergeben möchte.« Sie beugt sich zu mir. »Sei nicht mit dem stillen Leben zufrieden. Die Jugend vergeht schneller, als man denkt. Nimm all deine Kraft, deine Vitalität und deine Lebensfreude, mach das Beste daraus, genieße es, spüre es. Selbst der Schmerz erinnert dich daran, dass du am Leben bist, und ohne ihn wüsstest du gar nicht, was Vergnügen ist. Vergiss nicht: ›Jung Mann und Jungfrau, goldgehaart, zu Essenkehrers Staub geschart‹. Wir werden alle lange Zeit tot sein.«

Ihre Worte rühren etwas in mir an.

Sie hat recht, das wird mir mit plötzlicher Klarheit bewusst. Die Vorstellung, dass ich jemals Dominic und alles, was er mir gegeben hat, was er mich hat fühlen lassen, zurückweisen könnte, ist absurd. Er ist zu weit gegangen, aber ich weiß mit absoluter Sicherheit, dass er es nie wieder so weit kommen lassen wird. Er war bereit, mir zuzuhören und Kompromisse zu schließen. Das begreife ich jetzt. Aber meine Chance ist mir durch die Finger geglitten. Er ist fort.

Vergnügen ohne Schmerz gibt es nicht. Leidenschaft ohne Leiden gibt es nicht. Ich möchte mich lieber lebendig als sicher fühlen.

Dominic – wo zum Teufel bist du?

Erst viel später, als ich mich auf dem Sofa eingerollt habe und versuche zu schlafen, fällt mir wieder ein, was Dominic mir über das Boudoir geschrieben hat. Der Schlüssel befindet sich in der Tasche von Celias Trenchcoat. Ich schleiche in den Flur und hole ihn. Er liegt kalt und glatt in meiner Hand.

Offenbar darf ich das Boudoir nutzen, so lange ich möchte.

Das ist eine außergewöhnliche Geste, die ich kaum fassen kann. Es bedeutet, wie mir klar wird, dass mein Unterbringungsproblem gelöst ist. Ich kann dorthin, wann immer ich möchte. Gleich, wenn mir danach wäre.

Das Problem ist nur, dass noch alles zu frisch ist. Ich kann momentan noch nicht wieder dorthin – es ist der Ort, an dem ich Dominic das letzte Mal sah. Ich würde mich an die Dinge erinnern, die wir dort taten. Ob die ganzen Sachen noch im Boudoir sind? Die Unterwäsche, die Spielzeuge, der Stuhl? Ich weiß nicht, ob ich ihren Anblick ertrage. Ich verstaue den Schlüssel sicher. Ich werde später entscheiden, was ich tue.

Am nächsten Tag bricht ein Gewitter über London herein, und der Regen prasselt nur so vom Himmel, begleitet von schwerem Donnergrollen und grellen Blitzen. Seit Tagen lag das Gewitter schon in der Luft, und jetzt setzt sich der Druck wolkenbruchartig frei.

Ich bleibe im Haus und beobachte den Regen und denke über das Boudoir nach. Ich muss Celia davon erzählen, und sie wird ganz bestimmten wissen wollen, wie es kommt, dass ich Zugang zu einer Wohnung in ihrem Gebäude habe. Wahrscheinlich wird sie es meinen Eltern erzählen, und das wird zu weiteren heiklen Fragen führen. Aber ich will sie auch nicht anlügen.

Als mein Handy klingelt, nehme ich es eilig zur Hand, hoffe, dass es Dominic sein könnte, aber es ist James.

»Hallo, meine Liebe, verzeihen Sie, dass ich Sie am Wochenende belästige, aber ich habe etwas erfahren, das ich Ihnen erzählen möchte. Können wir uns treffen?«

»Ja gern. Ist alles in Ordnung?«

»Ja, alles ist gut, aber ich möchte Sie unbedingt sprechen, wenn es geht. Wie wäre es in der Patisserie Valerie am Piccadilly in einer Stunde?«

Ich ziehe mit einem Schirm los, plansche auf dem Weg zum Piccadilly über nassglänzende Straßen. Ich brauche nur wenige Minuten für die Strecke und genieße das ausgeprägte Sonntagsgefühl in der Luft. Es mag immer noch viel los sein, aber es ist trotzdem ein Gang weniger als der übliche Wochentagswahnsinn.

James wartet schon auf mich, als ich ankomme, die Nase in eine Zeitung vergraben. Ein Espresso steht neben ihm. Er schaut auf, als ich eintrete, und lächelt.

»Ah, da sind Sie ja. Hervorragend. Darf ich Ihnen einen Kaffee bestellen?«

Als ich mit einem Latte und Schokocroissant neben ihm sitze, sagt er: »Ich weiß, das klingt jetzt seltsam, aber ich musste Sie einfach sehen. Ich habe heute Morgen mit einem besonders interessanten Kunden von mir gefrühstückt. Er heißt Mark Palliser und ist der persönliche Kunsthändler für einen überaus reichen Mann. Mark musste einige Dinge mit mir besprechen, und da er ein vielbeschäftigter Mann ist, der gelegentlich große Summen Geld in meiner Galerie lässt, stehe ich ihm natürlich auch an einem Sonntag zur Verfügung.«

Ich tunke mein Schokocroissant in den Kaffee und knabbere daran, lasse den süßen Bissen auf der Zunge zergehen. Bis jetzt ist mir noch nicht klar, was das mit mir zu tun hat.

»Wir haben uns im Frühstückszimmer seiner Villa in Belgravia getroffen. Wie nicht anders zu erwarten, besitzt Mark einen exquisiten Geschmack. Zufällig sucht er gerade eine Assistentin, und ich habe Ihren Namen ins Spiel gebracht. Es wäre sehr gut, wenn Sie für ihn arbeiten, Sie würden eine Menge lernen.«

»Ehrlich?« Das ist sehr interessant – ein möglicher Job ist eine ausgezeichnete Nachricht. Aber deswegen wollte er sich mit mir treffen? Hätte das nicht bis Montag warten können?

James fährt fort: »Wir sprachen gerade über Geschäfte, als ein weiterer Besucher eintraf. Mark bat mich, einige Minuten im Wohnzimmer zu warten. Tja, sein Wohnzimmer ist durch einen hübschen Türbogen mit dem Frühstücksraum verbunden, darum konnte ich sehen, wer sein Besucher war, und ich hörte alles, was sie redeten.« Er schaut mir direkt in die Augen. »Es war Dominic.«

Ich schnappe nach Luft. »Dominic? Aber das ist unmöglich – er ist fort. Er ist in Russland.«

»Noch nicht«, sagt James. »Ich glaube, er reist heute Abend ab. Er fliegt mit einem Privatjet. Aus dem, was er und Mark besprochen haben, schließe ich, dass er einige Zeit weg sein wird.«

Mein Herz pocht, und mein Atem wird schneller. »Ich dachte, er ist schon weg. Das hat Vanessa gesagt.«

»Ich fragte mich schon, ob Sie es wussten. Aus der dunklen Wolke der Trauer und Niedergeschlagenheit, die ihn heute Morgen zu umgeben schien, schloss ich, dass Sie es womöglich nicht wissen.« James lächelt mich an. »Beth, ich habe lange darüber nachgedacht, ob ich Ihnen das sagen soll. Sie wissen ja, dass ich meine Vorbehalte habe, ob Dominic wirklich nach den BDSM-Regeln spielt. Aber ich weiß auch, dass Sie mich nicht brauchen, um Ihre Entscheidungen zu treffen, was Sie tun sollten und was nicht. Sie lieben ihn, das sehe ich, und ich musste Ihnen einfach erzählen, was ich herausgefunden habe, damit Sie die Wahl haben, wie Sie nun weiter vorgehen wollen. Ich wünsche mir trotzdem, dass Sie vorsichtig sind. Haben Sie mich verstanden?«

»Natürlich! Ich bin Ihnen sehr dankbar, dass Sie es mir erzählt haben. Ich weiß Ihre Fürsorge wirklich sehr zu schätzen. Aber hat er Sie auch gesehen?«

James schüttelt den Kopf. »Ich glaube nicht. Ich denke, er war sich nicht bewusst, dass sich im Nebenraum noch jemand aufhielt, und außerdem stand eine gigantische chinesische Vase praktischerweise in seinem Blickfeld. Dafür habe ich gesorgt.«

Ich hole tief Luft, schaue ihn mit weit aufgerissenen Augen an. »Ach, James, was soll ich jetzt nur tun?«

»Wollen Sie ihn noch einmal sehen, bevor er abreist?«

Ich nicke, Tränen in den Augen. Die Vorstellung, ich könnte noch eine Chance bekommen, Dominic zu sehen, ihm zu sagen, was ich für ihn empfinde, und dass es ein Fehler war, neulich Nacht zu gehen, macht mein Herz ganz weit, und das Adrenalin schießt durch meine Adern.

James beugt sich vor. »Ich weiß nicht, ob es hilft, aber er hat zufällig erwähnt, dass er heute Nachmittag um 15 Uhr in seine Wohnung geht. Er wird dort von seinem Fahrer abgeholt, der ihn zum Flughafen bringt.«

Die Aufregung entlädt sich explosionsartig in meiner Brust. »Danke, James! Ich danke Ihnen so sehr.«

»Gern geschehen. Ich wollte Ihr Gesicht sehen, wenn ich Ihnen das sage. Und jetzt los, sehen Sie zu, ob Sie es schaffen, dass dieser unartige Tiger seine Streifen ablegt.«

22. Kapitel

Ich eile zu den Randolph Gardens zurück, bleibe nur kurz am Kiosk stehen, um eine cremefarbene Karte und einen Umschlag zu kaufen. Ich habe nicht viel Zeit, um meinen Plan in die Tat umzusetzen.

Der Regen scheint mir nicht mehr trostlos und deprimierend. Stattdessen vibriere ich förmlich vor Energie, laufe rasch durch die Pfützen, und es ist mir egal, ob ich nass werde. Ich habe nicht einmal den Schirm aufgespannt. Gleichgültig, was geschieht, ich habe die Chance, Dominic noch einmal zu sehen, einige Momente mit ihm zu verbringen und ihm zu sagen, was er unbedingt noch hören muss.

Ich klopfe an die Tür zu Dominics Wohnung, aber niemand öffnet. Zu meiner Erleichterung ist Vanessa offenbar gegangen.

Flüchtig frage ich mich, warum sie mich angelogen hat und warum sie mich so offensichtlich loswerden will, aber ich habe jetzt keine Zeit, darüber nachzudenken. Stattdessen eile ich zum Boudoir hoch. Es fühlt sich merkwürdig an, die Tür aufzuschließen, in dem Wissen, dass niemand darin ist. Ich schalte das Licht ein. Der Flur sieht aus wie zuvor, puristisch und leer. Ich gehe zum Schlafzimmer und mache auch dort das Licht an. Der Raum ist verändert. Der Lederstuhl ist verschwunden, und die Kommode ist verschlossen. Im Kleiderschrank fehlen die Fesselutensilien, aber die Spitzenunterwäsche und das Negligé sind noch dort. Er hat alles entfernt, was auf die etwas ungewöhnlicheren Aktivitäten schließen ließe, denen wir dort nachgegangen sind, aber er hat die Dinge dagelassen, die ich in seinen Augen noch mögen könnte.

Hmm. Tja, man kann immer noch gewisse Dinge anstellen ... schließlich ist eine exquisite, handgefertigte Fesselausstattung nicht die einzige Option ...

Bevor ich etwas unternehme, schreibe ich meinen Brief an Dominic. Er lautet schlicht:

Komm sofort ins Boudoir. Es ist dringend.
B

Das sollte reichen, denke ich, und bringe ihn nach unten. Ich schiebe ihn unter der Tür durch, kehre dann ins Boudoir zurück und mache mich bereit.

Um 15 Uhr bin ich das reinste Nervenbündel, tigere im Boudoir auf und ab. Mittlerweile hatte ich die Gelegenheit, mich umzusehen. Die Wohnung ist minimalistisch eingerichtet, aber zweckdienlich. Kleiner als die Wohnungen in den unteren Stockwerken, aber groß genug für eine Person. Darf ich sie wirklich nutzen, wie ich möchte?

Ich versuche mir einzuprägen, dass ich Dominic danach fragen muss, aber ich bin zu aufgeregt und voller Vorfreude, um mich auf irgendetwas Bestimmtes zu konzentrieren. Ich trage die wundervolle schwarze Unterwäsche aus dem Kleiderschrank, die hohen Schuhe aus meiner zweiten Nacht hier und den Trenchcoat, den ich mir ausgeliehen hatte, um James zu treffen. Ich habe mir das Haar hochgesteckt und unter den gegebenen Umständen mein Bestes getan, um mein Gesicht zu verschönern, eine Leistung, wenn man bedenkt, dass ich nur Lipgloss und eine Puderdose dabeihatte.

Im Badezimmerspiegel sehe ich – alles in allem – ganz gut aus. Meine Augen strahlen, und meine Wangen sind vor Vorfreude zartrosa – das Rouge der Natur. Ich starre mein Spiegelbild an und sage: »Viel Glück.«

Zehn Minuten nach drei höre ich es an der Wohnungstür klopfen. Ich zucke heftig zusammen und hole tief Luft. Dann ist er also gekommen. Er ist hier. Meine letzte Chance. Was immer jetzt auch geschieht, ich muss es richtig machen.

Ich hole noch einmal tief Luft, tue mein Bestes, den nervösen Tumult in meinem Magen zu beruhigen, und gehe zur Tür. Ich öffne sie. Dominic steht vor mir, sieht in seinem schwarzen Anzug, mit zerstrubbelten Haaren und besorgtem, fast ängstlichem Blick herzzerreißend gut aus.

»Beth? Ist alles in Ordnung? Ich habe deinen Brief erhalten.« Ich höre die Sorge in seiner Stimme.

»Komm herein«, sage ich mit fester, aber neutraler Stimme.

Er tritt stirnrunzelnd ein. »Was ist los? Sag mir nur, dass es dir gutgeht ...«

Ich schließe die Tür hinter ihm und lehnte in der Dunkelheit dagegen. »Etwas stimmt nicht«, sage ich mit rauer Stimme.

»Was? Was ist los?«

Ich spreche erneut, lasse meine Stimme hart klingen. »Ich bin sehr ... sehr ... böse mit dir.«

»Was?« Er ist verwirrt, das merke ich. »Aber ... Beth, ich ...«

»Sei still«, stoße ich hervor. »Sag kein Wort mehr. Ich bin wütend auf dich, weil du abreisen wolltest, ohne es mir zu sagen. Ich weiß genau, was du vorhast. Du wirst in Kürze abgeholt, zum Flughafen gefahren, und von dort fliegst du mit einem Privatjet nach Russland.«

»Woher weißt du das?« Jetzt ist er überrascht. Ich erwische ihn bei jedem Schritt auf dem falschen Fuß.

»Stell keine Fragen. Die Sache ist die, du läufst ohne Erlaubnis davon, und das verstimmt mich ungemein.« Ich beuge mich vor und sehe, dass in seinen Augen langsam die Erkenntnis dämmert. »Und jetzt werde ich dafür sorgen, dass du so etwas niemals wieder tust. Hast du mich verstanden?«

Er starrt mich einen Augenblick lang an, dann sagt er leise: »Ja, ich verstehe.«

»Gut. Folge mir.« Ich gehe ins Schlafzimmer, wo die Jalousien heruntergelassen sind und die Lampe stark gedimmt ist. Dann drehe ich mich um und lasse langsam den Trenchcoat von den Schultern gleiten, stehe in Unterwäsche vor ihm. Er holt tief Luft, während sein Blick von meinen vollen Brüsten, eingehüllt in schwarze Seide, über meinen Bauch zu meinen Hüften in dem seidenen Slip wandert. »Gefällt dir das, Dominic?«

Er nickt und schaut mir in die Augen.

»Sehr gut. Und jetzt zieh dich aus.«

»Beth ...«

»Du hast mich gehört. Tu es.«

Er scheint protestieren zu wollen, hält dann aber inne, verharrt einen Moment und gehorcht mir. Er zieht sein Jackett und die Hose aus und auch alles darunter, bis er nur in seinen Boxershorts vor mir steht. Ich sehe, dass sein Penis bereits gegen die Baumwolle drängt. Seine Erektion wächst.

»O je, habe ich dir nicht gesagt, du sollst dich ausziehen? Sind deine Boxershorts etwa kein Teil der Kleidung?«

Er nickt.

»Dann zieh sie jetzt aus.«

Er schiebt sie nach unten und steigt heraus. Jetzt steht er in seiner ganzen Pracht vor mir, die breite Brust, der flache Bauch, die langen, muskulösen Beine. Seine Erektion ist hart. Sein Blick wandert über mich.

»Und jetzt wirst du lernen, was es heißt, wenn deine Herrin böse mit dir ist. Geh zum Bett.«

Er wendet sich von mir ab, und ich muss beinahe laut nach Luft schnappen. Sein Rücken ist ein Gewirr von roten Striemen, die langsam erst zu heilen anfangen. Ich will zu ihm laufen und seine Wunden küssen, Wunden, die ich ihm zugefügt habe, sie mit kühlender Creme einreiben, zu ihrer Heilung beitragen. Aber das ist nicht mein Plan, nicht im Moment. Ich will ihm zeigen, dass ich auch eine andere Art von Schmerz zufügen kann.

»Leg dich auf den Rücken«, befehle ich und hoffe, dass er mir sagt, falls das zu schmerzhaft für ihn sein sollte. Aber er sagt nichts, und er scheint auch nicht unter Schmerzen zu leiden, als er sich hinlegt. Ich gehe mit dem seidenen Gürtel vom Negligé zum Bett, nehme seine Handgelenke und fessle sie, dann binde ich den Gürtel an die Gitter des Bettgestells.

Er beobachtet mich, sein Blick wird intensiver, als er spürt, wie er seine Macht abgeben muss.

Ich lege mich neben ihn auf das Bett und berühre ihn sanft, fahre mit den Fingern über seine Brust, kreise um seine Brustwarzen und hinunter zu seinem Bauch. Ich kann ihn jetzt riechen, diesen moschusartigen Duft mit der zitronigen Note. Oh, er ist herrlich, und er führt dazu, dass flüssiges Verlangen durch meinen innersten Kern brandet, heiß und köstlich.

»Ich will dich mit meiner Art von Strafe bestrafen«, flüstere ich. »Damit du es dir gut überlegst, bevor du mich wieder verlässt.«

Dann widme ich mich seinem Körper, küsse jeden Zentimeter, arbeite mich zu seinen Füßen hinunter, wo ich an seinen Zehen sauge und knabbere, und wieder nach oben, lasse auf meinem Weg die weiter anschwellende Erektion aus, streichele und liebkose stattdessen den Rest seines Körpers, kitzele ihn sanft, wo er am empfindlichsten ist, lecke und beiße in seine Brustwarzen, während sein Atem immer schwerer wird. Als er für etwas mehr bereit ist, richte ich mich auf und setze mich auf seinen Bauch. Langsam öffne ich meinen BH, lasse ihn fallen und senke meine Brüste auf seinen Mund. Er erwartet sie bereits, nimmt jede Brustwarze in den Mund und saugt daran, zupft mit den Zähnen, bis sie ganz steif und rosig sind. Dann verbringe ich lange, müßige Minuten damit, seinen Hals und seinen Unterkiefer zu küssen, in seine Ohrläppchen zu beißen und ihn mit meinem Mund zu erregen, während er verzweifelt auf meinen Kuss wartet, den ich ihm schließlich gewähre, damit er endlich seinen Durst nach mir stillen kann.

Ich habe seinen herrlichen Schwanz lange genug außer Acht gelassen. Jetzt will ich ihn mit meiner Variante von Qual bedenken, mit meinen Fingern, Lippen und meiner Zunge. Er wartet auf mich, zuckt, als ich meinen Mund nähere, ihm die köstliche Vorfreude zeige, die ihn noch steiler werden lässt. Ich fahre mit der Zunge den eisenharten Schaft auf und ab, spiele mit meinen Fingern in den Schamhaaren und lasse sie anschließend sanft weiter zu seinen Hoden wandern, wo er empfindsam ist und wo die Berührung meiner Finger ihn noch steifer werden lässt, ihn zum Seufzen und Stöhnen bringt. Ich spiele mit der Zunge an seinem Schwanz, lasse die Eichel quälend lange auf die weiche, feuchte Berührung meines Mundes warten. Als ich es selbst nicht länger aushalten kann, als ich die Freude genießen will, mit meiner Zunge an seiner Eichel zu spielen, nehme ich ihn in den Mund, während meine Hand schwer an seinem Schaft arbeitet. Er sehnt sich jetzt nach mehr Kraft, mehr Druck, um die herrlichen Empfindungen, die ich ihm gebe, zu intensivieren.

All das wirkt sich auch auf mich aus. Ich brauche jetzt auch etwas Aufmerksamkeit. Mein Körper ist erregt und feucht und will verwöhnt werden.

Ich schlüpfe aus dem Slip und lege mich neben Dominics Körper. Meine Brüste pressen sich gegen seinen Brustkasten, sein Schwanz liegt schwer an meinem Bauch. Er stöhnt in mein Haar. »Beth, du bist so schön. Ich liebe dich, wenn du so bist, so verführerisch, so umwerfend ...«

»Ich will, dass du jetzt Liebe mit mir machst«, sage ich. »Wir haben viel gefickt, und es waren tolle Ficks. Aber jetzt gibst du mir Liebe. Ich werde deine Hände von den Fesseln lösen, und ich will, dass du mir zeigst, wie schön ich bin und wozu mein Körper dich inspiriert.«

Ich lange nach oben und ziehe an dem Seidengürtel. Er gleitet auf, und Dominics Hände sind frei. Er nimmt meinen Hintern in die Hände und stöhnt, als er die weichen Backen in seinen Handflächen spürt. Er reibt und drückt sie. »Dein Hintern ist so phantastisch ... ich bekomme nie genug von deinem prachtvollen Arsch.«

»Tu, was ich dir gesagt habe«, flüstere ich. »Du weißt, was ich will.«

»Dein Wunsch ist mir Befehl«, erwidert er. Sein Blick brennt, als er sich auf die Seite dreht. »Öffne dich mir, Beth.«

Ich spreize meine Beine, damit er sehen kann, was ihn erwartet. Sofort fährt er mit dem Kopf nach unten, damit er die geschwollenen Schamlippen küssen und an der Feuchtigkeit meiner Spalte lecken kann. Mit der Zunge gleitet er über die empfindsame Knospe meiner Klitoris und bringt mich zum Seufzen ob dieser lustvollen Genüsse.

»Du schmeckst nach Honig«, murmelt er. »So süß ...«

Und gerade, als ich gierig werde nach noch mehr von diesem unsagbar schönen Lecken und Knabbern, verändert er seine Position und zieht mich unter sich. Stark und eindrucksvoll spreizt er mit seinem Gewicht meine Beine noch weiter und bringt sich in Position.

»Willst du mich?«, fragt er, zwischen heißen Küssen auf meine Lippen.

»Ja«, flüstere ich sehnsüchtig.

»Leg die Arme um mich.«

Ich wollte seinen Rücken eigentlich nicht berühren, aber jetzt gehorche ich, spüre die aufgeraute Oberfläche unter meinen Fingerspitzen.

»Du machst es besser«, flüstert er. Dann schiebt er die Spitze seiner Erektion an meine süße Pforte und stößt zu. »Deine Liebe macht es besser.«

Ich kann nichts sagen, weil alles in mir sich auf das herrliche Gefühl seines dicken Schwanzes konzentriert, der langsam in mich stößt und mich anfüllt. Ich hebe ihm meine Hüften entgegen, dränge ihn, tiefer in mich zu kommen. Lange Minuten verlieren wir uns in dem Rhythmus unserer Stöße und in unseren tief züngelnden Küssen. Ich biege meinen Rücken durch, genau in dem Moment, als sein Penis so weit wie möglich in mein Innerstes taucht.

Ohne dass wir etwas sagen, steigern wir die Geschwindigkeit unserer Bewegungen, die Stöße werden länger und härter, während wir beide das köstliche Verlangen spüren, das den nahenden Höhepunkt signalisiert. Ich drücke meine Unterschenkel um seine Hüften, damit er noch tiefer in mich stoßen kann. Dann bringe ich ihn dazu, sich so an mir zu reiben, dass er mir die beste Art von Orgasmus ermöglicht, einen Orgasmus, der mich sowohl innen als auch außen zum Erbeben bringt. Wir haben nicht vor, gleichzeitig zu kommen, aber die steigende Erregung, die sich in jedem von uns aufbaut, überträgt sich auf den anderen und treibt uns zur nächsten Ebene. Dominic atmet schwer, sein Kiefer ist auf diese ganz besondere Weise gespannt, die mir sagt, dass sein Orgasmus unmittelbar bevorsteht.

»Dominic.« Meine Stimme klingt wie ein Stöhnen. »Ja, bitte, hör jetzt nicht auf ...«

»Ich will, dass du kommst, meine Schöne«, sagt er.

Mehr brauche ich nicht. Als ich mich in der ersten Welle

der Lust biege und mein Kopf in den Nacken sinkt und sich mein Mund zu einem Schrei der Ekstase öffnet, weiß ich, dass er in diesem Moment ebenfalls kommt und seinen heißen Orgasmus in meine Mitte entlässt. Ich bebe und schaudere, Welle um Welle, fühle mich fast entrückt in einem wilden Strom der Lust und der völligen Hingabe. Pulsierende Stöße durchlaufen mich am ganzen Körper, tief in mir drin und gleichzeitig überall auf meiner Haut. Ich weiß nicht, wie lange ich so von Empfindungen geschüttelt werde, bis mein Orgasmus zu guter Letzt verklingt und mich atemlos und benommen zurücklässt. Dominic liegt auf meiner Brust, keucht schwer nach der Wucht seines Höhepunkts.

Einen langen Moment bleiben wir so, eng aneinandergepresst. Während wir uns erholen, sagt er: »O mein Gott, Beth, das war unglaublich.« Er lacht und bedeckt mein Gesicht und meinen Hals mit Küssen, und zum ersten Mal seit langem wirkt er wirklich glücklich. »Ich danke dir.«

»Ich danke *dir*.« Ich schaue ihn an und weiß, dass meine Augen funkeln.

Er muss lachen. »Das war ein höchst unerwartetes Vergnügen. Ich wusste nicht, dass eine entschlossene kleine Herrin hier oben auf mich wartet.«

»Du musst noch nicht gleich los, oder?« Ich schmiege mich an ihn, schwelge in seinem herrlichen Körper. »Oder wartet dein Fahrer schon?«

Dominic schaut auf seine Uhr und seufzt. »Ja, vermutlich. Ich will hier nicht weggehen. Ich möchte bei dir bleiben.« Er schaut mich provozierend an. »Ich möchte in dir bleiben.«

Ein köstliches, warmes Gefühl breitet sich über mich aus. Das habe ich mir von ihm gewünscht – Liebe, die den Schmerz lindert.

»Aber … ich kann nicht. Tut mir leid, mein Liebling. Ich muss in einer Minute los.«

Mein Mut sinkt. »Musst du denn wirklich weg?«

»Ja. Und ich weiß auch nicht, wann ich wiederkomme.«

»Und ... was heißt das ... für uns?«

Dominic schaut mich prüfend an. »Daraus schließe ich, dass du nicht wieder mit Adam zusammen bist?«

»Nein, nein!« Ich schüttele den Kopf. »Das war ich nie. Er hat mich besucht, und ich habe ihm erklärt, dass es aus ist. Ehrlich!«

Dominic starrt einen Moment an die Decke, dann meint er zögernd: »Weißt du, Beth, eigentlich bin ich völlig durcheinander. Ich kann das alles nur schwer verarbeiten. Noch vor einer Stunde dachte ich, zwischen uns sei alles aus, und ich habe versucht, damit zurechtzukommen, mit allem, was passiert ist. Ich weiß, du hast dich sehr quälen müssen, aber ich auch. Was zwischen uns passiert ist, was ich getan habe ... nun ja, das hat mich wirklich erschüttert.«

Ich streichele ihm über das Haar. »Aber ... jetzt ist alles in Ordnung, nicht wahr? Jetzt weißt du, dass ich dich noch will?«

Er nimmt meine Hand und lacht, ein zärtliches, fast wehmütiges Lachen. »O Beth, mein süßer Liebling. Ich wünschte, es wäre so einfach. Weißt du, ich war entsetzt über das, was ich dir angetan habe. Ich hatte keine Ahnung, dass ich dazu fähig bin, dass ich die Kontrolle so sehr verlieren kann. Ich muss herausfinden, warum das passiert ist, bevor ich mir zutrauen kann, wieder in deine Nähe zu kommen. Verstehst du das?« Er rückt näher an mich heran, und ich sehe, dass seine Augen schokoladenbraun sind, überhaupt nicht schwarz. Die langen, dunklen Wimpern sind so schön, mehr noch sogar, wenn seine Augen traurig blicken, wie im Moment gerade. »Wenn ich nicht herausfinde, warum ich so gehandelt habe, und wenn ich es nicht entschieden korrigiere, dann besteht die große Gefahr, dass ich es wieder tue, und wenn das geschähe ... tja, das könnte ich nicht ertragen. Ich muss für mich selbst Gewissheit haben, dass du in einer Beziehung mit mir sicher bist.«

»Aber natürlich bin ich das!«

»Dein Glaube an mich rührt mich. Aber ich weiß nicht, ob ich ihn teile.«

Angst flammt in mir auf. »Wie meinst du das? Was hast du vor?«

»Ich bin mir nicht sicher, Beth. Aber bevor ich zurückkomme, muss ich mich meinen Dämonen stellen und sie überwinden. Ich glaube, die Dunkelheit, die ich in mir spüre, muss geheilt werden.«

»Du meinst, dein Verlangen, dominant zu sein?« Ich runzle die Stirn. »Ist das die Dunkelheit?«

Er schüttelt den Kopf. »Nein – so einfach ist das nicht. Es ist so widersprüchlich, dass ich es selbst nicht verstehe. Sex und Liebe waren für mich sehr, sehr lange zwei getrennte Dinge. Es fühlt sich an wie ein Erdbeben, wenn ich sie wieder zusammenbringen will. Meine Welt steht im Moment auf dem Kopf, und ich spüre, dass sich in mir etwas bewegt hat. Dieser Veränderung muss ich mich stellen. Ich muss dafür sorgen, dass alles sicher ist, bevor ich es erneut versuche.« Er seufzt. »Verstehst du, selbst als ich dich dazu brachte, mich zu bestrafen, habe ich dich dazu gebracht, etwas zu tun, was du gar nicht wolltest. Als wir uns trafen, war mir das nicht klar, und ich habe unverantwortlich gehandelt und dir damit sehr weh getan. Aber ich verstehe das jetzt, und diese Erkenntnis ist ein harter Brocken. Ich muss einer unangenehmen, gefährlichen Wahrheit über mich selbst ins Auge sehen. Mein Impuls zur Kontrolle dominiert mich in einem solchen Maß, dass er außerhalb meiner Kontrolle liegt.« Er muss über diese Ironie lachen. »Ich hoffe, das ergibt einen Sinn. Es ist schwer zu erklären. Ich will dir keine Versprechen machen, Beth.

Aber wenn du bereit bist, auf mich zu warten, während ich das für mich kläre, dann finden wir vielleicht heraus, ob es eine Zukunft für uns gibt.«

Spontan sage ich: »Natürlich warte ich.« Obwohl ich den Gedanken kaum ertrage, dass wir getrennt sein werden, weiß ich, dass ich das tun will. »Aber wie lange?«

Er zeichnet mit dem Finger ein Muster auf meine Handfläche, dann sagt er: »Ich weiß es nicht. Kannst du warten, Beth?«

»Ja. So lange wie ich muss.«

»Danke. Ich habe gehofft, dass du das sagst. Auch wenn ich das nicht erhoffen durfte.« Er küsst mich auf die Stirn. »Wir verlieren uns nicht, wir bleiben in Kontakt, während ich weg bin. Das verspreche ich. Pass gut auf dich auf, ja?«

Ich nicke. Dann kommt der Abschied also doch. Er fährt fort, an irgendeinen fernen Ort, an dem ich ihm nicht folgen kann. Vielleicht wird er ein anderer sein, wenn er zurückkommt. Aber wenn er die Dunkelheit überwindet, vor der er sich so fürchtet, wird er dann noch derselbe Dominic sein? Oder ist er dann ein ganz anderer? Ich schlinge meine Arme um ihn, habe plötzlich Angst. »Geh nicht! Bitte.«

Er küsst mich, sehr lang und sehr zärtlich. »Ich wünschte, ich könnte bleiben. Beth, es fällt mir sehr schwer, jetzt wegzugehen. Aber wir kommen wieder zusammen. Vertrau mir, ja?« Dann löst er sich vorsichtig aus meinen Armen, entgleitet meiner Umarmung. Er steht auf und schaut auf mich herunter, seine wunderbaren Augen voller Zärtlichkeit. »Ich komme zurück, Beth. Vergiss mich nicht!«

Ihn vergessen? Als ob ich das könnte.

»Ich werde dich niemals vergessen«, flüstere ich. »Leb wohl, Dominic.«

Dann schließe ich die Augen, weil es mich zu sehr schmerzt, ihm zuzuschauen, wie er sich anzieht und mich verlässt. Ich spüre, wie sich die Matratze bewegt, als er vom Bett steigt, und höre, wie er durch den Raum geht, seine Sachen einsammelt und sich anzieht. Hinter meinen Augen pocht der Schmerz, und ich weiß, es sind die Tränen, gegen die ich mich so sehr wehre. Als er fertig zum Gehen ist, kommt er zum Bett und kniet nieder. Er nimmt meine Hand, schließt sie in seine eigene, große Hand und kommt mit seinem Gesicht so nahe, dass sich seine Wange auf meine presst. Ich hole abgehackt, schaudernd Luft, und eine Träne schlüpft durch meine fest geschlossenen Lider und rinnt über meine Wange.

»Nicht weinen, meine Beth«, sagt er, so weich und sanft, dass ich all meine Kraft brauche, um nicht zusammenzubrechen. Er küsst die Träne fort, dann fährt er sacht mit seinen Lippen über meinen Mund. »Wir sprechen bald miteinander. Vertrau mir.«

Ich kann die Augen nicht öffnen. Es tut zu weh, ihn gehen zu sehen. Er lässt meine Hand los, und ich spüre, wie er aufsteht, wie er seufzt und sich vom Bett entfernt. Er geht. Meine Augen öffnen sich gerade noch rechtzeitig, um einen letzten Blick auf seinen breiten Rücken und die dunklen Haare zu werfen, bevor sich die Tür hinter ihm schließt. Dann höre ich, wie sich die Wohnungstür mit schrecklicher Endgültigkeit schließt.

Nun ist es also geschehen. Ich schließe die Augen erneut und blende das Boudoir aus. Stattdessen sehe ich Dominic, wie er neben mir im Garten bei den Tennisplätzen steht: Licht und Schatten der Bäume umspielen sein Gesicht, ich spüre die Wärme, die von ihm ausgeht: Er ist stark, glücklich, und er lächelt. Er raunt mir zu, dass etwas ihm sagte, hierher zu kommen und mich zu suchen, und hier bin ich.

Aber Dominic ist fort.

Und mein Warten beginnt.

Sadie Matthews
Fire after Dark – Tiefes Begehren
Roman
Aus dem Englischen von Tatjana Kruse
Band 19683

Erregend und elegant, provokant und verführerisch –
der zweite Band der großen Trilogie »Fire after Dark«

Eine leidenschaftliche Liebe verbindet Beth und Dominic.
Doch das macht Beth umso attraktiver für den arroganten,
magnetischen Kunstmäzen, für den sie nun arbeitet. Was bedeutet das für das verführerische Spiel zwischen Risiko und
Lust, Hemmungsloigkeit und Erfüllung, dem sie und Dominic verfallen sind? Beth kann Dominic dadurch für immer
verlieren – und auch sich selbst ...

»Wenn Mr. Greys Abenteuer Ihren Appetit auf mehr
geweckt haben, lesen Sie ›Fire after Dark‹.«
The Sun

Fischer Taschenbuch Verlag

Barbara Wood
als
Kathryn Harvey
Wilder Oleander
Roman
Aus dem Amerikanischen von Veronika Cordes
Band 16859

Es ist das exklusivste Resort in Kalifornien – und Abby Tyler ist seine Schöpferin. In »The Grove« erleben Gäste Luxus, Sinnlichkeit und die Erfüllung ihrer Wünsche – und Abby ist stolz auf ihr Werk. Aber ihr Leben überschattet ein Geheimnis, das sie unbedingt lösen muss. Sie hat drei junge Frauen auf »The Grove« eingeladen. Was nur Abby weiß: Eine davon könnte die Tochter sein, die ihr als Teenager geraubt wurde. Was Abby nicht ahnt: sie selbst schwebt in Gefahr. Denn ihre Nachforschungen haben die einstigen Entführer aufgestört ...

Fischer Taschenbuch Verlag

Sadie Matthews
Fire after Dark – Gefährliche Erfüllung
Roman
Aus dem Englischen von Tatjana Kruse
Band 19798

Sinnlich, erregend und romantisch – der Abschluss der erfolgreichen Trilogie ›Fire after Dark‹

Kann Beth ihre leidenschaftliche Liebe zu Dominic retten? Das scheint unmöglich, so lange der Kunstmäzen Andrei ihr Leben bestimmt. Er beherrscht die Kunst von Verführung und Kontrolle. Er will, dass Beth Dominic vergisst. Nur wenn sich Beth der Gefahr stellt, alles zu verlieren, kann sie Erfüllung finden ...

»Wunderbar. Ragt deutlich über andere Romane dieser Art hinaus.«
sinfullysexybooks.blogspot.co.uk

»Lust, Verführung und ein berechnendes Spiel«
Lea

Das gesamte Programm gibt es unter
www.fischerverlage.de

Anaïs Nin
Das Delta der Venus
Aus dem Amerikanischen von Eva Bornemann
Band 16403

Dass dieses Buch der berühmten »Femme de lettres« und Tagebuchschreiberin Anaïs Nin existierte, war bekannt. Kurze Zitate daraus standen in ihren Diarien und versprachen literarischen Lustgewinn. Doch die Autorin, die Schöpferin der weiblichen Sprache der Sexualität, gab dieses Buch erst kurz vor ihrem Tod frei, 35 Jahre, nachdem sie diese ungemein direkten Schilderungen geschrieben hatte.

Die fünfzehn erotischen Episoden, die Anaïs Nin im »Delta der Venus« versammelt, stellen in der Tat das meiste in den Schatten, was wir an erotischer Literatur aus der Feder einer Frau kennen.

»Poetisch und pornographisch, sinnlich und sensibel:
ein schamlos schönes Buch!«
Henry Miller

Fischer Taschenbuch Verlag

Anaïs Nin
Trunken vor Liebe
Intime Geständnisse
Aus dem Amerikanischen von Gisela Stege
Band 16404

Trotz ihrer Ehe mit Hugh Guiler und der leidenschaftlichen Beziehung zu Henry Miller war Anaïs Nin unablässig auf der Suche nach der perfekten Liebe, die sie ihr Leben lang treiben sollte. Diese unzensierten Aufzeichnungen, die erst fünfzehn Jahre nach ihrem Tod erschienen sind, spiegeln das Liebesleben der Anaïs Nin mit sehr viel Feingefühl, Einsicht und Schmerz wieder. In ihren »Intimen Geständnissen« enthüllt sich uns eine Frau, die ihre sexuellen Wünsche und Träume mit derselben »schamlosen, amoralischen« Hingabe auslebte, die Männer schon immer für sich beansprucht haben.

»Anaïs Nins Aufzeichnungen zeigen, um wie viel freier die
weibliche Sexualität sein kann als die des Mannes.«
Erica Jong

Fischer Taschenbuch Verlag